小さな漁港から飛び立とうとしている重巡洋艦「妙高」搭載の零式水上偵察機一一型。全幅14.5メートル、全長11.3メートル、最大速度時速376キロ、航続距離2089キロ、全備重量3640キロ、7.7ミリ機銃１梃、60キロ爆弾４発。上写真では流麗なフォルムと旋回銃装着がわかる。

上写真は君川丸艦上の零式水上偵察機一一型。下写真はガ島方面の索敵から帰投し重巡「鳥海」に収容される零水偵。艦隊の耳目として常に前方警戒の任務を帯び、アリューシャンからソロモンまで広く活躍し多くの戦功をあげた。海軍の主力水偵で戦争全期にわたって活動した。

NF文庫
ノンフィクション

新装版

零式水偵空戦記

ソロモン最前線の死闘

竹井慶有

潮書房光人社

零式水偵空戦記――目次

第一部　南十字星の戦場

第二部　小松島海軍航空隊

写真提供／伏見忠利・藤江秀逸・吉田一・各関係者
遺家族・著者・雑誌「丸」編集部

零式水偵空戦記

第一部　南十字星の戦場

地上の閃光に狙いを定めて

ざっと数えただけでも十数本はあろうかと思われる数の探照灯が、暗黒の夜空の中を、上空に向けていそがしげに乱舞している。下方から撃ち上げている機銃弾が、数えきれないほどの赤い飛線を空中にえがきながら、飛行機の周囲に飛んで来る。

「高度千メートル、高度八百、高度六百！」

後席に搭乗している偵察員の伝声管越しに知らせてくる声が、だんだんと緊迫してきた。

飛行機乗りがもっとも緊張する一瞬である。

最前席で右手に操縦桿をしっかりと握り、左手は爆弾の投下索に当てて、下方の敵陣地を目がけて突っ込んでいる私には、一発必中の願いだけがこの際のすべてであり、大きく見開いているその両眼は、猛烈に撃ち上げている地上の閃光に狙いを定めて放さない。

無数の星が、空中に大きくきらめいているというその空の下で、月が落ちた後の真っ暗闇に変わっている陸地と海上の、境界さえもが上空からでは判然としていない敵陣地の真上を飛行しながら、下方から上空に撃ち上げている発射閃光だけを目標にして、爆撃針路に入っていたのである。

「高度四百！」「高度三百！」の声を聞いて、私は機首を持ち上げながら、爆弾投下索を引いた。搭載している六十キロ爆弾が、私の左手の投下作動に合わせて、トン、トン、トン、トンと、一秒間隔で落ちていく。飛行機から離れる瞬間に起こるその軽いショックが伝わって来た。

爆弾は全弾とも投下に成功したのだ。爆弾を投下した後の飛行機は、引きつづき、緩降下飛行の姿勢のまま、エンジンを全開にして前方海上に向けて直進した。爆撃終了後の戦場離脱である。

全速力で飛行している間に、投下した爆弾が炸裂したのであろうか、下方からの爆風が、四回に分かれて飛行機に伝わってきているが、操縦桿を握って戦場離脱を急いでいる私には、機上から振り返って、その効果を確かめるという心の余裕がまったくない。

爆撃目標を目指して突入したころから、わが機に向けて飛んで来ている下方からの銃弾は、なおも荒れ狂ったように激しくなっていたが、幸運にも、その弾丸が飛行機に命中しているようすはない。上空に向けて乱舞している探照灯にも捕捉されなかった。

海上方向に全力でしばらく飛行しながら、ふと計器盤に目をやると、速力計は二百四十ノットを指していて、高度計の針は〇メートルになっていた。よくもまぁこの飛行機が、海面に衝突しなかったものだと肝を冷やしたが、そこで飛行機を上昇飛行に移したときには、それまで後方から追っかけるように飛んで来ていた敵の銃弾の数量も、だいぶ減少しているようにも思えた。

飛行機を上昇させながら大きく右旋回して、いま爆撃したあたりの下方を監察しているけれども、そこには、火災が発生したような炎は上がっていない。

偵察員や電信員も、機上から遠ざかっていく爆撃地点を探しているが、地上が暗いので、爆撃の効果がつかめていないようである。

「爆撃効果、不明！」

海上でしばらく低空飛行をつづけた後、私は飛行機を高度七百メートルに上昇させた。この海域には、上陸軍を支援し、物資を運んでいる敵の艦艇がたくさん集まっているという情報があるので、これ以上の低空飛行をつづけていて、いきなり下方の海上から撃ち上げられてもかなわんと考えたからである。

空中をゆっくりと旋回飛行しながら、眼下の海上に黒々と見えているモノ島の、敵上陸陣地とその周辺を眺めていると、先ほどの私の爆撃後、いくらか下火になっていた敵陣地からの対空砲火が、また、いちだんと激しくなっていて、探照灯の光芒は目まぐるしく上空に向けて乱舞している。上空二千メートルぐらいの高空で、ピカ！　ピカ！　と閃光が出ているのは、敵軍の高射砲弾がそこで炸裂しているのである。

この乱闘は、私の後続機がつづけざまの攻撃をかけているからであろうか。

「爆撃終了、基地に帰投する」

機長でもある私は、後席員に告げながら、飛行機を反転し、ショートランド基地への帰路に入った。

そのころには、先ほどの攻撃時の緊張感もだいぶほぐれて、ペアの三人が機上で交わす会話の端々には、心の余裕すらが感じられるようになっていた。

ガダルカナル島の奪還を果たした後も、その物量にものをいわせて、ソロモンの制海権と制空権を手中にしてきている敵の連合軍は、ソロモン海に点々と浮かぶ島々に、つぎつぎと上陸しては、そこを拠点にしながら、なおも北上をつづけている。

九三八空水偵隊が陣を張っているショートランド島の西南方六十カイリの海上にポッカリと浮かんでいるこの小さな「モノ島」に、敵軍が上陸をはじめたのは、昭和十八年十月二十六日の夜であった。

敵の水上艦艇多数が、モノ島方面の海上に出没しているという情報をうけて、九三八空水偵隊の数機が、夜間の海上に向けて索敵飛行に飛び立ったが、その中の零式水偵五番機が、「モノ島の西海岸に敵駆逐艦二、その他艦船多数を発見……」と打電してきた。九三八空水偵隊内に、一瞬、緊張感が走った。

そうしている間にも、モノ島に配備している味方の監視哨からは、〝敵軍はモノ島に上陸を開始した〟という緊急電がぞくぞくと寄せられている。

これを受けたわが陸上攻撃機隊は、翌二十七日の未明にラバウル基地を発進して、これに空からの猛攻撃を加えたが、ラバウル基地からの爆撃行では、数百カイリも後方に離れているというその航続距離などからして、陸上機による際限なき攻撃の続行には無理がある。他方、そのモノ島とは指呼の間にあるショートランド基地に陣を張っている九三八空水偵隊としては、この現実を〝よそごと〟として見過ごしているというわけにはいかなかった。そこで、さっそくにも可動する全機を注ぎ込んでも、モノ島に上陸中の敵軍攻撃に発進したいところだが、モノ島の上空には、敵のグラマンF4Fや、ロッキードP38、シコルスキーといった戦闘機群が乱舞しているので、空中戦闘の能力を持っていないわが零式水偵が、昼間にその空中に飛び込んで、上陸中の敵艦船を攻撃するというわけにはいかない。

それでも、日没後の夜間になると、九三八空水偵隊では総力を挙げて、モノ島に上陸を開始中の敵艦船に対する攻撃をかけることになった。

ショートランドの水偵基地から発進すると、その機は、三十分足らずでモノ島の上空に到達するという近距離にある。

著者竹井慶有上飛曹(甲飛7期)。水偵操縦員としてソロモンに死闘を展開した。

モノ島に敵軍の上陸を成功させ、そこを拠点にした敵の水上艦艇が、付近の海上で暴れまわるということにでもなると、いつ、わが水偵基地に、海上からの攻撃を加えてくることになるかも知れないという危惧がある。

そこで、この十月二十七日から三十日までの四日間に、九三八空水偵隊では、毎夜、延べ十機におよぶ水上機をつぎつぎに発進させては、モノ島の揚陸地点やその付近海上の敵艦船に対して、空爆を続行していたのであった。

水偵隊の夜間出撃は、すべてが単機発進であって、夜間の編隊飛行はしない。各機は、それぞれ指示されるままに、発進時間をずらしながら飛び上がっていくが、モノ島までの飛行距離が短いので、早く飛び立った機が、爆撃を終えて、基地に帰投するまでの時間は、せいぜい一時間もあればよい。

基地で待機している出撃順番待ちの搭乗員は、着水して砂浜に接岸する機にかけ寄っては、モノ島周辺の戦況をわれ先に知ろうとしている。

〝揚陸地点周辺の海、陸部では、敵軍側の突貫作業がつづいているのでもあろうか、一面に煌々と輝くライトを放っていた〟とか、〝そのライトに照準を合わせて、緩降下爆撃の降下飛行をしていると、下方海上の艦艇から猛烈に撃ち上げてくるので、この機がよくぞ無事に帰投できたと感心しているぐらいだ〟とか、帰投してくる搭乗員の皆は、一様に興奮した顔色で、口早に話し合ってもいた。

敵軍が上陸したモノ島とは、ほとんど山ばかりのような小さな島で、それでも、島の西海岸にはわずかばかりの平地がある。

その平地に敵軍が上陸したということは、わが軍に対する心理作戦上からのものか、または、つぎの島に対する上陸作戦のための橋頭堡とするためのものでもあろうかなどと、人々は心配顔で話し合っている。

私が飛行機を操縦して、モノ島の夜間攻撃に参加したのは、このように水偵隊内が殺気につつまれていたときの一夜のことであった。

空中でのニアミス

話は変わるが、モノ島の夜間攻撃に向かって飛行しているとき、私は、危うく他の飛行機と空中衝突寸前のニアミスを演じていた。

飛行高度千二百メートルの上空から、敵陣地内の一点に爆撃目標を設定して、これから爆撃針路に入ろうとしていたとき、私の操縦している零式水偵の直前を、右斜め上方から左斜め下方に向かって、いきなり猛スピードで動く黒くて大きな影が突進して来た。

その黒い影は、私の飛行機の前面を横切る瞬間に、〝バフーッ〟というような大きな音を残しながら、猛烈なスピードで降下していく。

一瞬、〝ヒヤリ〟とした私は、これから爆撃に入ろうとしていたことも忘れてこれを見つめていたが、黒い影はその胴体部分と思われるあたりの左右から、各二本の淡い乳白色をした炎を出しながら、下方へと遠ざかかっていってしまった。瞬間的の出来事ではあったが、私が見たこの黒い影は、四発の大型機であろう。また、その黒い影が、右上方から左下方へと突進していた状態からすると、この大型機は地上に向かって緩降下爆撃をしていたものとも考えられる。

モノ島の敵上陸軍を叩くために、味方航空部隊では総力をあげて、連日、連夜の攻撃をつづけているという話を聞いていたが、私にもこの話を実感として承知することができたのであった。

モノ島の地上や、周辺の海上からは、上空に向けて凄まじいばかりに撃ち上げているが、この砲火は私の飛行機に対してというよりも、その上空から繰り返し繰り返して攻撃をつづけているわが軍の航空機に対してのものであろう。

それにしても、夜間飛行中に、敵陣地の上空で、味方機との間に、あわや〝空中衝突〟寸前のニアミスを引き起こした私は、まったく度胆を抜かれたのであった。

一呼吸した私は、その直後に上空で飛行機の態勢を建てなおし、ふたたび爆撃針路に入ったのであったが、気を取りなおしたつもりであっても、やはり、心の動揺は押さえきれなかったのか、おそらく私が不安定な飛行機操縦をしていたための結果であったかも知れない。

爆撃を終えた私は、その後、後部座席に同乗している偵察員と、電信員に、先ほど発生した空中ニアミスの話を聞かせて、「あんたたちは、ニアミスに気づいていたか」と聞いたが、後席の二人は、「そんなことがあったんですか」と驚いた口振りで応答はするが、ただ、それだけのことであった。

ことさらに、その死を意識することもなく、ソロモンの夜空に、出撃を繰り返しているこれらの搭乗員にとって、その程度の危険性は、すべての出撃行に織り込みずみのことでもあろうか。

長征の途に就いて

夜間攻撃に出た搭乗員には、翌朝の遅出がゆるされていたので、朝食の定刻は、もう、とっくに過ぎているというのに、私は、まだ、幕舎の中の仮設ベッドの上に長々と寝ころんでいた。

天空高く、一面に繁茂している椰子の木や、雑木の一部を切りひらいて、その空間に迷彩色の天幕を張り、土間に直接、折畳式の一人用ベッドを並べているだけの簡素な造りになっている幕舎の中は、昼間でも薄暗いので、朝寝や、昼寝をするのには都合がよい。

さして広くもない幕舎の中だが、一人で長々と寝転んでいると、なにやらかにやらと、回想が頭の中を走馬灯の絵を見ているように駆けめぐってくるから不思議な気持ちがする。

このショートランドの水偵基地に赴任してすでに一月半を経過しているが、その毎日のすべてが私にとっては初体験のものばかりであり、また、試練の日々ででもあった。

茨城県鹿島海軍航空隊にあって、乙飛十六期生の飛練教員をしていた私に、「九三八空付を命ず」という辞令が出てから、私の水偵操縦員としての真の生活ははじまったのである。

まず、私たちは横須賀海軍航空廠に集結し、ここで新式の零式水偵十機を受け取り、これに艤装し、赤道の南方はるかに点在しているソロモン群島まで飛び、ガダルカナル島の攻防戦に敗退はしたが、それでもなお、この方面の海と空での反撃戦をくり返しているわが軍部隊の増援に参加せよというのである。

集まった搭乗員三十名と、電探技術員三名の顔ぶれを見ると、古参搭乗員としては、輸送指揮官西山少尉（乙飛一期）、同偵察員大羽飛曹長（偵練）、二小隊一番機松波飛曹長（操練、九志）、三小隊一番機梅津上飛曹（操練、九志）の四名だけで、残りの列機に搭乗する操縦、偵察、電信の各員は、飛練、または延長教育をへて、実施部隊に配置されてまもないといった飛行経験未熟の若輩搭乗員ばかりである。

この陣容で〝飛行機隊を編成して、ソロモン戦に参加せよ〟というのだから、まったく無茶な話であろうが、命令であれば従うだけが当時の軍隊であった。

横須賀での出発準備には、約一週間を費やしたが、それは〝あっ！〟という間に過ぎたというほどあわただしい毎日であった。

私は、二小隊二番機を命ぜられ、ペアには偵察員北山飛長、電信員清田上飛が指名された。今日からは同じ飛行機に搭乗して、ソロモンへの長征の途に就《つ》くというのだから、経験未熟のペア三人としては心細い限りであるが、この際はやるしかない。

横須賀から父島へ、サイパン、トラック、ラバウルへと島伝いに南下しながら、最終の目的としているショートランドへと飛びつづけていくこの計画によると、全行程は約二千九百カイリ（約五千四百二十キロ）にもなるという、聞いただけでも気の遠くなるような長距離飛行が待っている。

私たちとして、これから先の行動に際しては、〝神仏〟を頼り、ただただ、飛行機隊指揮官機に全幅の信頼を寄せて、その誘導に随《つ》いていくだけである。

航空廠の関係者らに見送られて、大空に舞い上がったその日は、まったくの快晴に恵まれた。東京湾の出口に設営されている観音崎灯台の上空で全機が編隊をととのえ、高度千五百メートル、針路百七十度宜候《ようそろ》で南下をはじめていると、飛行機隊の右後方には、夏山の富士山がその全容を見せていて、それは、あたかも私たちの〝晴れの雄途〟を温かく見送ってくれているかのようでもあった。

南へ南へと飛びつづけている飛行機隊は、太平洋の黒潮の中に点々と浮かぶ伊豆諸島の島々を上空から確認しながら、一路、父島を目指して進んでいる。

横須賀を発進してから、四時間半ぐらいを過ぎたころ、私たちの全機は、この日の到達予定地にしていた父島の上空に無事到達することができた。

その夜は、父島空に仮宿して、全飛行機の点検整備に当たったが、このとき、台風接近があったりしたので、父島からの出発は四日ほど延びたりした。

飛行第二日目の父島からサイパン島への行程は、七百八十カイリというロングランであるので、全員は緊張しながらも、指揮官機に随いて飛びつづけたが、その途中、私たちは、二度にわたってスコールに前路をさえぎられた。最初のスコールは、小規模のものでもあったのか、指揮官機はこれを迂回したので、私たち列機のみなは、難なくこの地点を通過することができた。が、二回目のスコールに際しては、指揮官機が飛行高度を海面上スレスレにまで降下しながら、このスコールに向けて直進して行くので、列機はこの際、指揮官機に随いて同じく飛行高度を下げ、各機間の編隊幅を極度にちぢめながら、飛行機を取り巻いている一面の雨雲の中を、指揮官機につづいて飛ぶしかなかった。そのうち、いつのまにか全機はスコールの中に飛び込んでいた。

予期しないでもなかったが、飛行機の窓といわず、翼や胴体には、大きな雨滴が激しくぶつかっては流れているのが座席から見える。

窓越しに見えている前、下方の海面上は大きく波立っていて、打ち上げているその飛沫を、プロペラが絶え間なく叩いている。その叩いた瞬間には、〃バシッ！〃という大きな音が出て、操縦席前面の遮風板の前面に飛沫が飛び散ってきて、その飛沫を、また降り注いでいる大きな雨滴が洗い流すといった状態を繰り返している。

飛行機隊の各機は、激しく降りしきる雨雲の中を飛びつづけているので、視界はわずかという悪条件下になっている。

指揮官機に随いて飛んでいる列機の操縦員はみな、それこそ、必死の形相をしながら、指揮官機を見失うまいと歯を食いしばっていることだろう。

気流がきわめてわるい。超低空で飛んでいる各機は、上下、左右に激しくゆさぶられている。下降気流に押されて、飛行機下部のフロートが、海面を叩くという状態もたびたび起こっていて、操縦桿を握っている私の手指は、もう、ほとんど知覚を失ったようにさえなっている。

まさに、神様、仏様と祈りながら飛びつづけている私にとっては、この飛行機の正常に回転をつづけているエンジンの音だけが頼りである。

飛びつづけている飛行機の前面が、急に明るくなった。スコールからの脱出に成功したのであった。スコール域から遠ざかるにつれて、気流の荒れもおさまり、いままで雨雲の中で難行、苦行をしていたことが嘘のように、付近の天候は快晴で、視界もきわめて良好となった。

紺青の空中には、断雲のいくつかが流れていて、円形に見えている地球の端《はたて》、水平線上には、もくもくと大きく湧き上がっている入道雲のいくつかさえ見えている。

指揮官機の誘導に随いていると、飛行高度はいつの間にか三千メートルに上昇していた。このころになると、飛行機隊の各機は、それぞれ編隊幅を大きく開いているので、相互に空中衝突という危険性がなくなっていて、各機とも、操縦員はゆったりとした心情の中で飛行機の操縦ができている。

海上に眼を下ろすと、大型輸送船団が、隊列を組んで南下しているのが見えている。各船とも、紺碧の海上に長々とした純白のウェーキを残しながら航行しているが、なお、その船団の両側には、それよりもさらに大きなウェーキを立てて疾《はし》っている小型船も見えている。船団護衛で、ともに南下している味方の駆逐艦か、駆潜艇でもあろうか。

「竹井兵曹、昼食にしましょうか」

「そうだな、今のうちに食っておくか」

スコールを無事に突破したという安堵感もあってか、私たちは空腹を覚えるぐらいに気持ちの余裕ができていた。後席から窓越しに昼食を差し出してくる北山飛長が、にっこりと私に笑いかけている。彼もどうやらその心が平静にもどっていたのであろう。

昼食弁当は、今朝、発進してきた父島空の主計兵の心づくしのもので、巻寿司と紅茶、それに缶詰のミカンまで添えられている。

〝一路平安〟――私は操縦桿を両脚で挟み、昼食の巻寿司をつまみながらの飛行をつづけているが、このように、飛行機上で弁当を食べながら戦場に赴任するということなど、それまでには考えたこともなかったので、この際は飛行機乗り冥利につきるという思いですらあった。

サイパンの一夜

南へ！　南へ！　と進んでいくためでもあろうか、座席の中は蒸し風呂の中にいるように熱くなっていた。直射してくる太陽光線が目に痛い。飛行機の窓を開ければ、涼風が入ってくることを承知しているが、そうすると、飛行機の速度が落ちて、ガソリンの使用量にも影響が出てくるので、私たちはここが我慢のしどころとばかりに、窓も開けず、熱さにも耐えながら頑張って飛びつづけている。

そうして飛びつづけているとき、前方の水平線上に〝ぽつん〟と、一つの黒い点が見えてきた。バハロス島である。

飛行機隊がこの島の上空を通過すると、今日の目的地としているサイパン島までの海上には、点々と浮かぶ小島がつづくことになっているので、私たちも安心して飛びつづけられる。

途中のアナタハン島上空を通過するころには、前方はるかの水平線上にサイパン島が浮かんで来た。その島影は、飛行機の進行に合わせるように、だんだんと大きくなって来たが、それでも、島全体の姿を確認できるまでには、なお、十数分の時間が過ぎていた。

目の覚めるように美しい紺碧の洋上に、サイパン島の全容が見えている。その白砂の浜辺に打ち寄せている白波が、濃い緑につつまれた島の輪廓をより鮮明に浮き立たせてもいた。島の南側に大きくひろがっているラウラウ湾の砂浜に設営されている水上機の基地が、私たちにとっては今日のお宿である。

サイパン島の飛行基地には、格納庫前のエプロン上に、横浜空のマークをつけた飛行艇三機が翼をやすめていた。

この基地には、零式水偵を陸上に揚げるための滑車がそろっていないというので、仕方なく、私たちの飛行機全機は、それぞれの飛行機に錨をつけて、海上に係留することになった。それも、一ヵ所にまとめずに分散して係留するので、遠いものは、基地の浜辺から二百メートルぐらいの距離をおくものさえある。

今日の長距離飛行をなんとか無事に乗り越えてきたという安堵感と、初めての南の海に出会って心をひかれたのか、私たちの仲間の幾人かはさっそく飛行機上で裸になり、海中に飛び込んで泳いでいるものもある。

これを見ていた陸上からは赤旗が振られ、発煙筒が焚かれると同時に高速艇が海中で泳いでいる者の方向にすっとんでいった。

泳いでいた皆はびっくり仰天、何がはじまるのだろうかと、奇異に感じながらも、それぞれの飛行機のフロートに這い上がっていたが、やがて、迎えの小船に乗り移り、陸上の指揮所に向かった。

飛行隊指揮所前では、ここの基地司令から、「この海域には鱶《ふか》がウヨウヨと泳いでいて、湾内にもときどき現われているので、間違っても岸辺から遠い所で泳いではならない」と厳しく注意される始末である。

夕食後、一同には外出が許された。この基地からいわゆる〝街〟までは軍用トラックに便乗することとなった。

サイパン島と、これに隣接するテニアン島の島々では、当時、砂糖の栽培が盛んで、日本内地から製糖会社や、関連商社などが進出しているということもあって、街はこれらの人々で賑わっている。

赤い屋根、青い屋根の一見バンガロー風の家々が緑の中に点在している。それらの家々には白いペンキが塗られていて、床も高床式である。道を往く人々の中には、一見、内地から来ていると見える人も多かったが、長い期間、南国の太陽の下で生活しているからでもあろうか、みな一様にその皮膚は赤黒く日に焼け、目玉ばかりがギョロギョロしていて、現地人のそれとあまり変わりがないようにさえ見える。

私たちの一行は、基地を出る前に夕食をすましてきているので、その足はおのずと〝酒場へ〟と向かった。

酒場の造りは土間に荒削りのテーブルと粗末な椅子（バンコ）を幾つか並べているという程度のもので、そのさまは、内地で見た海水浴場に仮設されている〝お休み処〟に似ているような粗末なものである。

酒場の中では、強いアルコールを飲んだ人々が、思い思いにテーブルを囲み、がやがやと騒いでいるが、その中を原住民と見える給仕女が走り回ってサービスしている。その給仕女の服装は、ムームーと、素足にゴム草履といったところで、顔や手足の色が赤黒いなかに、真っ赤に塗った口紅の色と、その髪がチヂレているのが印象的であった。

顔一面にウッスラと汗をかきながら、客とテーブルの間をいそがしげに走り回っている給仕女だが、彼女たちの口から出ている日本語は、片言まじりながらもお客さんに対しては丁寧なもので、そのうえ、飲み代の勘定は確かで早かったのに感心した。

酒場には日本酒やビールもそろっていたが、私たちはウイスキーを飲むことにした。出されたのはサザンクロス（南十字星）というこの土地の銘柄品で、アルコール度数は四十五度もあるとか、その栓を抜いたばかりの瓶口にマッチの火を持っていくと、青い炎がちょろちょろと上がるという代物である。肴は豆類などもあったが、魚肉を中心とした土地の料理品も準備されている。食べてみると大味で、あまり美味しいとは思われなかった。私たちは、なにしろ初めての夜を、珍しさと若さで飲み合うものだから、お互いにその量を過ごしていることにも気づかなかったが、そのうち、アルコールに足をとられてよろよろ歩きをする者も出てきたので、一同は基地行きの最終便を待たずに、通りがかりの海軍トラックに便乗して、早々に基地へ引き揚げた。

トラック環礁でＧＦ発見

「竹井兵曹、十二時を過ぎましたので、この辺で昼食にしましょうか」

偵察員の北山飛長が、遠慮まじりの声で、伝声管越しに昼食伺いを伝えてきた。

不謹慎な話ではあるが、昨夜痛飲した〝サザンクロス〟による二日酔いの気分が残っている私は、身体が幾分けだるいのを我慢しながら飛んでいるので、空腹感とか、食欲などを感ずるという状態ではなかった。後席から伝わってくる偵察員の声に〝もう、そんな時間になっていたのか〟と腕時計に目を移すと、時計の針はすでに十二時を回っている。

「おい、昼食にしよう」

私の指示で北山飛長が差し出した昼食は、昨日と変わって、今日のは五目飯の缶詰であった。偵察員は缶詰の蓋を上手に切り開いて、割箸も添えている。

ペアの三人は、いま空腹でたまらないというほどではないが、この後、どのような空中での突発事故が飛び出すやら分からないという、飛行機での長旅の途中でもあるので、ここは決まりの時間にひとまず昼食を摂《と》っておくことが賢明の措置であろう。

「竹井兵曹、今日も食後の果物に蜜柑の缶詰が出ているので、配ります」といって、これも上手に蓋を切り開いた缶詰を差し入れてきた。

食後、不要になった空缶は、窓から下界に放棄したが、その下界の太平洋上では、まさか、魚がこの空缶に当たって怪我をすることもあるまいと、機上の三人は陽気に笑いながら、食後の紅茶で喉をうるおしたりもしていた。

今日の飛行行程は、サイパンからトラックまでの約五百六十カイリである。

私が搭乗している飛行機は、十機編隊の二小隊二番機であるから、飛行中には全飛行機の一番左側の位置を飛んでいる。この位置から右側をながめると、つねに全機が見わたせるので、私は空中で孤独感に陥るということがなく、その点では心強い限りである。

飛行高度三千五百メートル、速力百二十ノット、空中でエンジンの微調整を終え、自動操縦装置に切り換えて飛行しているので、操縦員の私としては、実際に手足を動かして操縦をつづけるという労がまったくない。

今日の飛行では、今のところ、上空に雲一つない青空がつづいている。編隊飛行中ではあるが、各機はその間隔を大きく開いているので、僚機との接触は起こらないという安心感が先行していて、三千五百メートルの高空を、太陽の熱い直射光線を受けながら、ゆらりゆらりと飛びつづけていると、つい、眠気に襲われたりもする。そのようなときには、快調に回りつづけているエンジンの響きが、子守歌のメロディーにもなって聞こえて来るから、不思議なものである。

「偵察員、あと何時間ぐらい飛ぶのか？」

私は自分の眠気覚ましの意味もふくめて、後席員に大声でたずねた。

「あと、二時間ぐらいです」

即座に、明確で元気な答えが返ってきた。

私は座席から伸び上がって、後席を振り返って見ると、後席の二人は居眠りをしているどころか、それぞれ熱心に作業中であった。振り返った私が、〝ニヤリ〟とすると、彼らはにこにこと微笑を返してくる。

飛行機隊の各機は、編隊幅を大きく開いて、今日もまた島影のほとんど見えない丸い地球を眼下にしながら、推測航法をつづけている指揮官機の後につづいて、今日のお宿、トラック基地を目指して飛びつづけているのである。

予定の到達時刻に近づいたころ、前方の水平線上には、今日の目的地であるトラック諸島が見えてきた。

先ごろ横須賀を発進してから、このときまでの間に、私たちは機上からではあったが、リーフに囲まれて海上に浮かぶ島々のいくつかを見てきた。いま眼下にするこのトラック環礁と、その中に浮かんでいる島々のそれは、その規模が断然に大きくて、リーフの中に点在している島々の数も、比較にならないほど多い。

そんな折も折、上空に突然あらわれた六機の戦闘機が編隊飛行をしながら、左上方からいきなりに私たちの飛行機を目がけて、物凄いスピードで突っ込んできて、〝アッ!〟という間に右下方へと飛び去っていった。

そのころ、私たちの飛行機隊は、通常の編隊飛行の隊形にもどっていたが、突如としてわれに来襲してきたこの戦闘機群に対して、指揮官機がとくにあわてるようすもなく飛びつづけているので、列機のみなは安心して前進をつづけている。戦闘機群は、わが海軍の零戦であった。

その零戦隊が、今度は後上方から同行、飛来してきた。そして、私たちの上空を通過するとき、その一番機が大きなバンクを数回繰り返した後、それを合図にしたかのように、彼らは、すぐに右反転して、彼方の空へと飛び去っていった。

私は、この零式水偵が、敵の戦闘機に襲撃されるときとは、〝こんなものかも知れない〟と思い、考えただけでも〝ゾッ!〟とするほどであった。

トラック島の上空近くに到達して驚いたのは、その大きく囲んであるリーフの内海に、艦隊集結で停泊している無数の艦船群を見たからである。これがわが海軍の連合艦隊（GF）の偉容である。戦艦あり、航空母艦ありといった中に、巡洋艦、駆逐艦や、大型輸送船が、ウジャウジャというほど海面一杯になって、錨を下ろしている。

超大型戦艦といわれている「大和」「武蔵」や、戦艦「山城」「扶桑」、重巡では「鳥海」「摩耶」「羽黒」といったところが、また、これらの中でも大きくて、ひときわ目につく空母があるが、「翔鶴」と「瑞鶴」であろうか。

そう見ていると、五千トン級の軽巡洋艦や駆逐艦が、この海上では小さな艦にも見えるから、目の錯覚ではあろうが、不思議な思いさえする。

トラック環礁は、当時の日本海軍が南方進攻の一大拠点として整備していた重要基地である。そこで、わが連合艦隊はトラック基地に進出しては、この海上に錨を下ろして、燃料や、弾薬の補給をしたり、物資の積み込みから艦艇の小修理を行なうほか、あわせて、乗組員の休養地にも充《あ》てていた。

なお、艦隊が入港しているとき、その艦載機群は春島や竹島、および夏島のそれぞれの基地航空隊に移動して、飛行機の修理、点検を行なうとともに、搭乗員の飛行訓練や、付近海上の対潜水艦哨戒などの飛行も実施している。

そういえば、私たちの飛行機隊が、トラック環礁の上空に接近したころ、六機編隊の零戦群に襲撃されかかったのであったが、彼ら零戦隊では、私たちの飛行機を空中で発見したので、彼我の確認のための警戒行動をとっていたのかも知れない。

南十字星とオリオン星座

連合艦隊が入港しているので、トラック周辺の海と空では大変な混雑がつづいていた。

上空には、いろいろな機種の飛行機が飛び交っている。高空では、その両翼端に飛行雲をつくりながらの格闘戦をやっている零戦や二式水戦があるかと見ていると、他方では、急降下爆撃の訓練をやっている艦上爆撃機群があって、その他にも飛行艇や小型水上機の離着水もさかんに行なわれている。

　私たちは、そのように空の混み合うなかをかいくぐるようにしながら、夏島基地前の海上に全機とも無事に着水し、指揮官機にしたがって、水偵基地に接岸した。

　水偵基地の格納庫前に設営されている広々としたエプロン上や、滑り台上にまでも分散して陸上がりしている水上機群の周辺では、飛行機のエンジン調整のための試運転をしていたり、また、機体の点検や、エンジンカバーを取りはずして修理しているものも多い。それらの飛行機の周辺では、キビキビと動き、汗と油で汚れた半裸の人々が走り回っているのが見えるが、彼らは艦隊勤務の搭乗員や整備員ででもあろうか。

　真っ黒に日焼けしているその顔や手足、活《い》き活きとしたその動作は、見た目にも心強く、頼もしい。彼らの動きは、あの狭い軍艦のなかで、重くて大きいこの水上機を発着艦させたり、それも戦域内でのことともなれば、待ったなしの動作を強いられる生活からきた対応動作ででもあろうか。

「竹井兵曹ではないか、君はどこの艦にいるんだ」

　接岸して飛行機から降りたばかりの私は、飛行服姿の大男に突然、声をかけられてびっくりした。一年半も前に、鹿島空の飛練で練習していたころの操縦教官であった佐藤飛曹長である。

「やあ、どうも。これから九三八空ショートランドに向かうところです。分隊士は、いま、どこですか」

「重巡『摩耶』の乗り組みだ。ソロモン戦は手強いぞ」

彼は艦隊搭乗員となって、ソロモン戦に参加していたが、このときは、トラックの水偵基地で飛行機の手入れをしていたのであった。私たちも、それぞれが搭乗している飛行機の手入れや、ガソリン注入などの一連の作業を終えて、基地航空隊（九〇二空）側で準備してもらった宿舎で一泊することになった。

トラック環礁に停泊する戦艦「大和」と「武蔵」——トラック島の上空に達した著者は、集結した連合艦隊の偉容に驚かされた。

世界地図をひろげると、すぐ目につくように、その中央部分には赤い大きな横一線が表示されている。赤道である。トラック諸島は、赤道のすぐ北側に図示されていて、いわゆる赤道直下に位置していた。

そのせいかどうかは知らないが、ここでは湿気が少なく、空気はサラサラとした感じで肌に気持ちよい。日中、戸外に出て、太陽の直射をうけているときには、暑くてたまらないが、一歩、木陰などにはいると、涼風をうけて暑さを忘れるぐらいに快適になり、夜はとくに過ごしやすい。

私たちが仮宿したその日は、まったくの快晴で、夜に入ってからも、断雲の一つさえ浮かんでいないという上天気の空中には、無数の大きな星が空一杯に明るくきらめいていた。北の空には、水平線のすぐ近くに、北斗七星が横に寝た形で大きくきらめいている。南の空には、四点の形どりをした南十字星がきらめいていて、真上の空中にはオリオン星座が、いちだんと大きなきらめきを見せながら展開している。

私は、頭上に大きくひろがる夜空を、もの珍しく眺めているうちに、初めて見る南国の夜空のその美しさに、ちょっぴりセンチとロマンに浸りながら、いつとはなしに、自分が知っている限りの星を探していた。そして、明日からは、この美しくきらめいている星空の下で繰りひろげられているソロモン航空戦に参加することになるのだと思いながらも、よくぞ、遠隔のこの地まで、馴れない飛行機を操縦して無事に辿り着くことができたものだと、内心驚いたりもしていた。

ラバウルでの一宿一飯

八月十四日、トラックの水偵基地を定時に発進したわが飛行機隊の各機は、エンジンの音も快調な中で、今日の目的地としているラバウルの水偵基地を目指して、さらに南下をつづけている。

出発前のミーティングで、「これから先は、いつ、どこで敵機や敵艦と遭遇することになるかも知れないので、各機は空中の見張りを厳守しながら、緊密な編隊飛行をつづけるように」と指示されていたので、今日のラバウルまで七百カイリという長丁場を飛びつづける搭乗員にとっては、まったく気の抜けない緊張の連続である。

　最後部の座席では、電信員の清田上飛が、途中で敵機と遭遇したときには、いつでも応戦ができるように、搭載中の二十ミリ機銃に実弾を装塡して、四方の見張りをつづけている。

「北山飛長、この辺は赤道の上空付近だから、海上に赤い線が現われたら知らせよ」と、私が偵察員に指示したら、「わかりました」という返事が伝声管越しに返ってきた。

　後部座席を振り返って見ると、偵察員は一心に下方の海上を眺めている。私のジョークが通じなかったのか、それとも、〝赤道とは、海上に赤い線が横たわっているかも知れない〟と、彼は本気で考えていたのかも知れない。

　しばらくして、偵察員から、「機長、海上には何も見えません」と報告してきたので、「そうか、残念だったな、見落としたのかも知れんぞ」と、彼を慰めながら、私は微笑を返した。

　一路ラバウルを目指して南下をつづけている飛行機隊の、前方水平線上に、小さな黒い点がポツリと現われた。

　それは小さな島ででもあろうかと思いながら、なおも進んでいると、その黒い点はだんだんと大きくなってきて、しだいに山の頂上を象《かたど》る姿になってきた。出発前のチャート点検で、今日の行程中には途中に高い山を持つ細長い島があるということを承知していたので、私は偵察員に、

「おい、前方に高い山が見えるぞ」

「はい、あの山はラメッタ山です。高さが千五百メートルあります」と元気に答えてくる。

私たちが横須賀を出発してから、今日までの飛行行程の中では、父島やサイパン島はいずれも洋上での点を求めての飛行であり、また、トラック諸島は洋上に点在する比較的小さな島の集まりの中にあるというものだったので、飛行機がそれらの到達目標としている島々の上空付近に到着するまでは、「果たしてこの飛行機は、今日の目的地としている××島を発見することができるのだろうか」などと、心配しながら飛行をつづけて来たのであった。

だが、今日のこのラバウルコースについては、その心配は最初から要《い》らなかった。なぜなら、今日は天候快晴で、視界もよく効《き》いていて、飛行コースの中間付近の海上に大きく横たわっているニューアイルランド島の中央部に聳《そび》えているラメッタ山が、機上から遠望できていたからである。

ニューアイルランド島の北端部には、カビエンの飛行基地があって、そこにはわが零戦隊と、水偵隊が配置されているとも聞いている。最近では、このカビエン周辺に、連日のごとく敵機の来襲や、潜水艦による基地砲撃がつづいているので、この基地に駐留している飛行機隊では、その迎撃に追われているのが実情であるとか。

私たちの飛行機隊は、幸いにも敵機に遭遇することもなく、カビエンの上空を通過したが、前方はるかの海上には、今日の到達予定地としているニューブリテン島の姿が見えている。

指揮官機は、飛行高度を徐々に下げていて、もう、そのころになると、高度計の針は二百メートルを指していた。

ラバウルの水偵基地は、ニューブリテン島東部の、三方を山に囲まれている大きな入江

（シンプソン湾）の入口近くの砂浜に設営されていた。そして、ラバウルの街は、この入江の一番奥まった地帯の水辺にひろがっている。

飛行機上から見える湾内には、四本煙突の二等巡洋艦「川内」が停泊していて、そのほかにも、大小の輸送船数隻が錨を下ろしていた。輸送船では、積荷の揚げ下ろし作業が行なわれているのであろうか、何艘もの小船が接舷している。

ラバウル958空の水上基地で整備中の零式水偵。著者らも飛行服を脱いで半ズボン姿になり、点検整備後、宿舎に向かった。

湾口からは、わが駆逐艦三隻が、縦一列になって、減速しながら入港していた。艦体の側面には、各艦ともその名が大きく記されていて、先頭艦には「あらし」と記されている。この三艦は、いずれも同型のようでもある。

駆逐隊か、水雷戦隊となって、ソロモンの海でその行動を共にしているものでもあろうか。すると、昨夜はソロモン方面の作戦に従事していたのかも知れない。

シンプソン湾の入口近くには、二百メートルぐらいの高さで、その頂上付近が赤茶けている山があり、山頂からは小さな白煙が上がっている。この山が、花吹山であろうか。また、シンプソン湾を囲む陸上部には、ところどころにいくつかの陸上飛行場が設営されていて、その滑走路からは零戦や、小型機、大型機が盛んに離着陸している。

私たちの今日の御宿、九五八空は、花吹山の麓にある松島の砂浜に設営されていた。

全機とも無事に着水した飛行機隊の各機は、その砂浜に接岸して、九五八空の司令に到達報告をした後、全員は飛行服を脱いで半ズボン姿になり、海中に入って飛行機の点検、整備をしたり、錨をつけて海上係留をしたりした後、九五八空から指定された搭乗員宿舎に向かった。

波打ち際まで林立していた椰子の木や、雑木林を切りひらいて、その空間に木造の粗末な高床式の平屋が点々と建てられている。というと、格好はよいが、これらの宿舎は、どれも椰子の丸太を骨組みにした掘っ立て小屋で、屋根は椰子の葉でおおい、壁にはこれも椰子の葉で編んだアンペラが張りつけられている。室内の床には荒挽《び》きの板が敷き並べられていて、その上に、内地から運ばれてきた古茣蓙が敷かれているといった粗雑なものである。

私たちは、九五八空の先任搭乗員に、一宿一飯の挨拶をした後、今宵割り当てられた宿舎の茣蓙の上にくつろいだのであったが、一同とも、さすがにホッ！　とした気持ちであった。

この九五八空には、予科練同期の水偵操縦員北山定民（佐賀県、鹿島中学出身）と、同偵察員村越文雄（愛媛県、越智中学出身）の二人がいた。両名は、ともに元気な顔を見せて、久し振りの再会とお互いの健康を喜び合い、また、彼らがいろいろと私の世話もしてくれたので、とても嬉しかった。

なお、この同期生北山定民の弟北山芳定は、乙飛十五期出身の偵察員として、私のペアで

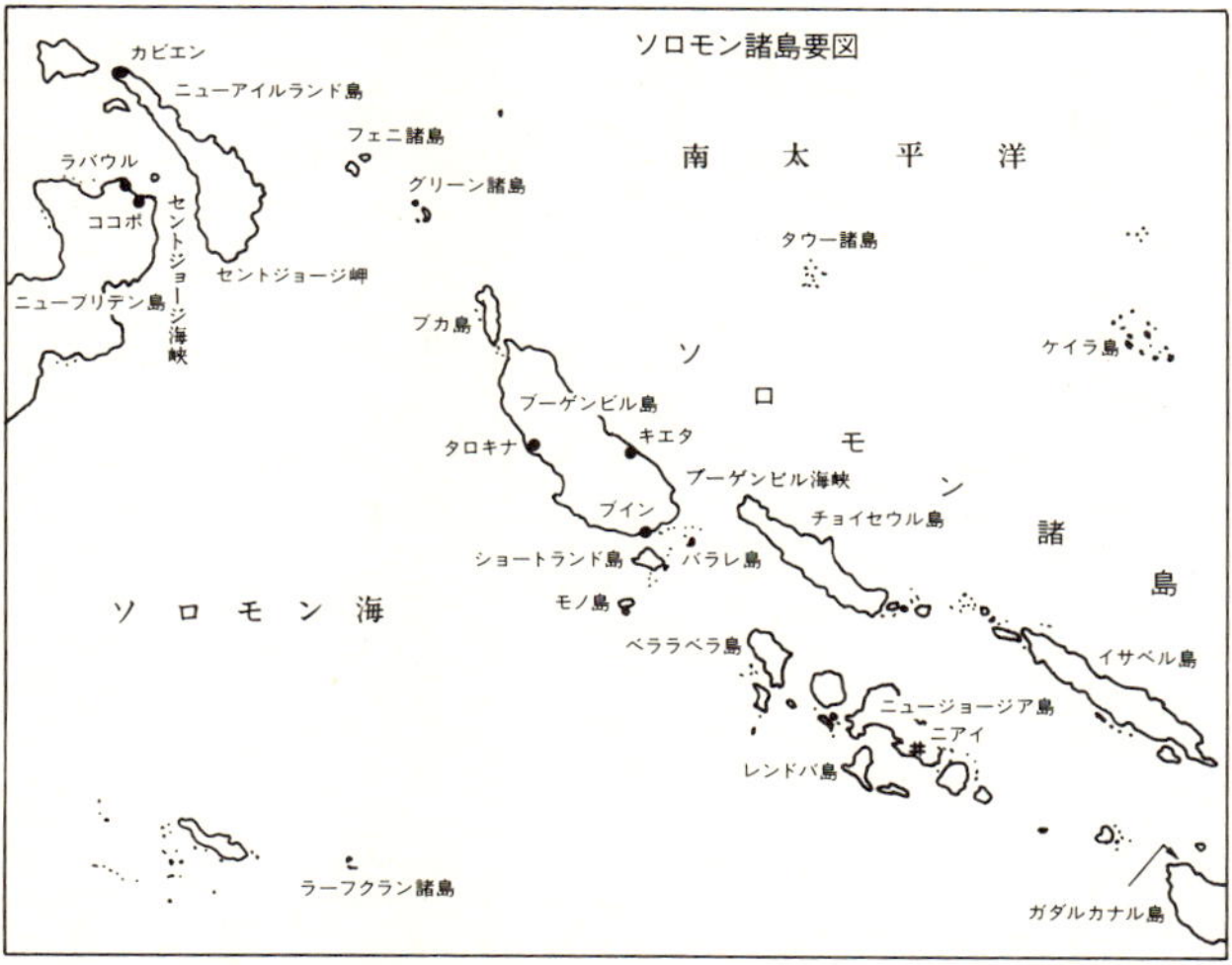

横須賀を出発して以来、このラバウルまで同じ飛行機に乗って飛んで来ているという因縁があった。北山兄は、機長の私に大いに感謝しながらも、この前線のラバウル基地で、偶然にも弟と再会することができたことから、兄弟は人前もはばからずに、抱き合って喜びの言葉を交わしていたが、二人にとっては切実なものがあったのであろう。これを見ていた周囲の者が、みな一瞬〝シーン〟となったほどである。

ラバウル方面の戦況では、最近、とくに敵機の来襲が激しくなっていて、零式水偵での昼間飛行がきわめて困難になっていた。そこで、その戦法を夜間索敵や、夜間攻撃に切り換えられているとかで、海岸の砂浜では、今宵もまた、夜間攻撃に向かうのであろうか、零式水偵の何機かが早くも試運転をはじめていて、飛行機の周辺では、飛行服に身をかためた出撃予定の搭乗員が出発準備を急いでいる。

それからほどなくして、今日の第一陣ともなる零式水偵の三機が、基地前の水上からエンジンの響きもにぎやかに飛び立っていった。

九五八空で用意された心づくしの夕食を終えた私たちは、椰子林の中に仮設されている煙草盆を囲んで、攻撃に飛び立っていく飛行機や、要務をおえて帰投してくる飛行機を眺めたりしながら、明日の目的地であるショートランド水偵基地の話や、ソロモン方面の戦況と、その中での水偵隊の役割分担、その他について、戦地経験者である九五八空の搭乗員から、なまの話を聞き出したりしていた。

予定された出撃機の全機が飛び立った後の基地内は静かなもので、上空の椰子の葉の間からは、大きくきらめいている無数の星が見えていて、〃ここが戦地である〃ということさえ忘れさせるような夜のしじまの中を、だれが爪弾くのか遠くでギターの微かな音色さえ流れて来ている。

最前線の基地で生活していると、人はつねに緊張の連続というわけにもいかないので、爪弾くギターの音に心を休めることも、忙中閑の生活を求めての必要性からくる〃生活の知恵〃であったのかも知れない。

繁り立っている樹々の間を、螢が何匹となく飛び交っているのには驚かされたりもした。

今宵は運よく敵機の来襲がないようで、本当に長閑《のどか》な一夜を過ごしているが、これは、私たちにとって束の間の幸せであったのかも知れない。一見、平和島とも見えるこの地が、〃なぜ〃激戦の地といわれているのか、不思議な気さえしていた。

小さな浜辺の水偵隊

いつ、グラマン戦闘機の襲撃があるかも知れないといわれているこの戦域で、空戦能力を持たない零式水偵だけの飛行機隊十機は、ラバウルの水偵基地を後にして、最終コースのショートランド基地に陣を張っている九三八空に向けて飛び立つことになった。だが、なにしろ素人集団の飛行機隊が編隊を組んで、初めての地点を求めて飛行するのだから、その移動の飛行中に多分の危険性があっても、やはり昼間飛行をする以外にその方法は考えられない。

前夜のラバウル基地では、夜がふけるのも忘れて、いろいろと実戦談をまじえながらアドバイスしてくれた九五八空の搭乗員に感謝し、興奮につつまれながら遅い床に入ったので、朝の目覚めが悪く、両の瞼が重たいぐらいである。

ラバウルから、ショートランドの水偵基地までは三百五十カイリ。

高度二百メートルの低空飛行で、前面のセントジョージ水道を渡り切ろうとしている指揮官機の後ろに、各機はピッタリと組んで南下している。

途中のガゼレ岬の上空を通過しているとき、戦爆連合による七十機ぐらいのわが海軍機が、上空四千メートルぐらいのところを、大編隊を組みながら、南下して行くのが見えていた。その針路は、ソロモン群島方向になっていたので、そこの空では、今日もまた熾烈な航空戦が闘われるのであろうか。

わが飛行機隊は、敵戦闘機の襲撃に備えて、低空飛行をつづけているので、上空の天気は良好だというのに、座席からの遠望はきかない。高空で飛行しているときには十分に望見できるはずの水平線上の島影も、この際には見ることができなくて、眼下に見えているものは、ただ紺一色の丸い海ばかりである。

それでも、しばらく飛んでいると、左前方の水平線上に島影が現われてきた。ラバウル基地を発進する前に、チャートで勉強して知っていたブカ島であろう。ブカ島の背後にはブーゲンビル島があって、この島は台湾ぐらいに大きいと聞いている。

飛行機隊の各機は、緊密な編隊飛行をつづけているが、ブカ島の上空に差しかかったころから、指揮官機がなおも飛行高度を下げていくので、これに追随している各機の高度計は、五十メートルを指している状態である。

ブカ島の上空から、小さな水道をひとっ飛びすると、その先はブーゲンビル島の上空に入る。

高度五十メートルという低空飛行をつづけるのであれば、いっそのこと、海上に出たらよいのにと思うけれども、指揮官機はいっこうに海上に出ようとはせず、ブーゲンビル島の西海岸に沿って、超低空飛行で地上の起伏に合わせながら、なおも飛びつづけている。

追随している列機は、ここで隊列を乱すというわけにもいかないので、全機とも指揮官機から離れないように飛行している。が、なにしろ飛行高度五十メートル前後で陸地の上空を飛んでいるのだから、その飛行機は、いまにも樹木に衝突するのではないかと思うようなことの連続で、内心では冷や汗ものでもあった。

それでも、ここは我慢のしどころとばかりに、列機の各操縦員は歯を食いしばって必死、懸命の操作をつづけていた。

小型機とはいえ、十機もの飛行機が編隊を組みながら、危険を承知のうえ、飛行高度を極端に下げて飛んでいるが、これは、ラバウルの基地で入手していた〝ブーゲンビル島の上空に到達してから先の空中では、敵のグラマン戦闘機からいつ攻撃されるかもしれないので、飛行機隊はその対応を十分に心がけておくように〟という情報があっての気配りからであろう。だが、空中での格闘技能力を持たないわが零式水偵の各機としては、このように超低空飛行をすることで、突然に上空から襲撃して来る敵戦闘機の銃弾を、幾分でも躱《かわ》そうとするための飛行技法でもあろうか。

操縦員の私は、編隊飛行の操法に専念しているので、眼下の地形を眺めるという心の余裕はまったくないが、後席員は二人とも、目を皿のようにして、対空見張りに専念していることであろう。

ブーゲンビル島西海岸の中央部にあるムッピナ岬の上空を過ぎて、なおもしばらく飛んでいると、前方の海上に、今日の目的地としているショートランド島が見えて来た。

飛行機隊の、いよいよ本隊到達のときである。

九三八空水偵基地は、ショートランド島と、これに隣接している小島（ポポラング島）との間の水道を使用していて、本隊はポポラング島に設営されているが、わが海軍部内では、九三八空水偵隊のことを〝ショートランドの九三八空〟と呼んでいた。

この水道周辺の海上には、他にも小さな島々がある。多くの小島に囲まれている海面は比較的静かで、小型水上機が発着するには、もってこいの条件を備えている。ショートランド水道出口の海上には、わが駆逐艦四隻が錨を下ろしている。

水偵基地の上空に到達し、指揮官機から解散の合図が出たので、私は水偵隊の施設や、これからの着水地点を下方の海上に探したが、それはどこにも見当たらない。仕方なく、不安定な気持ちのまま指揮官機につづいて、水道内の海上に着水した。

飛行機が、島内の小さな砂浜に向かって水上滑走をしていると、砂浜をとり囲んでいる雑木林の中から、上半身裸で、半ズボンに略帽を着用しただけの地上員がばらばらと水際に出て来て、私たちの飛行機が接岸するたびに、急いで寄りながら、「エンジン止め！　搭乗員降ろせ！　荷物下ろせ！」と、矢継ぎ早に号令をかけている者があったり、また海中に飛び込んで、飛行機の事後作業にあたる者があったりで、飛行機が接岸した砂浜付近では、それはそれは目まぐるしいひとときがはじまった。

飛行機が接岸している砂浜は、その規模が小さくて、零式水偵の三機が同時に接岸できるぐらいのわずかなスペースしかないので、ここに接岸待ちをしている残りの七機は、着水地点付近の海上をぐるぐると回りながら、地上員の指示を待っているという状態である。

グラマン戦闘機の襲撃

目まぐるしく動いている地上員の作業の中で、何が何やら分からないまま、私たちはその指示にしたがって動き、海岸近くの椰子林の中に造られている小さな広場の一隅にある戦闘指揮所の前に集合した。

指揮官西山少尉が、当九三八空の司令寺井中佐に、「飛行機十機と搭乗員、ただいま無事到着しました。全機異状なし」と報告すると、戦闘服に飛行靴姿の同司令からは、

ショートランド938空の飛行機係留風景——空襲による被害をさけるため、擬装網をかぶせて樹木の下におかれた零式水偵。

「よく無事に全員到着してくれた。九三八空として、君方の若々しく、新しい力を頼りに思う……」というような、ねぎらいの訓辞があった。

新着任時の一応のセレモニーがつづいているとき、隊内には突如〝タカタカタッタッタッター、タカタカタッタッター〟と、けたたましくラッパが鳴り響いた。と同時に〝空襲！　空襲！〟と、見張員が大声で叫ぶ中を、北の空から高度五十メートルぐらいの低空で侵入して来た敵のグラマン戦闘機（Ｆ４Ｆ）の三機が、わが水偵基地を目がけて機銃掃射を浴びせてきた。

スカイブルーのその両翼と胴体に、鮮やかな星のマークを画いたグラマン戦闘機は、操縦席の窓を大きく開いていて、そこには、顔を機外に出して地上の攻撃目標を物色している搭乗員の姿がはっきりと見えている。カーキ色の飛行服と、焦げ茶色の飛行

帽に飛行眼鏡を着用し、白いマフラーを首に巻いているその姿は、私たちのそれとよく似ていた。

グラマン戦闘機から発射している機銃は十三ミリ機銃であろうか、〝カラカラ……〟と軽やかな銃声を立てているが、その間にも、空中のグラマン戦闘機は、〝アッ！〟という間に大きな爆音と、風を地上に残しながら私たちの頭上を飛び去っていった。

地上からは、方々に常備している機銃に飛びついて応戦している者があったが、他の大多数の者は、大急ぎで近くの椰子林の中に飛び込んで、地上に腹這いになりながら、飛行機の一過を待っている。

私たちも、先輩方にならって、椰子林の中に駆け込み、空襲から身の安全をまもった。

グラマン戦闘機は、空中で反転を繰り返しながら、二度、三度と傍若無人な銃撃を浴びせてくる。

そのとき、私たちの頭上で、グラマン戦闘機から発している機銃音と異なった機銃音が聞こえ、同時に赤い飛線を残しながら曳痕弾が無数に空中へと流れているのが目に映った。基地防衛のために、周辺の山中に配備されているわが海軍の防備隊員が、対空戦闘で、空襲中の敵グラマン戦闘機に対して応戦している機銃弾であることを聞かされた。

まもなく〝空襲警報解除〟。

この間、時間にすればほんの数分間の出来事であったが、新参の私たち搭乗員にとっては、突然の出来事でもあったので、全員ともしばらくの間は、まったく度胆を抜かれて、ただ、呆然となっていた。

地上員の方では、毎度のこととでもいうのであろうか、彼らは顔色一つ変えるでもなく、それぞれが元気に次の作業に取りかかっている。

浜辺では、地上員が大勢で、今日転入して来た各飛行機からその積荷を下ろし、エンジン部分に布カバーをかけてはつぎつぎに対岸の樹木の下に曳航して、そこの水上に飛行機を分散しながら係留し、全体を木の枝でおおったりして、上空からこれらの飛行機が見えにくいように擬装している。

地上員は、手造りの小舟を上手に操りながら、浜辺と水上に係留している飛行機の間を、いそがしそうに行き来しているが、その態度には緊張しているといったようすが感じられないほど平静なものである。これが、戦場馴れした人々の姿かも知れない。

ショートランドの生活風景

九三八空で先任搭乗員を勤めている島田唯雄上飛曹（九志操練）の指示で、私たちはそれぞれに割り当てられた幕舎に向かった。私たちが今日までの飛行行程の中で、仮宿して来た各基地での宿舎は、いずれも、粗末ながらも鉄筋コンクリート造りか、または木造の宿舎であったが、今日からの宿舎を指定されて、案内をうけた九三八空の搭乗員宿舎は、椰子の木や、雑木林の中に分散して設営されている天幕張りのものであった。

幕舎の正面一ヵ所には、出入口と、明かり取りをかねて幕の一部が開かれていて、内部には中央土間を通路にして、両側に折り畳み式の一人用ベッドが整然と並べられている。

何はともあれと、私たちは幕舎に入って、それぞれが持ち込んだ衣類や、手荷物の整理をはじめていると、以前からこの基地で生活している搭乗員たちが、何となく物珍しそうな顔をしながら、ぞろぞろと私たちの周りに集まって来た。

初顔合わせの新人と、古参の搭乗員との関係ではあったが、中には鹿島空や、博多空での顔見知りの搭乗員が何人となくこの基地にいたのには驚いた。

ざっと紹介してみると、操縦員では、上飛曹江島三郎（日本航空出身）、一飛曹池田整（甲六期）、上飛伏見忠利（丙十六志）二飛曹中越親章、偵察、電信員では、二飛曹萩原中（甲七期の同期生で東京都東北学院中出身）、一飛曹奈良崎学（乙十期）、上飛曹大利末幸（十二志偵練）、一飛曹田原慈眼（甲六期）、上飛平島勝、上飛谷口治芳（丙十六志）……。

その他にも顔見知りの搭乗員が何人もいて、彼らが気やすく話しかけて来るので、新入隊員に共通の心の緊張が緩むとともに、私たちにとっては心強くもあった。また、彼らにいろいろと教えてもらったりもしたので有難かった。

指定されたベッドを整理し、持ち込んだ荷物を解くなどして一息ついてみたが、夕食までにはまだ時間も残っていたので、私たちは三々五々と隊内見学に出かけた。

九三八空水偵隊の戦闘指揮所は、椰子の葉で屋根を葺いた十五平方メートルぐらいの掘っ立て小屋で、指揮所の中には、これも荒削りの粗末な木机と長椅子二、三脚が置かれ、片隅の柱には飛行機搭乗割板がかけられている。

また、指揮所建物の横には、四本の長丸太を組み合わせてつくった高さ六メートルぐらいの望楼があって、その上には、双眼鏡を手にした見張員二人が配置に就《つ》いている。先刻のよ

椰子林の中に分散設営されていたショートランド938空の兵員幕舎——古参搭乗員の幕舎には、白木の箱が並べられていた。

うな敵機来襲のときには、この見張員が望楼上で、鐘の代わりに使用している空のドラム缶を叩いて、全隊員に危急を知らせる仕組みになっているとか。

私たちの飛行機十機が到着して、受け入れ、その他で混雑していた飛行機発着場の小さな浜辺には、今は人影さえ見えていない。ただ、砂浜周辺の陸上には、ガソリンの詰まったドラム缶や、信管をはずした六十キロ爆弾が各所に野積みにされていた。

搭乗員幕舎近くの空地の一隅には、コンクリート造りの、一立方メートルぐらいの太さで、四角の水槽一基が造られていて、その上端からは真水が溢れ出ている。その水辺では、褌一つになった若者たちが楽しそうに談笑しながら、洗濯をしたり、水浴びしたりしている。その水を一口飲んでみたら、岩清水を飲むような味がして、とても美味《おい》しい。この水は、水偵基地のすぐ裏山から湧き出している清水を、竹樋でここまで導いているのだそうだ。

水偵基地の裏山とは、高さが約七十メートルぐらいの低い丘陵であるが、そこから湧き出してる真水の量は豊富で、この島に生活するかぎり、水に不自由を感ずることはないという。水槽の横には、ドラム缶を切り開いて使用している野天風呂一基が設けられていた。普段には、これで水風呂を使っているが、ときには火を焚いて風呂を沸かすこともあるという。

私たちは、古参搭乗員の幕舎にも行った。その幕舎の奥の半分には、急造の仏壇が設けられていて、白木の箱が所狭しとばかりに並べられている。また、仏壇の前には、サイダー壜に野の花を活けたものが供えられていた。

私が今回、九三八空付を命ぜられて、鹿島空で挨拶まわりをしていたとき、〝九三八空は、水偵搭乗員の墓場だぞ〟と教えられていたのは、まさにこのことであろうか。〝明日はわが身か〟とも思いながら、霊前に最敬礼して幕舎を出た。

夕食の時間になったので、私たちは宿舎に戻った。

食堂は掘っ立て小屋で、土間の中央部には、椰子の木を荒挽きにした長飯台と、バンコが置かれているという粗末なものである。

この食堂に搭乗員の全員が集まり、今日着任した搭乗員のひとり、ひとりが紹介された。前からこの隊にいる搭乗員のなかには、髪を長く延ばして、ポマードをテカテカと塗ってお洒落をしている者や、丸坊主に刈り上げた頭の後頭部に、一つまみほどの毛を長く伸ばしている者、その他、山羊ひげや、どじょうひげを伸ばして得意がっている者等々が、思い思いの装いをしている。初対面時の新人紹介式にも無表情の者があったり、または、大きな声で歓迎の言葉を口にする者などさまざまである。

全般的には、切迫しているはずの戦場の空気が、ここではまったく感じられず、みなの表情は明るく、朗らかなものである。

　掘っ立て小屋の食堂で、和やかに食事をしている搭乗員の中には、今宵の出撃を指示されている者数名がいるのであろうが、だれもが平然として食事をしているので、はた目には、今宵の出撃員がだれであるのかということさえわからない雰囲気である。

　夕食が終わり、辺りに夜のとばりが降りるころ、浜辺では今夜出撃する飛行機の試運転がはじまっていた。

　零式水偵が三機、その飛行機のそれぞれの胴体の下には、六十キロ爆弾四個が装着されている。飛行機の後部座席には、二十ミリ機銃一梃が天を向いていて、手元部分にはその大きな弾倉も取りつけられている。

　出撃する搭乗員は計九名、一同は戦闘指揮所内で、今夜の行動について指示を受けているが、なかでも各偵察員はチャートの上に、鉛筆で何かをさかんに書き入れたりしている。

　搭乗員の各人は、飛行服にライフジャケットをつけ、その首からは拳銃と懐中電灯をぶらさげているが、ただ奇異に感じたのは、飛行機に搭乗する際に、当然着用することになっているはずの落下傘バンドを装着している者がだれもいないのである。

このことは、空中でもしも

昭和十八年八月二十二日の出撃員

操縦員	偵察員	電信員
中尉　西山光和	上飛曹　高橋貞太郎	二飛曹　上田則之
二飛曹　有田重利	二飛曹　萩原　中	二飛曹　高橋利見
上飛曹　江島三郎	二飛曹　垣内　節	上飛　市川光雄

（この他に九五八空から応援の零式水偵一機が組み込まれていた）

飛行機が被弾、その他で飛行不能に陥った場合に、敵中に落下傘で降下して、捕虜となってまでその命を永らえることを、潔しとしないということでもあろうか。

いよいよ出発（八月二十二日）――。

機長「只今から出発します」

司令「出発」

機長「かかれ！」

いとも簡単なセレモニーの後、司令、副長その他の数人が見まもる中を、各機に分乗した搭乗員は、後を振り返ることもせずに、それぞれは大きな水煙を上げながら、つぎつぎと南の夜空へと飛び立っていった。

その出撃発進の模様は、内地の航空隊で行なわれていた飛行訓練時のそれと、まったく変わらないような淡々としたものであって、一度飛び上がってからは、必ず生還できるという命の保証がまったくないといわれているこのソロモンの戦場であるにもかかわらず、征く者にも、送る者にも、悲壮感などは少しも感ぜられなかった。

出撃機の発進を見送り、幕舎にもどって見ると、すでに暗くなっている幕舎内には、サイダー壜に灯油を入れて造ったランプに小さな灯が点されていて、灯火の周りには、今宵非番の搭乗員たちが酒を飲み合ったり、静かにギターを弾いている者や、早々と寝ている者があるなどしていて、皆はそれぞれの夜の一時を過ごしている。

〝総員起こし！〟——番兵から番兵へと口移しに伝えられていく号令に、三々五々と幕舎から起き出してきた隊員たちは、洗面の後、広場に造られている号令台前に整列して、朝の点呼をうけ、宮城遙拝をした後、全員は朝の体操をはじめた。

見ていると、年若い飛行兵が一人、〝サッ！〟と号令台の上に上って、全員に体操の号令をかけている。

私たち新参の搭乗員にとって、見るもの、聞くもののすべてが驚きに尽きることばかりであった。

忙中閑あり

九三八空水偵隊では、私たちの増援隊（飛行機十機）が到着して、全可動機が十五機となり、搭乗員の数もそれなりに増えたことから、毎日の出撃にあたる搭乗員のローテーションにも、いくらかの余裕ができているのか、当面の出番は三日に一度ぐらいの割合になっているようだ。

また、それらの出撃も夜間に行なわれていたので、昼間の搭乗員は、空襲の合間を選んでは飛行機やそれぞれの機材の整備をしたり、ソロモン海域のチャートを拡げて、図上演習をしていることが多い。

私にとっては、着任早々のことでもあったので、ここでの生活で目にするものや、聞くもののすべてが、ただ珍しいばかりのころでもあったので、二、三の戦友と誘い合わせては、暇を見つけて、よく島内の散歩に出かけたりしていた。

ショートランドの水偵基地内では、搭乗員の幕舎から歩いて五分も行くと、もうそこには原住民の小さな集落があるという狭いところで、いうならば、静かに暮らしている原住民の集落の中に、基地建設ということで、わが軍が割り込んでいるといったところか。

彼らの住まいは、六角錐をした掘っ立て小屋の造りであった。それも、人間の腕ぐらいの太さの雑木六本を地面に打ち込んで、その頭部をかずらで結び、全体を椰子の葉でおおったというだけの粗雑な造りである。内部は土間の中央部付近に、人の頭ほどの大きな石が三個置いてあり、住人はここで火を燃やして、煮炊きをしているらしく、その石は三個とも内側が黒く煤《すす》けていた。

その他、小屋の隅には、椰子の葉で編んだアンペラが、無造作にひろげたままで置いてあるところを見ると、この小屋の住人はこのアンペラの上で寝ているのかも知れない。

小屋の中には、黒く煤けた土鍋と、使い古して変形しているブリキ製の空缶が二個、それに蛮刀一振りが置いてあるという程度の簡素なもので、私たちが日本内地でしていたキャンプ生活よりまだお粗末な感じさえする。

この程度の設備と用具しかないところを見ると、原住民はここでは寝るだけではなかろうか。すると、食事は？　衣類は？　と考えながら隅々までよく見ていると、小屋の隅っこには一房のバナナと、タロ芋数個が置いてあった。

戸外には大きな椰子の木が数本立っていて、その椰の木の頭部で葉の繁っている辺りには、人の頭ほどに大きくなって、青い色をした椰子の実が幾つも見えている。また、その木の根っ子には熟して落ちたのか、原住民のだれかが置いていたのかはわからないが、大きな椰子の実が五、六個転がっている。

私たちと身振り手振りで立ち話をしている原住民の一人が、その実の一つを無造作に取り上げて、私たちのために蛮刀を使って、上手に椰子の皮を剝いてくれた。

椰子の実は、外側は厚い繊維質の表皮でおおわれているが、これを取り除くと、中からは夏蜜柑よりもやや太い、硬い中殻が出てきた。中殻の頭部を蛮刀で切断すると、中には果汁が一杯に詰まっている。

くだんの原住民は真っ赤に色のついた口を大きくあけて笑いながら、この果汁を飲めとばかりに差し出してきた。私たちはお互いに顔を見合わせながらこれを飲んだが、果汁は炭酸水の腐ったような味がしていて、一種独特の臭いもしている。

私たちは初めての椰子の果汁を、おそるおそる口にしてはいるが、だれも全部を飲み干すことができない。果汁の残りを捨てて、空になった椰子の中殻を割ってみると、その内壁には約一センチぐらいの果肉（椰子コプラ）がその全面をおおっていた。

この果肉は白色で柔らかく、生のまま食べてもとくに滋味は感じられないが、これを乾燥させると、食パンの四周の硬いところのような色と硬さになる。原住民のみなは、現在ではこの生の果肉を削り取って食べているということであるが、戦前には、南方地帯に外国資本が入って来て、この果肉を大々的に採取しては、石鹼の原材料として輸出していたこともあったと聞いている。

この周辺の島々には、食用としての椰子の実のほかに、バナナ、マンゴ、パパイヤ、シャプシャップとか、野ブドウなどの果物が、野生ではあるが山野の到るところに自生しているようだから、人々はこれらの果物を必要な時に、必要な量だけ採取すればよい。

たとえば、椰子の実であるが、この地方が常温地帯であることから、一本の椰子の木について見ても、その木の頂部付近には花が咲いていて、その下のところには青い実や熟した実がなっている。木の根っ子には熟した実が落ちていて、これらのなかにはすでに発芽して、青い葉を出しているものさえある。

バナナについても、その他の果実についても大体同じ。ここは常夏の国であるため、四季の気温変化がほとんどないことからのものであろう。

海の魚についても、じつにおおらかなものである。海中を群れて泳ぐ魚の大群があり、また、岸辺近くの水中を悠々と泳いでいる魚たちは、近寄る人の気配にも気にするものでなく、人が水中に入っても逃げるどころか、逆に魚の方から人に近寄って来て、ときとしては魚がその人をつつくことさえあるという。

このような人口密度の低い島々で生活している原住民は、食べものを冷凍保存するという施設や器具を持たないので、魚介類などの生鮮品は採っても、すぐに食べるか、干物にして保存するしか方法がないので、彼らとしては、つねに必要とする量のものしか採らないのであろう。

原住民の服装は、まったくの裸の生活といってよい。老若男女を問わず、普段には腰蓑一つか、または、色あせた腰布一つを身につけているだけで、その足元はみな裸足である。（湯上がりの素肌にバスタオルを腰に巻いただけの姿を想像するとよい）

この辺の島々の生活では、衣類がだれにでも自由に手に入るというような流通システムもないようだから、彼らが腰に巻いている布切れは、すでに色あせて、薄墨色になってはいるが、彼らにとって腰布は貴重品であるのかも知れない。

昼と夜の間には、寒暖の差が小さいということもあってか、彼らが住む小屋の中に蒲団や毛布は見当たらなかった。

以上から想像すると、ここに住む人にとって生活必需品とは、調理その他に共用されている蛮刀と、煮炊きするための鍋や、水を入れる器ぐらいのものがあれば、事足りるということでもあろうか。こうして見ると、たしかに簡素な生活で、反面、物流社会の生活に慣れている者からすれば、じつに結構な、羨ましい生活環境ではある。

私たちが原住民の小集落を訪れていたとき、不意に現われた私たちを見て、何事だろうかと不審に思ったのか、五、六人の人々が近寄ってきた。

その人たちの目に敵意が感じられなかったので、やっと安心した私たちは、彼らに近づきの微笑を投げた。

彼らが口にしている言葉は、カナカ語であるということだが、聞いていると、訛りのひどい英語に、いくらかの方言らしいものが混ざっているようなものでもあった。

片手をちょっと上げて〝ヘロー〟と軽く声をかけ、その後は身振り、手振りでどうにか通じる。ここでのやりとりの中で、YES、NO、OK、No1、No10、サンキュウ、の言葉がよく出てきた。それらの中でNo1というときは最高を意味し、No10とは最も悪いということだそうである。このNo10というときに、彼らはかならず手と首を動かしながら、大仰な身振りをする。

彼らのなかの二、三の人が、「シガー、シガー」といって手を出すので、私が持ち合わせの煙草をケースごと渡したら、彼らは小屋の中から持ち出してきた熟したバナナ一房と、上手に仕上げた貝細工のいくつかを私にくれた。いわゆる、物々交換であろう。

私がこれまでに見たこともないような南方の綺麗な貝が、上手に磨き上げられていて、その貝は腰に吊るすように作られていた。

もの珍しさで色々と見たり、聞いたりしているうちに、時間もだいぶ過ぎていたので、私たちは今日の収穫物を大事にしながら、基地に帰っていった。

原住民の青空市場

原住民の集落で見たり、聞いたりしたいろいろのことを、基地に帰ってからもの珍しく話をしていたら、古くからこの基地にいる搭乗員はそんなことは十分に承知しているぞとばかり、「今度は青空市場が開かれているときに行くとよいぞ」と、教えてくれる者すらあった。

それから十日間ぐらいが過ぎたある日のこと、非番でぶらぶらしていた私に、伏見忠利上飛（十六志操）が、

「竹井兵曹、青空市場を見に行きましょうか」と誘うので、渡りに舟とばかりの私は、他の新参搭乗員の一、二も誘って、さっそく基地から出て行った。

青空市場は、ポポラング島の水偵基地の裏側にあたるところの小さな砂浜で開かれていた。

そこは、静かな小さい入り江になっていて、浜辺には二十艘近いカヌーが岸に乗り上げたように置いてあって、カヌーの上には海の幸、山の幸がいずれも山と積まれている。浜辺の一角では、この辺の島にこれほど多くが住んでいたのかと目を見張るほどの人々が、各自で運んできた海の幸、山の幸を積み上げているまわりを囲んで、ガヤガヤとやっている。みなはこの青空市場で物々交換をしているのであろうか。商談が成立したと思われる付近では、品物があちこちに運ばれている。

ショートランド基地周辺の原住民。水偵基地の裏の砂丘では、大勢の住民がカヌーに乗ってあつまり、青空市場が開かれた。

腰蓑か、腰布に素足だけの原住民だが、これほど多くの人々が集まっていると、その肌の色も真っ黒から茶褐色まであって、さまざまな色合いに分かれているのがわかった。

浜辺でガヤガヤとやっているこれらの人々の集まりは、無統制のように見えていたが、よくよく見ていると、彼らの中のでっぷりと太って、肌の色艶がよく、その風采も堂々としている一人の原住民が、周りの一角に立って何かさかんに采配を振っている。そして、ここに集まっているその他の人々は、みな、この人の采配にしたがって動いているようである。

伏見上飛の説明によると、この人はポポラング島周辺の島々を差配しているグレートキャプテン（酋長）であるという。なるほど、見た目にもその貫禄は十分である。

私たちが彼の近くに寄って行っても、特別にヘラを打つこともせずに、私たちが邪魔になるときには〝あっちに退っておれ〟とばかりに手を振ってのジェスチュアーを示すことも再三であった。考えてみると、この集団行動のなかに、突然割り込んでいって、ただもの珍しそうにウロウロとしている私たちは、彼らにとって、この際は邪魔者であったのだろう。

しばらくの間つづいていた取り引き行動が一段落したのであろうか、このグレートキャプテンは、急に笑顔になって私たちに近寄ってきて、手一杯にぶら下げている果物をくれると言う。そのころには、他の島々から取り引きに来ていた人々は、三々五々と沖に向かってカヌーを漕ぎ出している。

カヌーは太い丸太をくり貫いて舟型にした本体に、その外側に一本の小さな丸太をこれに並行して並べ、その本体と丸太間を別の小さな四本ぐらいの小丸太で結んで、舟の安定をかこっているという南方独特の小舟である。このカヌーに原住民の三、四人が乗り、手漕ぎで舟を操り、また本体と添え木の間を結んでいる小丸太の上に荷物を乗せて運ぶのであって、カヌーはこの地方では海上輸送の唯一の交通機関ともなっているようである。

人々の生活に欠くことのできない生活の三要素といわれる衣、食、住がこのように手軽に整えられる簡素な生活環境、これは、人口密度が小さいこのような南海の小島に住んでいるからこそ、できるのであろうか。

そして、その楽園に戦争を持ち込み、ここに住んでいる人々の生活までをも、極度に乱そうとしている文明人の〝エゴ〟は、将来ともに許されないものであろう。

ここに住んでいる人々は、今までに飛行機などは見たこともなかったかも知れない。おそらく、彼らには人間が空を飛び回ることなど考えたこともなかったのかも知れないのである。それが、肌の色も、服装も、言葉も、食べ物までもが、彼らとまったく異なるという大勢の者が、いきなりこの島々に乗り込んできて、地上ではやれ自動車だ、やれ戦車だという車で走り回り、自然に生えている樹々を勝手に切り倒す、山はくり抜く、また、エメラルドの海上では、大から小までの艦艇が我が物顔で走り回る。

そのうえ、空には飛行機群が爆音高く飛び交っていて、それ爆撃だ、銃撃だといっては昼夜をわかたずに暴れ回るなどしているが、これらの行為が、それまでは静かに暮らしていた原住民の生活環境を、極端に掻き乱していることは確かのようである。

このような闖入者の不法行為に対して、これを排除する力を持たない原住民としては、その心情は憤りに燃えてはいても、これを実行する術もなく、ただグレートキャプテンを中心に、現在のような生活をつづけていかざるを得ないのが実情でもあろう。

素潜りの魚取り

空の定期便と呼ばれているこの日の敵の戦爆連合による来襲も終わり、また、ゲリラ的に出没してくる敵のグラマンF４Fや、ベルといった戦闘機の銃撃も過ぎた午後の三時ごろ、私は戦友の二、三人と連れだって、ショートランドの水道ぞいに、ぶらりぶらりと散歩に出かけた。

水偵基地から少し歩くと、その先一帯はすべて丈の低い自生の灌木林で、わずかに人々が踏みならした小道が、海岸沿いにつづいている。

先ほどから飛行靴で踏み締めている小道の砂は、何とはなしに軽い感じがしているので、手に掬《すく》ってみると、その砂の三分の二ぐらいのものは、サンゴや貝殻の粉のようで、その中に砂が混じっているという状態である。この一帯の島々はサンゴ礁に取り囲まれているので、長い間にはこのような砂状になるのかも知れない。

そのとき、横合いから腰蓑ひとつの姿で、裸足の真っ黒な原住民が一人、私たちの前に現われた。不意の出現でもあったので、〝ギョッ！〟となっている私たちに向かって、彼は真っ赤な口を大きく開けて笑いかけ、海の方を指さして私に何かを話しかけているようでもある。その指さす方を見ると、他の一人の原住民が、海に素潜りしながら、素手で魚をとっていた。

海中に潜っていたもう一人の男が、大声を上げながら海面に顔を出した。その男は口に大きな蛮刀をくわえていて、海面をバタバタさせながら、岸辺に向かって泳いで来る。その泳ぎ方が何とはなしにぎこちなく見えるので、所変われば何とやらで、この地方の原住民はこんなにして泳ぐのかと感心して見ていると、変てこな泳ぎをしているのも道理で、その男は大きな亀（甲羅の直径が約七十センチぐらいの大きなもの）を、素手でしっかりと握っていたのであった。

日本の内地では、漁業人口が多く、また、漁獲も盛んであるので、海や川の魚は人影をみると、身の危険を感じてすぐに逃げたりするが、南方のこの地域では、魚を捕る人の数が少なく、また、捕った魚を保存する設備もないので、ここに住む人々は必要以上の魚を一度には捕らないのだろう。そこで、魚の方でも、人影に怯《おび》える風もなく、大小の魚が群れながら、岸辺近くを悠々と泳いでいるのである。

私には、原住民が素手で捕まえている大きな海亀も珍しかったが、なんらの予備知識もなしに散歩している目の前に、突然現われたこの人たちが、身振り手振りながらも初めての私に、親しみをまじえながら話をしてきたことの方が大きな驚きであった。

それから、また、数日がたち、九三八空水偵隊が基地を張るショートランド周辺一帯が、敵軍からの大空襲と、引きつづいての艦砲射撃をうけた昭和十八年十一月一日のこと、この日の夕食の膳にはいろとりどりの魚の盛り付けが卓上一杯に並べられていて、これに箸を進めている搭乗員のみなは、大はしゃぎをしている。

この日は、午前中の猛爆撃に引きつづいて、午後には長時間におよぶ海上からの艦砲射撃をうけていたので、九三八空の基地内は惨憺たる状況になっていたが、それでも、隊内ではそれぞれの部署ごとに応急の整理に励んでいた。

艦砲射撃が止んで一時間ぐらいを過ぎたころ、飛行機発着場付近の海岸付近では人々が大騒ぎしている。

浜辺で騒ぐ大声は、私たち搭乗員の幕舎にまで聞こえて来るので、皆はまた、何かが起こったのか？　と、騒いでいる浜辺に駆けつけてみると、そこの水辺では魚の摑み取りがはじまっている。水面に白い腹を見せて浮いている魚もあれば、まだ、動いている魚もあり、それらの魚が海面一杯になって浮いているのだから壮観である。隊員の中には水中に潜って魚を捕まえている者も多く、地上から見ている者、水中で魚を捕まえている者、これらの全部が一緒になって騒いでいたのであった。

魚はその数があまりにも多くて、捕りきれるものでもない。地上の砂浜にはすでに捕獲した魚の山がいくつもできていて、皆はもう止めようということになり、後は主計兵に任せて、それぞれ引き揚げていく。

その魚が、今夕の魚料理の大盤振舞いのもととなっていたのである。

敵軍の基地爆撃と、それに引きつづいた艦砲射撃の弾丸は、地上にも際限なく落ちてきたが、それらは、また、付近の海上にも同じように落ちていて、これがかわいそうにも海の魚を惨殺していたのであった。じつに悲しいやら、嬉しいやらの魚の摑み捕りである。

銀蠅もまた楽しみか

ショートランドの水偵隊に着任して数日を経たある日、新任の搭乗員の一人一人には、コーヒー缶が一缶ずつ支給された。一缶といっても十八リットル缶であって、それもまだ封も切られていない新缶である。

私たちは皆びっくりしながら、言われるままにその缶を開いて見たが、中には荒びきの暗褐色をした粉が一杯に詰まっていて、ぷーんとよい匂いさえしている。

古参の搭乗員の説明によると、この基地の搭乗員室では、皆がこのコーヒーの粉を適量に取り出して、ガーゼにつつみ、別の缶詰の空缶に入れ、水を差してこれを煮沸し、これも配給されている練乳で甘味をつけながら、お茶代わりに飲むのだそうだ。

　最前線に急造されているこの基地内に、近代的なコーヒーセットが揃っているはずがないので、この要領はまさしく生活の知恵であろう。

　コーヒーを濾《こ》すためのガーゼは、飛行機の常備搭載品となっている救急医療品箱の中から失敬してくるので、これは簡単に手に入る。

　また、甘味料に使う練乳は缶詰で、これは、搭乗員幕舎の片隅に、木箱単位で積み上げられているので、これも遠慮なく使える。

　もともと、このソロモン群島一帯は、わが軍がこの地に上陸したり、占領したりする以前には、豪州軍の支配下にあったところで、このショートランド基地がある島もその一つであった。この島にわが軍が上陸したとき、敵軍が置き去りにした食料品が山ほどあったとかで、言われてみれば、ショートランドの水偵基地で生活していたころは、ちょっとバタ臭い食べ物が多かったようにも思える。

　この基地での生活にもどうにか馴れてきたある日の昼間のこと、二、三人の若い搭乗員が、主計倉庫に銀蠅《ぎんばい》（海軍では、他所、他人の物をちょっと失敬するの隠語）に出かけて、大きな一つの木箱を重たそうに担いで来た。幕舎の中では居合わせた搭乗員が、面白半分にこの木箱を取り巻いて、見物人も手伝い、さっそく木箱をこじ開けてみると、中には大きな缶詰がぎっしりと詰まっている。

　五目飯か？　うなぎ飯か？　——みなはそれぞれに勝手な想像をしながら、その缶詰を取り出して開いてみたが、缶の中にはみんなの期待をあざ笑うかのように、竹の子の小さいものを水炊きにしたような物が一杯につまっていた。

気の早いのがその中の一本を摘み出して口に放り込んでいたが、何やらぬるぬるとした感じで、味もついていない。

「こりゃ食べられんわい」と言ってペッと吐き出し、

「俺はもうえぇ」と、権利を放棄して立ち去っていった。〝こんなはずではなかったが……〟とばかりに、残った者がその他の缶をさらに二個、三個と開いてみたが、いずれも同じ中身のものばかりでがっかり。仕方なく、気の利いた奴がせっかくのこの獲物を、箱ごと遠くの雑木林まで捨てに行った。

それから二、三日が過ぎたころ、飛行場の整備でこの島に来ていた設営隊の邦人が、この木箱を見つけて、美食したという噂が伝わってきた。

缶詰の中身は〝アスパラガス〟とかいうもので、洋食の材料品としては高級のものであるとか。私たちのように年若で、高級料理など口にしたことのない搭乗員には、アスパラガスの価値などわかろうはずがなく、まったく「猫に小判」の類である。

また、それから数日したころのある日のこと、これも若い搭乗員の二人が、人の胴体ぐらいの太さの麻袋一俵を抱えて、こそこそと幕舎の中に入って来た。〝また、何かやってきたな〟と居合わせていた者が見ていると、麻袋の中身は白米のようである。〝ははぁん、また銀蝿してきたのか〟と、感心していたとき、幕舎の外から別の搭乗員があたふたと駆け込んできて、

「先任衛兵伍長が主計科の下士官と一緒に、各幕舎の点検に回っているぞ！」と知らせる。さあ！　大変だ。どうなることか？　と心配していたら、銀蠅馴れ（?）している別の搭乗員がしゃしゃり出て来て、幕舎の中にある折畳式ベッドの上にその米俵を置き、上から毛布をかけて、枕元にあたる部分には氷のうを当てがい、あたかも〝マラリアに冒された兵がベッドに伏し、これを氷のうで冷やしながら、心配している同僚がその枕元で看病している〟というような状景をつくった。

見ていた私が〝やるなぁー〟と感心しているところに、点検員の五、六人がドカドカと幕舎の中に入って来た。入口付近にいた搭乗員の一人が、なにくわぬ顔をして、「何かあったんですか？」と尋ねている。

先任衛兵伍長が、「探しものだ」と答えながら、幕舎内をキョロキョロと見回していたが、「よし、異状なしだ。つぎに行こう」といって、深追いもせずに点検員のみなを連れて立ち去った。

私たちには〝やれやれ〟であったが、居合わせていた搭乗員の中には、ニヤニヤしながら舌を出している者さえあった。

先様では、〝搭乗員の奴らがまた悪ふざけをしているが、俺《わし》は知っているんだぞ〟というところであろうが、この際は一応点検をしたという実績を残せばよかったのかも知れない。

米を銀蠅してまで食べなくとも、搭乗員に対しては十分の給食がなされていたので、空腹に耐えられないというほどのものは何もないが、銀蠅はスリルを楽しもうとしている若さがなせる悪戯でもあったのである。

零式水偵の出撃

朝食後、新参の搭乗員一同は、指揮所前に集合させられた。飛行隊長の美濃部正大尉が、ソロモンの戦闘状況と、ここで戦う九三八空水偵隊の役割、現在の作戦とその行動計画、彼我の戦力、その他にもソロモンの地理とか、気象状況などについての概略説明をした後、一同には、今日から三日間の予定で夜間の慣熟訓練飛行をしたうえ、早い者から出撃に参加させると指令した。

昨夜からこれまでの間に、この水偵基地内では何らの変わった空気も感じていなかったので、ここが激戦地といわれているソロモンの第一線基地内の日常であろうかなどと、ぼんやりとしていた私たちであったが、飛行隊長の美濃部大尉が説明するところによれば、昨夜（八月二十二日）出撃した零式水偵の各機は、索敵線上で大変な戦闘行動の連続であったということである。

〝キンキンキン〟（作戦特別緊急電報の略符号）

「われ敵艦隊発見す。巡洋艦五、駆逐艦三、中水道を北上中、速力二十ノット、われ触接に入る」

第二電「味方攻撃隊は雷撃に入る。火柱上がる。敵艦は煙幕展張をはじめた」

第三電「敵艦隊はスコールに突入した。われ駆逐艦を爆撃、損害を与えた」

第四電「スコールのため敵艦を見失う。われ帰途につく」

出撃した零式水偵の各機からは、つぎつぎに敵艦隊発見から、触接に入るという電報を発しながら、彼らは味方攻撃隊をその戦場に誘導したり、敵艦隊の上空に吊光弾を投下して、味方攻撃隊の手助けをするとともに、時々刻々に移り変わりする敵艦隊の動静を基地に打電していた。

また、味方攻撃隊の攻撃が終わると、自らも搭載していた六十キロ爆弾を投下して、敵艦を攻撃し、これに損害をあたえていたのであった。

味方機の攻撃がつづいているその海上では、敵艦が煙幕を展張したものだから、夜間の上空からでは視界が悪化し、そのうえ、敵艦隊がスコールに突入して退避したりするので、これに触接をつづけていたわが索敵機は、ついに敵艦隊を見失い、心を残しながらも戦場から離脱して、基地に帰投して来ている。

昨夜の索敵攻撃で、これだけの戦果を挙げたのだから、九三八空水偵隊としては、隊を挙げてのお祝いになるはずであるが、見ている限りでは、隊内にその気配がまったく感じられないのは、どうしたことであろうか。

八月二十三日の出撃員

操縦員		偵察員		電信員	
二飛曹	中　芳光	飛曹長	梶原　勲	(零式観測機)	
上飛曹	樫村　広	飛曹長	田中　充	二飛曹	山根幸男
上飛	伏見忠利	一飛曹	奈良崎学	上飛	加島市太郎

後で知ったことであったが、九三八空水偵隊をはじめとして、このソロモン方面に布陣しているわが海、空部隊にとって、この程度の戦闘は日常茶

飯の出来事であるとか。そういわれてよく見ていると、昨夜出撃して活躍した各搭乗員や、その周辺には、緊張感や興奮がまったく感じられないのである。

零式観測機を交えて三機の索敵攻撃機が、ショートランドの水偵基地から、今宵（八月二十三日）もまたいさましく爆音を立てながら飛び立っていった。ソロモン群島の中水道に遊《ゆう》弋《よく》する敵艦船に対する索敵攻撃に向かったのである。

出発してから約一時間半ぐらい過ぎたころ、零式観測機に搭乗している梶原飛曹長機から〝敵巡洋艦を主力とする水上部隊発見〟の電報がとどいた。このとき、飛行性能が軽快な梶原機は、単機でいきなり眼下に発見した敵の巡洋艦に対して爆撃を敢行したが、結果は至近弾となって、敵艦に直接の損害をあたえることができなかった。

なお、爆撃をうけた敵艦側では、このときもまた煙幕を展張しながら退避行動に移っていったので、梶原機は残念ながら引き返してきている。同時に発進していた二機の零式水偵の索敵線上には敵艦船など見あたらず、〝敵を見ず〟ということで帰投してきた。

ソロモンの空に銀鱗乱舞

八月二十日の昼間のこと、私たち新参の搭乗員が、戦闘指揮所でミーティングの途中（一〇三〇ごろ）、水偵基地内には突然に〝空襲警報〟が発令された。

上空を見ると、東の方向はるかの高空を、敵機の戦爆連合による二百機ぐらいの大編隊が、ガダルカナル島方向から、わが軍のブイン飛行場の方角に向けて飛んでいる。

この一団となって来襲する敵空軍は、中央部に大編隊を組んで進む大型爆撃機（コンソリデーテッド）群と、これを護衛して、その前後、左右、上下を蛇行しながら進む無数の戦闘機群があって、そこらの上空では飛行機が太陽の光を反射して、キラキラと光って見えている。

そのころ、敵機の進行方向の前面にあたる上空には、ブーゲンビル島の南端に設営されているブインの陸上機基地から飛び上がったわが零戦隊が、これも七、八十機の大編隊を組んで、来襲してくる敵の戦爆連合に真っ向から突進していくのが見えている。

彼我の空軍は、またたく間に激突して空中戦に入った。空中にキラリ、キラリと光って見えるのは、すでに空中の格闘戦に入っている彼我の飛行機から発している太陽反射光であろう。

そのうち、〝ドド！　ドド！〟という大きな爆発音が連続的に聞こえてきたかと思っていると、上空の敵大型機の編隊群は、大きく右旋回をはじめた。ショートランド島の北東海上に浮かぶバラレ島に設営されているわが陸上飛行場に対する爆撃を終えたのであろう。

それでも、上空では、まだ、敵、味方機の格闘戦がつづいているようで、そこら辺りにはキラリ、キラリと光るものが見える。その中をかいくぐるようにして、急降下爆撃の態勢で突進している敵小型機と、これを地上から高射砲と、機銃で迎え撃っている味方地上軍との間に凄まじいばかりの銃、砲撃戦がつづいている。

空中には、曳痕弾の赤い飛線が絶え間なく飛び交い、その飛線よりもさらに高い中空には、地上から発射している高射砲の炸裂弾が、黒い煙を空一杯に残している。

その空中から、ときおり黒い煙を曳いて落ちてくる飛行機があるかと見ていると、また、他の方角では、被弾したものであろうか、空中分解して、バラバラになって落ちてくる飛行機がある。空戦中の搭乗員が、飛行機から空中に脱出したものであろうか、純白の落下傘が大空にいくつも浮いている。

それは、それは凄まじいまでの阿修羅のひとときでもあった。

来襲している敵機の中に、双発、双胴の中型機も混じっていて、その機は、上空でわが零戦に向かっても軽快に格闘戦を挑んでいる。ロッキードP38戦闘機ということであった。

この日の空中戦は、約二十分間ぐらいで終わった。敵の大型機が予定通りの爆撃を終えたためであろうか、大きく旋回しながら反転していくので、これを直掩している敵戦闘機群も、大型機の行動にあわせて反転しているが、それでもなお追撃していたわが零戦隊は、やがて三々五々と空中で集結し、編隊を組みながら、ブインの陸上機基地を目指して帰投していった。

このような空中での大規模な迎撃戦は、ショートランド基地に隣接しているバラレ島の上空付近で毎日展開されているので、わが水偵基地員の間では、この迎撃戦を〝空の定期便〟とも呼んでいた。

毎日のごとく来襲してくる敵機の戦爆連合軍を迎え撃っているわが零戦隊では、その攻撃目標を主力の大型爆撃機に向けているようにも見えていて、これらにさかんな攻撃を仕かけているが、なにしろ、大きな相手に小さな弾を注ぐのだから、その機銃弾は、たとえ相手機に命中していても、その大型機が撃墜されるまでにはいたらないようであり、それでも、白煙を曳きはじめる大型機を、地上からは何回となく観測することができていた。

また、この空の定期便には小型の急降下爆撃機が多数同行しているようで、それらの小型機が、地上から猛射しているわが軍の対空砲火のなかをかいくぐるようにして、急降下しながら爆弾を投下し、反転していくのが、このショートランドの水偵基地からでも肉眼で手に取るように見える。

当然のことではあろうが、空の定期便には、これを護衛する戦闘機の大編隊が同行していて、これらの戦闘機群は、爆撃機隊の前方を護っている。そのため、迎撃する味方零戦隊が敵の爆撃機群に接近するためには、まず、敵の護衛戦闘機群の壁を破って進まなければならず、このときの緒戦では、おおむね戦闘機対戦闘機の空戦にならざるを得ないことが多い。

その間に、敵の爆撃機群は、目標にしている地上のわが軍施設を、思いのままに爆撃して、彼らはその大編隊を崩すこともなく、上空を旋回しながら、悠々として引き揚げていくのである。

掩体壕と指揮所と椰子の木を背景にしたバラレ基地の零戦。上空では空の定期便と呼ばれる迎撃戦が毎日くりひろげられた。

空の定期便に対する迎撃戦が、連日繰り返されているというある日の迎撃戦で、空戦している上空にちょっと風変わりなことが起こった。

敵軍の空の定期便と、これを迎撃する味方零戦隊との空戦図式は、これまでと何ら変わりもなかったが、今日は、敵の大型爆撃機の大編隊よりもさらに高い上空付近で、突然になにかの爆発煙が出て、この煙からはさらに数条（八条ぐらいに見えた）の黒煙が末広がりに下方へと伸びていく。その直後、この黒煙がそれぞれの敵大型機の真上付近で、ふたたび爆発煙を出したのである。

二度めに爆発煙が出たあたりを飛行していた敵大型機の一機が、この黒煙と行きあった一瞬に、その大型機は空中分解を起こして、落下をはじめた。地上からこれを見ていると、その爆発煙の形は、日本内地の縁日などで、露店に並んでいる赤いビニール製の、八本足をした蛸の形とそっくりである。

聞くところによると、わが零戦隊では、何とかしてこれらの大型爆撃機を撃退する方法はないものかと、研究を重ねた末に考案された二号爆弾であるという。後日、私もソロモン中水道方面の索敵攻撃で、夜の海上をわがもの顔に横行する敵の魚雷艇を攻撃したとき、これと類似の爆弾を投下したことがある。

九三八空水偵隊では、それまでの艦艇攻撃時には、六十キロ爆弾を投下していたが、魚雷艇攻撃のときなど、その目標物が小さいうえに、それが全速力で夜の海上を疾走するので、六十キロ爆弾を投下しても命中率が悪い。そこで、急遽、改良された魚雷艇攻撃用の爆弾を使用することになったのであった。

その爆弾は、六十キロ爆弾と同型のものを、縦に二つ割りにし、別に準備した十キロ爆弾五個をその内部に詰めて、外側をリングで締め、これを一個の爆弾としている。飛行機にこれを搭載して、目標物の上空約六百メートルの高空から、これを投下すると、爆弾が落下するときの自転作用で、外側のリングが脱落し、内包している十キロ爆弾五個は、この核から飛散して、広範囲に落下するという代物である。

この爆弾を高空から投下すると、着弾点も海上に届くころは大きく拡散することになる。なお、小型の魚雷艇を攻撃するには、十キロ弾一個の威力があれば十分であるということから、九三八空水偵隊では、その後の魚雷艇攻撃時に、よくこの爆弾を使用したものである。

以上は、後日談をまじえての親子爆弾論であるが、今日のソロモン航空戦で、敵軍の空の定期便の上空で爆発した黒煙と、その直後に拡散して再度黒煙を発したものは、このような原理に基づいて改良された敵大型機攻撃専用の親子爆弾であったのかも知れない。

さて、わが零戦隊では、連日にわたって、〝これでもか！　これでもか！〟と、際限なく来襲してくる敵機の戦爆連合に対して、真っ向からこれを受けて立ち、そのつど、それなりの戦果を挙げている模様ではあるが、それも、回を重ねるにつれて、わが零戦隊にも被害が多くなって来ているようにも見うけられる。

地上から見ていても、後続の飛行機や、搭乗員の補充が思うようにつづいていないようでもあり、また、毎日来襲してくる空の定期便の迎撃のほかにも、小数機でゲリラ的に来襲してくる敵戦闘機の迎撃にも飛び立っているので、ブイン基地の零戦隊では、搭乗員も地上員も、ともにその疲労が極限に達しているのか、日を経るにつれて、迎撃に飛び立っている零戦の数が漸減しているのが、地上からでも確認できるようになって来た。

それでも、ブインや、ショートランド上空の制空権を守り抜くためにと、ブイン基地のわが零戦隊では、死力を尽くして頑張っていることであろう。

今日、空の定期便による空襲の標的にされたのは、バラレ島に設営されているわが海軍の陸上飛行場であった。バラレ島は、ショートランド水道の東北側出口付近に浮かぶ小島で、わが海軍が、この島全部を陸上飛行場として整備し、ガダルカナル島方面の攻撃に向かう味方の飛行機隊が、中継その他の目的で使用していたが、最近では、敵機の猛攻の前に、飛行場の使用継続ができなくなって、いまでは、飛行機の不時着場として維持しているものである。そのため、ここには海軍の基地防備隊を残留させていて、この防備隊が空の護りをつづけている。

今日の空襲時に、地上から果敢に応戦している弾幕や、曳後弾の赤い飛線が見えていたが、その応戦は、この防備隊の隊長を勤めている兵学校出身の某大尉が、それはそれは、心身ともに戦闘をするために生まれてきたような元気者で、今日の空襲時のように雨霰と降り注がれる弾幕の下でも、一歩も退かずに、〝撃て！撃て！〟とやっているのだという話である。

飛行機が足りないばかりに

ラバウルのシンプソン湾内を泊地にして、敵襲といえば、いち早く錨を上げて対空戦闘を戦いつづけている軍艦「川内《せんだい》」(二等巡洋艦)は、わが第八艦隊の旗艦をつとめていたが、敵機の来襲が激しくなるにつれて、その司令部がいつの間にか陸上がりしてしまった後も、随伴する駆逐艦の数隻とともにこの地に踏みとどまって、意気盛んなものを見せている。

四本煙突のこの艦は、その全艦を薄鼠色に塗装していて、かつては優雅な全容を見せながら、海上に浮かんでいたのであろう。だが、いまでは、長い長い南洋での戦地勤務をつづけているうえ、毎日、大挙して押し寄せてくる敵機の迎撃戦に明け暮れている現状の下では、全艦の塗装替えもままならないのか、方々に赤茶けた素肌をあらわにしていて、見る目にも痛々しいかぎりである。

それでも、艦内の士気はいたって旺盛のようで、ラバウルの空に空襲警報が発令されると、〝対空戦闘〟のラッパを高らかに鳴り響かせながら、あわただしく湾口めざして出航していくのであった。おそらく、いったん湾外に出たその艦は、広々としている海上で「面舵一杯！　取り舵一杯！」とやりながら、襲い来る敵機の大編隊に向かって、手持ちの砲弾がつづく限りに撃ちまくっているのであろう。

やがて、空襲警報が解除されて、一時間ぐらいを過ぎると、軍艦「川内」は随伴する駆逐艦の数隻とともに静かに入港してきて、何事もなかったかのように、湾内の定位置に錨を下ろす。これらの行動は毎日繰り返されているが、ともすると、日に二回になることも多くなってきていた。

また、二、三日その軍艦は、湾内に姿を見せないときもあって、毎日、陸岸から眺めている私たちを心配させることがあるが、ときとして、早朝に静かに入港して来るのを見かけることもある。このようなときは、おそらくソロモンの海に作戦で出かけていたのかも知れない。

昭和十八年十月二十七日、敵軍がモノ島に上陸、さらに十一月二日にはブーゲンビル島西海岸のムッピナ岬（タロキナ岬）に上陸してからの彼我の攻防戦は、連日の死闘に明け暮れていた。

その激戦の中で日本海軍のさきもりともなって、ただ一艦取り残されたようになっているのもいとわず、ひたすらこの一戦を戦い抜くためにこそとラバウルの海を守って苦闘をつづけていたわが軍艦「川内」も、これら一連の攻防戦に参加することとなり、残存する駆逐艦を従えて勇ましく出撃した。だが、この夜の海戦で力尽きて、遂にはムッピナ岬沖の海中深くに消え去ったという。その日を境にして、ラバウルの海上から響いてくるあの勇ましいラッパの音を聞くことはなくなってしまったのである。

ここで、話を少し前にもどそう。

わが連合艦隊（GF）がトラック泊地に集結してソロモンの戦いをつづけていたころ、各艦に搭載している水上偵察機は、陸上の各地に設営されている水偵基地に飛来して、基地航空隊と連携しながら、飛行作戦に従事していることが多かった。

私がショートランドの水偵基地から、何かの用件でラバウルの水偵基地に飛んだとき、その水際には軍艦「妙高」と「鈴谷」のマークを尾翼につけた零式水偵の二機が翼をやすめていた。

これら水偵の搭乗員は、それぞれの飛行機近くの木陰で休んでいる。

「竹井兵曹！　ここだ、ここだ！」

寝転んでいた一人の飛行服が突然立ち上がって、大声を上げながら盛んに手招きをしている。みんなの中で名指しで呼ばれたものだから、〝だれだろう？〟と思いながらも、声のする方を注視すると、その声の主は土山上飛曹であった。

「やあ！　しばらくでした。あなたは今ここで何をしているんですか？」

「久し振りだなぁ。九三八空の零式水偵が飛んで来たので、だれが乗っているかなと見ていたら、君が降りて来たので、思わず大声を上げてしまったが、こんなところで会うなんて本当に偶然で、水偵乗りの世界は狭いんだなぁと思ったよ。ところで、君は九三八空にいるのか」

「はい、先日、横須賀から飛んで来て、いまショートランドの水偵基地にいます。今日は要務飛行で来ましたが、日が落ちたらここを出発して基地に帰ります。ところで、あなたはいま何をしているんですか？」

「わしは『妙高』の零式水偵にまわされて、艦がいまトラックにいるので、ここの九五八空に応援に来ているんだ。今度の飛行範囲がニューブリテン島の西海岸になっているので、ガスマタや、マーカス方面に飛ぶことが多いが、ここに来ている『鈴谷』の零式水偵は、ショートランド方面にたびたび飛んでいるので、九三八空でも見かけているんだろう？」

言われてみると、ショートランドの水偵基地には、「鳥海」「川内」「鈴谷」搭載の零式水偵をはじめとして、九〇二空や九五八空の零式水偵が来援し、九三八空の零式水偵とともにソロモンの空に出撃していることがたびたびある。

私をラバウルの浜辺で手招きしている土山上飛曹は、甲飛二期出身の水偵操縦員で、昭和十七年一月、私が飛練当時の操縦教員として手ほどきを受けた人である。もともと二座機が専門であると聞いていたが、現在では軍艦「妙高」の零式水偵操縦員を命じられて、この地の作戦に従事しているという。

私は、もともと三座水偵の操縦員を希望し、将来ともこの三座機の操縦員として、飛行機乗りの生活を送れるものと安易に考えていたが、時と場合によっては、いやおうなしにそのときの情勢の如何によって、どこのポストに回されるかわかったものでないということを、あらためて知らされた。

後日談だが、海軍の水上機操縦員の間には、このころからだんだんと消耗していく零戦の操縦員に転換させられたり、また、高々度飛行で敵陣ふかくに侵入して、戦況偵察をつづけていた彩雲の操縦員ら、陸上機の操縦員に転換させられた者も多い。

今日のラバウルでの要務飛行には、田中飛曹長が機長として同行していて、すべての用件処理をしているので、私と電信員の片山清二二飛曹は、この浜辺に到着した後、日暮れまでの間にすることはなく、のんびりと時間の過ぎるのを待てばよかった。だから、浜辺にゆっくりと腰をおろしながら、久し振りに会った土山兵曹から、艦隊勤務の話や、ソロモン戦の体験談などを聞いたりしていた。

昼食をすました後も、することがなかったので、浜辺の椰子の木の下で寝そべっていたら、

「竹井兵曹！　竹井慶有さんではないでしょうか？」

と、私の名を呼びながら近づいてくる一人の整備兵がある。よく見ると、それは私の郷里の小学校で、一年年下にいた安部善木君であった。

「よぅ！　あんたは、山田の善木さんじゃろう？　変なところで会うが、いま、何でこんなところにいるのかな？」

「海軍志願兵になって整備兵にまわされ、艦隊勤務中ですが、艦はトラックに入港していて、飛行機だけがこのラバウルに飛んで来ているので、私たち整備員の数名がここに陸揚げされて、わが飛行機の世話をしています。竹井さんが飛行機乗りになったという話は、故郷にいたとき聞いていました。会えてよかった」

福岡県朝倉郡朝倉村という小さな村の同じ集落で、子供のころから育ってきた悪餓鬼仲間の二人である。まったく思いがけない出会いであったので、あれや、これやと話しは尽きなかったが、私の下士官搭乗員と違って、彼はまだ若年兵である。彼が所属している艦の飛行機整備のこともあって、浜辺に腰を下ろして長々と駄弁っている余裕は彼にはない。名残りはつきないが、お互いの健闘を祈りながら別れた。

それにしても、今日のラバウルでは、思いがけない二つの出会いを体験したが、偶然とはこのようなものかも知れないと、しみじみ考えたりした。

やがて、西の空が茜色に染まり、海から吹きつけてくる涼風を愛でるころとなったので、田中機長のもとに行くと、あと一時間したらここを出発するという。

飛行機の点検整備はすでに完了していて、出発までの時間内にすることもないので、九五八空の搭乗員宿舎で同期生の村越文雄といろいろと話をしたり情報交換をしていた。

私が九三八空に赴任するとき、このラバウルで再会した同期生の北山定民は、つい先日の夜間索敵攻撃に出たまま、いまになってもここの基地には、何の連絡もないという。村越らの話では、今度こそは本物の未帰還かも知れないという。

〃今度こそは〃というのは、じつはこの北山定民は、すでに一度、夜間攻撃に出た折、洋上に不時着して数日後に陸軍の部隊に救助され、陸路で帰隊し、その間、未帰還の扱いの論議を呼んだという過去があったので、九五八空では、今もその取り扱いに慎重を期しているのだそうだ。

久し振りに会う同期生間の話は尽きないが、予定の時間になったので、お互いに健闘を祈りながら、ここで別れて、私は飛行機に乗ってラバウルの海から飛び立った。

今宵の上空に月はなく、断雲のいくつかが浮かんではいるが、視界は良好で、飛んでいる飛行機の上下を、流れるように現われては後方へと去っていく雲の合間からは、大きくきらめいている無数の星が見えてさえいる。

この一見、ロマンを誘うかのようなソロモンの星空の下では、〃大東亜戦争〃という名のもとに、日ごと、夜ごとの別なく、激しい殺戮戦が戦いつづけられているというのに、それらの戦いと戦いの合間の中にぽっかりと出来てくるのこの静寂は、果たして何を意味するものであろうか。

十字をかたどって優雅にうかぶ南十字星を、飛行機の窓から眺めながら、あれやこれやの思いをめぐらせて飛んでいるうちに、いつの間にか飛行機はショートランドの水偵基地に辿り着いていた。

無事着水して接岸した浜辺は閑散としているが、それでも、飛行機隊指揮所の中には山田龍人副長以下の数人が詰めていて、チャートを囲んでなにやら盛んに話し合っている。今夜発進していった九三八空の索敵攻撃機から、重大な報告の電報が届いているのかも知れない。ソロモンの各島々伝いに撤退をつづけているわが陸海軍部隊は、海と空から執拗に追撃してくる敵軍の攻撃の前に、各所で悲惨な防戦を繰りひろげながらも、生きのびた部隊は陸路で、または海上を北へ、北へと落ちのびていく。

わが海軍航空部隊は、空からの援護をつづけているが、その中で、九三八空水偵隊の零式水偵の役割は大変なものであった。

空中での格闘技能力を持たない零式水偵は、一梃の機銃と、搭載した六十キロ爆弾四個をもって、夜のとばりが降りるのを待っては、敢然とソロモンの空に向けて飛び立っていく。ベララベラ島や、コロンバンガラ島のわが軍部隊に対して、空からの救護物資の投下作戦を行なうのである。

これと並行して、ソロモン中水道の海上を遊弋《ゆうよく》しながら、わが艦艇を追撃してくる敵水上艦艇に対する爆弾攻撃も、九三八空水偵隊の飛行機にとっては、夜ごとの飛行日課となっていた。また、海上に敵艦艇を発見しなかったその飛行機は、索敵線上近くの海上に浮かぶ島々に上陸している敵軍の陣地爆撃をすることになっていたので、一度飛び立ったら、そのまま基地に帰投するということにはならない。

タンバマ重砲陣地爆撃とか、万代浦陣地爆撃、ホラニュー陣地、レガタ陣地、ビロア陣地の敵上陸軍に対するわが九三八空水偵隊の連夜の爆撃行がつづいていたのは、昭和十八年十月のころのことである。

九三八空水偵隊の夜間出撃では、このころ、ショートランドの基地を発進した飛行機のすべてが、海上の敵艦艇を爆撃するか、海上で砲戦をはじめた味方艦艇の援護のために、敵艦艇群の上空に吊光弾を投じたり、夜間の空中で触接行動に入って、敵情偵察をつづけながら、自らも搭載している爆弾を敵艦艇に投じたりするのであったが、ときとしては、海上に不時着しているわが陸上機の搭乗員援助のために、果敢にも洋上に着水したりしていて、それらがために、零式水偵の中には、被弾する機も多く、また未帰還となる飛行機も出ている始末である。

飛行機のことに若干の知識がある人は、下駄履きのあの零式水偵がそんなにまでしていたのかと、首をひねるところであろうが、これがショートランド九三八空水偵隊の戦闘行動の真実の姿である。ソロモンの空に、専門の飛行機が足りないばかりに、背に腹は変えられず、〝あるものは使え〟ということであったのかは知らないが、代役にされた零式水偵の搭乗員たちは、くる日もくる日も、夜間の索敵攻撃という名のもとに、不平を口にすることもなく、黙々と飛びつづけていたのである。（この事実は、『九三八空飛行機隊戦闘行動調書』にも詳細に記録されているところである）

横光報道班員

ショートランドの水偵基地の幕舎で、ちょっと風変わりな光景に接したことがある。搭乗員幕舎のなかの折り畳みベッドの上には、上半身を裸にして、胡座《あぐら》をかいている年若い搭乗員の肩を揉《も》んでいる三十年輩の民間人風の男性がいて、そこでは数人の搭乗員がこれを囲むようにして集まり、なにやら楽しそうに声高に話し合っていた。

肩揉みが終わると、裸になっている搭乗員は、ベッドにうつ伏せになって、今度は肩から背中、腰のあたりを揉まれている。いわゆる〝マッサージ〟を受けているのであったが、彼は、これを取り巻いている人々ともみな顔馴染《なじ》みになっているようで、お互いに遠慮なく、話をつづけながらのマッサージである。

私は、いままでに年輩の人が肩揉みをしてもらうという話は聞いていたが、第一線のこの戦場の仮の宿で、まだ年若い搭乗員に、マッサージが行なわれていたということはまったく知らなかったので、「これはどういうことか？」と、同輩に聞いたところ、「搭乗員の健康を守るということで、マッサージ師が派遣されて来ているのだ」という。

私には、彼が軍属として、どのような行程で、はるばるとこの南方の第一線基地に到達したのかは推測することすら困難であったが、ここに到達するまでには、彼らにも、並み大抵ではない苦労があったに違いあるまい。ここでは、マッサージのほか、針灸もやっているそうだが、その労は大変なものであろう。

年若い搭乗員のだれかれは、面白半分に揉んでもらっているようだが、マッサージ師の彼は、そのようなことを別に気にしているような素振りも見せずに、にこにこと皆に話しかけながら、一人、二人と丁寧に揉み上げていく。

また、ある日の昼間のこと、これもちょっと風変わりのする三十歳を越したと思われる民間人が、私たちの幕舎にやって来た。その彼は、幕舎内に居合わせた搭乗員たちとも気軽に話しはじめている。ただ、前回目にしたマッサージ師との会話のときのようにはいかず、ここで搭乗員たちが口にしている言葉のはしばしには、いくらかの敬語がふくまれていた。

この民間人は、海軍の横光報道班員で、士官待遇の人であるという。彼は、ブインの零戦基地と、このショートランドの水偵基地をかけ持ちしながら、その耳にしたり、目にしたりする第一線の戦闘状況を、後方の内地に向けて通信しているということで、その彼がこのショートランド基地を訪れると、かならず搭乗員幕舎にも顔を見せて、にこにこと皆に声をかけて来るので、いまでは、すっかり顔馴染みになっているようだ。

ソロモン中水道に面する敵のタンバマ陣地に対して、九三八空の零式水偵隊では、連夜の空爆を強行していた折の昭和十八年十月十一日の夜のこと、横光報道班員は、その九三八空水偵隊の空爆の状況を、実際にその眼で確かめたいという一心から、基地司令に懇願してむりやりに、この夜の爆撃行に参加した。

十月十一日の戦闘行動調書には、九三八空ショートランド水偵基地から零式水偵四機、零式観測機二機が発進していて、それぞれの機は敵のタンバマ陣地や、ビロア高角砲陣地を爆撃したと記されている。

その零式水偵四機のなかの一機に、彼、横光報道班員が同乗していて、彼が同乗していた零式水偵が、実際に敵陣地に対する夜間爆撃を敢行していたのであった。

中水道南方航路の索敵攻撃隊二番機として、彼が同乗して発進した零式水偵の戦闘行動は、つぎのとおりである。

上飛曹・江島三郎・操縦員、飛長・内山信男・偵察員が、前席と後席に搭乗した三人乗りの同機の中間座席に、彼は同乗している。

九三八空司令としては、零式水偵の夜間爆撃行になんとしても同行したいと申し出する横光報道班員に対して、飛行機に乗せて出発させる以上、彼に〝死を覚悟してもらう〟ということは当然のことではあるが、それでも、その機が攻撃を終了した後には、この基地まで無事に帰投してもらいたいという願いも大きい。

そこで、彼が搭乗する飛行機の操縦員には、厳選のうえ、九三八空水偵隊の数いる操縦員の中の、ベテラン操縦員でもある江島三郎上飛曹を割り当てていた。（注、この江島三郎上飛曹は、日本航空の操縦員をしていたが、海軍に召集されてからは、水偵操縦員に配置され、この時期には、たまたまショートランドの水偵基地員となって勤務していた折でもあった。戦後、復員してからは、再度、日本航空に復帰して、国際線のベテラン操縦員として活躍した人である）

さて、横光報道班員を同乗させてタンバマ敵陣地攻撃に向かう江島機は、ショートランドの水偵基地から、午後七時三十分に発進していった。午後六時から午後八時三十分までの間を、中水道上に敵の艦艇を求めて飛びつづけていたが、その海上に異状を認めることができなかったので、それではと、最終のコースに入り、今夜の攻撃主目標としているタンバマの敵陣地爆撃へと向かった。

午後八時四十分、敵陣地の上空付近に飛行機が近づくと、地上の敵陣地からは、探照灯の一斉照射がはじまり、同時に勢いよく撃ち上げてくる機銃からの曳痕弾が、赤い飛線を林立させながら上空の飛行機に迫ってきた。

その上空には、今日の一番機となって発進している佐々木中尉（偵）の搭乗する零式水偵（操縦員・梅津上飛曹、電信員・平野飛長）が、いまから約三十分ほど前の午後八時八分にこ

ショートランド基地の958空の零式水上観測機。乗員２人の高性能機で、零式水偵とともに爆弾を抱いて夜間出撃していた。

の敵陣地を爆撃したばかりの、その直後のことでもあったので、地上から上空に向けて撃ち上げてくる砲火は、凄絶をきわめていたが、これは当然のことであったろうと考えられる。

だからといって、上空の横光報道班員が同乗している江島機としては、このまま引き下がるというわけにはいかないので、彼は頃合をみて地上の敵陣地爆撃を敢行した後、午後九時五分、無事にショートランド基地に帰投してきた。

ひとたび飛行機が敵陣地の攻撃に向かったときには、そこは砲弾の飛び交う阿修羅の戦場となり、空中の攻撃機に搭乗している各人は、生と死の交錯する中にも敢然として退くことをせず、ただただ任務を全うするために飛びつづけるのであった。

その壮烈な戦闘行動を、わが目でじかに確認するという体験をした横光報道班員だから、その後も、夜ごとに爆弾を抱えて出撃していく水偵隊搭乗員の苦労が、身に染みてわかっているのであろうか、搭乗員幕舎を訪ねては、名もなき搭乗員のみんなに分けへだてなく、優しく労りの言葉さえかけていた。

このマッサージ師や横光報道班員は、軍人でもないその身を、なんでこのような南半球の小島、地の果てにまで進出して来たのであろうか。その身の安全だけを考えるなら、無理に出てくることもあるまいにと、私は思わないでもなかったが、反面では、たとえ〝身に寸鉄を帯びて、戦いに馳せ参ずる〟という術は持たなくとも、人それなりの特技を駆使することによって、この戦争の遂行に少しでも役立つならばと、この人たちは、その身を賭して軍属を志願し、激戦に明け暮れている南海の小島にまでも進出してきて、その地で戦いつづけている搭乗員に、心の安らぎを与えようとしていたのかも知れない。

搭乗員幕舎の中には、民間人のだれかが来訪していて、みなで談笑を交わしているのか、どうかはわからないが、今日もまた、賑やかな笑い声が聞こえている。

敵大型艦船爆撃

月が落ちて、すでに闇一色となっている夜空の中を、灯火を消して単機で飛んでいるが、それでも、窓外には、飛行機の周辺を流れるように、つぎからつぎにと現われては、後方の闇間へと消えていく断雲の小さな群れがつづいているのが見えていて、なお、それらの雲と雲の間からは、無数の星が大きくきらめいてさえいる。

この空域には、敵と味方の飛行機が昼夜の別なく、つねに多数飛び交っているということを聞いていたが、夜間飛行で操縦桿を握っている私の目には、それらの機影などまったく映らない。

基地を発進して以来、ずーっと快調に回りつづけているエンジンの音にかこまれて、雲間にきらめいている無数の星を眺めながら飛んでいると、私の心は、ついウットリとなってて、いまソロモン海上の敵艦攻撃に飛び立っているということさえ忘れて、ともすると南国の夜の桃源郷へと誘い込まれていくような心地さえしてくるから不思議なものである。

「左下、海上に大型船一隻が航行しています！」

後席に同乗している偵察員の平島勝上飛の大きな声が、伝声管を通じて私の耳に入ってきた。

〃ハッ！〃となってわれに返った私が、後席を振り返って彼の指さす海上に目をやると、黒々として見えているその海上には、螢の光にもよく似た光を見せている一本の大きなウエーキが長々とつづいていて、その先端部分と思われるところに、黒くて大きな固まりがある。

この黒い固まりが船であろうか、夜間索敵飛行にまだ馴れていない私には、すぐには判断できなかったが、私よりは三ヵ月早く九三八空に着任していて、すでに何回となくこの方面の夜間索敵飛行に従事している偵察員平島上飛が、〃大型船一隻〃と報告しているのだから、海上に見えているこの黒い大きな固まりは、確かに大型船であろう。

海上に見えている黒い固まりは、すべての灯火を消しているので定かではないが、現状から見て、〃おそらく輸送船だろう〃ということにはなったが、まだ、機上の私には、眼下の輸送船が敵か、味方かの区別がつかない。

「飛行高度を下げて、海上の輸送船の上空を同航するので、偵察員はこの船に味方識別の灯火信号をせよ」

それまで、高度六百メートルで飛行していたものを、味方識別信号を発信するために、高度二百メートルにまで降下し、船の後方位から前方位へと同航しながら船に発光信号を送ったが、海上のウエーキが止まらないところから見ると、船はなおも航行をつづけているようである。

飛行機からは、再度、再々度と灯火信号を発したが、これにも船からは、何らの応答がないので、機上の私たちは、この船を〝敵船である〟と判断して、爆撃することにし、飛行機を反転、上昇しながら爆撃態勢に入った。

海上の船を見失うことのないようにと注意しながら、飛行高度を六百メートルに上昇し、船の後方から緩降下爆撃の針路に入った。暗い海上の船を標的に突進していると、海の黒と、標的の黒とが一体に見えたりして、ともすると、海上の標的を見失ってしまう。そこで、突進している間は、焦点を標的の後方海上に泡立って見えているウエーキに照準し、爆弾投下の際に、その後退している距離を加減することにした。

なにしろ、零式水偵による夜間の緩降下爆撃では、操縦員の勘と技法だけで、その命中の成否がきまるのである。操縦員の私としては、絶対にこの好機を見逃してはならないという思いが先走って、先ごろまでの索敵飛行中に、美しい夜空のロマンに誘い込まれていた心境が、今ではまったく嘘の話のようだ。

爆弾投下索に左手指を当てがい、右手に固く握りしめた操縦桿を操作しながら、標的を追いつづけている私の両眼は、大きく見開いていて、海上の標的を狙いつづけている。

「高度四百！」

偵察員が、後席から甲高い声を出しながら伝えてきた。

緩降下の爆撃態勢で標的に突進しているので、飛行機の高度はゆっくりとした速度で降下している。

操縦桿を握って、ひたすらに眼下海上の標的に迫っている私は、爆撃操作がうまくいってくれるようにと念ずるばかりである。〝落ち着いて〟〝落ち着いて〟と、われとわが心に言い聞かせてはいるが、敵の大型船爆撃という重大事に直面しているこの瞬間では、〝心を平静に〟と願うことすらが、無理なのかも知れない。

「高度三百五十！」「高度三百！」

偵察員平島上飛から伝えてくる飛行高度の知らせが、高度三百になったので、もうこの辺で爆弾を投下しようと考えた私は、先ほどから握っている左手先の、爆弾投下索をしっかりと確認するとともに、緩降下中の飛行機の機首をややもたげて、海上の標的に向けて、搭載してきた六十キロ爆弾を、一、二、三、四、と、わずかに間隔を置きながら投下していった。

この投下の瞬間には、海上の標的が、飛行機の胴体の下に隠れることになるので、飛行機を操縦している私からは、まったく見えなくなっている。投下した爆弾が、果たして標的に命中するか否かは、そのとき、飛行機を操縦している操縦員の、技法と勘だけが頼りなので、操縦員の私としては、ただただ命中するようにと祈るばかりである。

爆弾の投下索四個を一杯に引っ張ったとき、機内の私には、胴体から離弾するときに起こる軽いショックが四回伝わって来たので、爆弾投下は無事完了していることが考えられる。その後は、投下した爆弾が、果たして海上の標的に命中したか否かである。

空中で飛行機を右旋回していると、先ほどから爆撃の成果を注視していた偵察員が、
「四弾とも至近弾！　命中なし！　爆撃効果不明！」と伝えて来た。
〝残念、無念！〟――必中の願いを込めて私が投下した爆弾は、四弾とも海上の標的に命中することなく、ソロモン海に泳ぐ魚族を騒がせただけであった。

不馴れな操縦員がする爆撃行とは、往々にしてこのようなものになるのかも知れないが、後席員の平島上飛にして見れば、すでに何回となくこの種の爆撃行を体験しているので、今夜の私の爆撃技法や、その結果としての全弾至近弾を目撃しながら、〝この操縦員のど素人めが〟と、心の中では憤懣やる方ない心境になっていたのであろうか。

「機長、下の大型船を銃撃しましょうか」
「よし、やろう。電信員、銃撃用意！」

この飛行機には操縦、偵察、電信の三名が搭乗していて、最後尾の座席に架設している二十ミリの旋回機銃の操作は、電信員が分担する仕組みになっている。

このときの電信員は、八幡幸雄二飛曹（甲八期）で、彼は、私と一緒につい先ごろ、九三八空増援のために横須賀で急遽編成された飛行機隊の隊員となって、ショートランドの水偵基地に飛んできた仲間である。したがって、今夜の爆撃行は、彼にとってもまだ経験が浅いのである。

飛行機が高度を徐々に下げながら、大型船の後方から侵入し、その側方を通過するころには、飛行高度は五十メートル以下になっていて、操縦席前面の高度計の針先はすでに零を指している。

〝ダン、ダン、ダン、ダン、……〟後席から聞こえて来る二十ミリ機銃の発射音には、一種の荘重さが感じられる。銃口から飛び出す曳痕弾を見ていると、それは標的としている大型船の上甲板に吸い込まれていくようにも見えている。

闇の海上を走る大型船は、このとき、急に船足を大にしながら、しかも、ジグザグ運転に入っているので、低空でこの船と同航しながら銃撃戦をつづけているわが飛行機を、操縦している私としては、ちょっとの油断もできない。

機上からは、一航過、二航過と、弾丸のつづく限りの銃撃を繰り返したが、銃撃の効果はさっぱり伝わって来ない。

それでは今一度とばかりに、つづけていた三航過での銃撃の途中、それまで快調につづいていた二十ミリ機銃の発射音がぴたりと止まったかと思ったら、この機銃で銃撃していた八幡電信員が、「機銃故障！」と、悲痛な声を伝えて来た。

八幡電信員も、彼としては考えてもいなかった機銃掃射をやらされたものだから、緊張したあまりに、機銃操作を誤ったものかもしれない。

私はこれ以上の長居は無用と考え、残念ではあったが、これを機に銃撃をやめて、戦場を離れ、基地に帰投することにした。

飛行高度を六百に保ちながら、ショートランド基地を目指して飛んでいると、暗一色の海上ではあるが、それでも、右手には黒々とした山々を連ねているチョイセル島が見え、左前方の海上にはかすかにベラベラ島が黒い島影を見せている。

往路では気にもしていなかったが、帰路についてみると、ずいぶんとこの飛行機は南進していたようでもあった。

月影のない暗夜ではあるが、それでも、夜間飛行としての視界は良好、命じられた任務を無事に終了した安堵感のなかで、基地を目指して飛んでいる私の心は、いつのまにか平静心を取り戻していて、往路のときのような緊張感はまったくなくなっている。

頭上の闇には、無数の星が大きくきらめいている。それらの星の中には、南十字星なども見えていてわが心をなごませてくれる。明るく、大きなきらめきの星空を見ていると、私の心の中はついウットリとなっていて、ややもすると、飛行機ごとこのまま星空の中に吸い込まれていくような心地すらしていた。

星が幾筋にもなって、長い飛線を残しながら空中に流れていく。ソロモン航空戦で散華していった多くの友が、このような星空の下で散っていったあの夜のように。

しばらく飛んでいると、眼下の海上にバラレ島が見えて来た。島の周辺部に打ち寄せている波が、夜光虫の光を放っているのであろうか、暗夜の洋上に浮かぶ小さな、平べったいこの島は、周囲を白波にかこまれて、その輪郭をくっきりと見せている。

飛行機がバラレ島の上空に到達したということは、わが本隊である九三八空水偵隊が陣を張っているショートランドの基地は、もう、指呼の間に迫っているということでもあった。

要務飛行でキエタへ

ショートランドの水偵基地は、十月十日の昼間、百機に近い大編隊を組んだ敵大型機から、猛烈な空襲をうけた。基地内では、飛行機を対岸の灌木の下に係留しているので、飛行機に直接の被害は出なかったが、それでも、幕舎が吹き飛ばされたり、一面に自生している椰子の木は、爆風で無残に折られたりしていて、基地内は、じつに惨憺たる光景を呈している。

それでも、九三八空水偵隊では、ひるむことなく、その夜も零式水偵を発進させては、夜間の索敵攻撃を繰り返しているので、基地全体は多忙の連続であった。

それから数日たったある日の朝食後、私は戦闘指揮所から呼び出しをうけた。

「一〇〇〇、要務飛行で出発する。操縦員は竹井兵曹、偵察員は田中充飛曹長、電信員古住光次飛長。行く先はブーゲンビル島東海岸の中ほどにあるキエタ。飛行機の準備はできているので、そのつもりで出発準備を急ぐように」という指示であった。

私は、ペアの古住飛長とともに、さっそくチャートをひろげてキエタの位置を確認したが、ショートランドの基地からでは、北東方向に五十分ぐらいの飛行で行ける距離である。ただ、出発予定時刻のそのころといえば、敵の戦爆連合による空の定期便が、バラレ基地の上空に到達する時間帯の直前にあたるので、私たちの飛行機は、空の定期便に先乗りして来ている敵の戦闘機に発見されて、その攻撃をうけるかも知れないという危険性が十分にある。

機長の田中飛曹長は、その辺のことについては十分承知のことであろうが、それを承知でこの昼間飛行を敢行しようとするのだから、今日の飛行はよほどの重要性を帯びているのかもしれない。

浜辺では、私たちの飛行機が整備員の手によって始動していて、エンジンが快調な回転をつづけている。

昭和18年10月、ショートランド938空水偵隊搭乗員。零水偵や零観による夜間索敵爆撃をくり返していたが、米軍侵攻により撤退のやむなきにいたる。

「古住飛長、後部座席には荷物を一杯に積み込んでいるので、窮屈だろうが我慢せい」と指示している田中飛曹長の大きな声が、伝声管越しに私の耳にも聞こえてくる。

予定の午前十時、飛行機は基地を出発した。機長の指示で、飛行高度五十メートル、針路〇度で北上し、ショートランド島の右先端付近からは、針路を少し東に寄せながら、ブーゲンビル島の東南端の岬、八万山を目標にして同島に接近、その後は、ブーゲンビル島の東岸沿いに飛行していると、前方にキエタの街が見えて来た。

キエタの街は、小さな入江に添ってひろっている海辺の集落で、そこには、青い屋根や赤い屋根の人家が、緑の中に点々と建てられている。入江の海上は、波も静かなようである。

私は、キエタの上空に到達した後、飛行高度を三百メートルにまで上昇し、地上に向かって味方識別のためのバンクを数回して、さて、これからどこに着水し、接岸しようかと考えながら、その目標地点を探していたら、後席の機長はいちはやく判断したかのようで、「竹井兵曹、地上の風向は、南東からのように見えるので、北西の山側から岬に向かって着水してはどうか、接岸する場所は、入江の中の岬の手前付近を目標に」と、細かい指示をしてきた。

私は、ここの海岸に着水するのは初めてのことでもあったので、どこに着水したらよいかを知るよしもない。接岸する場所次第では、私と電信員の古住飛長が褌一つになって水に入り、飛行機の世話をしなければならないことにもなりかねないという思いだけが先行していたので、着水地点の選定には、それでもなお、真剣そのものであった。

都合、二回ぐらい上空を旋回しながら、着水地点を模索していると、海岸に繁茂している椰子林の一角から、軍人らしい防暑服姿の者十人ぐらいが、ばらばらと砂浜に出て来て、上空の飛行機に手を振りはじめた。

私は、着水後はあの辺りに接岸すればよかろうと、機長と話しながら付近の海上に着水し、人だかりしているその浜辺に接岸した。やはり、ここが予定の接岸場所であったらしく、地上員がニコニコしながら飛行機に近寄ってきた。よくよく見たら、集まってきた人たちは、みな陸軍さんである。

その代表者らしい人と、田中機長がなにやら打ち合わせをしていたが、話がついたらしく、陸軍さんの数名が衣服を脱いで海中に入り、飛行機の下に近寄ってきた。私と古住飛長は、機長の指示で今日運んできた荷物を座席から下ろして、海中の地上員に手渡した。積荷を下

ろしながら田中機長に、

「この荷物の中味は何ですか」とたずねたら、

「米三俵とマラリア関係を主とした医薬品が大部分だ」と機長はいう。

砂浜に接岸している飛行機には、地上員が近くの雑木林から切り取ってきた木の枝を、一面にかぶせて防空迷彩をほどこしている。

荷物運送の大任を果たした私たちは、本来ならばすぐにも反転して、ショートランドの水偵基地に帰投すべきであるが、グラマン戦闘機が跳梁している昼間のソロモン方面に、あえて帰投する危険をおかす必要もなかったので、私たちはこのキエタの浜辺で日没時まで待機することにした。

陸軍さんの案内で、近くの小高い丘の上に架設されている小屋に行き、ひとまず携帯してきた昼食を摂《と》って、ここで一休みすることになった。

食事をしていると、ラプラプ姿（全身裸に腰巻きだけの姿）の、肌色が黒く、でっぷりと肥えて背の高い一人の原住民が、両手にパイナップルの実と、大きな蛮刀を持って私たちの傍らに近づいて来た。私たち三人がびっくりしていると、傍らにいる陸軍さんが、

「この人は、私の従兵として働いている原住民だから安心してください。いま、食後の果物にパイナップルを切らせますから、腹一杯食べてください」と、説明してくれたので、私たちはやっと安心して食事をつづけた。

トゲが一杯についているもぎたてのパイナップルを、大きな蛮刀で上手に皮を剝き、トゲを切り取り、輪切りにして〝食べろ〟とばかりに、蛮刀の先に突き刺したままのパイナップ

ルを、私たちの鼻先に差し出したときにはゾッとしたが、その顔には敵意が感じられなかったので一安心、この仮小屋を吹き抜ける涼風をうけながら、食後の私たちはここでしばらく昼寝をすることにした。

後日談であるが、ソロモン群島の各島々から、後退していくわが陸、海軍の軍人、軍属の人たちは、ブーゲンビル島南端のブイン周辺に上陸した後、それぞれこの島内を縦断しながら、北端のブカ方面へと、徒歩で移動して行ったのだが、これらの軍人、軍属が道なき山野をかき分けながら、九死の思いで北上をつづけていくなかで、その道程の中間地点に位置するこのキエタの街は、北上をつづけている人々にとって、第一の目標地点にもなっていた。

彼らがこのキエタの街を通過するときに、今日、私たちが運んできた米やマラリア関係の医薬品は、これらの北上組の人々のために、少しでも役に立ったのであれば有難いと思っている。

軍事作戦上からの重要な使命を担ってした荷物運びの要務飛行であるということなど、まったく気づかない私たちであったが、そのうち、太陽も沈み、予定の出発時刻にもなったので、お世話になった守備隊の陸軍さんに、今日のお礼と、今後の協力方を頼みながら、キエタの海を後にして、夜のソロモン海に浮かぶショートランドの水偵基地に向けて飛び立った。

艦砲射撃の恐怖

昭和十六年十二月八日、〝トラ、トラ、トラ〟で開幕したこの戦争で、南方資源の確保のために、いち早くラバウルに進出したわが軍は、その地を拠点にしながら、長駆してオーストラリアに対する攻撃を開始したのであったが、ラバウルからではその間の距離が大きすぎるとして、着目されたのが、その中間の海上に点々とつらなって浮かぶソロモン群島であった。

第十一航空戦隊に搭載していた水上機群が、わが艦隊の各艦に搭載している各水上機群とともに、ショートランド島に進出して、陸上機群に代わってさかんな活躍をつづけていたのはそのころのことである。

間断することなしに、ガダルカナル島の攻防戦や、数次におよぶソロモン海海戦、さらには、イサベル島沖海戦等々、彼我の海と空における大決戦がつづいていく中で、ショートランドの水偵群は、R方面航空部隊としてこの地で新編成され、さらには、九三八空水偵隊となって今日を迎えているのであった。ソロモンの海空戦には常時参加し、そのうえ、ソロモンの最前線に単独で陣を張り、そこから、神出鬼没の活躍をつづけているのだから、敵軍としては、これを看過することはできないところであろう。

そこで、ショートランドの水偵基地には、敵戦闘機の空襲がつづくのだが、ときとしては、敵戦爆連合による大規模の空襲があったり、また艦艇から砲撃されることもたびたびあった。

私がショートランドの水偵基地で過ごしたのは、昭和十八年九月から、十九年一月までのわずかな期間であったが、その間だけでも、敵の大型機による大空襲を二回と、水上艦艇からの砲撃を二回うけている。

それらの間にも、敵戦闘機の襲撃は毎日つづいているので、水偵基地で生活している全員は、まったく気の抜けない思いでもある。

私も、零式水偵に搭乗して、夜間の索敵に向かっていたので、その攻撃時には、地上や海上からの集中砲火をいやというほど浴びてきているが、その際にはまったく〝恐い〟と感じなかったのに、水偵基地内で、昼間に受けた大空襲や、艦砲射撃で地上を逃げ回っているときには、〝死ぬほどに恐い〟という思いをしたのだから、人の心理状態とは不思議なものである。

昭和十八年十一月一日の大空襲と、それに引きつづいた艦砲射撃は、まったく〝凄い〟の一語に尽きるものであった。

空中には、断雲のいくつかが浮かぶという上天気の下での、昼すぎのことである。基地内では、今日の午前中に受けた、敵機の大空襲による精神的な後遺症もどうにか消えていて、搭乗員は水槽のまわりでのんびりと洗濯をしたり、水浴を楽しんでいた。

その折も折、突然に〝空襲！　空襲！〟という叫び声が起こり、ドラム缶がガン、ガン、ガン、ガン……と乱打される中を、上空からいきなり〝ヒューッ！〟という音が聞こえ、その音が急に途絶えたかと思ったら、いきなり〝ダーン！〟という物凄い音がして、同時に私は爆風に大きく飛ばされていた。

地上に叩きつけられ、全身に泥をかぶった私であったが、幸いどこにも怪我はなかった。それでも、そのままの姿勢で、しばらく地上に伸びていたが、いつつぎの爆弾が落ちて来るかも知れない状態であったので、気を取りなおし、ごそごそと這いながら、木陰越しに上空を見上げたが、そこには、午前中の空襲時に見たような敵機の影はなにも見えていない。

〝変だなぁー〟と思っていると、今度は遠くの方で、

「敵艦多数接近、艦砲射撃！」と叫んでいる声が聞こえてきた。

　地上にいて艦砲射撃を受けるのは、私には初めてのことである。私の近くにいて、ともに爆風に飛ばされていた針原孝雄上飛（十六志・操）が私に近寄って来て、

「竹井兵曹、爆弾が近くで炸裂すると、その爆風で目玉が飛び出したり、耳の鼓膜が破れたりすることがあるから、両手を顔にあてて、親指で両方の耳の穴をふさぎ、人差し指と中指で両方の目をしっかりと押さえ、口は大きく開いておいた方がよいですよ」と、手真似をしながら教えてくれた。

　口を大きく開くのは、爆風を体に受けたときに、体内の空気圧を口を開くことによって調節するのだそうである。また、仰向けに寝ているよりは、うつ伏せの姿勢がよいともいう。私は、彼から教わったとおりにした。

　飛行機からの空襲では、その飛行機に搭載している爆弾の個数に限度があるので、その危険度は大体において、上空で一航過性のものと考えてよいが、艦砲射撃では、その艦に搭載している砲弾の数が多く、また、その砲弾のつづく限り撃ち込んでくるので、砲撃の時間は長くなることが多く、そのため、砲撃をうける側としてはたまったものではない。

　敵艦からの砲撃は、約三十分間ぐらいつづいている。つぎつぎと飛んでくる砲弾の下で、私たちはそのたびごとに爆風を受け、飛び上がる土砂片を体一杯に被りながら、時の過ぎるのを待つばかりであった。

　激しく撃ち込まれてくる砲弾の下で、その生命がいつ絶たれるかも知れないという生き地

獄の中にあっても、物知りの男がいるもので、その彼が得意気に状況を説明しているのが聞こえてくる。

「爆撃や砲撃をうけるとき、ヒュー！　という音が聞こえている間は、その弾丸は比較的遠方に落ちるようだから恐れることはない。ヒュー！　という音が中途でピタ！　と止まったときは、本当の至近弾だから、このときが危ない」といっているのである。

〝ははぁん、そんなものか〟と、私もヒュー、ヒューの音に気をつけていたから、中途でヒュー！　が途絶えたとき、その直後に私たちは、また、大きく空中に跳ね上げられていた。

「針原！　大丈夫か！」

「大丈夫、竹井兵曹はどうですか！」というように、お互いはその安否を気遣いながらも、まだ、つぎつぎに飛んで来る砲弾の炸裂に体をかまえている。周囲の雑木林のなかに避難している人々の間からも、大声が飛んだり、お互いに励まし合っている声が聞こえてくる。

そのうちに飛弾の音が止まり、しばらくすると、警報解除が発令された。雑木林の中から、蛸壺の中からと、ぞろぞろと現われてきた兵士のほとんどは、全身泥だらけになっていたが、その顔に悲壮感は見られなかった。

そのとき、基地の後方の山から、急造の担架が二つ下ってきた。担架の上には、防備隊員が毛布にくるまって乗せられている。先ほどの艦砲射撃の際に、かなわぬまでもと、勇敢に応戦をつづけていた防備隊員のなかの重症者である。

水槽の周りで一安心していた一同は、その担架が通る道筋の両側にだれいうとなく整列し、挙手の礼をもって、この勇敢な防備隊の無名の戦士の奮闘に、心からの敬意を表したのであった。

大空に開いた落下傘

ショートランド島や、その周辺の小島に配備されていたわが軍の施設に対する敵空軍の襲撃は、凄まじいばかりであったが、また、これを迎え撃っているわが軍の、地上砲火も決して怯《ひる》んではいなかった。

敵大型機が来襲したとき、私たちは、雑木林の中に身を沈めて避難していても、やはり、上空のことが気にかかるので、ときどきは樹木の間越しに、上空で戦われている空戦の状況や、地上から応戦しているわが防備隊が撃ち上げる砲撃の模様などを垣間見ていた。

「あっ！　敵の大型機が空中分解したぞ！」

近くで、だれかが大声で叫んでいる。

みなはその叫び声を聞いて、びっくりしながら、空襲下であることも、その身が避難中であるということも忘れて、ばらばらと空地の方へ駆け出している。空地からでないと、その上空のようすが見えないからである。

人々が指さしている上空では、すでに空中分解した敵の大型機が、幾つかの大破片となって、ぐるり、ぐるりと大きく回転しながら、ゆっくりと落下していた。

「やった！　やった！」

空地に出てきていた者が、空中に向かっていっせいに拍手し、この大型機を粉砕したわが零戦隊の奮戦ぶりを大声で賞賛しながら、お互いに肩を抱き合ったり、手を握り合ったりして喜び合っている。

上空には、南東の弱い風が吹いているのであろうか、降下している落下傘は、わが水偵基地の対岸にあるショートランド島の方に向かっているようにも見える。

「落下傘が海上に落ちたら、搭乗員はどうなるのだろうか」と、心配している者すらあった。

「そこには、敵さんの計算ができていて、洋上に待機している潜水艦が、この搭乗員を救助するんだ」などと、大声でだれとはなしに話しているのが聞こえる。

夕食をすました搭乗員たちは、だれいうともなく、いつもの習慣から広場に寄ってきていて、煙草盆を囲みながら、今日うけた敵機の大空襲や、艦砲射撃の状況とか、そのとき、受け身のだれそれはどうしていたとか何とか、いつものように賑やかに日暮れ前のひとときを過ごしていた。水偵発着場の浜辺では、今夜、出撃する零式水偵の試運転がはじまっている。

「敵の捕虜だ！」

「落下傘で降りたパイロットが捕まったぞ！」

広場に寄り集まっていた人々が、大声のしている戦闘指揮所の方向に走り出すと、そのほかにも、あちらの幕舎から、また近くの木蔭からと、多くの人々がばたばたと駆け出していく。

戦闘指揮所前の広場には、大勢の人々が大きく輪を画くように集まっていて、口々に大声を立てながら騒いでいる。近寄って見ると、その人たちの輪の中心部には、武装したわが軍の防備隊員四～五人が、一人の敵軍パイロットを荒縄で縛り、その縄尻を強くにぎりしめている髭面の上等兵曹の横に、指揮官の兵曹長とその部下の下士官、兵が、捕虜を取り囲むようにして突っ立っていた。

ショートランド938空水偵隊の発着場——多くの小島にかこまれ、比較的に波の静かな水道を水偵基地として使用していた。

彼らは、九三八空司令に、この捕虜になっている敵軍パイロットを引き渡しに来ているのであった。

敵軍パイロットの捕虜と、これを連行して来ている防備隊員を取り囲んで騒いでいる地上員の中には、ここの基地が、今日は朝からの空襲や、引きつづいての艦砲射撃をうけて、基地全体がいやというほど痛めつけられていたものだから、いま目の前に縛られている捕虜のパイロットを見て興奮したのか、大きな声で、この捕虜を口汚く罵ったり、はては「この野郎！」とばかりに、拳をふりあげて捕虜に突っかかっていく者さえある。そうはさせじとばかりに、これを押し止めようとする地上員のなかの古参兵との間に、味方同士の揉み合いさえ起こっていた。

やがて、基地司令の寺井中佐が、副長の山田少佐以下の上層部数人を従えて戦闘指揮所に現われ、捕虜を一見した後、その護送指揮官となにやら話しはじめたが、それは、防備隊員がこの捕虜を逮捕した場所や時間、および、そのときの状況についてのことなどであろう。

さて、捕虜となって荒縄で捕縛され、この人々の輪の中に立たされている敵軍のパイロットを見ると、年の頃は二十歳ぐらい、身長百七十センチ、碧眼紅毛の一見優男である。その身には柿色のエンカン服をまとい、靴は片足だけに編上靴を履いているが、片方は素足である。おそらく、どこかで脱げたのであろう。

帽子や、落下傘バンドは、身に着けていないところを見ると、着地後の、わが防備隊員との争いのなかで取りはずしたものかも知れない。

彼は、取り囲んでいる大勢の日本軍人の中から、怒声をあびせられ、はては、怒突《どづ》かれそうになりながらも、伏し目がちに突っ立っているばかりであるが、極度の緊張と、恐怖感がその脳裏を走っていることであろう。

この状態を、騒々しい人々の輪のなかで見ているわが方の搭乗員のなかには、〝これが明日のわが姿かも知れない〟と考えている者や、〝このようにされてまで、俺は捕虜となって生き延びたくないから、出撃のときに落下傘バンドを着けていないんだ〟などと、お互いにこっそりと話し合っている組も見えていて、傍らにいた私の心境には複雑なものがあった。

わが方の若い士官の一人が出て来て、英語で何かをこの捕虜に話しかけているが、いわゆる日本式英語で発音しているので、この若い捕虜との間に交わされている問答は、いっこうに要領を得ないでいるようだ。

そのうち、集まっている全員には解散命令が出されたので、一同はそれぞれの方向にと立ち去り、捕虜の敵軍パイロットは、いずれかに連れ去られていった。

捕虜のパイロットを、ショートランドの水偵基地に長く留め置いても仕方あるまいと、みなで話し合っていたら、果たして、その捕虜のパイロットは、いつの間にかいなくなっていた。聞くところによると、ラバウルの第八艦隊司令部に移送されたという話も伝わってきている。

雨雲からの脱出

十一月四日、操縦員竹井一飛曹、偵察員原田貢飛長、電信員古住二飛曹の三人がペアを組んで、ショートランドの水偵基地から発進した。

「ベララベラ島付近海上の索敵攻撃を主任務として、その索敵線上に敵影を見ないときは、モノ島に上陸している敵軍の陣地を爆撃して、ショートランドの基地に帰投せよ」というのが、この夜の出撃命令であった。

さきにも書いたが、十月二十六日ごろから、ショートランドの水偵基地からほど近い海上の、モノ島に上陸して来た敵軍陣地に対しては、ラバウルから長駆して攻撃をつづけている陸上機に伍して、わが水偵隊でも、モノ島爆撃を果敢に繰り返していて、今夜も零式水偵が三機、観測機四機がモノ島爆撃に向かうことになっている。

その中で、零式水偵組は、各機とも、まずソロモン中水道方面の索敵を終えた後で、モノ島攻撃に向かうことになっていて、一番機の大羽音治少尉機はすでに基地を飛び立っていた。

二番機松波辰巳飛曹長機と、私の三番機は、相ついで発進することになったので、夜間飛行中の空中衝突を避けるうえから、お互いの飛行機の高度差を百メートルとし、私は四百五十メートルの高度で飛行することにした。

暗夜の空中では、先発している松波機の機影など私の目に映らない。私は、あたえられた索敵線上を南下しながら、操縦席の窓を全開にし、顔を窓外に出しながら右、左の下方海上に敵影を求めている。

上空に月がなく、一面にひろがる暗い夜空には断雲が多いが、それでも、高度が四百五十メートルという低空飛行であったので、海上に浮かんでいる島々は肉眼でも黒々と見えていて、この飛行機が現在、どの辺りの上空を飛行しているかという見当はついていた。

進行方向の左手海上に大きく横たわっているチョイセル島の中間点で、右直角に変針すると、前方の海上にはベララベラ島が見えてくる。二番機の松波機も、今ごろはこの辺の上空を飛行しているはずだが、空中にも、下方の海上からも、松波機に対する機銃弾などの火の気が揚がらないところを見ると、〝二番機でも異状を認めていないのかも知れない〟などと考えながら、私はなおも熱心に下方の海上を注視しながら飛びつづけた。

ベララベラ島を後方にかわした地点で、あたえられた索敵線に沿ってさらに右変針すると、前方の夜空は暗一色になっていて、その空中には、ときおり、青白い閃光さえが走っている。私は、その閃光を見る直前までは、飛行しながらも、下方海上の異状の発見にばかり気を取られていたので、いま変針して飛行機が進むその前方が、雨雲域になっていることなど全く気づいていなかったのであった。迂闊な話ではあるが、この際はどうすることもできない。

いかに戦地での索敵行ではあっても、これが往路で、飛行機の進行前面が、このようなスコールなどによる天候不良であるなら、その際には、索敵を中止して反転し、基地に引き返すという手もあるが、索敵行の帰路に、その前方をスコールにさえぎられたのでは、スコールの大きさの判断ができないので、そのスコールを迂回するとしても、されるものでもない。

仕方がないので、この際は前方の雨雲を突破しようと決心した。

「おーい、これから先の海上は、スコールで、大雨が降っているようだが、仕方がないので、何とかしてこの雨雲を突っ切ることにする。乱気流の中に入るので、天窓に頭をぶっつけないように、二人とも十分に気をつけていろよ！」と、私は後席員に元気な声をかけて、操縦席の窓を全閉にし、前面の雨雲の中に飛行機を乗り入れた。

覚悟はしていたが、やはり気流が物凄く悪い。飛行機は上下、左右に激しくゆさぶられはじめた。飛んでいる飛行機が、大きな力でグーンと持ち上げられるようになったかと思うと、今度は、スーッと下に押し下げられたりして、飛行機を操縦している私としては、不安でしようがないのであったが、何としても、この雨雲から脱出したいと思う一心で、懸命の操作をつづけている。窓には激しく打ちつけてくる雨滴が流れているのが見える。

飛行機前面の暗闇で、間断なく、ピカーッ！　と青白い閃光が走っている。その一瞬、飛行機の中は青白く照らし出され、機体の全容がはっきりと浮き上がってさえ見える。それも一瞬のことで、その後は、また、四周が真っ暗闇にもどってしまう。こうなっては、操縦桿を握っている私としては、天運に身を任せるだけである。

飛行機をこの雨雲に乗り入れてから、もう二十分ぐらいは経過しているころだと思うけれども、雨雲からの脱出はいっこうにできそうにもない。〝これは、大変なことになったぞ！〟と、内心では思ってみても、操縦員として、また、機長としての私が、ここでちょっとでも弱気を見せたら、神にもすがる気持ちで必死に頑張っているであろう後席員の二人に対しても、申しわけがたたない。

〝ええい！　なるようになれ！〟とばかりに、開きなおった私は、不安定に飛びつづけている飛行機を操縦しながらも、何とかしてこの雨雲の上に出てみたいものと考え、無謀を承知の上で、上昇飛行に移った。

飛行機の高度計が二千七百メートルを指したころ、それまで暗黒がつづいていた飛行機の前面が、急に明るくなってきた。雨雲からの脱出である。〝ホッ！〟と一息入れた私は、前後、左右を入念に見わたしたが、飛行機はそれまでの雨雲から完全に脱出したものではなくて、雨雲の上にこそ出てはいるが、それも小さな範囲内の、雨雲の低いところの上に飛び出しているだけのことであった。

飛行機の周囲には、全面に大小の積雲が天高く林立していて、その頂と頂の間からは、明るく輝いている月の光や、大きくきらめいている無数の星さえ見えている。しかし、残念ながら機上から四周を見渡す限りでは、そこに雲の切れ間はなく、下界はまったく見ることもできない。

これが昼間の飛行であったなら、強引にその雲間に突っ込んで、脱出するという方法もあろうが、このような夜間飛行ではその成否が覚束なくて、できるものでもない。私はふと心配になったので、燃料残を調べた。出発時にガソリン満タンであったので、この後も三時間は飛びつづけられるぐらいの残量がある。それではと、それからしばらくの間、この雨雲の上空をぐるぐる回りしながら、どこかの辺りに雨雲の切れ目ができるのを待っていた。

偵察員に現在の位置を確認させて、ここからどの方位に飛行すれば、ブーゲンビル島の西南端に到達できるかを計算させたりしながら、さらに上昇飛行や、水平飛行を繰り返しつつ、林立している雲の間を縫うように飛びつづけて、雲の切れ間を探したりした。

それは、長い時間をかけて飛びつづけているようにも思えたが、そうしているうちに、飛行機の前面に〝ぽっかり〟と、雲の切れ目が出て来た。

〝天の助け〟とは、このことをいうのであろうか。

計器盤に目をやると、飛行機の高度計は三千七百メートルを指している。どうりで、先ほどから肌寒いと思ってはいたが、そのときは緊張していたので、この高度にまで飛行機を上昇させていたとは気づいてもいなかったのである。

「雲から出たぞ！」

大声で後席員に伝えると同時に、私は雨雲の切れ間を目がけて、降下飛行に移った。

このままの方位で前進すれば、飛行機は夜の雨雲から完全に脱出を果たし、無事にショートランドの水偵基地に帰投することができるのだ。飛行高度を六百メートルぐらいにまで下げたころ、後席の偵察員から、

「右下方にモノ島が見えます」と伝えてきた。急いでその方向に目をやると、右下方の海上には、小さな島が黒々とした姿を見せている。確かにモノ島である。

〝やれやれ、これで助かったわい〟と、このときばかりは〝神様、仏様、有難うございまし

た〟と、心の底からお礼を申し上げた次第である。

眼下の海上にモノ島を確認したことで、ここからショートランド基地に帰投するのは、技術的にも何らの支障はなくなった。

さて、モノ島上空では天候晴、私たちには、「中水道の索敵コース上に異変が認められないときは、モノ島の敵陣地を爆破せよ」という出撃命令が出ていたので、このままショートランド基地に直行、帰投するというわけにはいかない。

「これからモノ島の揚陸地点の爆撃に向かう」と、後席員に伝えながら、私は飛行機をその方向に変針していった。地上の敵陣地では、私の飛行機をその爆音で捕捉したのか、上空に向けていっせいに撃ち上げてきた。

探照灯も五～六本が、天空に向けて乱舞しはじめている。その撃ち上げている地上の光源を目標にしてこの飛行機は直進しなければ、こちらの爆撃の効果が出ないのである。

「爆撃針路に入る!」

私は、目標を地上の一番盛んに閃光を出しているところを選んで直進した。

「高度四百!　高度三百五十!　用意!　三百!」

偵察員が伝えてくる緊張した秒読みの声に合わせるようにして、私は搭載している六十キロ爆弾四個をつぎつぎに投下する。地上から撃ち上げてくる機銃の曳痕弾が、飛行機の前、左右を流星のように間断なく飛んでくるが、幸いに飛行機には当たっていないようだ。

私は、爆撃終了後の飛行機を、そのまま降下させながら、ひとまず海上に退避して、いまの爆撃の効果を後席員に聞いたが、彼ら二名にも効果確認ができていなかった。

そこで飛行機を反転して、モノ島の方向に向け、いま爆撃した辺りを観察したが、そのころには、地上からの砲火も小振りになっていて、それでも、探照灯だけがなおも天空に乱舞をつづけている。地上には、火災が発生したような気配も見えないので、〃爆撃、効果不明〃ということで、ショートランドの水偵基地に帰投することにした。

タロキナ岬に敵軍上陸

モノ島に敵軍が上陸を開始した十月二十六日の夜からの数日間というものは、ショートランドの水偵基地で生活している者にとって、まったく気のやすまる暇がないというほどの緊張の連続であり、また、目まぐるしいほどにいそがしい毎日でもあった。

ブイン基地のわが零戦隊は、連日にわたる敵軍の戦爆連合による大空襲をうけて、早くも数百カイリの後方に当たるラバウルへと引き揚げてしまったので、ソロモン海域の上空に、昼間わが軍の日の丸機の姿を見ることはなくなっている。

敵軍の空の定期便は、それをよいことにして、悠々と毎日来襲してきているが、その他にも、モノ島方面の海上を遊弋している敵機動部隊の一群は、十月三十一日にブーゲンビル島北端のわがブカ飛行場を、また、翌十一月一日にはショートランド水偵基地を砲撃したりしている。これらの水上艦艇による砲撃は、いずれも白昼堂々の来襲であった。

わが零戦隊や、陸上機のすべては、遠くラバウルの基地に後退していて、空中での抵抗がまったくなくなっていることを承知しているのか、彼らは、いずれも白昼堂々と陸岸近くにまで接近して、わが軍基地を思いのままに砲撃して来るのである。

このような状況の下で、これからのソロモン海における局地戦が継続されることにでもなると、その海の小島にひとり残されてしまったショートランドの水偵基地は、いつ潰滅されるかわからぬという状況になってきた。そこで、九三八空水偵隊としては、このままショートランドの水偵基地に居座りつづけて、手持ちの全水上機を、敵の砲、爆撃のもとに晒すよりはと考えたのか、ひとまず全飛行機を、ブーゲンビル島北端にあるブカ水道の小さな浜辺に移動させ、そこを当面の基地として使用することにした。

水偵隊の移動は、夜間にあわただしく行なわれ、搭乗員と、これに直接関係する地上員（電信員や整備員その他）の若干は、零式水偵を反復してそこに空輸する。

九三八空では、本隊（本部機構）を依然としてショートランド基地に置き、飛行機隊のみを当面の措置としてブカ基地に移動させているので、直接行動する飛行機隊としては、本隊からの命令でブカ基地を飛びだし、任務終了後は、ショートランド基地に着水して本隊に戦況を報告する。ここで燃料を補給した後、ふたたび飛び上がって、ブカ基地に帰投するという三角行動をさせられるという変な格好になっていた。そのため、搭乗員や地上員も、それぞれの二ヵ所に分散して駐留していたが、本隊との連絡には無電を使用するので、その点での不便はまったく起こっていない。

その折の十月三十一日には、水偵基地の対岸にあるブカ島の陸上飛行場に、敵艦艇による熾烈な艦砲射撃があり、引きつづいて、大編隊による敵機の猛爆撃があって、その際には、ブカ水道を挟んだ対岸の浜辺に設営している九三八空の水偵基地も、例外なしの猛爆撃をうけて、じつに惨憺たる状態になっていた。

他方、モノ島の周辺海域では、敵艦艇の動きがあわただしくなっていたので、九三八空水偵隊としては、これに関連して、ショートランドの水偵基地に、敵軍がいつ上陸して来ないとも限らないという危惧がある。そこで、九三八空水偵隊では、本隊を急遽、ブカ基地に後退した。

この日を境にして、ブカの浜辺を前線基地として使用継続することになるのだが、やはり、戦局の流れの中とはいえ、残念の極みでもある。

十一月二日、午後五時十分にブカ基地を発進し、ブーゲンビル島の海岸寄りに南下していた九三八空水偵隊の西山機（操縦員西山光和中尉、偵察員鈴木寿治二飛曹、電信員高田満喜二飛曹）は、その索敵線上に、上陸用舟艇を含む多数の敵艦船を発見し、これに爆撃を加えた後、ブカ基地に帰投してきた。

この夜、ブカ基地から発進した飛行機は、零式水偵が三機、観測機が二機の計五機であったが、索敵コースがそれぞれに分かれているので、敵影を発見したのは、その中の西山機一機だけである。敵の水上艦艇は、その時、西山機の爆撃に臆することもなく、ブーゲンビル島西海岸の中ほどにあるタロキナ岬に、上陸を開始していたのであった。

　モノ島の上陸につづく敵軍の、タロキナ岬上陸の報を、九三八空水偵隊が〝GF〟に緊急報告したことから、ブーゲンビル島に展開しているわが陸、海軍はもちろんのこと、遠くラバウルからも急遽、援軍を送って、タロキナ岬に上陸中の敵軍を撤退させようとする激戦がはじまり、また、わが軍の反撃を空から支援するラバウル海軍航空隊や、九三八空水偵隊によるタロキナ岬の敵軍の上陸陣地に対する空爆は凄烈をきわめている。

　そのころ、ブーゲンビル島の西海上には、敵の上陸軍を支援する有力な敵機動部隊が遊弋していて、これと、わがラバウル海軍航空隊との間に、第一次から第六次にとつづく、ブーゲンビル島沖航空戦が熾烈に戦われるのであるが、これらの決戦はじつに、この日、この時からはじまっていたのである。

基地撤退の憂き目に

　昭和十八年十月下旬のある日、敵戦闘機による定期便の銃撃も通り過ぎた夕暮れ時のこと、ショートランド九三八空水偵隊の戦闘指揮所前広場には、緑色の三種軍装に身をかためた隊員の一団が整列して、寺井司令の訓示をうけている。

　その人たちを見ていると、長袖、長ズボンに編み上げ靴の軍装ではあるが、どの人もみな軽装のようで、全体の約二割ぐらいの人は小銃を携行している。また、各人が肩にかけている雑嚢の中には、何が入っているのかは知る術もないが、そのどれもが大きく脹らんでいるのが目につく。

いつもの日であれば、零式水偵の夜間出撃準備でいそがしい夕暮れ時のこの戦闘指揮所前の広場に、今宵は出撃機の姿は見えず、代わりにその砂浜には、三隻の大発が接岸していて、その船からは〝早く！　早く！〟と呼んでさえいる。

この一団の兵士たちは、これからこの大発に乗って、対岸のブイン基地まで航海し、そこからは、ブーゲンビル島を徒歩で縦断しながら、最北端にあるブカの基地まで移動しようとしているのであった。居並ぶ兵士たちの中には、顔見知りの人も少なくない。

列外には、今後もここに残留することになっている兵士たちが、見送りの位置についている。送る側も、送られる側も、この先、生きてふたたび会うことができるのであろうか。涙に濡れた顔をクシャクシャにしながら、握手を交わしている組も多い。

「頑張れよ」「無理するな」「身体に気をつけろよ」「また、お逢いしましょう」「お元気で」

それぞれが別れを惜しむなかを、浜辺に接岸していた三隻の大発は、船一杯に兵士を乗せて離岸し、エンジンの音も高らかに夕闇迫る海上を、ブインの浜辺を目指して進んでいった。

ショートランドの水偵基地といえば、この戦争を開始した直後の昭和十七年一月、わが軍が南東方面への進攻作戦を進めるなかで、その先陣をうけたまわる水上機母艦聖川丸搭載の水上機軍が、わが軍としては初めてこの地に進出して、ソロモンの海空戦に参加していたのである。

これらの水上機群はそれからの毎日を、自らも飛行機に爆弾を搭載し、悪戦苦闘のソロモン航空戦を戦い抜いてきているという、わが軍にとっては南方における唯一の最前線基地であって、艦隊勤務を経験した人や、それらの艦船に搭載していた水上機乗りの人々にとっては、苦しみと悲しみの思い出多い水偵基地でもある。

しかし、優勢を誇る敵軍が、この島の隣りの海上に浮かぶモノ島に上陸し、また日を経ずしてブーゲンビル島のタロキナ岬にも上陸して、ここに一大拠点を構築してからは、四周を取り囲まれて孤島となってしまったこの基地では、これから先の維持が困難となってきたことから、残念ではあっても、わが方としてはこの際、この島から撤退するしかなかったのであった。

九三八空水偵隊では、このショートランド基地に最小限の要員を残留させ、他の大部分の兵員を急遽、ブーゲンビル島北端のブカへと移動させることとなり、この夕暮れ時の別れがそれであった。

ブーゲンビル島は台湾ぐらいの大きな島であるが、この島内には整備された道路などはほとんどないという。また、この広大な島のうちに、集落としては点々と見ることができていても、それらの集落と集落を結ぶ道路といわれるものはないに等しい状態であるとか。今度のようにわが撤退組が集団、徒歩で北上するときには、いわゆる獣道《けものみち》があればその道を通るか、その獣道もないところでは、不完全な地図と磁石だけを頼りにしながら、野を越え、山を越え、人跡未踏のジャングルを切り開いて進むよりほかに方法はないという。

それに加えて、わが撤退組が北上するその上空には、敵の戦闘機や爆撃機が群舞していて、地上に人影を見てはすぐに攻撃して来るであろう。これらの敵機は、わが撤退組の北上を途中で粉砕しようとして空中に待ちかまえているのだから、移動する側としては集団で昼間に歩行することなどは危険この上もなく、また、できるものでもなく、いきおい夜間の行動を取らざるを得なくなるであろう。

なお、この人たちに対する味方からの給食や、その他の物資を補給するなどはまったく望めないので、その徒歩でする北上には幾日がかかろうとも、目的地のブカに到達するまでの間、各人に自給自足が強いられることになり、結果的には、行軍の途中で目に映る物、口に入る物は何でも食べなければならなくなる。衣服は出発時のものを着たきり雀で、寝るときは野宿となるので、そこでは病害虫に襲われて、安眠などできるものでもない。

零式水偵に乗り込むペア。ブーゲンビル島北端のブカ基地に後退しても、938空搭乗員の苦闘はつづいた。

幸いに、私たち搭乗員は飛行機でブカの水偵基地に全員空輸されていたので、その苦労の実体を知る由もなかったが、それでも、ブカ基地の生活環境の悪さにはずいぶんと悩まされていた。

新設されたブカの水偵基地は、大急ぎで架設された施設であるため、兵員宿舎などはすべてが急造のバラック建てで、人々はここに寝起きができればよいというだけの最小限の造りである。

なお、水偵基地の一帯は、いわゆる湿地帯であったので、建物の周囲には蚊や蠅、その他の害虫が多く、その上、飲用水として掘った井戸から汲み上げる水には悪臭が強いうえに、塩分が多く含まれているという具合で、これはまともに飲めるという代物ではない。当分の間のことというので、みなはその生活に懸命の努力をしていたが、この悪環境のもとで過ごしているうちに、兵員の中にはマラリアや、デング熱、アメーバ赤痢に冒される者が続出してきた。

私も例外ではなかった。

マラリアに冒されると、その潜伏期間中（三日ぐらいの間）は当人もまったく気づかないが、それが過ぎるころになると、急に悪寒がすごくなり、ガタガタと激しい身震いが出てくる。体温計を当ててみると、目盛りを示す水銀柱は、すぐにピーンと一番上の端まで上がってしまうので、このときの体温は四十二度を超しているようだ。これらの病気にかかった者には、飲み薬と注射がほどこされるが、それでも、治るまでには一週間ぐらいはかかる。

ある夜、私はブカ基地から飛行機で攻撃に出たが、その帰途についていた折、何とはなしに頭がボーッとしてきて、視点が定まらず急に眠くなったことがあった。

私はその眠気と必死に闘いながら、やっと基地上空まで辿り着き、どうにか着水コースに入って飛行機を降下させていたが、

「前方椰子林！　左に寄せろ！」と、後席員が突如、金切り声を張り上げて来た。

〝はっ！〟としてわれに返った私は、とっさに左足で飛行機の方向舵を左一杯に切りながら、前方を注視すると、飛行機は着水姿勢のまま、いつとはなしに機首を右寄せしていたらしく、そのままの降下をつづけていたら、この飛行機は前面の椰子林に激突する寸前になっていたのであった。これでは、後席員から怒鳴られたのも仕方のないことだ。

襲いつづける高熱が睡魔を呼び、ぼんやりとなった頭で無意識の操縦をつづけていた私であったが、後席員に怒鳴られて正気づき、それからの必死な操縦で、どうにか事なきを得た。が、戦闘指揮所での報告時にもまだふらふらとしていて、やっとの思いで辿り着いた搭乗員宿舎に入ったときには、もう何をする気力もなくなっていて、そのまま仆《たお》れるようにして横になり、大きな鼾をかきながら眠ってしまったらしい。

ふと目を覚ましたら、同僚の搭乗員数名が、心配顔をして枕元に座っているのがぼんやりと見えている。私は、マラリアに冒されて高熱を発し、丸一日間を眠りつづけていたそうである。

ブカの水偵基地周辺における生活環境の悪さについては、先出しのとおりであるが、そこで生活を送っている基地員のなかには、マラリアその他の悪疫に冒される者が続出していて、搭乗員の中でもベッドに伏す者が多くなっている。

基地内での戦意はこの時期、だんだと低下していくのであったが、それでも南の最前線を死守する上からは、これらの病魔をも振り切って、前に進まなければならない。搭乗員もその他の地上員も、この際は不調の身体に鞭うち、必死に歯を食いしばりながら、全員が一丸となって飛行機を送り出していた。

そのような中にも、上空からの爆撃は毎日つづいていて、また、水上艦艇の砲撃も受けるようになったので、九三八空としてはここブカの水偵基地をもうこれ以上維持していくことは困難として、本隊をラバウルの松島基地に移すことになった。

ラバウルの松島基地には、現地部隊としての九五八空水偵隊が陣を張っているが、九三八空はその基地に転がり込んで、当分の間、ここに同居しようとしているのである。それや、これやで何かと多忙になっているブカの水偵基地に、十一月下旬のある日の夕暮れ時、ボロボロになった軍服を身にまとい、木の枝を杖にしてこれにすがり、やつれ果てた顔に目玉ばかりをギョロギョロと光らせた小集団が、つぎつぎと倒れ込むようにして到着した。

いちはやくこれを見つけた地上員たちが、口々に大声で叫びながら、素早く駆け寄っては、その人たちの身体を支えてやったり、抱えるようにして適宜に横にしてやるなど、甲斐甲斐しく世話をしている。

この集団こそが、一月前のあの日、徒歩撤退組となってショートランドの水偵基地から、三隻の大発に分乗して出発した人々の集団であった。

彼らは、なんとしてもブカの水偵基地に辿りつき、九三八空本隊に合流したいという一念から、行軍途中に発生したであろうあらゆる障害を乗り越えて、やっと到着することができたのである。これらの人々が体験してきたこの撤退の行程の中には、筆舌に尽くし難いものが一杯であろう。

幸いにして、このように本隊に合流ができた人々がある反面には、この行軍の途中で、病気になったり、毒虫などにやられたりして、脱落した人や、死亡した人も多かったと聞いている。

戦場で、しかも、未知の山野を幾日もかけて撤退して行くということがいかに困難であるかということを、私たちはつくづくと思い知らされたのである。

爆撃針路に入ります

「爆撃針路に入ります！」

機長の佐々木中尉（偵察員・海兵）に告げ、飛行機の前方眼下の海上に停泊している敵の艦船群に照準を合わせて緩降下をつづけている操縦員の私は、右手で操縦桿をしっかと握り、左手は座席前面の爆弾投下索に、親指を除く残り四本の指を当てがって、いつでも作動できる態勢をとりながら、暗夜の大空から、海上の標的に向けて突進している。

目の前に黒々とひろがっている海上には、ショートランドの水偵基地を出発する前の話に聞いていたとおり、大、小の艦船がウジャウジャとひしめくように停泊していて、上陸物資の荷揚げ作業を急いでいるのか、各艦船はあかあかと灯をともしていて、四周が闇間の中でそこだけが明るい。

〃しめた！　これなら下手な私の爆撃でも、必ず命中するぞ！〃とばかりに、はやる心を押さえながら、海上の比較的大きく見えている船に爆撃照準を合わせた。

タロキナ岬の背後の山上から、高度二千五百メートルでこの上空に侵入し、そこからエンジンを一杯にしぼって、爆音を残しながらの緩降下爆撃態勢をとっているので、飛行機の降下率が小さくて、標的の上空に到達するまでには、だいぶ時間がかかるが、反面では飛行機搭乗員の方でも、その間にいろいろの対応ができるというものでもある。

零式水偵を操縦してする夜間爆撃は、これまでにも幾度となく経験していたので、私に極度の緊張感は出ていない。それでも、今宵こそは、搭載している爆弾の全弾命中を期したいという気負いは十分にある。

「竹井兵曹、落ち着いていけよ」

後席から伝声管越しに指示してくる機長佐々木中尉の声が、しだいに大きくなってきているが、機長もどうやら緊張が高まってきたのかも知れない。

飛行高度が千五百メートルぐらいになったとき、前方海上の灯りがいっせいに消えた。と、同時に、地上からは上空に向けて探照灯照射がはじまり、その数もまたたくまに二十数本に増えている。暗黒の天空に向けて乱舞する探照灯の光芒は、みな狂気したようにぐるぐる回りをしながら、上空の飛行機（おそらく私の飛行機）捕捉のために、空中を交錯している。

高射砲も、機銃も、地上や海上の艦船から空中に向けて、やみくもに撃ち上げてくる。上空で炸裂している高射砲の射程は、千五百メートルぐらいに照準されているのか、その辺の夜空にはつぎつぎと閃光が出ていて、〝ボゴ！　ボゴ！〟という音が聞こえており、黒煙のかたまりができている。

機銃の曳痕弾が赤い飛線を林立させながら、私の飛行機を目がけて飛んでくる。その飛線を見ていると、下方から乱射している機銃の数がどれだけ多いかということを知らされる。

敵弾は、陸上からも、海上からも、区別することなく撃ち上げられていて、敵軍が上陸しているタロキナ岬の上空一帯には、一種の弾幕が張られたような状態である。

暗夜の中での爆撃行ではあるが、天空を縦横に乱舞する探照灯の光芒と、銃、砲火による弾幕のなかの曳痕弾の明かりで、その中を飛んでいる私の飛行機の中は、薄明るくさえなって見えている。この光景は、日本内地で見る花火大会の終わりのころ、上空と地上で花火の火が乱舞しているなかのあの景観とそっくりの状景でもある。そして、私の飛行機は、その火元を爆撃するために、先ほどから標的に向かって突進している。

本来ならこのとき、死の恐怖に襲われて、また、極度の緊張感から、手も足もぶるぶると震えているところであろうが、いまの私はそれすらまったく感じていない。それよりも、この爆撃操作が完全にできて、これから投下する爆弾の全部が、〝うまく標的に命中してくれるように〟と、ただただ祈る心境で、一心に操縦桿を握りしめているばかりであった。

「高度八百！」「高度六百！」「高度四百！」

後席からは、機長が大きな声で知らせてくる。

私は、この際、爆弾を一斉投下することをせずに、一、二、三、四と、一秒間ぐらいの間隔を置きながら、バラバラと投下した。

爆弾をいっせいに投下して、その四個の爆弾の全部が、標的に命中しなかった場合のことを恐れて、それならばと、このようにして四分割して投弾したのであったが、着弾地点を分散することで、そのうちの一個でもが標的に命中してくれれば、より効果的であると考えた上でのことでもあった。

光の点と線のなかで

爆弾が飛行機から落ちる軽いショックが、四回に分かれて伝わって来た。爆弾投下は成功したのだ。わが機としては、これからは全速力で戦場離脱をはかるだけである。

下方の地上や、海上から乱射してくる機銃弾が、真紅の飛線をまじえながら、飛行機の上下、左右と、ところかまわずに飛んで来ている。空中に乱舞している二十数本の探照灯の動きが、さらに激しくなって来た。

飛行機を操縦しながら、一刻も早くと、この戦場からの離脱に懸命になっていたとき、私は突然、目の前に四百燭光もあろうかと思われるぐらいの、猛烈に明るい光を突きつけられて、一瞬、目がくんだ。

〝アッ！〟と、私が悲鳴にも似た声を上げたとき、後席から機長の佐々木中尉が、「探照灯に入った！」と、これも悲愴感のこもった大きな声で告げてきた。

飛行機は、空中で一本の光芒に捕捉されたかと思ったら、またたくまにその光芒は七本、八本と増えていて、その光芒の中で飛行機の操縦をしている私の眼はくらみ、頭はふらふらになっている。

〝そうだ、この飛行機はいま、探照灯に捕捉されているんだ〟と、やっとわれに返った私は、一刻も早くこの光芒から脱出したい一心で、飛行機を右や左にと急旋回させたり、横滑りさせたりと、夜間飛行の操縦方法としては、まったく荒っぽい操作を繰り返しつづけた。もちろん、両眼はくらんでいるので、固くつむったままの山勘操縦である。

　このようにして必死の脱出操作をつづけていると、今度は、突然に眼の前が真っ暗になった。探照灯からの脱出に成功したのだ。途端に今度は私の飛行機のまわりを、火の玉がわんさと飛びかっている。飛行機の後部の辺りで〝ガン、ガン〟という音が出ている。下方から撃ち上げている銃弾が、飛行機のどこかに命中したのであろうか。

　それでも、この戦場からの脱出のために、懸命の操縦をつづけているが、飛行機が私の操作のままに動いているところからすると、被弾のための支障は起きていないようでもある。

　眼の前に、また、猛烈な光が飛び込んできた。再度、探照灯に捕捉されたのだ。飛行機を横滑りさせる。暗くなる。火の玉がわんさと飛んで来る。飛行機の後部辺りで、また、〝ガン、ガン〟と二度ほど軽い音が起こっている。下方から撃ち上げてくる銃弾が、また、飛行機のどこかに命中したのであろう。しかし、飛行機はなおも私の操作に合わせて動いている。今度も、また、被弾による破損のための不規則な振動は起こっていないので、このままの飛行に支障はあるまい。

　ふと気づくと、飛行機下部のフロートが海面の波頭を叩いていた。飛行高度を下げながら戦場離脱に熱中しているうちに、飛行高度がついに海面上スレスレにまで低下していたのであろう。私の飛行機を狙って撃ち込んでくる火玉が、高い空中や頭上を、飛行機の進む方向に流れるようになった。もう、こうなれば戦場離脱に成功したも同じである。

　いつまでも、この低空で飛びつづけていると、付近の海上に待機している敵の艦艇に衝突することにもなりかねないので、私は飛行機の高度を徐々に上げていった。高度五百メートルぐらいになったところで、右旋回しながら、いま爆撃した辺りの方向を眺めると、そこの海上には四本の炎があがっている。

「火災を生じた！　火災を生じた！」

機長が興奮して、大きな声で伝えて来た。

〃しまった！　飛行機を撃ち抜かれたか！〃と、私は一瞬、ハッ！　として、座席から飛行機の周囲を見回したが、飛行機から火の気が上がっている様子は見えず、また、飛行機に異変が起こったときの振動も体に伝わってこない。

「機長、火災はどこですか？」

「いまの爆撃で、湾内の船が炎上している」と、機長は簡単に返事をしてきたが、これは、機長の伝達方法が悪かったのである。

〃爆撃成功！〃電信員は、この成果を基地に報告するために、いそがしく電鍵を叩いている。

私も、上空からそれなりの爆撃効果を、この目で確認することができたので、この戦場に長居は無用と考え、飛行機を千メートルまで上昇させながら、ゆったりとした心地でショートランドの水偵基地への帰投コースについた。飛行高度を千メートルにまで上昇したのは、付近の海上を遊弋している敵の艦艇からの対空射撃を警戒した上での行動でもある。

機上から振り返って見ると、タロキナ岬の上空では、またも、先ほどのように熾烈な対空戦闘がはじまっている。九三八空水偵隊の後続機が突っ込んでいるのであろう。

今宵、索敵攻撃の命令をうけて、基地を発進してから戦場到達、爆撃敢行、そして、戦場離脱までの間は、緊張と興奮の連続であったが、一連の作業を終えて、帰投コースに入ったころには、気分もだいぶ落ち着きを取りもどしていて、ショートランド基地への飛行機操縦も軽やかになっていた。

十六夜の月の光の下で

タロキナ岬の夜間攻撃に出てから数日後の十一月十六日、私に出撃の順番が回って来た。

「タロキナ岬西方二百カイリの洋上に遊弋する敵の機動部隊を索敵せよ」

これが出発に際しての飛行命令である。

今宵出撃する一番機の松波飛曹長は、谷口治芳飛長（偵察員）、内山信男二飛曹（電信員）とペアを組んで、「竹井兵曹、今夜はいそがしくなりそうだから、気をつけて行けよ」と、戦闘指揮所の中で出発準備をすませてチャートをひろげ、今宵の予定コースを確認していた私に声をかけながら、先ほど、元気に基地を飛び立って行った。

二番機は機長竹井一飛曹、清田上飛（偵察員）、平野昌次郎二飛曹（電信員）がペアである。

六十キロ爆弾四個を搭載し、その他の兵器の整備も終え、出発準備を完了している二番機の零式水偵は、整備員の手によって基地の砂浜に出舟につけられていて、すでにエンジンも順調な回転をつづけている。

私たちペアの三人は、この機に乗り込み、午後八時十分、ショートランド基地を発進、飛行高度千五百メートルで、予定された索敵コースに乗った。

雲一つない上空には、今夜もまた南の国の星が大きく空一面にきらめいている。それらの星の中からは、十六夜の月が、丸く柔和な顔を見せていて、波静かな海面を明るく照らしてもいる。飛行条件としては、まったく申し分のない最高の状況である。

今夜、この空域を飛行している味方の索敵機は、先刻、私たちより三十分前に発進した零式水偵（松波機）と、この私の飛行機の二機が、九三八空の索敵機として飛んでいる。

なお、その他にも、ラバウルの陸上機基地から発進しているであろう索敵機が入り組んで、上空を飛行していることが考えられるので、基地を発進するとき、寺井司令から、

「敵の機動部隊は、今夜はいずれかの索敵機によって、かならず発見される可能性があるので、十分注意して対処するように」と、いうような特別の指示を受けていた。また、

「ラバウルの陸上機基地では、攻撃機が〝即、出撃〟の態勢で待機しているので、索敵線上に敵の機動部隊を発見したときは、その位置と時刻、型式と数量、進行方向、速力と、付近天候その他を基地に報告するとともに、その機は、ただちに触接行動に入り、時々刻々の動静を基地に報告しながら、味方攻撃隊の戦場到達を容易にするよう誘導せよ」というのが、今夜の索敵機にあたえられた任務であった。

私たちのペアは、基地発進時に司令から特命されている重要任務を心にかみしめながら、〝今夜の索敵線上には、かならず敵の機動部隊が遊弋しているもの〟と確信しながら、指示されている索敵線上の下方海上の見張りに専念しつづけた。

ショートランドの基地を発進してから、すでに一時間を過ぎたと思われるころ、偵察員の清田上飛が、

「左前方海上に敵艦が見えます！」と、やや上ずった大きな声で知らせてきた。その指さす方向の海上には、大きな黒いかたまりが点々といくつも見えている。

私は、海上に散開している黒いかたまりの群れを、月と私の飛行機との間に入れようとして、とっさに飛行機を右旋回しながら、高度を二百メートルぐらいにまで下げて、まず敵情の観察に入った。

〝キン、キン、キン、二〇一〇われ敵機動部隊発見す、航空母艦三、戦艦二、その他多数、位置ムッピナ角二百四十三度四十五カイリ、針路五度で北上中、速力十五ノット、付近天候快晴、視界良、月は四十五度、雷撃に適す！〟

電信員平野二飛曹は、はやる心を押さえながら入念に打電している。

松波辰巳飛曹長。18年12月6日、ブカから発信したまま還らなかった。

この〝キン、キン、キン〟を電文の頭につけて打電することは、この電報略符号が〝作戦特別緊急電報〟を意味していて、この略符号が打電されている間は、わが連合艦隊内では、他のすべての電信連絡を停止して、この〝キン、キン、キン〟の後につづく電報を受信するものだと聞いている。

眼下の海上には、満月の輝きをしている月の光が、海面を明るく照らし出しているその中に、大きく輪形陣を組んで北上していく敵機動部隊の各艦が、黒々と、絵で見るように浮かんでいる。中央部には、ひときわ大きい空母三隻が縦一列に並び、その前後に戦艦各一隻（いずれも三万トン以上と推定される）が併進している。

　空母は飛行甲板を備えているので、夜目には一見、輸送船のようにも見えている。また、戦艦は大きくて、高々とした前艦橋があるので、外見上からも、すぐに判断できた。それらの大型艦の周囲を、駆逐艦であろうか、十隻ぐらいの小型艦艇が、中心艦の周りをガッシリとかためて、輪形陣を組んで北上しているのである。

　私は、電信員に〝敵機動部隊発見〟という第一報を打電させた後、さっそく、この機動部隊に対する触接行動に移った。

　〝敵発見〟を打電した先刻の第一報に対しては、地上から確かに了解の電報が届いているので、受信されていることに間違いはあるまい。そうなると、味方攻撃隊がラバウル基地から発進したとして、この戦場に到達するまでには、一時間以上かかるが……などと考えながら、私は、低空飛行でぐるぐる回りをしながら飛びつづけた。

　まもなくこの辺りの天と海の一面では、彼我の弾丸が飛び交う修羅場となるのであろうが、いま眼下の海上にひろがっているシルエットは、何と美しい、ロマンを誘う光景であろうか。

　嵐の前の一刻の静寂とはいえ、明るく輝いている月光の下で、金波、銀波のゆるやかに揺れ動くソロモンの大海原に、点々と浮かんで動くシルエットの集団を見ていると、いつとはなしに幻想の世界にでも誘い込まれるかのような心地さえしていて、これに触接飛行をつづけている私たちは、いま戦いのさ中にいることさえ忘れたかのように、しばし、見とれていたのであった。

昭和十八年十一月十六日の、夜の一刻の出来事ではあったが、この夜の味方攻撃隊の出動が「第五次ブーゲンビル島沖航空戦」として報道されているものである。

一番槍と大目玉

眼下の海上を、ゆっくりとした速力で北上している敵機動部隊の各艦は、この数日間に何回となくわが水上艦艇や飛行機隊と、大きな海、空の戦闘を戦ってきているので、私の操縦している零式水偵が、単機で、しかも高度百メートルの低空で触接していることなど、別に意識しているふうもなく、その空中に威嚇射撃をするとか、警戒行動を起こして航行隊形を乱すということもせずに、なおも、ゆっくりとした速度を保ちながら北上をつづけている。

私の飛行機は、月明かりを前面にしながら、低空飛行で触接をつづけているが、緊急電を発してからすでに一時間近くになろうとしていた。味方の攻撃隊がこの戦場に到達するとすれば、この後三十分ぐらいの間であろうかなどと考えながら、十六夜の月光に映える洋上のシルエットを監視していると、

「電信機故障！」

その折も折、後席の電信員が突如として悲鳴にも似た大声で報告してきた。

「落ち着け、落ち着け。攻撃隊の現場到達までには、まだ、時間は十分にあるから、落ち着いて故障箇所を探して見ろ」

私は、おろおろとしているであろう電信員の気持ちを和らげようと考え、静かに指示した。三分間ぐらいを経過したかと思うころ、飛行機内の灯が消えて、機内が真っ暗になった。

「電信員！　どうした？」

「電源故障！　すぐ調べます」

夜間飛行をするときの機内では、室内灯を点灯せずに、小さな赤外線灯で機内の計器盤だけを照らして、各種計器の指針がわずかに読み取れる程度にまで暗くしている。

搭乗員は、それぞれに必要な計器の、そのわずかに光る指針を読みながら、夜間飛行をつづけているのであるが、飛行中に電源故障が起きると、その計器の指針がまったく読めなくなる上に、飛行機と基地との間の電波交信が不能となるので、索敵飛行で重要任務となっている敵情報告も、これでは基地に送ることすらできない。

操縦員は、計器の指針が読めないので、勘だけが頼りの盲目飛行をすることにもなって、これを長時間つづけていると、飛行機の操縦が不安定にもなりかねないのである。

「電信員、何とかならないか」

「予備のヒューズを使ってみましたが、故障は直らない。修理不能です」

後部座席では、電信員と偵察員の二人が、あれこれと故障原因を調べているようであるが、故障はいっこうに直りそうにもない。

こんな盲目飛行をつづけていては、飛行機の操縦持続にも体力的な限界があり、また、このまま触接飛行をつづけていても、時々刻々の敵情を基地に打電することができない。すると、私の飛行機は、これから先、敵機動部隊の上空を飛行しながら、何をしたらよいのか。

「この際、残念だが、いちおう基地に帰投し、これまでの経過を口頭で報告し、でき得れば代替機をもらって、ふたたびこの戦場に引き返してきて、海上の敵機動部隊に対する触接飛行に入り、味方攻撃隊の攻撃の手助けをしよう。これから引き返す！」

無念の涙を飲みながら、後席員に告げて、私は飛行機を反転し、基地に帰投することにした。

無灯火の飛行機で、不安定な操縦をしながら、いま離脱してきた敵機動部隊の上空付近を振り返り、

〝この機が発信した敵機動部隊発見の電報をうけて、出撃してくる味方攻撃隊の攻撃で、まもなくここの空は、真っ赤に染まることだろう。空中に数十本の探照灯の光芒が乱舞する中を、わが攻撃隊員は、がむしゃらに突っ込み、海上の敵機動部隊は、これに高射砲や機銃を乱射しながら、双方必死の攻防戦を展開するのであろう〟

などと考えながら、電源故障でこの急場に役立たずとなっている飛行機を、不安定ながらも必死の操縦で、ショートランドの水偵基地に帰投した。

接岸して、足早に戦闘指揮所に向かい、司令にこれまでの状況を報告し、戦場離脱の止むを得なかった理由を説明した途端、私たちの頭上には、耳の破れるかと思われる雷が落ちてきた。

「馬鹿者！　今宵の味方飛行機隊の攻撃に、一番槍をつけたのは、九三八空水偵隊のお前たちの飛行機だ。敵機動部隊発見から、つづいてのその後の電報はみな的確であった。それが、飛行機の電源故障という最悪の状態になって、いま私に報告しているその気持ちが分からぬ

でもないが、索敵機としては、それでもなお、現場上空に踏み止まって、要すれば、空中に照明弾を投下して、味方攻撃隊の誘導につとめることが索敵機の使命である。かなわぬまでも、その空中で味方攻撃隊の攻撃を援助し、その戦果を確認して帰投してくれれば、この基地から連合艦隊に対する所要の報告を発することができるはずだ。また、せっかく飛行機に搭載していた爆弾四個は、なぜその敵艦を目がけて投下して来なかったのか！」

要約すると、以上のようなお叱りであった。

私たち三人は、司令からさんざんに叱り飛ばされて、すごすごと搭乗員室に帰ったが、ここでも先任搭乗員から怒鳴り飛ばされた。まったく〝浮かぶ瀬もない〟とはこのことであろうか。

私としては、〝電信機が使用できない飛行機で、現場を飛びつづけるより、この際は事情が事情であったので、一刻も早く基地にもどってその詳細を基地から連合艦隊に打電、報告してもらうことこそが最善〟と考えたうえでの行動をとったつもりであったが、結果は怒鳴られっ放しとなった。それでも、先輩からよく説明されてみると、私のとったその行動と思考が、なんと浅はかであったことかと悔やまれてならない。

翌日は朝食後に搭乗員整列（全員集合）が命ぜられ、飛行隊長美濃部大尉から、昨夜のブーゲンビル島沖航空戦の概要説明と、私の戦闘行動を全搭乗員に披露されて、このようなときに搭乗員の執るべき手段などについての教訓があり、本来ならば昨夜の戦功は〝殊勲甲〟となるべきところを、私たち三人については〝本日謹慎〟が命じられた。（九三八空飛行機隊戦闘行動調書には、この夜の私の機の行動欄に、「二〇一〇発進、二一二五ムツピナ角二四三度

四五浬空母二を主力とする敵艦隊を発見、触接、一二三四〇帰着、任務遂行」とのみ記されていた）

名誉の戦死と行方不明

戦中、戦後を通じて、今日でも、〃殊勲甲〃とか、〃特攻体当たり〃等々の勇ましい記事が、新聞その他の各紙上に発表されて、その人々の周辺では、大変な持ち上げ方がなされている。

私も、その名誉ある功績に対しては、こころから敬意を捧げる者の一人だが、これらの中で共通することは、〃その人の戦果とは、当時、その場に居合わせただれかが、その事実を確認して、所要の報告をしてくれた〃からこそ、評価されたものと思っている。

とくに、終戦直前には、無理を承知で発進させられていた陸、海軍の特攻機作戦で、阿修羅の戦場で体当たりを敢行し、多大の戦果を挙げたその機の機体番号は、空襲でだれが読み取ったのであろうかなどと考えていると、超人的能力を発揮したその確認機の搭乗員に、さらさら頭の下がる思いさえするのである。

そうでなければ、凄烈きわまるあの戦場で、数多くの特攻機が突入した際とか、なお、この攻撃が夜間飛行で強行されたときなどには、敵味方の区別さえ判然としない暗夜の上空で、どの特攻機が体当たりして、多大の戦果を挙げたなどという現地の状況について、そこから何百カイリも離れた後方の地上にいる〃お偉いさん〃が、これらの特攻戦士の功績に対して、甲、乙のつけようはないはずである。

余談が長くなったが、九三八空水偵隊の水偵搭乗員は、それこそ、ソロモンの離れ小島に独り残されたような最前線で、死力を尽くして戦っているが、搭乗しているその零式水偵が空中で敵機と遭遇しても、この機と空戦をするという格闘技の能力を持たないので、特別任務で昼間飛行を余儀なくされる以外の飛行は、すべてが夜間に、しかも単機で発進していたのであった。

その索敵攻撃機が、戦場のどこかで、どのような戦果を挙げたとしても、その事実を基地に電報しない限りは、だれもその機が挙げた戦果や、行動を評価、確認してくれる者はいない。ましてや、飛行中に電信機故障で地上との交信ができないときや、操縦員や電信員が機上戦死したときに、その状況を基地に報ずる暇がなく、また飛行機が自爆したとしても、その機の搭乗員がした勇敢な行為を知ることさえできなかったのが、ソロモン戦終期の実状だったのである。

この文中にも、零式水偵による単機での夜間爆撃時の凄まじい光景を表現しているが、これは、私が体験した戦場での一場面を描写したに過ぎず、なお、当の私が幸運にも生還したからこそ、その真実を伝えることができたのである。

それでも、夜ごとにつぎつぎと索敵攻撃に飛び立っていった九三八空水偵隊の先輩搭乗員や、同僚の戦場体験の質量は、私がここで体験したその何倍にもなっていたのだ。

多くの水偵搭乗員は、この戦場で勇敢に戦い、そして、戦死していったのだが、その状況を基地に打電する暇がなく、なお、その機の果敢な行動を確認してくれる者がいなかったばかりに、『九三八空飛行機隊戦闘行動調書』には、これらの飛行機に関する事項に、「未帰還」とか、「行方不明」とのみ記されているのが目につく。

私が知る限りでは、つねに勇ましく出撃を繰り返していた人たちであって、決して人に遅れをとるような人たちではなかった。

未帰還とか、行方不明になる日の以前の戦闘では、幾度となく殊勲を挙げている人たちばかりであったものを、最後になったこの出撃で、基地に電報が届かなかったのか、または、その報告をする暇がなかったのかと思うと、残念でならない。さきの、特攻機の扱いにくらべて、なんと不合理な扱いであろうか。

このように扱われて、その死亡が事務的に簡単に処理されている人々の、隠れた功績を偲びながら、右の『戦闘行動調書』に記載されている幾人かの記事を、この調書から抜粋してみる。（注、以下は搭乗員名が三名のものは零式水偵、二名のものは零式観測機で出撃している）

・昭一八・八・六＝ブイン要務飛行、上飛曹吉田英一、航空参謀ほか二名同乗、〇七五五敵戦闘機と遭遇、空戦自爆

・昭一八・九・一六＝不時着搭乗員救助、上飛曹樫村広、飛長広瀬武雄、一三四〇敵戦闘機六機と交戦、自爆

・昭一八・九・一六＝OH方面索敵攻撃、上飛沢田敏夫、二飛曹斎藤康夫、上飛市川光雄、二三〇〇発進、任務につきたるまま未帰還

・昭一八・一〇・二＝ニュージョージア方面哨戒攻撃、二飛曹有田重利、二飛曹垣内節、二飛曹島谷実、二三一〇われ天候不良のため触接を失う。帰途に就くの電を送信せるまま未帰還

・昭一八・一〇・一四＝ショートランド付近哨戒攻撃、飛長高山孝志、上飛高橋政春、二飛曹中村芳晴、〇一二五敵魚雷艇五隻発見、〇一三〇これを爆撃、一隻撃沈、防禦砲火により墜落、操縦員、電信員は行方不明、偵察員は後日チョイセル経由にて帰還
・昭一八・一一・一一＝タロキナ沖およびモノ島南方海面哨戒攻撃、中尉西山光和、飛長平島勝、二飛曹貝原芳夫、一七〇〇ブカ発進、一七四〇タロキナ角に敵大部隊発見を報じたるまま未帰還
・昭一八・一一・一八＝ブーゲンビル島南方索敵攻撃、飛長針原孝雄、一飛曹添田良助、二飛曹平野昌治郎、一七三〇基地発進、任務につきたるまま未帰還
・昭一八・一二・三＝ブーゲンビル島南方索敵攻撃、飛曹長島田唯雄、一飛曹大沢多喜二、二飛曹北山芳定、一六三〇発進、敵輸送船炎上を報告後行方不明
・昭一八・一二・六＝ブーゲンビル島南方索敵攻撃、飛曹長松波辰巳、二飛曹竹下秀行、二飛曹高田満喜、二三〇〇ブカ発進、任務につきたるまま未帰還
・昭一八・一二・一五＝魚雷艇攻撃、飛曹長斎藤儀兵衛、一飛曹萩原中、飛長今野武佳、二三〇〇発進、任務につきたるまま未帰還
・昭一八・一二・一九＝魚雷艇攻撃、一飛曹井熊公一、一飛曹上田則之、一飛曹片山清二、一八〇〇発進、任務につきたるまま未帰還
・昭一九・一・七＝哨戒および輸送、一飛曹中村元義、一飛曹向井正人、〇三三〇ブカ発進、任務につきたるまま未帰還

なお、私の飛行機が、敵機動部隊の上空で、電源故障を起こし、夜間の盲目飛行の止むな

きに陥ったがゆえに、仕方なく基地に帰投したところ、上司や同僚にまでさんざんに怒鳴られたことを書いたが、このとき、もしも私の飛行機が盲目飛行のまま敵機動部隊に突入して、差し違えをしていたとしても、この飛行機は電源故障で無電がきかず、また夜の単機飛行であったので、私のその行動を確認してくれる僚機もないままに、九三八空の『戦闘行動調書』には、「敵機動部隊発見を報じたまま、行方不明」とのみ記されたかも知れないところであった。

幸いにも、私が盲目飛行の中を、どうにか基地に辿り着いたから、このときの空中での状況を報告できたのであって、考えてみると、じつに冷や汗ものでもあった。〝紙一重の運命〟とは、まさに、このようなものかも知れない。

味方機だ、撃つな！

ブインの陸上飛行場にあった零戦隊が、ラバウルに撤退し、九三八空水偵隊がショートランドからブカの浜辺に後退していた十一月下旬のある日、味方駆逐艦が隊列を組んで、ラバウルからブカ水道を目指して南下して来た。

ブーゲンビル島の西方海上では、この十一月に入ってからすでに六回におよぶ彼我の大攻防戦（ブーゲンビル島沖航空戦）が戦われているという緊迫した状態がつづいているときのことだから、ブカに後退して来ている九三八空水偵隊内では、〝また、大規模作戦が展開されるのだろうか〟とばかりに、全員は零式水偵の出撃準備に怠りなく駆け回っている。

十一月二十四日の夕刻、ブカの水偵基地からは、二機の零式水偵がラバウルの方向に飛び立っていった。

一番機＝池田整上飛曹（操縦員）、佐々木正雄中尉（偵察員）、高田満喜二飛曹（電信員）

二番機＝松波辰巳飛曹長（操縦員）、原田貢飛長（偵察員）、府高重利二飛曹（電信員）

午後五時、敵のグラマン戦闘機が、まだ、この基地の上空付近を飛んでいるという危惧も十分にあると考えられる夕暮れ時のこの時間帯に、右の零式水偵の二機は、いつもの出撃時と同じように、その胴体下には六十キロ爆弾四個を抱えて、ブカ水道から飛び立ったのである。彼らにあたえられている今宵の飛行命令は、〝南下してくる味方駆逐隊の前路哨戒〟であった。

低い断雲がいくつか出ているという夜の海上を、全速力で南下してくる味方駆逐艦群の前方海上の警戒として、哨戒飛行をつづけたが、その二機のいずれもが、海上に異状を発見することができなかった。

午後八時五十分、一番機の佐々木機長は、海上を南下中の駆逐艦上空に飛行機を乗り入れて、〝わが零式水偵は、上空から貴艦の前路哨戒に当たっている〟と駆逐艦に知らせて、なおも、引きつづきその上空での警戒飛行をつづけた。

午後九時四十分、佐々木機はブカの水偵基地を発進してから、すでに四時間になろうとしていたので、ここで前路哨戒飛行を打ち切り、午後九時五十五分、ブカの水偵基地に帰投して来た。

二番機の松波機は、これも指示された索敵線上を飛行していたが、異状を認めなかったので、午後八時四十五分、ブカの水偵基地に帰投していた。（注、ラバウルから南下して来たわが駆逐艦群は、上空で前路哨戒をしていた佐々木機が、その上空を離れてしばらくした後、海上で敵駆逐艦群と遭遇し、相互に砲撃戦の末、わが駆逐艦三隻が沈没している）

さて、ここで話を数時間前にもどそう。

ブカの水偵基地とその周辺陣地では、右の零式水偵二機が発進する二十分間ぐらい前に、通常の感覚では考えられそうにもない〝ハプニング〟が起きていた。

水偵基地の浜辺では、地上員が今宵出撃する二機の零式水偵の試運転をはじめていて、その機の周りにはいそがしそうに走り回っている地上員の姿も見えている。太陽が西の水平線に沈んだばかりの上空には、低く転々と浮いている断雲が、その上面を茜色に染めているといった、いつもの夕暮れ時の静かで、美しい光景さえ見せていた。

〝空襲！　空襲！〟――どこからか、突然に怒鳴るような大声が起きたかと思うと、戦闘指揮所の横に常備されていて、警報時に使用する空ドラム缶が、早くも〝ガンガン……〟と叩かれている。〝そらっ！　来たぞ！〟と、浜辺で飛行機の出発準備に当たっていた一同は、雲散し、方々の雑木林の中や蛸壷へと、われ先に飛び込んでいる。

私はそのとき、非番の搭乗員五～六名とともに、出発準備中の飛行機の下で手伝いをしていたが、この突然の空襲警報を聞いたとき、そこから蛸壷まで走りおおせそうにもなかったので、ひとまず海辺の雑木林の中に逃げ込んで、地上に伏せて空襲に備えた。

しかし、空襲警報をつげて、あれほど騒いでいたわりには、上空でのドンパチがいっこうにはじまらないので〝これはどうしたことやら〟と不審に思っていた。

そのうちに、空襲警報下のことだから、その身の危険性は感じながらも、人々はぞろぞろと浜辺に出てきて、上空のどこかを飛んでいるであろうとおもわれる敵機を探していた。

〝ダダダダ……〟〝ダンタンタン……〟対岸のブカ島に布陣しているわが防備隊の陣地から、上空に向けた機銃発射がはじまり、無数の曳痕弾が赤い飛線を画いて上がっていく。

その上空からは、林立してくる赤い飛線の中を、ブカ飛行場に着陸しようとして、飛行機のフラップ翼を一杯に下ろし、両脚も出している小型機がつぎつぎに降下して来ている。地上のわが防備隊員は、それらの飛行機に向けて、さかんに機銃発射をつづけているのであった。

このとき、着陸降下中の先頭機が、不安定な姿勢の中で、何回となく大きなバンクを繰り返している。

「ありゃ！　あれは味方の艦攻だぞ！」

だれかが大声で叫んだ。

どうりで、空中から着陸降下中のこれらの小型機群は、地上からいっせいに撃ち上げてくるわが防備隊の機銃弾に対しても、これに敵対することもなく、悲愴な思いで地上に味方識別のバンクをつづけていたのであろう。

着陸の順番待ちをしている味方艦攻隊の数組の飛行機が、水偵基地の上空を、低空で大きく旋回飛行している。それぞれの胴体下には、二百五十キロ爆弾を抱いているものや、航空魚雷を抱いているものもある。

「撃つな！　撃つな！」
「味方機だ！　撃つな！」
　地上の人々は、事の重大さに気づき、大声を挙げている。その願いが、射手に通じたのかどうかはともかく、水偵基地の周辺から撃ち上げていた赤い飛線は消えたが、それでも、対岸の陸上飛行場周辺からの対空砲火がおさまるまでには、なおも、数分を経過したように思えた。

　では、なぜ、このような味方機に対する発砲事件が起きたのであろうか。この時間帯はまだ薄暮のころで、上空は明るく、飛行機の機影は地上からでも、肉眼ではっきりと見えていた。その上、このブカ飛行場につぎつぎと着陸してくる艦攻隊の各機には、その両翼前面に黄色の味方識別標識が見えていたほか、胴体と両翼には鮮やかな〝日の丸〟の標識が見えてもいたのである。

　これらの艦攻隊は、ラバウルの飛行場を飛び立ってから、数時間を飛びつづけて、到達したブカの飛行場に着陸し、ここで燃料を補給しながら、ブーゲンビル島西海上を遊弋している敵機動部隊の攻撃に発進しようとしていたものである。

　彼ら搭乗員からすれば、ブカの陸上飛行場こそは、ラバウルとブーゲンビル島西海上の仮定戦場の中間地点に設けられている陸上機の不時着場であるという認識があるので、安心してブカの飛行場に着陸しようとしていた矢先の出来事であった。その飛行機隊が、地上からいっせいに撃ち上げられたものだから、上空から着陸しようとしていた飛行機の搭乗員たちは、一様にびっくり仰天したであろうが、さすがに、飛行機隊指揮官の冷静、沈着な行動によって、このハプニング劇は一応おさまった。

十一月に入ってからは、この方面の空と海の戦場では、大規模な戦いがつづいていて、このブカ基地にも敵機の空襲が繰り返されていたものだから、基地防衛に当たっている地上員の各人には、常時、極度の緊張感がみなぎっていた。

そこに飛んできた突然の大編隊機を発見したものだから、地上員のみなは、これを敵機の空襲と考えて、味方識別をする暇もなく、これらの味方機に対する誤射を招いたのであろうが、いずれにしても大事にいたらずによかったと思うばかりである。

ブカ基地に敵艦隊接近す

ブカ基地周辺に配備されている防備隊は、対空砲火のみを準備しているのか、敵水上艦艇と撃ち合うようすがない。そのためかどうかは分からないが、敵の水上艦艇は、ときどき、陸岸近くにまで接近して来て、十分の狙いを定めては基地を砲撃するので、撃たれる側ではたまったものではない。

九三八空水偵隊が、ブカの基地を本拠地にしていた期間は、わずかに一ヵ月半ぐらいの間であったが、その短い間にも、ブカの水偵基地は大規模の艦砲射撃を一回と、同じく大型機の大編隊から二回の爆撃をうけたほか、その間に、ゲリラ作戦に出没するグラマンF6F戦闘機から毎日のように銃撃をうけていた。

ブカの水偵基地は、急造されたばかりの施設だから、基地内に満足な退避壕などあるはずがない。そこに空襲や艦砲射撃があったりすると、地上にいる者は、ところどころに掘られている蛸壷に飛び込むか、または、近くの雑木林に逃げ込んで難を逃れるのが精一杯の退避であった。それでも、夕闇迫るころともなると、付近の海上や砂浜に、木の枝などをかぶせて隠蔽していた零式水偵の三〜四機を引き出してきて、夜間の索敵攻撃に発進させていたのである。

その短い一月半の間ではあったが、ブカの水偵基地から発進した延べ何十機におよぶ零式水偵の中の四機は、未帰還機となって、ついにこの基地に帰って来なかった。

十二月三日、索敵攻撃に向かう四機の零式水偵は、それぞれに六十キロ爆弾四個を抱いて、わずかに時間をずらしながら単機で飛び立っていった。

各機は、それぞれに指示されている索敵コースに乗って、ブーゲンビル島の西南海上に、扇形の索敵飛行をするのである。

基地発進後、しばらくしたころ、一番機の島田飛曹長機から、〝敵輸送船二隻炎上中〟という電報が発せられた。

つづいて、第二次索敵攻撃隊の佐々木中尉機と美濃部大尉機から前後して、〝北上中の敵機動部隊発見、われ触接に入る〟という緊急電が基地に寄せられた。（この夜、ラバウルから出動したわが攻撃隊と、敵機動部隊との間に激闘が戦われたのが、第六次ブーゲンビル島沖航空戦であった。なお、輸送船二隻炎上を報告した島田飛曹長機は、引きつづき敵艦発見の緊急電を発したまま、ついに未帰還となっている）

さて、二番機の私の索敵コース上には、海上に何らの異状も発見できなかったので、そろそろブカ基地に帰投しようということになった。基地を目指して、暗夜の洋上飛行をつづけていたとき、「真下の海上に敵艦多数！」という、奈良崎機長の怒鳴り声が聞こえて来た。

上空に月影はなく、ときおりば小さな断雲にも行き交うという悪条件下の索敵飛行であったが、私は機長の大声を聞くと、とっさに飛行機を急旋回させながら、極端に傾けた機上から暗い海上を見渡すと、そこの海上には、数本の大きなウエーキが走っていて、その先端部に見えている大きな黒い固まりは、全速力で北東の方向に進んでいる。私の飛行機は、そのとき、敵艦艇群がしく輪形陣の真上を飛んでいたのであった。

本来なら、このような時に上空の飛行機は、海上の艦艇から熾烈な一斉砲火を浴びせられるところであったが、今回はそれがまったくない。水上艦艇の側では、〝いま、上空を飛行しているのは小型機が一機で、われわれには気づかずに飛んでいるようだから、ここのところは彼が一刻も早く飛び去るのを待った方が得策だ〟ぐらいに考えていたのではなかろうか。

私は、飛行機の高度を、それまでの七百メートルから三百メートルに下げながら、さっそく、眼下の海上を疾走している敵水上艦艇に対する触接行動に移ったが、このとき〝あっ！〟と驚きの声を上げた。

その水上艦艇の進行方向を辿ると、それは私たちの水偵隊が本部を設けているブカ水道を向いているではないか。しかも、いまから三十分もすれば、この水上艦艇は、ブカ基地への艦砲射撃が可能な射程距離にまで接近することにもなる。

眼下の海上を、全力で疾走している敵の水上艦艇は、全部で十隻ぐらいが数えられるが、おそらく、このまま直進して、ブカの飛行場一帯を砲撃する目的で突進しているもののようにも思える。

そういえば、先日からつづいてる〝ブーゲンビル島沖航空戦〟に際しては、味方の艦攻隊が大きな魚雷や、爆弾を抱えて飛来し、九三八空水偵基地の対岸に設営されている〝ブカ飛行場〟を中継しながら、幾度となく発進していくところを、私たちは目撃していたが、敵軍にとって、このブカ飛行場の存在は目障《ざわ》りになっていたのかも知れない。

なお、このように多数の敵水上艦艇が陸岸近くにまで押し寄せて来て、わが陣地を砲撃するということになると、たとえ、その砲撃目標がブカ飛行場であっても、対岸の水偵基地が同時砲撃をうけるという可能性は十分に考えなければならない。機長の奈良崎上飛曹は、電信員に命じて電報を発信させている。

十二月三日の出撃員

	操縦員	偵察員	電信員
第一次索敵攻撃隊	飛曹長　島田唯雄	一飛曹　大沢多喜次	二飛曹　北山芳定
	一飛曹　竹井慶有	上飛曹　奈良崎　学	二飛曹　府高重利
第二次索敵攻撃隊	一飛曹　與猶　実	中尉　佐々木正雄	一飛曹　片山清二
	飛曹長　松波辰巳	大尉　美濃部　正	二飛曹　高田　満

〝キン、キン、キン、敵水上艦艇十隻がブカ基地を目指して接近中、間もなくブカ基地に艦砲射撃の恐れあり。われ今から敵艦艇の進路妨害に入る〟

私は、ここで飛行機の高度を千五百メートルに上昇させ、眼下を疾走している敵水上艦艇の進行方向の前面を旋回しながら、眼下海上の監視飛行をつづけた。

その間に機長は、まず、吊光弾二個を投下して、敵水上艦艇の進路前方を明るく照らした。つぎに、航法測定用の照明弾の灯の出るもののすべてを、同じように彼らの進路前方の海上に投下して、海上に点々と灯をともし、敵水上艦艇の前進を牽制する策に出た。また、〝われ上空に在り〟と、敵艦艇に知らせる意味合いから、搭載している爆弾四個を海上の中心艦目がけてつぎつぎに投下したりした。この爆弾は、全弾とも至近弾となって、艦に命中はしなかったものの、艦艇群を牽制するには十分の効果を挙げたようでもある。

警戒心をさらに強めた各艦は、いっせいに方向変換をはじめるとともに、煙幕展張をはじめたらしく、付近上空一帯に黒煙がひろがってきて、機上からでは、海面一帯がまったく見えなくなってしまった。ただ、その煙の中から、天空に向かってやみくもに撃ち上げている機銃の曳痕弾が、赤い飛線を画いているのが見えている。

しばらくその状態がつづいていたが、よく見ていると、下方海上から撃ち上げてくる機銃の発射位置は、だんだんと陸地から遠ざかっていくので、〝敵艦艇を反転させることができた〟と判断した機長は、この機はひとまずブカの水偵基地に帰投するようにと私に指示してきた。

ブカ水道に着水して、急いで接岸して見ると、わが水偵基地内では、〝艦砲射撃の恐れあり〟と先刻打電していたので、全員が戦闘配置についていて、それはそれはものものしい警戒ぶりである。

私の飛行機が無事に帰着して、状況報告をしたのでみんなは一安心。基地での警戒は、さっそく第三配備に切り換えられた。

まったく今夜は運のよい話で、もしも、私の飛行機がわが基地を砲撃に向かっていたあの敵の水上艦艇を発見していなかったとしたら、いまごろブカの全基地は、敵の艦砲射撃で蹂躙されていたことであったろう。

なお、この同じ十二月三日の夜に、ラバウルの基地航空隊は、ブーゲンビル島の南西方洋上で、敵の空母四隻からなる機動部隊を捕捉して、彼我の間に一大航空戦を戦っている。この航空戦は〝第六次ブーゲンビル島沖航空戦〟と命名されているもので、先刻、私の飛行機がブカ島に接近しようとしていた敵の水上艦艇を、空から妨害して追っ払ったその艦艇群こそは、同時刻に南西海上を北上していた敵機動部隊の別働隊だったのである。

松波飛曹長機還らず

十一月十一日の夜半ごろ、機体に十数発の敵弾をうけて、穴だらけになった松波飛曹長機が、空中をよろめきながら水偵基地に帰って来た。その機の後部座席には、海上の敵艦から集中砲火を浴びせられて、左大腿部に大きな風穴を開けられた電信員の八幡幸雄一飛曹が、真っ青な顔をして、ウンウン、と唸っている。

九三八空水偵基地では、これまでにも敵弾を受けて帰って来る飛行機は幾度となく出ているので、今朝、被弾して帰投した松波機に対しても、とくに大騒ぎをするということもなく、みなはテキパキと事後処理に当たっている。当夜非番の搭乗員でさえ、この事実を朝の集合時に初めて耳にしたほどである。

当の松波飛曹長は、昨夜の被害については大したことではないというふうに落ち着いて見えるが、それでも、ペアの八幡一飛曹の戦傷については、機長としての責任を感じているのか、かなり心配のようすであった。昭和九年志願の操練出身である彼は、支那事変の勲功で、功六級金鵄勲章をうけているほどの歴戦の勇士であるが、温厚な性格と、つねに部下搭乗員を可愛がるという人でもあったので、年若い搭乗員から大変に慕われていた。

彼、松波飛曹長に聞いた昨夜の戦闘状況は、つぎのようである。ブーゲンビル島西海上の一帯は、月光なし、雲量六、雲高五百メートルの天候で、その雲の上を高度九百メートルで飛んでいた。その折、下方の海上から突然、松波機を目がけて一斉射撃がはじまった。撃ち上げてくる機銃の曳痕弾が、赤い飛線を画きながら、飛行機の周辺に林立したように飛んでくる。その上空二千メートルぐらいのところでは、高射砲の弾丸が炸裂している。

ガン、ガン、ガン、という音がして、直後に激しい振動が飛行機に起こって来た。おそらく、機体のどこかに敵弾が命中したのだろう（このときの被弾数は十三カ所）。飛行中、突然に起こったこの異変に驚きながらも、松波飛曹長は飛行機を急旋回しながら、降下して雲の下に突っ込み、暗夜の海上を覗いて見ると、そこには敵の大型巡洋艦や、駆逐艦十数隻があって、中心部に配している大型輸送船団を護衛しながら北上している。当の松波機はそのとき、ちょうどその艦隊中央部の真上を飛んでいたのであった。

当時、付近上空には低い断雲が多くて、上空の飛行機からでは、海上の見透しが十分にできなかったのがその原因である。

下方海上から、突然に撃ちあげられた集中砲火には驚いたが、彼は間髪を入れずに、飛行機の態勢をたてなおして、搭載している四個の爆弾で海上の艦船を攻撃し、うち一個を駆逐艦に命中させた。

「電信員電報用意！」と指示しかかったが、電信員からは応答がない。このとき、偵察員佐々木中尉が、

「電信席は被弾して、八幡兵曹が負傷した。この機は基地に引き返す」と指示して来た。

以上が、昨夜の松波飛曹長機の奮戦談である。


九三八空水偵隊が、ショートランド基地から後退してきたブカ基地周辺は、いわゆる湿地帯で、その生活環境がことのほか悪く、そのため、ここで生活している搭乗員や、地上員の中には、マラリア、デング熱、アメーバ赤痢に冒される者が続出していた。

十二月六日、私はその日の朝食ごろから体調の乱れを感じていたが、夕方近くになると、急に高熱を発し、頭がボーッとしてきて、まったく人心地を失くしてしまっていた。心配する同僚に支えられながら横になって、毛布を頭からかぶってはいるが、高熱のため、ブルブル震えながら唸っている。

そこに、ひょっこり松波飛曹長が私の枕元に来て、

「竹井兵曹、今夜はブーゲンビル島沖への二番機の操縦員に指名されているが、これじゃ飛

べんなぁ」と心配気に声をかけてきた。私は高熱のため、夢うつつの中でこれを聞いていたが、彼の横から先任搭乗員がこれも心配顔で、

「だれか代わりを出しましょう」

「いや、みなは疲れているだろうから、今夜はわしが代わりに飛ぼう」といって枕元を離れていった。

 （操）松波辰巳飛曹長、（偵）竹下秀行二飛曹、（電）高田満喜二飛曹のペアが、私に代わって急遽、編成された。

 この夜の出撃二番機となった松波機は、十二月六日午後十時、いつもの出撃風景と変わりなく、ブカ基地から発進していったが、その後、予定の帰投時刻が過ぎ、夜が明けても、そのつぎの日になっても、ブカ基地には帰って来なかった。また、何らの連絡をしてくることもなく、ついに未帰還機になったのである。

あの冷静、沈着で、零式水偵での実戦歴も豊富な彼が操縦する飛行機だから、今ごろは、どこかの海岸に不時着しているのではなかろうか。

または、この前のように、飛行中にいきなり下方の海上から集中砲火をうけて、撃墜されたのであろうかなどと考えながら、私たちはただただ生きていてくれと、神仏に祈りつづけたが、効果はなかった。

あの日、出撃命令をうけていた私が、急に高熱を発したものだから、部下思いの松波飛曹長が、ベッドで唸っている私の身を心配して、気軽に代替したばかりにと思うと、私は、何ともお詫びの申し上げようもない気持ちで一杯である。

ブインで待機せよ

昭和十九年一月二十五日、この日の夜間索敵攻撃に発進しようとする私たちの飛行機ペアに対して、〝攻撃終了後、帰途はブインの基地に着水して、つぎの命令があるまで待機せよ〟という特命がついていた。

この夜の攻撃目標は、ソロモン中央水道をわが物顔に遊弋している敵の水上艦艇を捕捉、爆撃せよということであった。一番機の機長は私で、二番機には操縦員高野利雄二飛曹（十六徴、丙飛）が、機長として乗り組んでいる。

この二機の零式水偵は、日没後、それぞれラバウルの水偵基地から発進した。お互いは、空中での衝突をさけるために、一番機は飛行高度を六百五十メートル、二番機は同じく五百五十メートルにと、相互に百メートルの高度差をつけながら、一路ソロモン中央水道に向かって南下していく。

途中、天候晴れ、視界良好、断雲がつぎつぎに飛行機の後方へと流れていく月のない夜空であるが、雲間からは無数に、明るくきらめいている大きな星も見えている。南十字星や、オリオン星座、あれは南極星かと、星を眺めながら飛行していると、私の心の中には〝これから戦場に赴く〟というような切羽詰まった緊張感は出てこない。ただ、何とはなしにロマンチックな感じが先行するから不思議なものである。

ブーゲンビル島までの海上に浮かぶグリーン島の上空を通過すると、右前方には、ブカ島が見えていて、なお、その背後にはブーゲンビル島の山々が黒い連なりを見せている。もう、この辺りからは、そろそろ敵の夜間戦闘機が出没するという空域に入るので、私は後席員に、空中の見張りを厳重にするよう指示した。飛行機乗りが、飛行中に気をつけなければならない重要な事項はいくらもあるが、なかでも、この〝見張り〟はとくに重要なものの一つである。

敵よりも早く敵を発見して、自分の飛行機を、より有利な態勢に立てながら、相手と対峙することができるか否かは、この見張りの結果によることが多く、反面、この見張りをおろそかにしたばかりに、敵機の先制攻撃をうけて、その命を落とした事例は少なくない。

〝夜間飛行中に見張りを厳重にしたところで、何が見えるのか〟という人もあろうが、それは素人さんの着想であって、実際には、気をつけて見張りをしていると、空中であれ、下方の海上であっても、何かが見えてくるものである。ただ、今夜のように月明がなく、断雲の間からは無数の星が、夜空一杯に大きくきらめいているというようなときの空中見張りでは、それらの星の光に眩惑されて戸惑うことも多い。

それでも、飛行中の私たちは、四方の見張りを厳重にしながら、ソロモン中央水道に向かって直行している。通い馴れた空の航路、このコースを夜間に飛ぶのは、すでに十数回を数えているので、搭乗員にとっては何の苦痛も感じない。飛んでいるうちに飛行機は、ソロモン群島中部のチョイセル島上空を通過した。ここから先の海上には、敵の小型艦艇がわがもの顔に遊弋しているという情報が一杯の海域である。

索敵コース上を飛行しながら私は、飛行高度を四百メートルにして、下方海上に敵影を求めて飛びつづけていく。ギゾ島の上空付近に近づいたころ、暗夜の海上に幾筋となく小さな白い線が走っているのを発見した。しかし、その白い線の先端付近を見ると、本来ならそこにあるはずの黒い固まりが確認できないのである。

空中の飛行機からは、海上に数条の白い線が見えているのに、その先端物が確認困難ということは、これが、水偵基地内で話題に上っている〝敵の魚雷艇群〟ででもあろうかと考えた。

私には、初めての魚雷艇との出会いであったので、多少勝手がちがうが、〝ええい！　やっつけて見よう〟とばかりに、飛行機を反転させ、緩降下爆撃の方法で、搭載している四個の爆弾をつぎつぎに投下した。

爆撃を終えると、すぐに飛行機を反転しながら、いま爆撃した辺りの海上を見たが、そこには、依然として白い線が縦横に入り乱れて走りづつけている。これでは爆撃効果はまったく分からない。悔しいけれども、仕方のないことである。偵察員が、予定時刻をだいぶ過ぎていると伝えてきたので、ここで攻撃を打ち切りにして、戦場から離脱し、指示されて

ブインの飛行機待機所で整備をおえた零戦。昭和18年夏の光景だが、著者が着水した19年1月末には基地は荒れ果てていた。

いるブインの浜辺へと飛行機を反転した。

ブインで零式水偵が発着する海面は、ソロモン海に直面している広大な海岸線の砂浜寄りのところで、そこには、海上からの大きなウネリと、磯波が岸辺に大きく打ち寄せている。着水操作も、その後の接岸の操作にも苦労させられたが、それでも、味方識別信号を発光しながら、地上員が誘導している砂浜に無事接岸することができた。

エンジンを止めて、〝ヤレヤレ〟と座席内で腰を伸ばしていると、近くの砂浜には二番機（高野機）がすでに接岸していて、その機のペアの搭乗員が私の飛行機に近寄って来る。私たちはお互いの無事を確認し、地上員に挨拶をして、戦闘指揮所に向かい、今夜の戦況を報告し、つぎの命令の有無をたずねたが、

「まだ、何とも言ってこない」というので、今夜はそのままブインの基地で仮宿することにした。

翌朝、私たちが飛行機の点検のために浜辺に出て見ると、二機の飛行機は、地上員の手でブイン川の河口付近に曳航されていて、そこの岸辺に繁茂している灌木の下の水上に係留されていた。飛行機には、それぞれその全体に、木の枝をかぶせての防空迷彩がほどこしてある。

遅い朝食であったが、基地整備員が準備してくれた食膳についてみると、ブイン基地に残されている地上員の食生活が、いかにお粗末であるかということを思い知らされた。その不自由な生活の中から、私たちに給食してくれている地上員の心尽くしに対しては、涙が出る

ぐらいに有難く思い、嬉しくもあった。

麦が多い飯であったが、その米すらが彼らにとっては貴重品であろうに。海水にわずかな色をつけた汁物の中味には、短く切ったさつま芋の茎が五〜六本入っている。漬物は、パパイアの青い実を塩漬けにした物である。

たったそれだけが朝食のメニューであったが、塩も副食物も、すべてが現地での手造りであるという。

カロリー計算がどうの、こうのという理屈は、恵まれた生活をしている現代人が口にする言葉であって、この当時、前線の基地残留員という名の下に、南海の孤島に置き去りにされているこれらの人々は、これからいつまでつづくかも分からないというこの基地で、生き延びるために、必死の努力をしていたのである。

私たちが仮宿したこの掘っ立て小屋も、ソロモン戦当時に、零戦隊の搭乗員が生活していたころはいざ知らず、今では荒れ果てていて、風雨に倒されないのが不思議に思えるぐらいの荒れようであった。椰子の葉でふいているその屋根も、今ではぼろぼろになっていて、ところどころからは、青空さえが見えているという代物である。

この基地に残留を命ぜられている地上員にとって、彼らが心から頼りにしているわが連合艦隊は、すでに遠くに後退していて、その勇姿を彼らが見ることは、今後二度とあるまい。また、あの日、あの頃、勇敢に戦っていたわが零戦隊も、今日では、まったくその勇姿を見せることがなくなっているこのブインの陸上機基地だが、それでもときたま飛来してくる九三八空の零式水偵に接することで、彼らは自らを慰めているのかもしれない。

無銘の墓標

「竹井兵曹、ここの基地整備員が、九三八空の搭乗員が時間待ちで退屈しておられるようなら、三時間ぐらいの予定でドライブしましょうかといっていますが、どうしますか」と、私のペアで、電信員の古住光次二飛曹が誘いの言葉をかけてきた。

私たちが、ソロモン中央水道方面の索敵攻撃を終えて、その帰りにこのブインの基地に立ち寄り、ラバウル本隊からの次の命令待ちをしていたときであった。

この基地周辺では、かつての勇猛をはせていたわが零戦隊の勇姿を見ることがなく、制空権も、制海権もすでに敵軍の手中にあるという今日では、私たちの零式水偵が昼間飛行などできるものでもないので、ラバウルの水偵基地からくる次の命令をうけて、私たちが行動を起こすのは、夜に入ってからであろうと、それまでの日中は命令待ちで、時間つぶしにぶらぶらしていたときのことである。

「願います」——私は、何の躊躇もすることなくこの誘いに乗ったが、全員がドライブに出かけるというわけにもいかないので、二名を本隊との連絡要員に残留させ、他の搭乗員四名は、基地整備員が準備した乗用車に乗りこんでドライブに出かけた。

「このまま車を走らせて、ブインの陸上飛行場や、搭乗員宿舎跡の視察コースをとるのもよいが、少し時間をかけると、山本五十六長官の飛行機が墜落したところや、同長官ほかを火葬した跡に仮墓が造られているところがあるので、遠出のついでに、そこにお参りしませんか」と誘う基地整備員の言葉に、私たちはせっかくの機会でもあったので、「是非とも墓参を」と頼んで、車をその方向に走らせた。

自動車は、陸上飛行場横の道路を走っているが、車窓から見えている飛行場跡は、じつに惨憺たるものであった。かつて、敵軍の空の定期便を迎え撃つために、わが零戦隊がいそがしげに発着していたであろうその滑走路は、数次におよぶ敵機の猛爆をうけて、いたるところに大穴ができていて、飛ばされた土石は小山をなしている。これでは、ここに飛行機の発着などできるものでもない。

滑走路の周辺には破壊された零戦や、艦攻、艦爆といった小型機の残骸がゴロゴロと転がっていて、この地の攻防戦がいかに凄まじかったかということを語りかけているようでもある。〝つわものどもが夢の跡〟でもあろうか。

飛行場横を過ぎると、自動車はジャングルの中に急造されている仮設道路を、西へ、西へと進んでいる。道幅が狭く、路面は凸凹がはげしいうえに、いそがしげに往来する軍用自動車群の離合で、路上はかなりの混雑である。運転している整備員は、この混雑を〝いつものこと〟とばかりに、大して苦にもしていないようだが、車内で見ていると、このような落目の最前線地帯であっても、ここを通行している自動車の間には、それなりの交通ルールがあって、その車に乗車している軍人の階級が幅を利かせているようだ。

すなわち、その自動車の前部に赤い小旗が立てられているときは、佐官級の軍人が、また、青い小旗のときには尉官級の軍人がその自動車に乗車していることを示しているので、離合する各車の間では、上位の軍人が優先通行するのである。

下士官だけが乗車している私たちの自動車は、離合のたびに、道路傍で離合待ちをさせられるので、時間のかかることおびただしいのであったが、階級序列で運行統制がされているのであれば、私たちとしては何することもできない。

「先任兵曹、これでは目的地に着くまでに時間がかかり過ぎますので、いまからこの自動車に青い小旗を立てます。飛行帽をかぶった人が右後方の座席について下さい。もし、途中で青旗の車に出会ったときには、〝九三八空〇〇中尉〟と、大声で言ってください。優先通行になります」

運転員の機転で、飛行帽をかぶっていた古住二飛曹を〇〇中尉に仕立てたので、それからの私たちの自動車は、路上の混雑を尻目にしてスイスイと走らせることができた。しばらく走っていると、自動車は山本長官の仮墓前に到着した。鬱蒼と茂っているジャングルの一角をわずかに切りひらいて、約百平方メートルぐらいの空間を造った中に仮墓はあった。

その空間だけがきれいに整地されていて、掃除もよくできている。中央部分のわずかに後部寄りには、小さな土饅頭の形をした盛土がなされ、その頂部に三十センチぐらいの野面石一基が立てられている。銘は入れられていない。墓の前面には、左右に各一本のパパイアの木が植えられていて、二メートルぐらいのこの木には、パパイアの実が鈴生りについている。

ほかに目印となるような物が何一つないのは、関係者以外の者に、この墓が何を意味しているかということを知らさないための作為ででもあろうか。〝トラ、トラ、トラ……〟ではじまったこの戦争で、名指揮官といわれたわが海軍の、連合艦隊司令長官山本五十六海軍大将ではあったが、悲運の機上戦死で、その遺体を火葬した場所とは、このような南海の僻地であったのである。

戦局の現状から、その場所すら極秘扱いをしなければならないのかと、複雑な気持ちの中で、〃霊よ、安かれ〃と念じながら礼拝したところであった。

今村均陸軍大将

のんびりと、昼間のドライブを楽しんで、ブインの基地に帰って来ると、私たちには、ラバウルの九三八空本隊から、〃零式水偵二機は、今夜ブインを出発してラバウル基地に帰投せよ〃という命令が届いていた。私は二番機の高野二飛曹に、〃日没の二時間後に発進する〃と指示して、各搭乗員とともに飛行機の出発準備に当たった。

日が落ちて、あたりが暗くなったころ、飛行機を砂浜に引航して、燃料を補給し、飛行機の試運転をはじめた。その間にも、基地整備員は甲斐甲斐しく飛行機の世話をしてくれている。もともと、これらの整備員は、ブインの陸上機専門の整備員だが、その陸上機のすべてが飛び去ったいまでは、不馴れなままでも、零式水偵の整備に当たってくれているのである。

飛行機の出発準備も一応ととのい、砂浜に腰を下ろして煙草をふかしながら、搭乗員と整備員が一緒になって雑談していると、後方の暗闇付近がちょっと騒がしくなった。私たちは〃何が起こったのか？〃とは思ったが、別に気に留めることもなく、のんびりをつづけていると、

「先任搭乗員いますか？」と、探す声がする。私が立ち上がって応答したら、

「ラバウルまでの便乗者が二名ありますので、願います」という。〝そら、はじまったぞ〟とは思ったが、ソロモン海へ出撃した後、このブイン基地に立ち寄った零式水偵には、これまでにもたびたび便乗申し出があったので、私はたいして気にもかけずに、こころよくこの申し出を承諾しておいた。

予定の出発時刻になったので、私は便乗者の一人を、一番機の中間座席に乗せて、自らも操縦席についた。二番機でも、そのようにしているのが見えている。準備完了、二機の零式水偵は暗夜のブイン基地を発進して、一路、ラバウルへの帰途についた。昭和十九年一月二十六日の夜のことである。

先刻、便乗者を飛行機に乗せるときの感じでは、今日の便乗者は上背はないが、デップリと肥った軍人のようであった。

私にとっては、毎度のことでもあるので、この便乗者がだれであるかとか、どこまで行くのかなどは尋ねることもなく、また聞くこともしないが、〝今夜のお客さんは肥っているので、重たいぞ〟ぐらいの軽い気持ちの中で、ラバウルへの帰りを急いでいた。途中の空中には低い断雲が出ていたが、これが飛行に支障をきたすというほどのものでもなかったので、予定通りの時刻には無事ラバウルの上空に到達した。

飛行機と地上とで、味方識別の信号を確認した後、湾内に着水して、九三八空水偵隊の浜辺に接岸した。例によって、便乗者から先に降ろし、私たちは機内の後片づけを簡単にすませて地上に降りた。

飛行機が接岸した浜辺では、近ごろにないほど多くの人々が集まって、便乗者を出迎えしているのが暗闇の中でもよくわかる。〝今日の便乗者は、お偉いさんだったのかも知れんな〟などと思いながら、私たちは基地司令に帰投報告をして、搭乗員宿舎に引き揚げた。

翌朝の点呼整列は、恒例によって免除されていたので、遅い朝食を摂った後も搭乗員宿舎で寝転んでいると、そこに九三八空司令の寺井中佐が、陸海軍の偉い人を幾人も案内しながら、何の予告もなしにドヤドヤと入って来た。

そのころ、搭乗員宿舎では例によって裸で寝転んでいる者や、トランプに興じている者など、みなは好き放題をしながら、休養をとっていたが、この不意の来客を見て、何事が起こったのかと不思議そうな顔をしながらも、床の上に正座して来客を出迎えた。

このような、だらしない搭乗員の生活態度に、いつもであれば、司令が一喝するところであったが、今日の寺井司令は終始ニコニコとしていて、すこぶる機嫌がよい。正座して出迎えしている搭乗員一同は、けげんな面持ちで寺井司令のつぎの言葉を待っていると、司令の横から分隊長の中尾虎吉中尉が進み出て、

「昨夜、ブインの基地から帰ってきた搭乗員は前に出るように」という。

〝何も悪いことをした覚えはないが……〟と思いながら、私たち数名の者が前列に並ぶと、司令から、

「昨夜、ブインから便乗された方からお礼のお言葉がある」と一言。その後方から陸軍中佐で、参謀肩章を吊るした人が私たちの前に出て来て、

「昨夜はブインからラバウルまでの便乗飛行を無事終えていただき、有難う。ご本人に代わ

って厚くお礼を申します」と、丁寧に挨拶された。

つづいて、分隊士の田中飛曹長が進み出て、「戴きものだ」といって、高級ウイスキー二本と、スラバヤのチョコレート二箱を私たちに渡し、それを機に来客は舎外へと立ち去っていった。

軍隊とはじつに変わったところである。お礼に参上しながら、当の本人の名前も告げずに立ち去る。また、そのお礼を受ける側でも、この行為を普通に受け止める。このようなセレモニーは、軍の機密に属するためのものかもしれない。

何はともあれ、その後で、来訪者が置いていった土産物を取り囲んでの、搭乗員室での談義は大変なものであった。辛党の者はさっそく〝毒見〟と称して、戴き物のウイスキーに飛びつき、甘党の者はスラバヤのチョコレートの箱を開いている。一体、だれが何をしてこれをもらったのかという論議よりも、土産物の分配（この際は手の早い者の勝ち）で、宿舎内はガヤガヤガヤガヤである。

「昨夜の便乗者は、陸軍の偉い人かも知れないぞ。それで、陸軍中佐の参謀がお礼に来たんだ」などと各人は勝手な想像をかわし合いながら、土産物の処分にいそがしい。

世の中には、どこの世界にも早耳の者がいるように、この搭乗員宿舎内でも、昼食時になると、

「昨夜の便乗者は、二人とも陸軍の偉い人で、一人は第八方面軍司令官今村均大将、もう一人は同じく高級参謀であった。陸軍の第八方面軍司令部は、ラバウルに置かれているが、ソロモン群島の各島々に大多数の兵力を散開させているので、今村司令官は、ブーゲンビル島

に散開させている陸軍の視察と、将兵の慰問をかねて同島に渡った。が、その往復に陸軍の飛行機では、夜間の飛行が困難であるとかで、往路にもわが九三八空の零式水偵を利用したが、その帰路には私たちの零式水偵二機が、ソロモン中水道方面の索敵攻撃終了後、ブインの基地に立ち寄ったので、これに便乗してラバウルまで帰って来たのだそうな」

この早耳の者の言葉が本当だとすると、私の飛行機に便乗したあのデップリと太った人が今村均陸軍大将であった。

そのとき、私は何も知らず、また、知ろうともせずに、その人を中間座席に乗せて、ブインの基地からラバウルまでの数時間を飛んで来たが、それにしても、〝よくも、まあ、無事に飛んで来たものだ〟と、われながら感心もした。もし、飛行機の出発前後に、このことが私の耳に入っていたとすると、やはり緊張したであろうし、その結果、私はコチコチになって飛行機を操縦していたかも知れない。〝知らぬが仏〟とはよく言ったものだ。

昨夜の私は、索敵攻撃の任務明けということからの気楽さと、この帰りの飛行コースは通い馴れたいつものコースでもあることから、こっそりと鼻唄まじりに飛んでいて、便乗者には飛行中に、ブーゲンビル島の眼下に現われてくるそれぞれの地名や、その周辺海上に遊弋する敵艦艇の現状、ラバウルとブーゲンビル島の中間の海上に浮かぶグリーン島に対する敵軍の行動や、ここ数日の間、とくに大挙して来襲してくる敵空軍のラバウル空襲（連日二百五十機から三百機の戦爆連合による来襲）のことなどを説明して喜んでもらったりしたものであったが、それらのことも、いま考えると本当に冷や汗ものであった。

しかも、私なりの気楽な説明を聞きながら、「そうですか」「ほう――……」などと、静かな口調で相槌をうっておられたが、先方様にすれば〝専門家の私が、このような素人さんの生かじりの説明を聞かされるのも、この飛行機に便乗したがゆえの飛行機運賃か〟ぐらいに思われたのかも知れない。

この方面の戦場で、陸軍部隊の最高位にある第八方面軍司令官と、高級参謀の二人が、その隷属する前線部隊を視察するという大切な行動というのに、ただ、〝直属する陸軍の飛行機は、夜間の洋上飛行ができない〟という理由のもとに、お門違いともいうべき海軍の下士官搭乗員が操縦する九三八空の零式水偵に、しかも、これを護衛する戦闘機もつかない夜間の単機発進に際して、隠密裡にこれに便乗しなければならないとは、ソロモンの戦況がすでにそこまで、わが軍の凋落を物語っていたのであろう。

ブイン基地からラバウルまでの便乗飛行は、わずか数時間のことではあったが、その折に機上で気楽に会話を交わしていた今村均陸軍大将の声は、今でもはっきりとこの耳に残っている。

ラバウルの休日

数次におよんだブーゲンビル島沖航空戦を勝ちつづけてきた敵軍では、この際、一挙にラバウル侵攻を期するかのように、ラバウルに対する敵大型機の空襲が、日を追って凄まじさを加えてきている。

そんなある日のこと、九三八空水偵隊では、非番の搭乗員に一日限りの外出許可が出された。早い話が、ショートランドからブカへ、そしてラバウルへと、転々と後退してきている水偵隊としては、この辺りで各一日限りではあるが、搭乗員に休暇をあたえて、敵襲下の昼間のラバウルを、地上からよく観察させておこうというものであろうか。

外出の当日、私たちは四〜五人の搭乗員と連れだって、思い思いのグループに別れながら、ラバウルの街へぶらりぶらりと歩いていく。途中、道端の立木の幹には、〝津波が来たときの避難方法と避難路〟を記した板切れが、いたるところに取りつけられているのが目につく。

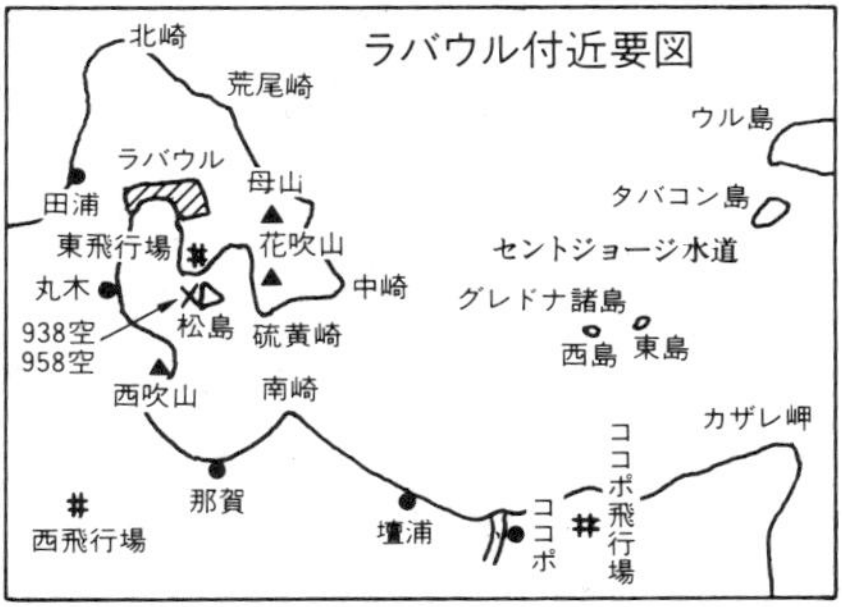

読んでみると、九三八空水偵基地の後背地にあって、毎日、盛んに黒煙を噴いている火山（花吹山）は、今後、いつ大爆発を起こすかも知れないという状態であるらしい。〝火山が大爆発を起こすと、大地震が起こり、さらには大津波が起こって、これが陸地に来襲する〟の論法から、大津波が起きると、ラバウルの周辺地帯は、標高が二十メートルぐらいまでの低地が多いので、この津波に一呑みにされる恐れがある。その際には、水偵基地や、陸上機基地をふくめて、ラバウル方面の日本軍陣地は、例外なくこの津波に蹂躙されることになるので、〝もしも、そのときには、このように避難せよ〟ということを指示している看板である。

ラバウルの街を目指して、ぶらり、ぶらりと歩いている私たちの横を、擦り抜けるようにして、軍用トラックが何台となくいそがしげに走っていく。路上には、半袖、半ズボン姿で歩く海軍兵の姿も数多く見られ、彼らのなかには飛行帽に飛行靴姿の搭乗員も混じっている。

松島とラバウルの中間点付近には、海軍の東飛行場が設営されていて、上空で連日の迎撃戦を戦っているわが零戦隊は、主にこの東飛行場から飛び立っているのだから、ここら辺りで搭乗員の姿が目につくのはそのゆえかもしれない。

「竹井！　竹井！」と後方から大声で、私の名前を呼ぶ声が聞こえたので、今ごろ、だれが呼んでいるのだろうかと、声のする後方を振り返ってみると、そこには、半袖、半ズボンの防暑服を着て、飛行帽に飛行靴姿の搭乗員が、右手を振りながら盛んに私を呼んでいる。七期甲飛の同期生で零戦操縦員となっている岩野宏一飛曹である。

その彼が日焼けして真っ黒になった顔で、懐かしそうに駆け寄って来た。この岩野一飛曹は、熊本県立済済黌から、予科練に入隊していたが、私の隣県の出身者ということでもあったので、私とは仲よくしていた間柄である。そのお互いがこの激戦地の片隅で、今日、この時に偶然出会ったことや、お互いにまだ生き残っていたのかという感傷も多分にあったので、相寄った私たちはお互いに抱きつかんばかりに手を取り合って、再会を喜び合った。

彼、岩野一飛曹の話を聞いていると、このソロモン航空戦に、わが甲七期の同期生は、零戦や艦爆、艦攻、陸攻の搭乗員として多数の者が参加していたが、今日では、そのほとんどの者が戦死してしまい、彼の所属している零戦隊でも、同期生では彼が一人だけ生き残っているという状況になっていた。

また、連日、連夜にわたる敵の来襲にそなえて、零戦の可動機は、常時列線上で、即、発進の状態に置かれていて、〝敵機来襲！〟というときには、搭乗員は早いものがちに、手当たり次第の零戦に飛び乗って離陸していく。そのため、上位の者で、飛行機を乗っ取られたという人が幾人もあったとか。搭乗員と整備員は、零戦の翼の陰で常時待機の状態であるので、身心の休まる暇もないなど、彼の話には凄まじいまでの迫力がある。

椰子の葉越しに花吹雪山を望む——938空がラバウルに後退したころ街は空襲により、いたる所で無残な光景を呈していた。

　久し振りの再会でもあったので、昼日中の路上で、長い立ち話になっていたが、汗が出たのであろうか、彼がなにげなく飛行帽を脱いだ。その頭が丸刈りになっているのに、頭の頂上付近には、五センチぐらいに伸びている一握りの黒髪が残されていた。これは、何かの呪《まじな》いかもしれない。

　あまりの長話もできないまま、お互いは固い握手をして別れたが、終戦になっても、この岩野宏一飛曹がラバウルから復員したという話は聞いていない。

　さて、ラバウルの街に足を踏み入れて見ると、かつては緑の丘とエメラルドの海に囲まれた風光明媚の、静かな街であったろうが、今日では、連日連夜の空襲を受けているため、いたるところで樹々は折れ裂け、地表は爆弾の炸裂によって、大きくめくれているという、見るも無残な光景となっている。

それでも、椰子林の間には、高床式で、赤い屋根や青い屋根の木造バンガロー風の家が点々と残っている。ただ現在では、これらの家屋の多くは軍に接収されているかのようで、そこには軍服姿の人がチラホラと見えていた。原住民の姿もかなり目につくが、彼らは裸（ラプラプ姿）の者もあれば、なかには、半袖、半ズボンの者もいて、皆はいそがしげに動き回っている。おそらく、軍関係の使役にでも従事しているのであろうか。

私たちには、久し振りの外出であったが、どこに行っても飲食させるという店は見当たらず、ただ街中をぶらぶらと歩くだけのことになったので、皆はくたびれ果てて、だれいうとなく〝もう、隊に帰ろう〟ということになった。

しばらく歩いていると、行く手前方の丘の上に、小さなバラック建ての長屋が数軒立ち並んでいるのがあって、それぞれの長屋の前には、陸、海軍の軍人と見える大勢の男が集まって、何やらガヤガヤと騒いでいる。

遠くから見ていると、そこに建てられている三軒のバラック建ての長屋の前には、各入り口に向かって、ここに集まっている人々がそれぞれ長い列をつくっていて、これらの人々の中からは、「早くしろ！　早く、早く」と、内側に向かって叫んでいる者があったり、何やら大声で卑猥な言葉を発している者もある。

建物の出入口に扉はなく、代わりに、荒むしろが一枚垂れ下がっているだけの間仕切りで、この荒むしろが内部と外部の境界を形造っている。屋外で順番を待っている先頭付近の者からすれば、屋内のようすは丸見えであろう。建物の中から一人の兵隊が出て来ると、つぎの兵隊が間髪を入れずに、その建物の中に飛び込んでいった。そのたびごとに、屋外に並んでいる者の間からは、大きなどよめきが起きている。

私たちはもの珍しげに、「何やっているんだろう！」と、この建物に近寄って行ったら、

「並べ！　並べ！　後ろに並べ！」と、みなが盛んに牽制してくる。

「見るだけだ！」と言って胸を張りながら、

「何事ですか？」と、並んでいる兵隊にたずねたら、

「ここは、ラバウルの慰安所だ。毎日こんなに繁盛していますよ」と教えてくれた。

言われて見ると、なるほど、先頭でつぎの順番を待っている兵隊のなかには、すでにズボンを脱いで、足踏みをしている者すらある。私たちは、このような雑踏のなかで、その順番をまつほどのこともなかったので、早々にこの場から退散していった。

〝所変われば品変わる〟という言葉があるが、このような第一線の激戦地にあっては、〝生と死〟が隣接しているがゆえに、種族保存のうえからは、豪華な施設や、調度品はなくとも、一時の用に耐えられる最低の条件がととのえばよいのかも知れない。

長い期間にわたって、板子一枚の艦船勤務を強いられている人々や、機銃陣地で、毎日の対空戦闘に命を張っているであろうこれらの人々にとっては、今日は久し振りの上陸や外出の機会である。人恋し、女恋しの一念から、このようにして慰安所を訪れている者も多いのではなかろうか。今日の外出先で、敵機の空襲をうけることもなかったので、忙中閑ありの

楽しいラバウルの休日を過ごすことができた一日でもあった。

クリスマス・イヴ

日米開戦から間もない、昭和十七年一月の後半ごろから、いち早くわが陸、海軍が進出して、ソロモンへの進出拠点にしていたラバウルであったが、昨今のように、毎日、敵の大型爆撃機の空襲をうけ、いたるところで地上施設が破壊され、わが軍の敗色が濃厚になっていくのを、肌で感じてくるようになると、それまでは、従順に見えていた原住民の考え方や、その行動の中に、少しずつではあるが、変化の兆候があらわれてきていると聞こえている。

そのラバウル水偵基地での、ある日の夕暮れ時のこと、椰子の木林の一部を切り開いて造っている広場から、ギターや鐘、太鼓の音とともに、笑い声をまじえて騒ぐ人々の賑やかな声が聞こえてきた。定時に夕食をすませて、搭乗員宿舎の中でのんびりと駄弁っていた私たちは、〝何がはじまったのか〟とばかりに、皆はいっせいに、人々が騒いでいる広場の方へ駆け出していった。

その広場では、大勢の人だかりがしていて、それらの人々の輪の中で、原住民の集団が、さかんに踊り、唄っている。男たちはみな、黒い肌をした裸の上半身の全面に、オリーブ油を塗って黒光りさせていて、その分厚い胸と背中には、白い粉を使って、いろいろの幾何学模様を描いている。

私たちはこの数日間、特に凄まじくなって来ている敵機の大空襲をうけていたので、この騒ぎは、原住民集団のデモンストレーションででもあろうかとか、また、この時間帯には、わが水偵隊の零式水偵が出撃するころであるので、〝日本軍よ、頑張って！〟という意味の陣中慰問ででもあろうかなどと、勝手な想像をまじえながら、みなと一緒になってこの踊りを見物した。

踊りを見ながら、周囲の人々の話を聞いていると、〝今宵は十二月二十四日、クリスマス・イヴ〟とやらで、目の前で踊っている原住民の一団は、イヴの祝いの踊り場をこの広場に移動して来ているのだそうだ。

輪の中で唄い、踊っている原住民の一行は、みな意気が高揚していて、汗が流れているその顔には笑みさえ見えている。上半身に白粉の化粧をして、腰蓑や、ラプラプを腰に巻き、裸足で歩くその姿こそは、原住民の盛装であるとも聞こえていた。

毎日の爆撃下での偶然のことではあったが、原住民が繰りひろげている〝イヴ〟の祭りに出会わせたということは、私にとって一生の想い出になるであろう。鳴物入りで繰りひろげられている賑やかな唄と踊りは、なおもしばらくつづいている。

水偵基地の代表者から、煙草やウイスキーなどたくさんの祝儀をもらって、彼らはこの広場から引き揚げていったが、その夜は、遠近の林の中から遅くまで鐘や太鼓の音が聞こえていた。

明くる二十五日はクリスマスの当日である。午前九時すぎになると、原住民は老若、男女の区別なく、みな一様に純白のベールをかぶり、真摯な顔をして三々五々と連れ立って歩いていく。遠くからは、教会でつく鐘の音が流れて来ている。原住民のミサがはじまっているのだろう。

われ奇襲に成功せり！

九三八空水偵隊では、出撃員のペア編成に当たって、特定の者を固定することなく、その日の搭乗員の健康状態や、出撃度数を勘案しながら、そのつど、ペアを組んでいたのであるが、それでも不思議と搭乗員の同じ三人が、ペアを組んでいたということはたびたびあっていた。たとえば、竹井一飛曹（操）、田中充飛曹長（偵）、古住光次二飛曹（電）の三人が、ペアを組んで出撃した機会が、他の人と組んでのそれとくらべて多かったように思える。

指揮所の当番兵から連絡をうけて、私が指揮所に駆けつけてみると、私を待っていた田中充飛曹長が寄って来て、

「今夜、ソロモン中水道方面の索敵攻撃に発進する。操縦員は竹井兵曹、偵察員は俺《わし》、電信員は古住光次二飛曹。そのつもりで準備しておくように」という飛行命令である。

この日（昭和十九年一月二十九日）の昼間、ラバウルの空には、敵の大型機約三百機が来襲して、その空爆は凄絶をきわめ、地上にいた私たちは、よくも生き延びたものだと、自分を慰めていた矢先の出撃命令である。

飛行機に被害はなかったろうかと心配になったので、砂浜の係留現場に向かったら、これも、心配して綿密な点検をしていた整備員が、

「被害なし。これから出発前の整備をします」と、安堵したようすで、飛行機の世話をつづ

けている。

夕日も落ちて、予定の時刻になったので、私たちのペアはラバウルの水偵基地から発進して、ソロモンへの攻撃飛行に飛び立った。ブーゲンビル島の山々を右手に見ながら飛びつづけているが、この飛行機は、ラバウルを発進してからすでに二時間も経っているというのに、その間、エンジンは寸分の狂いも見せずに快調な回転をつづけていて、搭乗する者に安心感さえあたえてくれている。

「操縦員も、電信員もよく聞け。この飛行機は、これから一度ブインの基地に立ち寄って、燃料を満載にした後、単機で、ソロモン群島南部のニュージョージア島の、東南端に設営されている敵軍のニアイ飛行場の空襲に向かう。途中の飛行方法その他については、その折々に指示する」

機長である田中飛曹長が、機上で突然にそのような攻撃計画を説明した。

私たちは、これまでにも零式水偵に搭乗して、夜間の敵陣地などの攻撃に参加し、そのつど、修羅場を潜り抜けてきていたので、いまさら、どこを攻撃せよと言われても、驚くものではなかったが、いつもと異なるこの夜の、飛行機上での命令方法に、〝変だなぁ〟ぐらいの気持ちがわいてもいた。

飛行機をブインの基地に接岸して、ここで指示された通りの燃料満載を終えた後、ふたたび空中へと飛び上がった。針路百四十度で飛んでいると、右前方にはショートランド島が、夜の海上に黒く見えている。

「竹井兵曹、飛行高度を四千メートルに上昇せよ」

機長の指示する声を聞いて、私は驚いた。

大気の温度は、地上から千メートル上昇するごとに、約六度C下降すると聞いている。いまブイン基地の地上温度を、かりに二十度Cとすると、四千メートル上空の気温は(一)四度Cということになる。私たちは、夏物ばかりを着用しているので、この服装で(一)四度Cの高空を長時間飛行すると、寒さに参ってしまうことにもなりかねない。〝これは大変なことになったぞ〟とは思うが、だからといって、機長の命令にそむくわけにもいかない。いわれるままに、徐々に上昇飛行をつづけて、ショートランド島を右後方に見ながら飛行するころには、飛行機は機長が指示する四千メートルの高度に達していた。

「右前方に飛行機! 左旋回! 注意せよ!」

突然に、伝声管が破れたのではないかと思うぐらいの、機長の大声が聞こえてきた。とっさに、大きく左旋回した。

私も暗闇の中での飛行には、十分に馴れているつもりでいたが、機長がどなっている空中には、いくら目を皿のようにして見透かしても、飛行機らしいものは見当たらない。夜空一杯に大きくきらめいている無数の星の中には、その色が、幾ぶん赤く見える星も混じっているので、機長は恐らくそれを見て、飛行機と勘違いをしたのかも知れない。

〝今夜の機長は、だいぶ緊張しているぞ〟ぐらいの軽い気持ちがわいていたが、私は機長の指示に逆らうこともせずに、いったん急旋回した飛行機を、元の針路百四十度にもどし、目的地を目指してなおも飛びつづける。

夜空一杯に、大きくきらめいている星の中には、南十字星が見えている。南極星も見える。

この星空の下で、ソロモン戦という名のもとに、どれだけ多くのわが艦船が撃沈され、また、零戦その他のわが軍機が墜とされて、多くの人々が無念の涙を飲みながら、若い人生を終わったのかと思うと、感無量であり、冥福を祈るばかりである。

南へ、南へと飛びつづけている私たちには、別に悲壮感はないが、ただ、〝寒い〟のには参っていた。半袖、半ズボンの上に、夏物の飛行服姿で、（一）四度Cの高空を飛びつづけているのだから、肌寒さを覚えるのは、当然のことかもしれない。

私は暖房を入れて、機内の温度を上げるようにしているが、それでも寒い。

「機長、寒いですね」

「おお、寒いぐらいが何だ。我慢せい」

伝声管越しに返ってくる機長の声には、まったく味も素っ気も感じられない。

〝今夜の機長はだいぶ緊張しているようだぞ〟とは思うが、この際は、機長の指示に従わざるを得ない。

仕方がないので、手足の感覚までもが変になるような寒さの中ではあったが、私は機長からいわれるように、その寒さの中を我慢しながら、指示されている針路上を、なおも高度四千メートルで飛びつづけた。チョイセル島の上空を過ぎてしばらくすると、

「針路百七十度、変針！」

伝声管を伝ってくる機長の声は、やはり大きい。

そのうち、闇一色の前方遠くの海上に、一つの大きな灯りの集まりが見えて来た。この辺りの制海権と、制空権は、完全に敵軍の手中のものになっていると聞いてはいたが、その噂

は現実のものとなっていて、いま私たちの眼前に現われたのである。

前下方のそこに見えている敵陣地では、何の警戒心も持たないもののように、全面に無数の電灯を煌々と輝かしていて、その一帯は、まるで〝不夜城〟のようにさえ見えている。

「前下方に灯りの集まりが見えているところが、今夜の攻撃目標であるニュージョージア島の、敵軍ニアイ飛行場だ。この飛行機は、ただいまから、このニアイ飛行場を奇襲攻撃する。飛行場の手前には、小高い山があり、また、飛行場の前面は海につづいている。飛行機は、このままの針路で、山側から進入する。まず、エンジンを一杯絞って爆音を押さえ、音もなく降下飛行をしながら、地上の灯火を目標に爆弾を投下し、全弾（六十キロ爆弾四個）を投下した後は、そのままの降下飛行で、エンジンを全開にしながら海上へと離脱する。地上砲火が凄まじいと思われるので、十分に気をつけて爆撃針路に入れ」

後席から、はっきりとした声で指示する機長の声を聞いていると、先刻よりも、なお、いちだんと緊張しているように思えた。

「爆撃針路に入ります！」

私は、目標地点までの距離が、まだ少し遠いようにも思ったが、この際は、緩降下飛行で目標地点に向かう間に、距離の遠近は調節できるので、ここでエンジンを一杯にしぼり、機首を地上の灯りに向けて突進した。

「高度三千メートル」「高度二千五百」「高度二千！」

機長が、刻々の高度を知らせて来る。

〝今夜の爆撃目標は、陸上の飛行場だから、投下する爆弾は広範囲に撒布した方が効果的だろう〟と考え、私は、左手指をそれぞれの爆弾投下索に当てがいながら、ひたすら目標に向かって進む。

「高度千五百！」

機長の声がいちだんと大きくなった。

私は、飛行高度がまだ高すぎるとは思ったが、この辺りからが爆弾投下の頃合だとも考え、先ほどまで、地上に煌々と灯されていた地点を目がけて、トン、トン、トン、と、二秒間隔で全弾を投下した。

今ごろ、まさか、日本軍の爆撃があろうなどとは考えていなかった敵陣地周辺では、私の飛行機の爆音に気づいたのか、地上の灯火が一瞬のうちに消されて、暗黒に変わった。と、同時に、各地上員が持ち場に駆けつけているのか、無数の自動車のライトが、あわただしく駆け回っているのが見える。

地上では、〝空襲！〟のサイレンが鳴り響いているのであろうが、その音は、飛行機上の私には聞こえない。暗闇になっている地上のあちこちから、二十数本の探照灯照射がはじまった。高射砲や、機銃が、空中に向けて一斉射撃をはじめて来た。

当初は、上空に向けて、やみくもに撃ち上げしているようにも見えていた地上砲火が、その数秒後には、だんだんと私の飛行機周辺に近寄って来ていて、機銃から発射されてくる曳痕弾の赤い飛線が、飛行機のまわりに林立している。

月のない空中に向けて、ぐるぐると気ぜわしく回りながら、上空の飛行機を探し合っている探照灯の明かりで、私の飛行機は、白昼に見るように機体の全容を見せている。突然、私は目がくらむようなショックを受けた。

「探照灯に入った！」

機長が悲鳴にも似た大声を上げた。

これまでにも私は夜間攻撃で、探照灯に捕捉された経験を持っていたので、ここで驚いたりはしない。それでは、とばかりに飛行機を急激に横滑りさせた。急に目の前が真っ暗になった。探照灯から脱出したのだ。飛行機の周囲には地上砲火の曳痕弾が、もおええ、というほど飛んで来ている。

また、目がくらむ明るさになった。探照灯に再度捕捉されたのだ。今度は機長が何もいって来ない。無茶苦茶と思えるような急旋回や、横滑りを繰り返していると、また、目の前が真っ暗になった。今度も探照灯からの脱出に成功したのである。

飛行機の下部のフロートが海面に接水したらしく、飛行機が二～三回バウンドしている。探照灯と、地上砲火から逃げ回っているうちに、飛行機の高度が、〇メートルに低下しているのに気づかなかったのだ。〝危ない！〟と、とっさに操縦桿を手前に引いたので、飛行機のバウンドは止まった。

地上から撃ちつづけている機銃弾は、超低空を飛んでいる私の飛行機から、五十メートルぐらい上の方を流れるようになって来たので、もう安心である。

しかし、このままの超低空飛行を長時間つづけていると、海上にある敵艦船に衝突するかも知れない危険性があるので、それではたまらないと、私は上昇飛行に移り、緩やかな旋回をしながら、いま爆撃した辺りを眺めた。

上空に向けて撃ちつづけていた地上砲火は、だいぶ下火になっているようにも見えるが、それでも、高度二千メートルぐらいの上空には、弾丸の炸裂している閃光が見えるので、高射砲射撃はまだつづいているのであろう。探照灯は、二十数本の光芒を空中に乱舞させながら、なおも、上空の飛行機を探しつづけている。

投下した爆弾で地上に火災を起こしてはいないかと調べたが、そこに火の気は確認できない。暗黒の地上に、空中から爆撃効果を求めることは無理のようで、残念でもある。

爆撃終了後の退避中に、空中で探照灯や機銃弾に追い回されていたとき、飛行機の後部付近で、二～三回ガン、ガンという音がしていたのは、地上砲火が命中していたのであろうが、飛行機の操縦に別状が起こらないので大丈夫だろう。

「電信員！　電報用意！　GF長官あて、九三八空一号機、われ奇襲に成功せり……」

伝声管を伝わってくる機長の声には、まだ興奮が残っている。電信員は〝キン、キン、キン、……〟と、いそがしげに電鍵を叩いているることだろう。

予定の爆撃を終了した飛行機が、なおも、ここの空中に長居は無用とばかりに、私は飛行機を反転させて帰途についた。

「機長、帰りの飛行高度は七百メートルでよいでしょう?」

「おお、ええ。往きのときは寒かったなぁ」

任務終了後の、ホッとした気持ちの中で交わし合うお互いの会話に緊張感はなく、飛行機は星空の下をラバウルへと直行していく。

翌日のラバウル新聞（日本軍内で発行していた現地軍用の新聞）には、この夜のニアイ飛行場に対する零式水偵の爆撃行が、大きな見出しで掲載されていた。連日、連夜にわたる敵空軍の戦爆連合によるラバウル空襲で、その意気も消沈しているわが陸、海軍部内に、ここで〝全軍の士気を鼓舞する〟意味をもって、私たちのこの夜のニアイ飛行場爆撃は、意図的に計画されたもののようでもあった。

トラック空襲

私は、要務飛行の命令をうけて、今朝未明、久しぶりにトラックの夏島にある水偵基地を訪れていた。驚いたことには、このトラック基地の周辺を見たかぎりでは、連日、彼我の死闘がつづけられているお隣りの島、ラバウルの攻防戦などは、〝どこの国での話か〟といわんばかりの、一見、のどかな基地の風景である。

私は、これまでに二回、このトラックの水偵基地を訪れていて、初回のときは、九三八空への赴任の途中に、飛行機の燃料補給で立ち寄り、二回目は、ショートランドの水偵基地から、ここで新品の零式水偵を受け取って返るためであった。この一回目と、二回目の訪問時には、トラックのリーフ内には、わが連合艦隊の総力が結集していたので、空、海、陸ともに殺気を感ずるぐらいの活気を呈していた。

だが、今回は、その連合艦隊の主力が移動していて、広々としている艦隊泊地には、「阿賀野」「那珂」といった二等巡洋艦が、数隻の駆逐艦とともに、わずかに錨を下ろしているといったさみしいものである。ただ、泊地に連合艦隊は不在でも、輸送船泊地や、艦隊泊地の一部には、大量の輸送船団が入港していて、それらの船の周りには、いそがしげに往き来している多くの小船が見えている。

　夏島の水上機発着場の対岸には、手の届きそうな近距離のところに、竹島という小島があって、そこでは、島の半分ぐらいの土地をならして、陸上機の滑走路が造られている。この竹島飛行場の滑走路上では、零戦の数機が離着陸訓練をしているのであろうか、盛んに飛びかっている。また、飛行場手前の岸壁には、小型の航空母艦一隻が接岸していて、零戦かと思われる小型機を、母艦のデリックを使っては、つぎつぎと揚陸しているのが見える。

　私たちのトラック訪問の目的は要務飛行で、大切な要件はすべて機長が処理に当たっているので、その間の私と電信員は何もすることがない。そこで、昼寝でもしようかということになって、割りあたえられた搭乗員宿舎で、横になりながら、のんびりを決め込んでいた。

　トラック島と、その周辺の気候は快適である。屋外で太陽の直射光線をうけていると、暑くて仕方ないが、一歩、日陰に入ると湿気が少ないので、吹き出していた汗もすぐに引き込み、常時流れているそよ風が肌に気持ちよい。ラバウルや、ブカの水偵基地で苦労している生活環境にくらべると、ここでの生活はまさに天国の感さえする。

〝空襲！　空襲！〟と、拡声器がけたたましく報じはじめた。あわせて〝対空戦闘〟のラッパの音が鳴り響いている中に、早くも〝ドドン！　ドドン！……〟という爆弾の炸裂する音があがり、木造平屋造りの搭乗員宿舎が激しく揺れ動いている。

　昨夜から仮寝のこの搭乗員宿舎で、南国の快適な一夜を、ぐっすりと寝込んでいた私たちは、〝そら！　来たぞ！〟とばかりに、あわてることもなく、素早く飛行服を身につけて、舎外に飛び出した。夜明け前の薄暗い上空では、敵、味方の双方から撃ち交わしている砲火と、その火箭の中を、掻いくぐるようにして降下してくる無数の敵小型機が見える。

〝ドンドン、バリバリ……〟は、約一時間ぐらいの間、絶えることなくつづいていたが、そのうち夏島では、水上機基地に隣接して設営されている軍需部の方向で一大爆発音が起こり、間もなく、その方向に大きな炎が、真っ黒い煙とともに天高く立ち上った。〝重油タンク火災！〟が間もなく報ぜられて、防火隊員が駆けていく。

二月十七日未明の出来事である。

夜があけて、あたりが十分に見渡せるころになると、燃料タンクの火災はますます激しくなっていて、吹き上げる黒煙が夏島上空一円にひろがっている。

基地周辺がふたたびあわただしくなって来た。敵空軍の第二波攻撃である。敵の急降下爆撃機が、対岸の竹島飛行場に、今日荷揚げしたばかりの零戦をめがけて、盛んに爆撃をかけている。

〝空襲！　空襲！〟

わが方でも、その零戦が飛び上がって、爆撃してくる敵機を迎撃すればよいではないかということもあるが、対岸のこの零戦は、いわゆる〝飛行機としての品物〟である。

各機ともに燃料の搭載はなく、また、機銃弾も搭載されていないのだから、この飛行機は、迎撃のために飛び上がれるというものではない。なお、この零戦を操縦する搭乗員も、そこには配置されていないのである。それでは、昨日の昼間に、私たちが目にしていた離着陸訓

トラック島を空襲するSBD艦爆。19年２月17日、同島を訪れていた著者は大空襲に遭遇し、断末魔の様相をその目で見た。

練中のあの零戦隊は、どうしたというのであろうか。零戦がこの上空で、敵機とわたり合っているようすもないのは、第一波の空襲時に、すでに撃墜されていたのかも知れない。

空一面が黒くなって見えるかのように、大量の小型機からなる敵の第二波攻撃がはじまった。敵小型機から猛攻撃をうけている竹島飛行場では、滑走路横に並べられている飛行機が、木っ端微塵に吹き飛ばされている。これらの飛行機は、遠路はるばると日本内地から海上を輸送して来て、昨日までに荷揚げしたばかりの新品の零戦である。

　ソロモン、ラバウルの最前線では、この零戦の補給が間に合わないがゆえに、連日の敵機来襲下にも、飛ぶに飛べない搭乗員が、空を見上げて切歯扼腕しているというのに、このようなことで、貴重品扱いの零戦が、破壊されていくのかと思うと残念でならない。

　海上の方では、第一波の来襲時に、停泊中の軍艦はすでに泊地を離れて、リーフの外に出ながら対空戦闘に入っているという。リーフ内では、残留している多くの輸送船が、敵の小型機から盛んな攻撃を受けている。ほんの申しわけ程度の火器しか備えていないこれらの輸送船は、つぎからつぎへと急降下しながら、爆弾を落としていく敵機の下でどうすることもできず、それでも、その装備している機銃で必死の抗戦をしているのが、撃ち上げている曳痕弾の流れでわかる。

輸送船の乗組員としては、このように見殺しにされたも同様の状況の下で、敵機来襲とともにいちはやくリーフの外に脱出していったわが巡洋艦や駆逐艦の行動を、どのように考えていたことであろうか。

泊地のいたるところで、輸送船が火災を起こし、黒煙を上げている。また、被弾して沈没していく船もある。大型船が沈みはじめてしばらくすると、急に船尾が海中に沈み、つぎに、船首を沖天高く上げて、船全体が海面に垂直に立った後、〝ズドーン！〟という大音響を立てながら、棒立ちになって船尾から海中に沈んでいく。まったく断末魔の様相とは、このような光景であろうか。

二月十七日、敵機動部隊によるトラック空襲をうけたわが軍側では、巡洋艦や、駆逐艦をふくめて、じつに多くの輸送船が沈んでいったが、これらの輸送船のそれぞれの船には、南方各地に駐屯している味方部隊が要望している軍需物資を満載していたのであろうにと思うと、惜しまれてならない。

空襲によるわが方の被害は、水上の艦船ばかりでなく、リーフ内に浮かぶ大、小の島々に設営されていた陸上施設も、その大半が無惨に破壊されていた。惨憺たる光景をさらしている夏島基地の周辺を見て、私は、〝わが零式水偵は？〟と急に心配になったので、電信員を連れて滑り台の方向に走った。

幸いにも、その飛行機に外傷は見えず、機内に入って、あれこれと細部にわたって検べた結果にも、異状はなかったので一安心。私は機長のもとに走って、

「私たちが空襲をうけるのは、ラバウルだけでたくさんです。要件を片づけたら今夜にもここを発って、ラバウルに帰りましょう」

と、せき立てて、まだ敵機と空中で遭遇するかも知れないという危険性は残っていたが、そのようなことにかまってはいられず、私たちは、その日の夕方には夏島の水偵基地を飛び出して、ラバウルへの帰途についた。

敵機動部隊が、トラックを空襲したということは、その機動部隊が、まだ、この近海洋上を遊弋しているという可能性が大きいので、ラバウルへの帰りを急いでいる私の飛行機は、いつ、どこの洋上で、その機動部隊と遭遇することになるかも知れない。

搭乗員はそれぞれ空中と、海上の見張りに注意しながら飛行をつづけて、カビエンを左に見ながら通過してラバウルの上空に到達したが、その間には、さいわい敵機や、敵艦艇に出会うこともなかったので、ラバウルの水偵基地には予定時刻に無事到達することができた。

落日迫るラバウル

昭和十九年二月も終わりに近くなったころ、ラバウルでは珍しく長雨がつづいていた。ちょうど、日本内地の梅雨時の雨模様を思い出させるように、雨は土砂降りするでもなく、シトシトと降りつづいている。この雨が降っているせいかどうかは分からないが、ここ四～五

日間は、敵機の来襲がまったく途絶えていた。

また、降りつづく長雨のために、わが方でも、零式水偵の夜間攻撃が見送られているので、搭乗員室では無聊《ぶりよう》をかこっている者も多い。シンガポールで急編成されて特訓を受け、このラバウル防空軍の救援と航空戦力の増強のために、大挙して飛来してきたわが二航戦所属の零戦や艦爆、艦攻などの航空母艦搭載機が、ラバウルの陸上飛行場を基地にして、連日、押し寄せてくる敵機の大編隊に対しても、上空でガップリと互角に組んで、堂々の迎撃戦を展開していたあのころの日々が、懐かしく思い出される。

〝空襲！〟といえば、われ先にと基地を発進し、ラバウルの上空で、勇ましい格闘戦を見せていた零戦隊ではあったが、日を経るにつれて、その数が減少していくのを上空にながめながら、心さみしい思いにしずんでいた地上軍にとって、これらの白昼堂々と大編隊を組んで飛来した二航戦所属の零戦などは、まさに神様か仏様のご入来のようにも思えたものである。その二航戦所属の飛行機隊が到着したのは、一月二十五日の午後のことであった。

ラバウルの上空に、白昼堂々の大編隊を組みながら飛行しているわが軍機は、その先頭集団をうけたまわる零戦隊が約六十機、つづく九九艦爆と艦攻の各集団は、それぞれ二十機ぐらいを数えられる。

味方機による久し振りの大編隊飛行を上空に見上げて、それまで打ちひしがれていたかのようでもあったわが地上員は、上空の味方機に向かっていっせいに帽子を振り、また、熱狂したものでもあった。

しかしながら、敵軍もこの空の増援部隊の飛来を看過してはいなかった。明くる一月二十六日には敵機約二百機が、また、二十八日には約二百機、さらにその翌日には約二百五十機がというように、大挙集団をもってラバウルに来襲してきて、わが零戦隊に挑戦を仕かけたのである。

ラバウルの上空では、〝さあ来い！〟とばかりに待ちかまえているわが零戦隊と、敵機との間で、大規模な空中戦がはじまるのであるが、その空中における死闘のさまは、地上から見ていても凄いの一語に尽きるばかりである。

大空のそこかしこには、太陽光を反射して、キラリ、キラリと光る無数の翼が見える。〝ダダダダ……〟という機銃の発射音が天空に響いている。その空中に突然、大きな白い花が開く。撃破された飛行機から脱出した搭乗員が開いた落下傘である。白い煙や黒い煙を長く曳きながら、落ちてくる飛行機があるかと見れば、空中で火だるまとなっている飛行機、空中分解して、粉々になって落下する飛行機もある。そのような飛行機が敵機、味方機の区別なく落ちて来る。

九三八空水偵基地前の水際に、被弾した零戦の一機が不時着した。上空の激戦をながめていた隊員一同が〝それっ！〟とばかりに駆けて行き、腰まで海水に浸りながら、その搭乗員を機内から救助した。

ここで、ラバウルの日本軍を、徹底的に叩いておこうとしている敵軍は、その後も執拗なまでに大空襲をつづけたが、わが零戦隊でも、そのつど全機発進で、果敢な迎撃戦を展開していた。

二月十七日、十八日の両日にわたる敵機動部隊の猛攻撃をうけて、お手上げ寸前になっているトラック島の守備を固めるために、ラバウルに駐在している二航戦所属の全飛行機が、ラバウルの守りを捨てて、この地から飛び去っていったのは、トラックが空襲をうけた翌々日のことであった。

そのときを境にして、いかに敵機が上空に跳梁していても、大編隊が攻撃して来ても、ラバウルの空には、これを迎え撃つべき〝日の丸機〟の姿を見ることはなくなってしまった。

わずかに残されている九三八空、九五八空の両水偵隊に所属している零式水偵は、その後も引きつづきソロモン方面へ、またはニューギニア方面への夜間索敵攻撃に飛び立っているが、この索敵機が洋上に敵部隊を発見しても、これに大規模の航空攻撃を加えるべき飛行機は、いまのラバウルにはいないので、その水偵自身が搭載している四個の爆弾で、これに攻撃をかけるのが、精一杯となっている。その零式水偵にしても、雨が降る夜間の発進は見送ることが多くなっていた。

〝ポン！　シュルシュルッ！　ドカン！……〟という小振りの砲声が、夜半の雨空から聞こえている。その砲声は、もう、三十分間ぐらいの間つづいてもいた。

〝敵潜水艦がラバウル湾内深くに侵入して来て、海面に浮上し、わが陸上飛行場を砲撃している〟らしい。水偵隊の搭乗員の中には、早々と飛行服を身につけて、「俺に攻撃に行かせよ！」と、指揮所の中で騒いでいる者さえある。

しかし、飛行命令は出なかった。いまは、ただただ、地上の護りに徹しているラバウルの状態では、それも致し方のないことであろうか。

長雨のつづく中の、夜の出来事とはいえ、目の前の海に浮上した敵の潜水艦から、味方の陸上飛行場が砲撃されているというのに、対潜攻撃を主任務の一つにしている零式水偵が、この際、飛び出せないというのは、本当に情けない限りでもあった。ラバウルに、シトシトと降りつづく長雨を、このときほど恨めしく思ったことはなかった。

残された搭乗員の哀歓

ニューブリテン島は、その面積からすると、ソロモン海に浮かぶ島々のなかでは、中ぐらいにも当たる大きな島で、そこには数万のわが陸海軍軍人や、軍属の部隊が主としてこの島の東端にあるラバウルの街を中心にして、各地に分散しながらそれぞれ堅固な陣地を構築していて、敵軍のいかなる猛攻に微動もしないだけの護りの陣をしいていた。

昭和十九年二月の下旬になると、敵機は戦爆連合の大編隊で、毎日、毎日、もうええというほど来襲してきている。（史実によると、これらの爆撃に来襲してくる飛行機の数は、毎日二百機〜三百機ともいわれていた）

かつては、空襲といえば、いち早く飛び上がって、勇ましくこれらを迎え撃っていたわが零戦隊や、艦爆、艦攻の艦上機群が、トラック基地の守備のために、この地から飛び去ってしまっている今日では、その勇姿をラバウルの上空に見ることはなく、それを承知の敵の大編隊は悠々とわが上空に飛来して、思う限りの爆撃をしていくのだ。

わが地上軍部隊は、これに対して盛んに撃ち上げているが、これも敵機の高度が高いときには、そこまでにわが地上砲火が届かないことが多い。制空権を持たずに、ただ地上砲火だけでの護りが、いかに困難であるかということについては、これまでにもソロモンの各地で、敵軍の上陸作戦や、水上艦艇からの砲撃をうけてきているわが陸海軍部隊がいやというほど思い知らされているところである。

このころ、ラバウルに布陣するわが陸海軍部隊では、将来ともにこの島を護り抜くための持久戦に備えて、各隊ごとにその食糧は自給自足で確保することになり、各隊ではところどころに空地を求めては、開墾や畑作りを急いでいた。

これまで、地上部隊が必要とする食糧や弾薬などは、輸送船や飛行機で内地から運んでいたが、今では、ラバウル地区にこれからの物資が補給されるという保証はまったくなくなっている。方々の空き地には、急造の畑が耕されて、いろいろな野菜の種蒔きがはじまり、早いものではすでに青い若葉が伸びている畑も目につくようになって来た。

わが九三八空水偵隊には、今でも飛んでいる唯一の飛行機隊ということもあってか、食糧は十二分に確保されているようで、搭乗員食では不自由のない給食を受けている。それでも、身近な周囲のそれぞれが開墾作業を急いでいる現実の中では、まったく知らん顔をしているということもできず、搭乗員連中も空き地をもとめては、畑作りや種蒔きをはじめている。

搭乗員の中にも農家出身の者がいるので、これらの農家出身者を先生にして、畑作りをはじめたところ、まわりの者がぞろぞろと出て来たりして、農作業は思いのほかはかどっていた。肥料は自給自足で間に合う。

気候が熱帯性であるため、野菜の成長は早く、畑の中耕や草取り、間引きを急がねばならないほどでもある。このとき、畑の中の施肥の掴み取りには、気をつけないと大変なことにもなりかねない。畑にできた野菜は、双葉が顔をだすと、間引きと称してこれを適当に引き抜き、朝食の味噌汁に浮かして食べたりするが、みなはこの食事で故郷を思い出したりするのか、畑作業は搭乗員の間でもすこぶる評判がよい。

こう書いていると、わが軍の戦意はすでに喪失しているかのようであるが、決してそうではない。九三八空や、九五八空の零式水偵は、来る日も、来る日も、海上に敵を求めて出撃していて、それなりの成果を挙げている。ただ、洋上に敵の艦艇群を発見しても、ラバウルから飛んで来るわが軍の攻撃機はいないので、わずかに自らが抱いているその爆弾で攻撃するだけである。

他方、全機がトラック基地にと飛び去った陸上機隊では、可動する飛行機はなくなっていたとはいえ、搭乗員で残された者も多く、また敵機の爆撃などで破壊されている飛行機の残骸は、滑走路の周辺にごろごろと転がっている。

毎日来襲して、傍若無人に上空を飛び回っては爆弾の雨をふらせ、思いのままに攻撃してくる敵機を、地上から眺めて切歯扼腕している陸上機隊の人たちの中には、我慢も限界にきたのか、整備員は壊れている飛行機の中から、まだ使える部分を取り出しては、これを組み立てて飛べる飛行機にし、残されている搭乗員は、一機、また一機と組み立てられていくこれらの不完全な飛行機を、奪い合うようにして、われ先にとこれに乗り込み、ソロモンの空へと飛んでいく。しかし、この飛行機がふたたびラバウルの空に帰って来るのを見たことはなかったという。おそらく、彼らは彼の地で思う存分の働きをした後、敵陣に自爆していったのではなかろうか。

慣れない畑作りをしていても、私たち水偵搭乗員には、これでもまだ飛べる飛行機があるというだけ幸せと思わねばいけないのかも知れないところであろう。

潜水艦便乗で祖国へ

陸上機隊の全飛行機が、トラックに後退した後のラバウルの空は、敵空軍のなすがままである。砂浜や、海上に飛行機を係留していると、全滅を招くことにもなりかねない九三八空の零式水偵は、ブインの基地やブカ基地に分散して駐留することになったので、ラバウル本隊の水偵搭乗員たちは、手持ち無沙汰の日が多くなっていて、最近では、各隊ではじまっている食糧自給のための畑づくりに、精出している者さえ出て来ている。

また、搭乗員の転出入という人事異動も動き出していたので、前線基地からラバウルの水偵隊に帰投してみると、宿舎内には、旧知の者が転出していたり、新人が入っていたりすることが多くなっていた。

山崎力義上飛曹（乙飛八期・偵）との出会いも、そのころのことである。ラバウルの水偵基地に帰ってみると、小太りの上飛曹が一人、大きな濁声《だみごえ》を立てながら、畑仕事をしている一団を指揮している。とても気ぜわしい動きをしているその顔に見覚えはない。〝あの搭乗員はだれだろう?〟ぐらいに思いながらも、知らぬ顔をつづけているわけにもいかないので、挨拶したら、彼はいかにも横柄な態度で、

「ああ、ご苦労さん」と一言返して来たのみである。

大きな声は、その人の地声であろうか。若い搭乗員を怒鳴りつけたり、皆とよく笑ったりもしていた。

話は少し前後するが、十二月十五日の夜、ブカ基地から発進してブーゲンビル島西洋上の索敵攻撃に向かった九三八空水偵隊の全六機のうち、一番機に搭乗していた（操）斎藤儀兵衛飛曹長、（偵）萩原中一飛曹、（電）今野武佳飛長のペアは、ついに帰って来なかった。斎藤飛曹長は、鹿島空から九三八空に転入した後、日ならずして出撃した飛行での未帰還であったので、私は顔を合わさずに終わってしまい残念でもあった。クェゼリン島守備の水偵搭乗員数名が、同島の玉砕前に脱出して、九三八空に転入して来たのも、このころのことである。

〝北浦海軍航空隊付を命ず〟私に内地送還の命令が伝えられたのは、このようなときであった。それまでにも、古くからいる搭乗員に対しては、つぎつぎと内地送還の命令が出されていたが、今回は、私をふくめて三名の操縦員が、内地送還の命令をうけた。

私が六ヵ月前に横須賀基地に集結して、ショートランド基地の九三八空に赴任するとき、同行した搭乗員は、三十名であったが、その仲間のうちでは、すでに戦死した者や未帰還の者が多く出ていて、いま生存している者はほんの数名になっている。

九三八空水偵隊の隊員となって生活した期間は、わずかなものであったが、その間は本当にいそがしい毎日であった等々の想いをしながら、私は同行する二名の搭乗員とともに、内地に向かう準備を急いだ。

ラバウル西飛行場を発進する一式陸攻――内地送還のため、著者は一式陸攻に便乗、惨憺たる光景の西飛行場を飛び立った。

「明朝未明に、西飛行場に一機の一式陸攻が飛来するが、その機は要務終了後、ただちにトラックの春島に向けて発進することになっている。今回、内地送還となる三名の者は、この飛行機に便乗して一応トラックまで飛び、トラックからは、内地に向かう飛行機を探して、それに便乗するように」との手配までされていたからである。

私たち三名は、急な送還命令であったので、出発準備もそこそこに、九三八空の搭乗員や地上員との別れを惜しみながら、夜半ではあったが、西飛行場に向かう軍用トラックに便乗して、指定された場所へと急いだ。

西飛行場は、九三八空水偵基地が設営されている松島から、シンプソン湾を中に置いた対岸の、山の中腹に設営されている海軍の大型機の飛行場で、〝山の飛行場〟とも呼ばれていた。ラバウル海軍航空隊の全盛期のころには、この山の飛行場から、一式陸攻の大編隊が、毎日のようにソロモン方面に向けて出撃していたのである。

〝夏草や、つわものどもが夢の跡〟かつては、あれほど果敢な出撃を繰り返して、その繁忙をつづけていたこの西飛行場も、いまでは、打ちつづいた敵機の猛爆の下に、惨憺たる状景になっていて、それでも、わずかに修復されている滑走路の上には、ときたま、ここに飛来する味方飛行機もあるかなしかの状態で、さみしい限りであるという。

私たちがその西飛行場に到達して、一時間ぐらいも待機していると、まもなく照明灯を消した海軍の大型機一機が、東の空から飛んできてここに着陸し、戦闘指揮所前でエンジンを止めた。

「この飛行機は、二十分後にこの地を離れる。便乗者はそれまでに飛行機に乗れ！」と、大きな声で指示している者がいる。この機に便乗しようとしている者は、私たちの他にも数名がいるようで、それらの者もみな指示されたとおりに、いっせいにこの飛行機に乗り込んだ。

もともとこの飛行機は、攻撃専用機であったので、機内には、便乗者の座る座席などまったく準備されていない。仕方がないので、便乗者一同は、それぞれごつごつとしている飛行機の胴体内の空いているところに腰を下ろし、機内の壁にしがみついているうちに、飛行機はトラックの春島に到達した。

私たち三名は、そこから、港内を巡航している海軍の内火艇に乗って、ひとまず、夏島の水上基地に向かった。そのころには、夜も完全に明けきっているので、トラック環礁内の島や、海が一望の下に見渡せるが、さきの敵機動部隊による大空襲をうけたトラックの被害状況は、じつに惨憺たるものである。

春島でも、陸上飛行場の諸施設は、さんざんに痛めつけられていて、見るも無惨な光景を呈している。その中で応急修理されている一本の滑走路を使用して、零戦の数機が離着陸飛行をしているが、その滑走路すら修理が不完全な状態で、なお、滑走路の両側には、さきの空襲で破壊された小型機の残骸がごろごろと転がっている。

艦隊泊地となっている広い海面には、撃沈されたり、火災を発生したりした数多くの大型船の残骸が、いたるところに見えている。夏島の対岸で、敵の空襲時に盛んな攻撃をうけていた竹島の陸上飛行場では、鉄塔が折れ曲がり、荷揚げ岸壁は、破壊されたままの手つかずの状態である。夏島の水上機基地でも、空襲で火災を発生した二基の燃料タンクは、赤茶けて大きく凹んだままであった。

夏島の水上機基地には、内地に直行する飛行艇が、ときたま飛来するということであったので、この飛行艇に便乗することを申し出て、それまでの間、私たち三名は、水偵搭乗員宿舎で待機することにした。

この基地内でも、さきの敵機動部隊の来襲以来、とくに混雑がつづいているとかで、人々の気持ちは殺気立っているようにも見える。それかどうかは判然としないが、ときたまこの基地に飛来して、内地に直行するという飛行艇があると、人々は群れ集まってきて、われ先にこれに便乗しようとする上級士官や文官などの割り込みがひどく、私たち下士官、兵搭乗員の便乗は思うようにはいかない。二日間待機した間に、内地に向かう飛行艇は計三機発進していったが、私たち三名の者は、そのどれにも便乗することができなかった。

そうこうしているとき、

「春島から内地に向かう潜水艦があるので、これに便乗してはどうか」と、教えてくれる者があったので、

「ええぃ、ままよ」「願います」とばかりに、私たちは急いでこの潜水艦に乗り込んだ。

この艦は、イ号潜水艦で、以前には二人乗りの潜水艦搭載の偵察機（潜偵）を搭載していたが、その偵察機が陸上で故障したので、その後の潜偵搭載を止めて、現在では飛行機なしでいるとのことだ。そのようなこともあってか、潜水艦乗り組みの人たちに親切にしてもらったので、私たちは乗り心地のよい内地への船旅をすることができた。

日本への航行の途中にあるサイパン島付近の上空には、敵の哨戒機が常時出没しているとかで、潜水艦は昼間の航行中に〝急速潜航！〟の号令を幾度となく発令し、海に潜ったり、浮上したりしながら北進をつづけている。

私たち便乗者は、当てがわれているベッドの上で横になる以外には、艦内旅行も許されず、時々刻々に記入されていく掲示板上の、この潜水艦が航行している現在位置を見ながら、〝ははぁ、この艦はいまどの辺りの海上を北上しているんだなぁ〟と知ったりしながら安心したりしていた。

このイ号潜水艦は、大型ではあるが、それでも艦内は狭くて、通路には糧食をつめた木箱が一面に敷き並べられており、乗員はこの木箱の上を往来するようにと、その木箱の上には、歩道がわりの板が敷き並べてある。狭い通路の片側の壁面には、二段ベッドが取りつけられていて、便乗者にはこのベッドを割り当てられた。

ベッドは一人がやっと寝るだけのスペースしかなく、また、天井も低いので、少し動いても頭がすぐ天井にぶつかる。艦内では、火気使用の制限があるので、煙草もろくに喫えない。それでも、潜水艦が浮上、航行しているときには、艦橋直下のマンホールが一杯に開かれて、ここから、艦内に外気が音を立てるようにして流入しているところがあって、この場所でのみ喫煙が許されていた。非番の乗組員や私たち便乗者も、そのときにはだれからともなくこのマンホールの下に集まっては、煙草をふかしながら、乗組員ともどもいろいろの話をしたものである。

広い洋上にいながら、狭い艦内での生活をつづけている潜水艦乗組員の苦労は大変のようだ。航行中の艦内では、真水の使用制限があって、私たちは洗面することもできず、もちろん風呂の機会などはない。乗組員もそうだが、私たち便乗者の身体と顔は、汗と油に汚れて、みな黒光りしている。同行の高野二飛曹と高橋飛長は、ともに髭が濃いものだから、このときばかりは、黒光りしている顔面に、不精髭がやたらと目立つようになって来た。

潜水艦に便乗してから十三日目のこと、

「便乗者は上甲板に上がってよい」といわれたので、三人が恐る恐る梯子伝いに上甲板に上がってみると、ちょうど、夜が明けたばかりの海上を進む潜水艦の左近くには、観音崎灯台が見えていた。また、その後方遠くの上空には、山頂に白雪をいただいた富士山があるではないか。

〝あぁ、生きてふたたび故国の土が踏めるぞ〟と思った瞬間、私の目からは涙がどっとわき出てきた。

おなじ思いであろうか、同行の高野二飛曹、高橋飛長の真っ黒になっている髭面にも、とめどなく大粒の涙が流れつづけている。

第二部　小松島海軍航空隊

小松島への旅

香川県高松駅を定時に発車した高徳線の下り列車は、快調に車輪の音を響かせながら、一路、徳島方面に向かって走りつづけている。窓外に流れている風景は、はや、春爛漫の四月の季節をつげていて、眺める人の心を楽しませてくれてもいた。三等車のこの箱は、なぜか空いていたので、私たち同行三名の者は、ゆったりと座席に着いて、乗車直前に高松駅で買ってきた駅弁の包みを開いている。

この一行とは、高野利雄二飛曹、高橋飛長と私の三人旅であった。〝小松島海軍航空隊付を命ず〟という転任辞令をうけて、昨日、千葉県北浦空から、新任地となる徳島県の小松島町に向かって、赴任の旅を重ねている私たちは、この一週間をあわただしく過ごして来ていたが、今はそのあわただしかったことも忘れてしまったかのように、最終コースのこの列車内で、三等車に揺られながらの旅をしているのである。

さきに、九三八空ラバウルの水偵基地でうけた内地送還の辞令は、北浦空付であったので、真夜中の一式陸攻に便乗してラバウルを発ち、トラックからは潜水艦で内地に向い、横須賀に上陸した。十数日間を潜水艦内で過ごしたこともあって、ようやく地上に第一歩を踏みしめたときは、三人とも感動したものである。

横須賀の駅から新任地の北浦空へ向かうため、ひとまず東京行きの列車に乗り込んだところ、運よく車内では三人がそろってかけられる座席が確保できたので、やれやれと並んで座りながらくつろぐことができた。

しかし、列車が駅々を通過するうちに、しだいに混雑してきたこの車内で、立っている人の誰もが、私たち三人の隣席に腰かけようともせず、むしろ、私たちを避けているかのようにも見える。私たちは内心不審に思っていたが、そのうち〝ハッ！〟と気がついた。それは、この三人の異様な風体と、周囲にまき散らしている異様な体臭のゆえであった。

さきにも書いたように、私たち三名の者は、トラック泊地から横須賀に上陸するまでの十数日間を、便乗してきたイ号潜水艦の中で生活してきて、その間は蒸し風呂の中のように暑苦しい狭い艦内で、着たきり雀の生活をしていた。洗面や、風呂を使うこともなく、また下着の取り替えなどもまったくしていない。

いま東京に向かって走りつづけているこの混雑する列車の中で、私たちはお互いの顔を眺め合っていると、三人とも、赤黒く日焼けして不精髭面の中で、目玉ばかりがぎょろぎょろと光っている。そのうえ、何日間も洗面をしていないので、顔から首筋にかけては、汗と汚れでできた縞模様さえ見えているという異様な風体であるのに加えて、三人が着用している軍服の下からは、異臭さえただよい出ているという始末である。

これでは、いかに混み合っている列車の中であっても、その隣りが空席だからといって、人が腰かけにくることの方がおかしいのかも知れない。

「おい、熱海の宿で一晩ゆっくりと、戦地の汗を流して行こう」

「そうしましょう」ということになり、三人は急遽、大船駅で下車し、東海道線の下り列車に乗り換えて熱海に向かった。

熱海では、駅前で教えてもらった新角旅館に向かい、ここで一泊する。〝まずは一風呂〟と、三人は女中が案内する浴場に向かい、滔々と溢れている温泉にどっぷり身を沈めた。しばらくそのまま温泉浴を味わった後、湯船から出て身体を洗ったが、汚れで赤茶けているタオルに石鹼につけて、頭から身体を洗っていると、三人の周囲では、浴室に張ってある純白のタイルの表面が醬油でも撒いたかのような色に変わっている。〝よくもまあ、こんなにまで汚れるとは……〟と、三人はお互いに顔を見合わせて苦笑する始末である。

海軍では、艦船勤務中の乗組員に、〝入湯上陸〟という制度があって、上陸を許された者は、なにをおいても、まず集会所に向かい、そこで入浴して艦内での汗を流すものだと聞いてはいたが、まさしく、私たちは今ここでそれを体験したのであった。

温泉浴でさっぱりとなった翌日、東京駅に着くと、さっそく二重橋前に向かい、遙拝をすませた後、九段の靖国神社に詣でたりしたので、つぎの列車に乗り遅れ、その夜は千葉県佐原の宿に一泊し、翌日の正午過ぎに新任地の北浦空に到着した。北浦空は、水上機専修の操縦練習生に、延長教育をしている練習航空隊である。

案内された第一分隊で、先任教員に挨拶した後、さて、荷物の整理でもしようかと、一息ついていると、先任教員がやって来て、

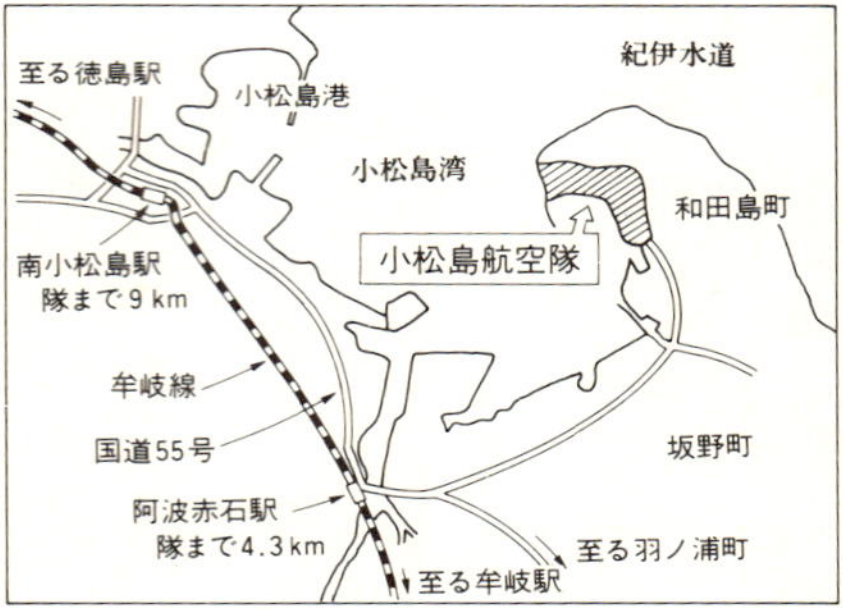

「三人には、ただいまから七日間の予定で墓参休暇が許されている。早目に夕食をすませて、ここを出発してはどうか」という。

思いもよらなかった休暇の報をもって来てくれたので、私たちはこれ幸いとばかりに、荷解きしていた物をまとめて、所定の場所に納め、夕食もそこそこにして休暇先へと旅立った。

私の帰省先は、福岡県朝倉郡の故郷であるので、ひとまず東京に出て、夜行列車で博多駅に向かい、田舎回りのバスを乗り継いだりしながら、二日後の夕方近くに実家に辿りついた。

母に電報しておけばよかったが、それをしていなかったので、思いがけない私の帰省姿を見て、母はびっくり仰天していた。なにしろ、当時のソロモン航空戦の苦闘は、新聞、ラジオで報道されていて、全国民が承知していることでもあったので、飛行機乗りのわが子は如何にと心配の絶えないでいた私の母は、私の突然の帰省、そして対面を、亡霊の来訪とでも思ったらしい。瞬間的には呆然となっていたが、再会を確認した母は急に元気づいて、それでもボロボロと涙を流して喜びながら、私の身体全体を撫《な》でまわしていた。

やがて、母が心尽くしの夕食を、家に集まってきた大勢の人々とともに食していると、そこに村役場の兵事係の人がやって来て、私に電報だという。

〝至急、本隊に帰って来い、北浦空司令〟と書いてある。〝至急帰れ〟といわれても、〝はい、帰ります〟といって、すぐにでも乗れるような交通の手段など、この田舎にはない。そこで、その夜は実家で過ごし、なおも未練がる故郷の人々に別れをつげて、翌早朝に出立し、本隊への途を急いだ。

現在、海上自衛隊の基地となっている小松島海軍航空隊の跡。庁舎や左右の松並木、隊門は当時のもので、往時が偲ばれる。

　あたふたと、北浦空に帰隊してみると、長野県の実家に帰省していた高野二飛曹と、名古屋への高橋飛長はすでに帰隊していて、帰りの遅れている私を心待ちにしていた。

「竹井兵曹ほか二名は、徳島県小松島空への転勤辞令が出ている。準備でき次第、急いで赴任するように」というのが、今回の〝至急本隊に帰れ〟という電報の理由であったのだ。

　転任辞令をうけた三人は、それならばということで、今夜の東京駅発下りの夜行列車に乗り込む計画をたてて、食事もそこそこに北浦空を離れ、途中の列車を乗り継ぎしながら、いま最終のコースともなる高徳線の三等車に揺られているのである。

九四水偵隊編成

南小松島駅で下車して、小松島空への道順などを駅員から聞いていたとき、まったく偶然ではあったが、駅前広場に何かの用足しのためであったろうが、海軍のトラック一台が停車した。ドアを開けて下りてきた水兵に、
「小松島空の人ですか？」とたずねると、
「はい、そうです」と答えるので、私たちはこれ幸いとばかりに、このトラックに便乗させてもらうことにした。

小松島空は、小松島湾の東南端に張り出している和田鼻の突端部に設営されている。南小松島駅から陸路伝いに行くと、十キロ近い距離があるので、〝歩いて行くとすれば、大変なことになるぞ〟と心配していたが、ここで、トラックに便乗することができたのは、偶然のことであったとはいえ、本当に幸運である。

本部で、私以下二名の到着報告をしたのち、迎えに来た搭乗員に連れられて、今日からの宿舎に案内された。その宿舎は、隊内のいわゆる一般兵舎ではなくて、飛行機格納庫前に設けられている飛行隊指揮所であった。

本部から宿舎に向かう途中で、案内の搭乗員が歩きながら話すところによると、この小松島空は、これまでは九五水偵と九四水偵による操縦専修の延長教育を行なう練習航空隊であったが、先月末（昭和十九年三月末）で練習航空隊を廃止し、翌四月から九四水偵十機を常

備する実施部隊に改編された。

そして、現在では新編成の部隊要員を全国から集めている段階であり、また、搭乗員宿舎も当分の間は、飛行隊指揮所の二階を、仮宿舎として使用することになっているということである。

仮宿舎に着いてみると、なるほど、先ほどからの道案内の中で話を聞いていたが、舎内の空気がなんとはなしにざわついているようにも思える。

搭乗員の中から指名されている甲板下士官が、いそがしそうに動き回っていたが、新着任の私たち三人をみとめると、にこにこしながら近寄って来て、てきぱきと新人受け入れの手続きをしてくれた。

この日に新入隊した搭乗員は、私たちの他にも二組があったとかで、この仮宿舎の中には、十七、八名の搭乗員の姿が見えている。その翌々日までに、予定されていた搭乗員がそれぞれ入隊して来たので、新しい集団としての搭乗員室が出来上がった。

操縦員		偵察、電信員	
一飛曹	高野三郎	上飛曹	中島（善行章四線）
〃	中村清一	一飛曹	樋高　等
〃	竹井慶有	〃	山谷賢二郎
二飛曹	高野利雄	〃	香田芳穂
〃	矢内孝直	二飛曹	横尾久喜

二飛曹　近藤二三雄　　二飛曹　山内倉市
〃　奥田泰司　　〃　山田光夫
〃　西村藤一　　〃　中村節美
飛　長　高橋邦雄　　上　飛　三浦大策
上　飛　中野貞二　　〃　本間国彦
一　飛　石川　清　　〃　亀田由蔵
〃　森　友三　　一　飛　井上道男
〃　伊藤大助

これらの搭乗員の顔触れを見ていると、高野一飛曹と中村一飛曹は、南西諸島方面からの転入で、樋高一飛曹は九三八空からいったん内地部隊に転入した後、小松島空付となって再度の転勤でここに来ている。高野二飛曹、高橋飛長と私は、先出しの通りである。

以上がいわゆる戦地帰りの搭乗員で、その他にも、父島空から転入してきた中島上飛曹がいて、あとの残りの者は、練習航空隊での教育を終えて、内地の実施部隊で訓練中に、この小松島空に転任となって、集まって来ているもののようであった。

一応の陣容がととのったところで、搭乗員整列が指令された。

小松島空　司令　中佐　寺田美佐男（海兵）
〃第一分隊長　中尉　山田平次郎（偵練）

〃　飛行士　〃　山形（海兵）
〃　分隊士　少尉　大浦（甲一期）
〃　〃　飛曹長　金原（甲二期）
〃　〃　（氏名不詳）
〃　〃　（氏名不詳）

全搭乗員を前にして、寺田司令は一応の訓辞をしたが、要約すると、〝小松島空はこれまで練習航空隊として、水上機専修の操縦員を養成してきたが、戦陣の都合上、ここに練習航空隊を廃止して、この四月からは、水上機隊で編成する実施部隊となった。常備機は当面、九四水偵十機とされている。搭乗員その他の常備員も、近々に充員されるが、新編成の航空隊に期待されるところのものは大であるので、みなは一致して期待に応えるように精進してもらいたい〟というような筋のものであった。司令の訓辞の後、飛行長、飛行隊長の挨拶がつづき、山田分隊長から、各分隊士の紹介があって、この日のセレモニーは終わった。

新編成の小松島空には、まだ、数日前までつづいていた練習航空隊の残務整理が数多く残っているようで、これらは、四月一杯でどうにか処理されるという。

新たに実施部隊となった水偵隊では、九四水偵を使って、搭乗員に対する飛行訓練が、来る日も、来る日もつづけられている。何しろ、戦地帰りの搭乗員は、これまで零式水偵で戦争して来ているので、久し振りに搭乗する九四水偵の操縦は、それまでの零式水偵の操縦方法と勝手が違う。また、内地部隊から転入してきた搭乗員は、その飛行経験が浅いので、これも訓練を強化しなければ、いざというときに間に合わないという心配がある。

実施部隊となった小松島空が当面する任務は、蒲生田岬を起点に、室戸岬の東方海上を中心とした外洋上の対潜哨戒と、同海上を航行する船舶に対する上空直掩飛行が主任務である。そのため、九四水偵の二〜三機が、六十キロ爆弾二個を搭載して、小松島空の水面から毎日飛び立っていた。

飛行隊指揮所の二階部分は、搭乗員宿舎に使用していて、なお、一階の指揮所部分の隣室は、搭乗員食堂に使用しているので、飛行作業の合間に搭乗員の各人は、住居部分にも自由に出入りして、休養することもできる。

先任搭乗員の中島上飛曹は、昭和六年志願兵上がりの偵察員で、父島空から転入してきたが、彼の右腕には、上飛曹マークの上に善行章四線がついている。分隊長の山田中尉とは同年兵であるとかで、その山田分隊長が、同年兵の中島上飛曹に一目おいていたので、その他の分隊士は、たとえその階級が上位であっても、やはり、遠慮がちであった。軍隊における麦飯精神の権化を、現実のものとして見せられているようでもある。

父島空へ派遣

差し当たりの小人数で発足した新編成の実施部隊であったが、過日の搭乗員整列の際、寺田司令の訓辞にもあったように、その後、搭乗員の転入が相次いだので、一ヵ月半を経た五月の下旬には、搭乗員数が山田分隊長以下四十名という大人数になっていた。

第十三期予備学生出身者の第一陣として、菅原学生と、置塩学生が小松島空の偵察員となって転入してきたのも、そのころのことである。この二人の学生は、転入後まもなく少尉に任官している。

また、これと前後して、練習航空隊を卒業したばかりの乙飛十七期、甲飛十二期、十三期予備学生や、特乙飛二期といった新人が、つぎつぎと転入してきたので、新旧搭乗員が生活している飛行隊指揮所周辺では、一種の若やぎと活気が満ち溢れていた。

搭乗員の日課は、対潜哨戒に出る飛行機が毎日三機程度で、その他では、右の新人に対する飛行訓練が主な日課である。この新人たちは、戦局の激化している今日の情勢下を理由に、練習航空隊での教育期間を短縮して、実施部隊に送り出されて来ているので、受け入れ側の実施部隊では再教育を兼ねた特訓をつづけている。

小松島空九四水偵隊の一員として、索敵に出発する直前の著者と愛機。

四月から五月の季節は、じつにのどかなもので、九四水偵に搭乗して対潜哨戒に飛び上がると、眼下の陸上には、すでに色づいて収穫を待っているかのような麦や菜種の畑が一面にひろがっている。荒波が出ていないときの海上には、小型漁船の行き交う航跡だけが、短く、白く流れているというのどかな風景であった。

九四水偵のペアは、その日の哨戒コースに飛行機を進めているとき、下方海上の異状発見に専念しているうちに、ともすると、つい春の陽気に誘われて襲いくる睡魔の前にどうすることもできないときがある。偵察員や電信員は、眠気ざましに機内で背伸びをすることもできるが、狭い座席内で操縦桿を握っている操縦員には、それができない。

飛行中に極度の睡魔に襲われると、飛行機を操縦していても、目の前がボーッとなってきて、順調に回りつづけているエンジンの音すらが、微かなメロディーにもなって聞こえてくる。それも、時間的にはほんの数分間のことだが、これこそ、空中の〝居眠り運転〟の典型的なものであって、この経験は操縦員の中によくある話である。

六月に入ったばかりのある日の午前十時ごろ、小松島空の上空に突如として、十機編隊の二式水戦が飛来して、つぎつぎに着水しては指揮所前に接岸した。指揮所周辺にいた搭乗員や、整備員があわてて走り出し、滑り台に接岸してくる水戦の搭乗員を地上に降ろしたり、その水戦を砂浜に押し上げたりして手伝っている。本部庁舎からは、急を聞いた寺田司令や飛行長らが大急ぎで指揮所に出て来た。

指揮所前に整列している水戦隊員の中の指揮官が、寺田司令に報告しているところによると、この水戦隊は、佐世保空で編成されて、父島空へ派遣されるものであるという。今朝、佐世保空を発進して、途中の小松島空で燃料補給をした後、再度、館山空で燃料補給をしながら、今日中に父島空に向かうということである。水戦隊の指揮官は、海兵出身の若い中尉で、隊員のみなも若々しい顔立ちをして、元気がよい。

燃料補給をしている間に、指揮所周辺で休息している水戦搭乗員の中から、

「竹井教員じゃないですか」といいながら、二名の搭乗員が私に近寄って来た。

「おお、お前たちか。久し振りに会ったが、元気そうだな。ところで、この水戦隊は父島に何しに行くんだ？」と、気になった私は、二人にたずねた。

私の傍らに近寄っている二人の水戦隊員は、坂一飛曹と某の二人で、彼らはいまから約一年前に、私が鹿島空で操縦教員をしていたときの飛行練習生で、特殊飛行教程での訓練をうけていた乙飛十六期生出身の二人である。

彼らと話した時間はわずかではあったが、聞くところによると、〝南方戦線で戦う敵機動部隊は、優勢裡に北上をつづけていて、サイパン、テニアンの島々や、硫黄島方面のわが軍陣地が、敵軍の射程内に入るのは、目前の焦眉となってきた。そこで、佐世保空の水戦隊は、急遽飛行機隊を父島に派遣して、この地を足がかりにしながら、同方面の空の護りを固めようということになって、水戦隊の移動がはじまったのである〟という。

私も、つい先頃までラバウルの基地で生活していたので、南方戦線における敵機動部隊の敏捷な行動や、着実に北上をつづけて来るその機動力の強さは、十分に承知していたが、水戦隊の父島派遣の話を聞いていると、戦局はすでにそこまで切迫していたのかと痛感する次第でもあった。燃料を満載した水戦隊は、小松島空を後にしながら東の空へと飛び立っていった。

それから旬日を過ぎた六月二十日ごろ、小松島空水偵隊の中では、何かはわからないが異

様な空気が流れはじめていた。

そうしているうちに、〝小松島空から、九四水偵十機が近々に父島派遣になるらしい〟とか〝分隊長は、派遣搭乗員の人選中であるらしい〟という噂がひろがって来た。噂話はそのうち真実のものになって、人事を担当している大浦少尉（甲一期・偵）が苦心しているという話も聞こえている。

私は、ぜひとも派遣隊に参加したいと思っていたので、大浦少尉に頼んでみたが、「竹井兵曹や高野二飛曹、高橋の三名は、先ごろソロモン戦線から帰還したばかりだから、この際は残留して、休養をとりながら次の機会を待て」といって、彼は私の頼みを聞こうともしない。

「大浦少尉、それはあまりの言葉です。九四水偵十機で、三十名の搭乗員が派遣されるようですが、小松島空の搭乗員の中で、南海の離れ小島である父島で、生活経験のある者といえば、中島飛曹長を除くと、私たち三名の者だけでしょう。また、当隊搭乗員の中で、敵艦攻撃とか、夜間出撃の戦闘経験がある者も、この三名以外にはないと思います。九四水偵十機を派遣するのであるから、その中に一人ぐらいは実戦経験者がいないと、みなは父島で苦労しますよ。ぜひとも、私を派遣員に加えて下さいよ」

そのような懇願にも似た申し出を、私は何回となくつづけていた。六月二十四日になると、いよいよ、水偵隊の父島空派遣が決定し、派遣搭乗員が発表された。

指揮官　置塩少尉　（偵）十三期予備学生

分隊士　金原飛曹長（操）甲　二期
〃　中島飛曹長（偵）偵練六志
操縦員　　　　　　偵察員、電信員
上飛曹　中村清一　　上飛曹　山谷賢二郎
〃　竹井慶有　　〃　香田芳穂
飛　長　中野貞二　　一飛曹　横尾久喜
　　　　　　　　　〃　山内倉市
　　　　　　　　飛　長　三浦大策
　　　　　　　　〃　亀田由蔵

（派遣隊員は総数三十名であったが、右以外の者十九名については、氏名不詳であることをお詫びしたい）

あの島だ、変針！

小松島空の水上から、ばらばらと離水した九四水偵の十機は、上空でいったん大きく左旋回をつづけながら、航空隊の南海上方面に出て、そこで十機の編隊形をととのえた後、ふたたび小松島空の上空に進み、整然とした編隊を組みながら、飛行高度三百メートル、針路百六十度で本隊に挨拶のための直上飛行をして、一路、父島への空の旅に飛び立っていった。

眼下に見る小松島空では、総員が隊内のいたるところで、上空を飛行する私たちに向かって、いっせいに帽子を振っている。

飛行機隊は、潮ノ岬上空で針路を六十度に変針し、今日の中継基地としている横須賀空の水上機隊を目指して、飛行高度を千メートルに上昇させていた。

紀伊半島の山々が、飛行機隊の後方はるかに霞んで見えるようになったころ、わが行く手前方の左方には、遠州灘越しに、富士山が高々と雲の上にそびえているのが見えてきた。約八ヵ月前に、九三八空増援の飛行で、横須賀から零式水偵で飛び立った折、右方遠くに眺めたあの日の富士山の姿を思い浮かべながら、私は、今日もまた父島空への途上でふたたび眺めるこの富士山に向かって、「征って来ます」と、心からの別れを告げているが、その心境はやはり感無量である。

三原山の上空では、悪気流のため飛行機が大揺れして苦労したが、全機は無事にその上空を突破して、中継基地の横須賀上空に到達、着水、接岸して燃料を補給し、飛行機の点検整備をすまして、この夜は横須賀で一泊した。

翌日は、午前九時発進、四百五十カイリの彼方の海上に浮かぶ父島を目指しての空の旅である。

飛行機隊の一番機には、偵察員の置塩少尉が指揮官となって乗り組んでいて、金原飛曹長が操縦員となっている。軍隊では階級絶対主義が貫かれているので、今回の飛行機隊長は海軍少尉の置塩氏とされているが、先出しのとおり、彼は十三期予備学生出身で、この春、速成教育をうけて実施部隊に配属になったばかりの、飛行機乗りとしてはまったくの素人である。

その素人の彼に先導されて、これからの洋上飛行で任地に向かうのだから、列機となって、これに随いて行く者としては、危なっかしくてしようのない心境ではあるが、それでも、一番機操縦員の金原飛曹長の航法技術を頼みにしながら、飛行をつづけているというのが実態であった。

幸運にも、この日の天候はまったくの快晴で、上空の視界も最高によかった。行く手の海上に、点々と現われては後方へと去っていく小笠原列島の、各島々を確認しながら、なおも飛びつづけていると、前方の左側海上に、孀婦岩《そうふいわ》が現われてきた。小笠原列島沿いに父島に向かうとき、最後に現れてくるこの島は前回南下したソロモンへの空の旅の中で、いちど出会っていたので、これが孀婦岩であることがすぐに分かった。

「偵察員は、眼下の孀婦岩を定点にして、わが飛行機隊の機位を確認しておくように」と指示するとともに、〝双眼鏡を使って、左前方の水平線上を注視し、そこに島影が現われたら知らせるように〟とも念を押すようにして指示していた。

それから、なおも、約一時間ぐらいを飛びつづけていると、果たして、左前方の水平線上に小さな黒点が一つ、ぽつりと現われた。私たちは、なおも、一番機の進行につづいて飛びつづけているが、水平線上に現われたその黒点は、次第に大きくなっていて、今でははっきりとした島の姿を見せている。それでも、わが飛行機隊の一番機は、その島の出現に無頓着かのように、ここでその島に向けて変針するでもなく、そのままの方位を保ったまま飛行をつづけている。

私はこの島の姿を十分に承知していたので、これが父島であることを確信している。〝一番機は、何やってんだい〟とは思うが、航空無線を使って、それを一番機に知らせるというわけにもまいらず、独りでやきもきしながら、しばらく一番機につづいて飛びつづけた。

しかし、いつまで経っても、一番機が変針することをせず、なおも、あらぬ方角に向かって飛びつづけているので、私は遂にたまりかねて、飛行機を急増速して一番機の傍らに寄せ、手真似で、「左手水平線上に見えているあの島が父島だ！ 変針せよ！」と知らせた。

偵察員の指揮官少尉は、それでもキョトンとしていて、まったく意味不明の感であったが、操縦員の金原飛曹長は、さすがに私がしている手話の意味がすぐに了解できたのか、飛行機の針路を左に転じて、左水平線上に姿を見せているその島に向かって進みはじめた。それから約四十分間を飛びつづけて、わが飛行機隊はようやく父島の上空に到達した。

大空襲と不発弾

海上には、ひときわ大きい父島と、それに連れ添うように点々と浮かんでいる多くの小島が、いずれもその周辺に白々とした磯波を立てながら、静かな景観を形造っている。父島の上空を大きく一周した飛行機隊は、ここで編隊を解き、一番機から順々に、二見港の港外から湾奥に向けて着水していく。

接岸して、飛行隊指揮所前に整列、指揮官置塩少尉が父島空司令に、「小松島空の九四水偵十機、派遣隊としてただいま到着」と報告した。

指揮所の周辺にいた父島空の搭乗員や、整備員の中には、〝九四水偵を飛ばして応援に来ても、この父島で何ができるか〟というような顔をしている者すらある。

言われてみれば、なるほど、格納庫の内外には零式水偵の数機が、いつでも発進できるようにして待機している。なお、その前面には、佐世保空のマークをつけた二式水戦の十機が、煖気運転をしながら、これまた、臨戦即応の態勢を執っている。彼らこそは、つい先日、この父島派遣の途次に、小松島空で燃料補給をした人たちでもある。

わが派遣隊では、山内一飛曹と、横尾一飛曹の両名を甲板下士官に指名して、雑務を担当させているが、彼らが父島空本隊と折衝したところによると、〝父島空には、先着の水戦隊員が入って来ているので、この上、三十名近い小松島空派遣隊の搭乗員を収容する兵舎がない。そこで、本隊としては、飛行機格納庫の中二階部分を整理して準備するので、小松島空の搭乗員は、そこを仮宿舎にしてくれ〟というのである。

私はソロモン戦線の各基地で、粗雑な宿舎の生活をしていた経験があるので、この宿舎指定にさして驚くこともなかったが、搭乗員の半数近くの者はびっくりしていた。

案内された仮宿舎は、なるほど、飛行機格納庫の片隅に造られている中二階の小部屋で、これまでは整備科の事務室にでも使用されていたのか、廃油の滲んだ板張りを掃除して、開放しているというものである。〝まあ、仕方がない〟ということになって、一同はさっそくこの小部屋の大掃除をして、ここに起居することにした。机や、椅子、寝台等があるはずもない小部屋の板の間に、二人の甲板下士官が苦労して手にいれてきた畳ござを敷き並べて、一同はひとまず落ちついた。

夕食も全員が車座になって食べたが、寝るときになると、板張りに敷き並べている寝ござの上に、敷蒲団代わりの毛布一枚の上に寝るのだから、背中が痛いと言い出す者さえ出てくる始末である。

「これが戦地の生活だ。我慢せぃ！」と、古参の搭乗員はそれらの者を諭したりしながら、初日の夜を過ごした。父島は、日本の内地からすると、遙かの南に位置している亜熱帯だから、夜になっても気温が下がらず、蒸し暑いぐらいである。

翌日から、小松島空派遣隊機は、父島周辺での対潜哨戒と、南下していくわが輸送船団の上空直掩飛行を分担することになった。

この六月の中旬には、敵軍がサイパン島への上陸作戦を進めているので、そこの空と海では、これを撃退しようとしているわが軍との間に熾烈な戦いがはじまっている。そのため、軍需物資の緊急輸送に当たっているわが輸送船団の南下がつづけられているのであったが、他方で、この船団を待ちうけている敵潜水艦の出没が、最近とくに激しくなっているともいう。

そのような危険海域であっても、身を賭して、最前線に物資輸送をつづけている輸送船団だから、父島の飛行機隊としては、その船団を上空直掩しながら、〝船団の航路周辺に出没をつづけている敵潜水艦を早期発見して、これを爆撃せよ〟というのが、私たちの派遣隊員に科せられている飛行命令である。

対潜哨戒や、船団護衛に向かうわが九四水偵は、つねに六十キロ爆弾二～四個を搭載して飛び立つのだが、この飛行は昼間だけというわけでなく、夜間に飛び立つことも少なくなかった。先述のとおり、小松島空からの派遣搭乗員は、その大半が飛行経験の浅い、いわゆる、若年搭乗員であったので、飛び立っていくその機を見ながら、無事に帰投してくれるようにと、私たちは祈りたい気持ちで送り出しているが、緊張と、使命感をみなぎらせているこれらの若年搭乗員は、みな元気に飛び立ち、無事に帰投して来るので、そのつど、安心したりもしていた。

敵連合軍がサイパン島に上陸すると、つぎに上陸をかけて来るその地点は、父島の西方海上に浮かぶ母島か、硫黄島かも知れない。そうなると、この父島の周辺海上には、敵の機動部隊が、いつ接近して来てもおかしくないというのが、当時の雲行きであった。そのため、父島空本隊の零式水偵は、つぎつぎと飛び立っては、洋上遠くに敵を求めての哨戒、索敵飛行をつづけている。また、佐世保空から派遣の水戦隊は、二～三機の水戦を常時、交互に発進させて上空哨戒をつづけている。

七月に入ったある日の、まだ、夜も明け切らぬころのことであった。「空襲！　空襲！」と、機内の拡声器は突然にがなり声を伝え、サイレンは〝ウォー、ウォー……〟と短符連送を繰り返す。

私たちは、いきなりに伝えられる空襲警報に〝まさか……〟とは思いながらも、急いで起き上がり、身仕度もそこそこに飛行隊指揮所の方に駆け出した。格納庫前のエプロン上では、佐世保空の水戦隊全機があわただしくエンジン始動をしていて、早いものは、すでに水上滑走に移っているものもある。

そのとき、上空からは父島空や、その周辺施設を目標にした敵小型機の攻撃がはじまっていた。地上からも、これに盛んに応戦している防備隊陣地からの、機銃の曳痕弾が、何本となく赤い飛線を残しながら、糸を曳くように空中に撃ち上げられている。

上空では、来襲してきた敵機と、わたり合うわが水戦との闘いがはじまった。空はまだ明けきっていないので、上空で格闘戦をやっている飛行機の姿、形を、地上から見ることはできないものの、格闘戦の中で相互に撃ち合っている機銃の曳痕弾が、赤い飛線をその空中に幾重にも重なり合わせているのを見てもわかる。

空中の飛行機が発射している機銃の音が、カラカラカラ……と間断なく地上に伝わって来る。

いま上空のあちこちで曳痕弾の交錯するのが見えているのは、わが水戦隊機が敵機と激しく撃ち合いをしている証拠であろう。小松島空派遣隊では、わが九四水偵をこのまま敵機の攻撃下に晒したままにするわけにもいかないので、各機をそれぞれ対岸の砂浜などに分散退避することになり、早い者勝ちに飛行機に乗り込んだ搭乗員の手で、二機～三機と組みながら、水上滑走をはじめていた。

私が、飛行機を父島空の対岸になる大村地区に乗り上げていると、これもおくれて接岸してきた飛行機の搭乗員をせき立てて、付近の雑木の枝をあつめ、飛行機を擬装した。作業も一段落したので、私たちは雑木林の中に入って、煙草の火をつけたりしていると、間もなく上空では、敵機の第二波攻撃がはじまった。

木の葉越しにこれを見ていると、今度の攻撃は爆撃を主体にしているようだ。もう夜が完全に明け切っていたので、敵の小型機が地上の各施設を目標にして、急降下しながら爆弾を投下しているのが、地上からの肉眼でもはっきりと見えている。わが水戦隊の十機は、第一波の攻撃時に上空に飛び上がっていったが、いま父島の上空を飛行している水戦は見えていない。残念ではあるが、第一波の来襲時に、全機とも撃墜されたのであろう。

零戦を水上機化した日本独特の二式水上戦闘機——父島に派遣された佐世保空水戦隊の10機は、７月の空襲により全滅した。

空中に敵対するわが軍の飛行機がいないのを知って、敵機の第二波攻撃軍は、空中をわがもの顔に飛び回りながら、地上から迎撃している守備隊のその火元を主目標にして攻撃をしている。

地上から見ていると、その方角に対して、つぎつぎと急降下しながら、銃撃と爆撃を繰り返している飛行機が多い。敵機の中には、飛行高度を二百メートルぐらいにまで下げて、地上の攻撃対象物を探しているものさえある。

それまでの間、海岸線の雑木林の中に身を沈めていた私たちは、近くに架かっているコンクリート橋の下に移動した。空からの銃撃を避けるためには、やはりコンクリート橋の下が安全と考えたからでもあった。

上空を傍若無人に跳梁している敵機の群れを、橋の下に隠れながらも、ときどき顔を出してはジッと見ていた搭乗員の中の二人が、もうこれ以上の我慢はしきれなくなったのか、突然に浜辺に乗り上げているわが飛行機に向かって飛び出していった。

「戻れ！　戻れ！」と叫ぶ私たちの声に、二人は一度振り返って私たちを見たが、またもや、全力疾走で浜辺に走って、木の枝で擬装している九四水偵の一機に駆け上がった。横尾久喜一飛曹と三浦大策飛長の二名である。

彼らは、飛行機の後部座席に飛び込むと、七・七ミリの旋回機銃に取りつき、上空から急降下しながら銃、爆撃をしてくる敵機に向けて、いきなり機銃発射をはじめた。

彼らが撃ち上げている機銃弾は、タタタタタ……と軽快な連続音を発し、曳痕弾の赤い飛線を空中に画きながら、急降下してくる敵機に向けて飛んでいく。

〝ありゃ、あんなところに地上砲火があったぞ〟とばかりに、浜辺に乗り上げて、そこから赤い飛線を出しているわが九四水偵を発見した敵の小型機群は、目標をそれに集中したかのように、上空から銃撃しながらつぎつぎとわが九四水偵に向け急降下して来た。必死の形相で上空の飛行機を撃ちつづけているわが横尾、三浦の両名としては、血気にはやって一時的な行動に出たのであったが、その直後から、彼らとその飛行機を目がけて猛烈に襲いかかって来る敵機の前に、〝俺たちは何か計算間違いをしたのかな？〟と気づいたようであったが、そのときはもう遅かった。

それでも、彼らは機銃発射を止めようともせずに、つぎつぎに急降下しながら、彼らの飛行機に襲いかかってくる敵機を目がけては、なおも必死に撃ちまくっている。しかし、残念ながらその弾丸は敵機には当たっていない。

　彼らが撃ち上げている機銃弾の赤い飛線は、猛スピードで上空を飛び回っている敵機の動きについていけないのであった。上空の敵機の数が多すぎるので、いわゆる〝二兎を追う〟のたとえにもあるように、彼らは射撃目標を絞りきれずに、上空に向けて、ただ、やみくもに機銃を発射しているという状態である。

　橋の下に身を寄せながら、彼ら二人の行動を見守っていた私と、香田上飛曹（甲九期・偵）は、このままでは彼らが敵機に狙い撃ちにされて、飛行機もろとも爆破されそうだと思ったので、その機の下に駆けて行き、なおも対空射撃をつづけようとしている二人を、みなが避難している橋の下まで引きずるようにして連れていった。その直後、この橋近くに建っている郵便局に、敵の爆弾が直撃したが、まさに間一髪のところで彼らは命拾いをしたものである。

　この日の父島空襲は、未明にはじまって夕方までつづいたが、そのうちに、いつとはなしに収まっていた。私たちは、夕方になったので、それぞれの九四水偵を水上滑走して父島空に運んだ後、宿舎にしている格納庫に引き揚げたが、その宿舎に足を踏み入れると同時に、

　〝アッ！〟と驚いた。

　宿舎にしている格納庫の、中央部分のコンクリート床には、二百五十キロ爆弾が一個、その先端部分を三分の一ほど床コンクリートの中に突き刺したようにして直立していたのである。今日の空襲時に、敵機が投下した爆弾の中の不発弾であった。その胴中には〝ＵＳＡ〟

の文字が鮮明に黒く印されている。

爆弾は格納庫に命中し、天井を貫いていたので、その直上の格納庫の屋根には大きな穴が開いている。これが、もしも炸裂していたとしたら、格納庫は木端微塵にふっ飛んでいたであろうにと思うと、これが、不発弾になっていたことが私たちにとって幸運であったというべきであろう。

これは〝時限爆弾かも知れない〟ということになって、兵器員が総出して調査していたが〝時限爆弾〟であるという結論は出ない。そこで、不発弾の周囲に注連縄《しめなわ》を張り、ここを立入禁止にしながら、しばらく様子を見守っていたが、一週間を過ぎても異状が発生しなかったので、不発弾として兵器員の手で撤去した。

爆弾が直立している格納庫のなかの中二階を仮宿舎にしている小松島空派遣隊員の私たちは搭乗員は、いつ炸裂するかも知れないというこの物騒な不発弾と同居して、これを撤去するまでの一週間をともに過ごしたのであったが、その間の気苦労は筆舌に尽くしがたいぐらいの大変なものであった。

東港空へ派遣隊編成

九四水偵十機が、堂々の編隊を組んで、高度六百メートルで小松島空の上空に侵入して来た。その後も飛行機隊は、小松島空の上空付近を大きく旋回しながら飛び回っている。地上の隊内では、大勢の隊員が空地に飛び出し、上空の飛行機に向けて、盛んに歓迎の手を振っている。父島空へ派遣された十機の帰着である。前面の水上に一機、また一機と、つぎつぎに着水した九四水偵の全機は、水上滑走でまもなく滑り台に接岸した。

機上からはどの搭乗員もにこにこと降りてきているが、中には出迎えている残留員と肩を抱き合っている者さえある。にこやかな帰還風景がしばらくつづいた後、派遣隊の全員は飛行隊指揮所前に整列、まず、寺田司令に対して指揮官置塩少尉が帰投報告をする。

この派遣隊が、父島空に在隊していた間には、敵機動部隊の父島来襲や、同じく派遣隊として同地にあった佐世保空水戦隊が全滅したことなどを知って、〝わが派遣の九四水偵隊はいかに？〟と心配していた寺田司令であったが、いま、このように全機、全員が無事にその派遣任務を終えて元気に帰投し、眼前に整列して帰投報告をしているのだから、その喜びようは大変なものであった。厚いねぎらいの言葉があったのは当然のことである。

翌々日の八月一日から四日間、父島空に派遣された搭乗員の全員には、墓参休暇があたえられた。小松島からの旅行日程を立てて、早々に帰郷する者もあったが、大半の者は、四日間の休暇では、故郷往復のための日数が取れないので、市内の下宿などに転げ込むようである。

「せっかく休暇をもらったというのに、下宿でぶらぶらしていては勿体《もったい》ないぞ。どうだ。琴平さん参りでもしようか」と、だれ言うこともないこの話に、参加する者がたくさん出て来たので、それではとなって、約十名ぐらいの者が、琴平参りに旅立っていった。高徳線で高松に出て、そこから予讃線に乗り換えて多度津から琴平駅までというように、鉄道を乗り継いでの旅である。

ようやく目的地の琴平駅につくころには、八月上旬の暑い日盛りの車中を乗り継いでいたので疲れている。汽車の窓は開け放しで、石炭列車から吐き出す黒煙のために、純白の軍服は薄黒く汚れていた。それでも、一行の者は、初参りの琴平さんに対する興味も旺盛であったので、軍服の汚れなどまったく気にすることもなく、その日のうちに、あの長い石段を登りつめて、社前にぬかずいていた。

〝境内の山の上から見る眺望は素晴らしかった〟というのが、この時の印象として今でも残っている私の思い出の一つである。

小松島空では、派遣隊員に対する休暇期間も終わって、また従前の隊内生活がつづいていたが、気をつけて見ていると、指揮所周辺には何とはなしの緊張感がただよっているようである。この違和感は、整備科の下士官、兵のなかで次第に大きくなってきていた。

八月十二日の搭乗員整列の際、この日はとくに寺田司令が飛行隊指揮所にきて、「わが小松島空は、命によって、九四水偵十機による派遣隊を編成して、台湾南部の東港に出向くことになった。派遣隊指揮官は山形中尉、他の搭乗員は分隊長が指名する者とする。派遣隊の出発は八月十五日。全員、心して準備するように」というような命令を発した。

つい、この間、父島空への派遣から帰投したばかりだというのに、また、今度の急な派遣で、搭乗員の一部には早くも興奮している者さえある。私も〝遅れてはならじ〟とばかりに、人事担当の大浦少尉に「ぜひ参加させて下さい」と頼み込んでおいた。〝なるほど、これがあったから整備科の下士官、兵の間に、動揺が起こっていたんだな〟と、了解することができたのである。

明くる十三日、分隊長から東港空派遣の搭乗員名が発表された。

指揮官　山形中尉　偵　海兵

操縦員

飛曹長　金原（甲二期）
上飛曹　竹井慶有
一飛曹　高野利雄
〃　西村藤一
〃　近藤二三雄
飛　長　中野貞二
上　飛　森　友三

偵察、電信員

少尉　菅原（十三期予学）
飛曹長尾本（乙八期）
上飛曹　香田芳穂
一飛曹　山内倉市
〃　横尾久喜
二飛曹　田辺敏明
〃　緒方順一
〃　柳瀬哲雄
〃　坂本伊豆人
飛　長　本間国彦
上　飛　井上道男

（注、この派遣隊員は、総員三十名であったが、右の十九名以外の搭乗員十一名については、氏名不詳であることをお詫びしたい）

古仁屋、淡水、東港

飛行隊指揮所前広場に整列している出発前の小松島空派遣隊員の顔には、どれもみな一様に緊張しているのが見える。これらの搭乗員を前にして、寺田司令は、今回の派遣目的を手短かに告げているが、前回派遣した父島空では、敵機動部隊による空襲をうけたが、その極地戦も一段落したあと、せっかく原隊の小松島空に引き揚げて来たというのに、その半月後のこの日、また、あわただしくこのようにして派遣隊員を送り出そうとしているのだから、寺田司令としては、心中おだやかならざるものがあったのであろうか、口でこそ強気の訓示をしているが、その温顔には、愛し子の旅立ちに恙《つつが》なきを祈っているかのようにさえ見えている。

飛行計画では、小松島空から台湾南部の東港空までの長距離を、途中、古仁屋の基地に一度着水して、燃料を補給した後、今日中に東港空まで一気に飛びつづけるという。そのため、飛行機隊としては、このハードスケジュールを成功させるために、早朝の出発となっていた。

隊内の全員が見送る中を、つぎつぎと発進していく九四水偵の十機は、離水後、空中で大きく右旋回をしながら、ひとまず洋上に出て、飛行高度を三百メートルに上昇し、全十機が緊密な編隊を組み終えたところで、指揮官機を先頭に、威風堂々と小松島空の上空を通過した。上空通過のとき、指揮官機が空中に大きなバンクを繰り返して、地上員に別れをつげる。

これを見上げながら帽子を振りつづけていた地上員の姿は、機上の各搭乗員の瞼にしっかりと焼きついていることだろう。

飛行機隊の一番機には、指揮官の山形中尉が偵察員として乗り組み、操縦員は竹井上飛曹、電信員は香田上飛曹の三人ペアである。金原飛曹長は二小隊一番機、尾本飛曹長は三小隊一番機に乗り組んでいるというこの十機編成の九四水偵隊は、徳島県蒲生田岬上空で変針して、飛行高度を千五百メートルに上昇し、一路、古仁屋の基地に向けて直進する。

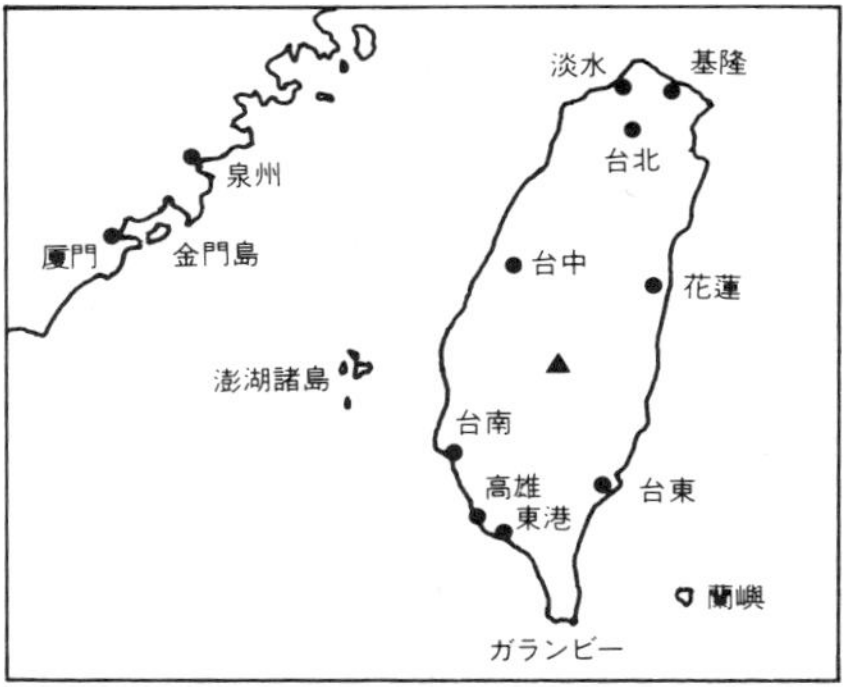

太平洋上を南西方向に飛びつづけていると、前方右手の遠くの海上には、南九州の山並みが霞んで見えてきた。大隅半島の山々ででもあろうか。

なおもしばらく飛行していると、今度は右手にひろがる紺碧の海上に、高い山の頂と、その前面の海上には、平べったい大きな島が見えてきた。屋久島と種子島である。

飛行機隊は、推測航法でなおも飛びつづけているが、今日は付近の天候が快晴で、視界も最大級によいので、飛行機隊の進む前方には、つぎつぎと現われてくる薩南諸島の島々が肉眼でも正視できている。〝これなら、一番機の偵察員は大助かりしているだろう〟ぐらいに気安く思いながら、操縦している私であった。

まもなく、前方海上に比較的大きな島が現われた。今日の中継地としている奄美大島であろう。この飛行機隊が目指している古仁屋の水偵基地は、島の西南端にあって、その基地は奄美大島に隣接する加計呂麻島との間の大島海峡に面した入江に設営されていた。

基地周辺の海上には、多くの小島が点在しているので、その海面に初めて飛来する十機の飛行機が、一度に着水するについては心配がないでもなかったが、それでも、列機はどうやら無事に着水して、基地前の砂浜に接岸することができた。

ここでは、燃料補給後、ただちに発進する予定になっているので、接岸後、搭乗員は素早く座席から飛び降りて、基地員とともに飛行機の注油作業を急いでいる。それでも、全機に注油するには約一時間ぐらいを要するので、私は、三人の古参搭乗員と連れ立って、古仁屋基地隊の搭乗員室に挨拶に出向いた。

この基地隊は、佐世保空の派遣基地として設営されているもので、ここには、私がつねに敬愛する先輩搭乗員の佐藤文雄（現石橋）上飛曹（甲六期）が在隊しているという風の便りもあっていたので、私は先輩との再会を楽しみにしていたのであったが、彼はこのとき、すでに南西方面の水偵基地に転出した後であると聞き、残念でならなかった。

全機に対する注油も終わったので、山形指揮官が基地の隊長にお礼を言上した後、派遣隊の十機は基地前の水上からふたたび発進した。上空で編隊を組み、一路、台湾を目指して飛行をつづけていると、眼下の海上には、徳之島や沖永良部島が点々と浮かんでいるのが見えている。

沖縄本島を右下方の海上に確認しながら、飛行機隊は今日の飛行コースとさだめている台湾最南端のガランビー岬を経由、東港空を目指して飛行をつづけているのだが、その進んでいる台湾本島東海岸方面の上空には、積乱雲が大きくわき上がっていて、その下層の雨雲は広範囲に及んでいるさまが遠望される。

これは、飛行機隊の進路前方が天候不良の状態とみるべきであろう。その悪天候の中に、操縦未熟者を擁しているわが飛行機隊が、無理して突入することもあるまいと判断した指揮官は、飛行機隊に右変針を指示した。すなわち、派遣隊の飛行コースを、当初予定していた台湾本島東岸沿いに進もうとしていたものを変更して、台湾本島の西岸沿いで東港空に向かおうというものである。

飛行機隊の先頭を進んでいる一番機が、洋上で突然ではあったが右変針をしたものだから、列機のみなは一応不審に思ったであろうが、やがて、列機の彼らも一番機にならって右変針とし、十機の編隊飛行はやがてその隊形をととのえながら、ともに南下をつづけていく。

飛行機隊が洋上でその進路を右に変更したことから、それまでは右後方はるかの水平線上に、点々とその頭部を見せていた石垣島や、西表島、与那国島といった小さな島々が、いまでは飛行機隊の進む右前方の海上に、その島の全容をくっきりと見せるようになっている。

このとき、飛行機隊が目指して進んでいる台湾本島北端方面の天候は快晴で、上空には雲一つ見当たらない。そこでは風があるか、なしかの状況であろう。まったくの飛行日和ともいえる好条件の空中を、開放隊形で飛行していると、自然に緊張感が薄らいでいて、眠気さえ催してくるような状態でもある。台湾の中央山脈という高い山々に縦断されると、東、西の海岸地帯の天候はこのようにも大きく二分されるものであろうか。気象の持つ神秘性を教えられたような気もするのであった。

私は座席から振り返って後方の列機を眺めたが、飛行機の編隊幅を大きく開いて飛んでいる彼らは、ゆらりゆらりと飛んでいるようにさえ見えている。

台湾本島北部の陸地がようやく見えるようになったころ、私はふと燃料の残量と、ここから東港空までの飛行距離の如何が気になったので、後席の指揮官にその旨を話したら、指揮官も、先刻来の台湾東海岸まわりの飛行途中で、急に針路変更をしたことによる飛行距離の延びを心配していたようで、この際、東港空に直行するための燃料はまだ十分に残っているとは思うが、無理をせずに、この辺で一度地上に降りて一息ついた後、新たな気分で任地に向かうのが自然体であるという考えであった。

「どこかに着水するところがありますか？」と問いかける私に、

「台北の北海岸に流れ出している淡水河の河口に、淡水基地という水上機専用の基地があるので、そこに着水して、燃料を補給しよう」という。私は迂闊であったが、そのときまで、淡水基地のことはまったく知らなかったので、

「では、淡水基地に向かいます」と、指揮官に返事したものの、それから先は五里霧中の飛行である。

淡水の水偵基地は、台湾本島最北端にある台北市の北はずれ、台湾海峡に面する街中にあって、この街を二分するように流れている淡水河の、河口部の水面をそのまま水上機の離着水場に使用していた。

指揮官機の誘導で、飛行機隊はまもなく淡水基地の上空に到着したので、どこら辺りに着水しようかと考えながら、眼下の地形を眺めて見たが、淡水河は東南から北西へと流れて、

海に注いでいるという一本筋のもので、河面には一杯の水を張っているが、その水の色は青黒く濁っている。

私は、空中で飛行機隊の編隊をとき、真っ先に内陸方面から、海の方に向かって基地前の水上に着水したが、列機も、私についてその近辺の水上に着水してきた。

水偵基地に向かって水上滑走に入ったところ、私の飛行機は、フロートを水中の何かに乗り上げたかのように、〝ズズズズ〟という音を立てて、いきなり水上に停まってしまった。エンジンを一杯に吹かしてみたが、効果は出ない。列機の具合はどうだろうかと、座席から身を乗り出して周囲の状況を調べたところ、全飛行機のなかで私の機を含めて四機が水上で停止している。

私は、水上滑走をつづけているその他の飛行機に、それぞれ早いものから接岸を急ぐようにと、電信員に手旗を振らせた。飛行機のエンジンを停止して、フロートの上に降り、水面の状況と飛行機が停止した原因を調べて見たが、水面が濁っていて透視できないので皆目分からない。そのうち、半ズボン姿になった基地員の数人が小舟を操りながら、私の飛行機の下まで来て、彼らはいきなり水中に降り立った。

淡水河の水位は、膝下ぐらいのようである。これでは、この重たい飛行機が座礁するのは当然であったろう。機上から川面を見た限りでは、水は満々と張っているにもかかわらず、その水の色が青黒く濁っていたばかりに、この基地を初訪問している私たちには、その水の下に浅瀬があるなどというその危険性がわかろうはずがなかったのである。

ちょうど、この時間帯は海の干潮時に当たっているとかで、操縦する者にとっては、飛行機の転覆にもつながろうというまったく危機一髪の出来事であった。水中で飛行機を揺り動かしていた地上員の合図にしたがって、私が機上でエンジンを始動し、飛行機を浅瀬から離脱させるまでには約十分間を要した。

このようなハプニングも発生した後での淡水基地における給油作業もどうにか終了したので、飛行機隊はここにも別れをつげて、最終コースとなっている東港空に向けて発進することとなった。

「海は満潮に向かって水位が上昇しつつあるので、今度の離水時には、飛行機の座礁は起こらないだろう。それでも、これこれの地点は避けて通った方がよい」と、アドバイスをしてくれる基地員に、私たちは心から感謝の意を表しつつ、淡水の基地を後にした。

上空でふたたび編隊飛行をつづける私たちは、台北、新竹の上空を通過して、そこからは、台湾本島沿いにその西海岸上空を、高度千五百メートルで東港空を目指しながら南下した。

行く手左前方には、天空に連なる高山が見えているが、これらの山々は新高山とその連山であろう。右前方の洋上はるかには澎湖列島が見えている。このまま、なおも陸岸沿いに進むと、まもなく台南、高雄の上空を通過することになるだろう。

飛行機隊が高雄の街並みを左下に見て進むころになると、〝まもなく、目的地の東港空に到達するもの〟とばかりに、一番機が何らの合図もしないのに、列機はそれぞれにその編隊幅をちぢめて来ていて、十機の九四水偵は、空中で緊密な編隊を組みながらの飛行をつづけていた。徐々に飛行高度を六百メートルに下げて、東港空の上空に到達。編隊を解いて、ばらばらと着水してきた各機は、一番機に随いてそれぞれ東港空の滑り台に接岸した。

この水上機基地は、高雄の南東方向、台湾海峡に面した入江に設営されている。基地の前面には、灌木におおわれた細長い陸地が延びていて、その細長い陸地はちょうど、水上機基地前の海上に、防波堤の役割を果たしているようにも見えている。

その自然に形作られている内水面上からは、九七式飛行艇や、二式飛行艇という大型機が発着していて、私たちの飛行機隊は、その盛んに混み合っている水面上に割り込むようにして着水していたのであった。

整備員着任の喜び

水上機の滑り台に接岸した私たちの一行は、飛行隊指揮所で指揮官の山形中尉が、東港空司令に着任の報告をした後、散会してそれぞれが機上の荷物を降ろしていると、〝このいそがしい最中の東港基地に、今ごろ、おんぼろの九四水偵など持って来て、何ができると思っているんだろう〟という冷たい視線が周囲から私たちに注がれているのが分かる。この冷たい視線については、さきの父島空派遣の際にも、まったく同様の感じを受けた経験を持っているので、私たちはこのことをさして気にするでもなく、到着直後の諸作業を急いだ。

格納庫前のエプロンには、前記の飛行艇が陸揚げされていて、多くの便乗者がタラップを降りていた。片方の広場には二式水戦十機が並んでいる。尾翼のマークを見ると、これらの水戦には佐世保空のマークがついている。

佐世保空の水戦隊といえば、過日の父島空襲の折、勇ましく迎撃のために発進していったが、衆寡敵せず、全機が父島上空で敵機に撃墜されていくのを、私たちは地上から見守っていたところであった。いま東港空のエプロン上に休んでいるこれらの水戦隊は、その後に佐世保空で急編成されて、この地に派遣されているものであろうか。父島空派遣といい、この東港空派遣といい、よくもまあ、わが小松島空の九四水偵隊と、佐世保空の水戦隊との間には、隊外派遣という点では縁があったものだと思われる。

先任搭乗員としての私は、二〜三人の古参搭乗員とともに、東港空の搭乗員室や関係方面を訪ね、今日からこの地で生活するための挨拶に出向いた。この東港空でも、兵員宿舎の空スペースには、すでに先着の佐世保空派遣隊員が入り込んでいるので、その上に三十名に近い小松島空からの派遣隊員を収容するスペースの余裕はないという。それではと、あれこれ思案の末、兵舎近くに建てられている武道場内の、柔道場の畳の部分を仮宿舎にしてはどうかということになった。

父島空派遣のときは、油の匂いが充満している飛行機格納庫内の、中二階、板敷きに寝ござを敷き並べたその上で生活をした経験からすると、いま提案されている柔道場の方がよりましである。これ以上ねばって、最適の宿舎を要求しても無理だろうと観念した私たちは、そこを仮の宿舎として使用することに決めた。

宿舎に落ち着いてみると、そこが兵舎から隔離されているので、何をするにも周囲に気兼ねがいらない。その上、道場内は広々としていて、片隅には水洗用のシャワーまでついているという具合であったので、真夏日の日差しが強い舎外から、一歩、この宿舎に入ってシャワーを浴びた後、広々と敷き並べられている畳の上にごろりと寝転ぶと、肌を流れる微風が、暑さでけだるくなっている身体にも心地よいというように、良いことづくめである。
さて、宿舎で快適な一夜を明かした翌日、朝の搭乗員整列で、飛行隊指揮所前に整列した私たち一同に対して、指揮官山形中尉から、小松島空派遣隊が行なう当地での役割分担について説明があった。

九七式飛行艇——東港空は台湾海峡に面した水上機基地で、飛行艇も発着していた。のち著者は同機の失速事故を目撃する。

「さきにサイパン島への上陸に成功した敵連合軍が、つぎに狙う上陸地点は、フィリピン群島のどこかの島であろうというのが、大方の見当である。わが軍では、ルソン島の守りに全力を傾注していて、そのための兵員ならびに軍需物資を、海上輸送で、ぞくぞくとこのルソン島方面に送り出しているところであるが、これらの輸送船団を海上で待ち受けている敵潜水艦が、台湾海峡からバシー海峡の海に、ウジャウジャとばかりに出没していて、わが軍の海上輸送に大きな支障をあたえている。わが軍としては、もちろん、これらを黙視することなく、船団護衛のために駆逐艦や、海防艦を常時出動させているが、これにも限度がある。そこで、対潜哨戒と船団護衛力を増強する意味で、小松島空の九四水偵が派遣されたものである。派遣隊機は、明日から常時、交替しながら三〜四機が発進することになったので、隊員はそのつもりで飛行準備をするように」

要約すると、以上のようであった。

私たちは、操、偵、電の各分担で飛行機の出発準備をした後、宿舎に戻って、偵察員が所持しているチャートをひろげ、これを囲んで明日からの飛行についてのミーティングをしていた。

そのとき、宿舎の入口付近でちょっとしたざわめきが起こった。三人の下士官が、ミーティングをしている私たちの傍らに近づいて来たのである。

何げなく眼を向けて見ると、そこには、小松島空の整備員で、九四水偵の整備にかけては私たち操縦員が、心から頼りにしていた川島上整曹（十二志・高整）が、その部下の下士官二名を引き連れて、ニコニコしながら立っている。今回の派遣に際して、わが方から派遣している九四水偵の整備は、〝やはり慣れた人に任せた方がよい〟と考えた寺田司令の心遣いから、前回の父島空への派遣時とは異なって、今回は、専任の整備員が、この地に派遣されて来たのであった。

私たち操縦員一同は、小松島空に在った間、飛行機整備に明るいこの川島上整曹を心から信頼していたので、彼のこの派遣を何よりも喜んだものである。

今回派遣された整備員は十名という。お陰さまで、明日からは、専任の整備員によって調整された九四水偵を飛ばして、台湾海峡からバシー海峡の上空を、海上に敵潜水艦を求めながら飛びつづけることができるだろう。

酒気帯び対潜哨戒

東港空での飛行作業がはじまった。一番機、二番機と、指名された各ペアは、今朝早く東港空の水上から六十キロ爆弾四個を抱いて、台湾海峡を南下する輸送船団を空中直掩するため、勇ましく発進していった。

格納庫前のエプロン上には、つぎに出ていく九四水偵の二機が待機していて、飛行隊指揮所の中では、出発予定の搭乗員がチャートをひろげて、指揮官から何やらの指図を受けている。

ちょっと見にも、いつもと違った異様の緊張感が見えている今日の指揮所周辺だが、仄聞《そくぶん》するところによると、今朝未明にガランビー沖のバシー海峡を南下していたわが輸送船団に対して、敵潜水艦が雷撃を仕かけてきた。この船団に同行していた護衛の駆逐艦が、その船団の反対側に回って、海上の警戒に当たっている間に発生した一瞬の出来事である。

敵潜水艦も、この駆逐艦の存在を意識して、縦横の行動が制約されていたのであろうか、発射された魚雷は、幸運にも輸送船に命中していない。雷撃を受けたその輸送船は、ただちに警笛を鳴らしながら、海上でジグザグ運動をはじめるとともに、同行の艦船に対して、〝潜水艦から魚雷攻撃を受くる〟旨の信号を連発していた。

この戦闘には、小松島空派遣隊の九四水偵二機が、船団護衛の任務を帯びて、この東港空から発進していたが、飛行機が船団上空に到達する予定時刻の直前でもある。

上空直掩の金原飛曹長機と列機の二機が、現場上空に到達したとき、そこの洋上では右へ左へと急変針を繰り返しながら潜水艦の第二次攻撃を回避している各輸送船と、それらの輸送船の前方と左海上を、グルグル回りしながら、敵潜水艦の発見にあたっているわが駆逐艦があるという具合に、味方艦船が入り乱れている状態であった。

現場上空に到達した二機の九四水偵は、それぞれ海上の異変を推察して、付近上空をぐるぐると旋回しながら、海中の敵潜水艦の発見に全力を挙げていたが、敵潜水艦は水中深くに潜航している模様で、これを上空から肉眼では発見することができない。そのうち、海上では駆逐艦が、敵潜水艦攻撃用の爆雷投射をはじめたらしく、二〜三度にわたって付近の海上に大きく水柱が上がっている。

基地に待機していた二機の九四水偵も、敵潜水艦発見の報をうけて緊急発進し、現場に急いだが、結局、この際はどの飛行機も敵潜水艦を発見することができずに、やむなく上空を離脱して基地に帰投してきた。

小松島空派遣隊のわが飛行機隊では、飛行の初日に、早くもこの緊急発進を要請されたということがあったので、さっそく、指揮官をまじえて、この方面海上における船団護衛と、対潜哨戒のやり方やその他について、全員でミーティングを行なった次第である。

飛行隊指揮所に待機していた東港空の搭乗員の中には、「こんな出来事はしょっちゅう起こっていることで、今日の敵潜水艦からの雷撃時に、味方船団に被害が出なかったのはまったくの幸運事である」という具合で、さして緊張しているふうには見受けられない。

この時期、洋上を南下して行く味方の輸送船団は、昼夜の別なくつづいているので、この船団を攻撃しようと待ち構えている敵潜水艦も多く、そのようなことから、台湾海峡からバシー海峡にかけての洋上の風景は、まるで交通ラッシュの情景を呈していた。

船団護衛にあたる派遣隊機の発進は、輸送船団が東港空で分担する海域を通過する間、その上空で船団護衛をつづけ、また船団通過のない時間帯には、対潜哨戒で、周辺上空を広範囲に飛行するという、多忙な毎日の繰り返しである。

東港空に派遣されて約一ヵ月を過ぎた九月の上旬のある日のこと、私は船団護衛でバシー海峡の上空を長時間飛行していた。船団の進行方向遠くの海上には、ルソン島の山並みが見えている。もう、ここら辺りでマニラからの船団護衛機が飛来して来るころだと、時計の針を見ることも忘れていなかったが、定刻過ぎになると、予定通りに二機の護衛機がルソン島方面から飛んで来たので、この機と船団護衛を交替して、私は東港空に向けて帰投することにした。

今日は天候もよく、海上には波立っているようすも見えていない。そこで私は、この機会にとばかり、東港空に向かうべき飛行機の針路を変更して、台湾本島の最南端に設置されている〝ガランビー灯台〟に向けた。せっかくここまで来ているのだから、小松島空に帰還したときの土産話にも、一度は眺めておきたいと思っていたガランビー灯台である。

その灯台は、飛行機が進んでいる前方遠くに見えている。私は、飛行機の高度を二百メートルにまで下げて、ゆっくりと灯台の上空を二周した。地上の灯台員が盛んに手を振っているのが見える。これに機上からはバンクで応えて、飛行高度をもとの六百メートルに戻しながら帰途についたが、機上から海上を見張っていた私は、眼下の海面に、茶褐色をして、

「大」という字を表現しているようなおびただしい数の浮遊物を発見した。

すぐに後席の偵察員にもこのことを知らせながら、この浮遊物の実体を確認しようと思い、飛行機の高度を百メートルにまで下げ、浮遊物が漂流している上空をぐるぐる舞いした。

「機長、あれは陸軍の服を着ている人間の死骸のようですよ」と、偵察員が双眼鏡から目を離して、私に報告してくる。

私も、当初は〝何だろう？〟ぐらいの疑問であったが、偵察員に言われて、その気になって見ると、浮遊物は確かに人間の死骸のようである。浮遊物は、どれもみな水ぶくれで、その胴体や手、足は丸々としていて、着用している軍服は、いまにも破れんばかりにふくれあがっている。また、その両手両足を一杯に開いているので、上空から見ると、〝肉太に書かれた「大」の字〟のように見えていたのであった。

このような浮遊物となって、海上を漂流している陸軍さんは、おそらく、このバシー海峡で敵潜水艦に雷撃され、沈没した輸送船に乗り組んでいたものであろうか。歓呼の声と、千切れんばかりに打ち振られる日の丸の小旗に送られて、海路はるばるとここまで進み、これから戦列に参加しようという意気に燃えていたであろうこれらの陸軍さんにとっては、なんと酷いこの有様で、さぞ無念であったろうかと、機上の私たちには同情の念が湧いてもいた。

海上に漂流する浮遊物は、付近の海上に拡散していて、機上からはその数が数えられないぐらいに多いのだが、近くの海上にこれを収容しようとしている船舶が一隻も見当たらないというのはどういうわけであろうか。不審に思いながらも、私たちには手のほどこしようがなく、ただただ、心の中で合掌しながら東港空の基地に帰投したところである。

帰投報告を終えて、搭乗員の待機所に入ると、私たちとは別行動で基地を発進していた同じ派遣隊員の高野利雄一飛曹が、今日の対潜哨戒中に、東港空の西方海上七十カイリのところで、敵潜水艦を発見し、これを撃沈したという。待機所の中は、この話で持ち切りとなっていた。

洋上における潜水艦撃沈では、とくに単機行動のときなど、その実証は困難なものが多いのだが、今日の高野機の場合は、落とした爆弾が潜水艦に直撃したものであろうか、付近海上には一面に油が浮いていたので、高野機が発した潜水艦撃沈の電報で、現場付近に飛来したその他の哨戒機も、この撃沈を容易に確認できたということであった。

「高野兵曹、よくやったな」

「はい。飛行中、下方海面の水の色が、舟の形になった部分だけ淡緑色になっていたので、私は、これはてっきり潜水艦に間違いないと考え、ためらうこともせず、飛行機の態勢を立て直して、すぐこれに爆撃を加えました。落とした爆弾四個のうちのどれかが、うまく潜水艦に命中したのでしょうか、空中を反転してその海上を見ると、着弾箇所付近の海面には、おおきな渦巻きが起こっていました。しばらくすると、その渦巻きは収まったが、その後に油がどっと浮かんで来た。敵潜水艦を撃沈したという電報もそのとき発しました」

興奮もどうにか収まった高野一飛曹ではあるが、これを囲む搭乗員たちのその喜びは夜までつづいた。

この時期、台湾海峡を忙しく南下するわが輸送船団は、敵潜水艦群にとって、まったくの好餌となっていて、彼らは大胆な行動でわが輸送船団に襲いかかって来ていた。そして、その襲撃は昼夜の別なくつづいてもいた。そのため、東港空から飛び立つ船団護衛は、西に東にと、そのつど出撃要請をされるので、搭乗員としては、いつお呼びがあるかも知れないという精神的緊張の中で過ごす日が多い。

小松島空派遣隊の搭乗員も、その例外ではなかった。

東港空に来てから一ヵ月も過ぎたころになると、経験未熟であった操縦員や偵察員も、その技量が相応に上達してきていたので、飛行機の搭乗割も順調に回転できていて、その点では何の心配もいらない状態がつづいている。

ある日のこと、何とはなしに昼食時から宿舎で酒を飲み交わしていた私と二〜三の古参搭乗員は、午後の時間中であるということを気にするでもなく、横着をかまえて飛行隊指揮所にも出ずに、有り合わせの缶詰を開いては、チビリ、チビリとやっていた。酒は台湾産の虎骨酒や、高粱酒で、アルコール分が高いけれども、若い者にとって、この土地での地酒を飲むのは珍しいものだから、だれもがその量を過ごしていた。

台湾では、九月の下旬といっても、暑さは少しも減退しないので、この酒盛りをしている宿舎の、柔道場の畳の上を吹き抜ける風は、相も変わらず涼風だが、昼間に飲む酒であるから、酔いのまわりが早い。

それでも、なお、飲みつづけているうち、夕食の時間になり、指揮所周辺に詰めていた搭乗員も宿舎に引き揚げて来たので、これらの搭乗員にも湯呑みを回して、みなは楽しく飲み合っていた。

「竹井兵曹ほか五名は、これから対潜攻撃の飛行命令が出ましたので、出発準備をして、すぐに指揮所に来てください」という指揮所当番兵からの知らせが宿舎に届いたのは、湯呑みで酒を回している最中のことでもあって、中には、すでに出来上がっている者も二〜三人はいるという状態である。

私も自分で分かるほど出来上がっていた。しかし、この夕食ごろの時間帯に、小松島空派遣隊搭乗員の二ペアを特命で攻撃に出動させようとするのだから、指命された搭乗員としては〝酒酔いで行けません〟などとは、口が裂けてもいえるものではない。

指命された六名の搭乗員は、さっそく飛行服を着用し、偵察員、電信員は、それぞれが機上で使用する七つ道具を入れた袋の中味を点検しながら、そろって指揮所に向かった。

指揮所周辺では、たいぶざわめいていて、何かの突発事態が起こっているのが一目で分かる状態である。私たちがこれから搭乗するべき九四水偵の二機は、地上員の手によってすでに暖機運転がはじめられていて、その胴体下には、いずれも六十キロ爆弾四個が搭載されている。

私たちは、平常時であれば、飛行帽の両端の下がりを耳の上まで折り上げて、粋な格好をしているのであったが、いまは、一杯機嫌のときなので、酒で赤くなっている顔を、人々に察知されないようにと、飛行帽を目深にかぶって、その両下がりも十分に下ろし、飛行服の襟を一杯に立てていた。

指揮官から、

「東港空の二百五十度、五十カイリの海上を南下中のわが輸送船団が敵潜水艦に雷撃されて、うちの一隻が沈没、残りの輸送船は、現場の海上で退避行動をつづけている。また、この船団を直掩していた海防艦二隻は、潜航中の敵潜水艦に対して爆雷投下をしながら、警戒行動をつづけている。そこで、東港空本隊からわが派遣隊に対して、緊急発進の要請があったので、二機を出動させるものである」という出発前の説明があった。

私たちにして見ると、これまでにも潜水艦攻撃の経験は十分持っているので、指揮官の説明を聞いてとくに緊張するものではないが、今回の場合に限っては、いわゆる〝飛行機の飲酒運転〟であるので、これを事前に摘発されないようにと、ただそればかりが心配であった。

決められた搭乗員六名の者は、顔を真面に上げることもせず、伏し目がちに、言葉をかわすときには相手に酒臭い息がかからないようにと、笑い話にもならないような努力をしている。

やがて飛行機を発進、一番機に搭乗して操縦桿を握っている私は、このときには昼酒の酔いが身体中に回っているので、頭はふらふら、目先はボーッと霞んでいて、視点は定まらない。それでも、気持ちだけは〝潜水艦攻撃に行くのだ〟という一心に固まっている。

離水のためにエンジンを一杯にふかし、水上を直進しているうち、飛行機は水から離れて上昇飛行に移る。後席の偵察員が、

「針路二百五十度、宜候！」と伝えてくる。

速力九十ノットで、指示されている二百五十度の方向に飛んでいると思うけれども、完全な酒酔い運転をしている私は、まったくの夢心地で飛行機を操縦しているだけであった。しかし、その私にも、天の助け（?）はあったのである。

このときの使用機である九四水偵は、羽布張り、双浮舟の飛行機であって、空中での安定

性能は抜群によい。日ごろからこの飛行機の操縦調節装置を微細に調節しているので、空中に上がってからも、操縦員は操縦装置から手、足を離していれば、飛行機は独りで飛行をつづけることができるのである。

　その上、この飛行機は無蓋機であるため、搭乗員は座席に座ると、機上で上半身を烈風に吹きさらされることになるので、酒酔い運転で機上に座している搭乗員にとって、酒酔いを覚ますのには、有難いことでもあった。

　基地を発進してから約四十分も過ぎたであろうと思うころには、酒酔いで夢心地の私も、どうにか意識が戻っていた。「まもなく予定地点に到達します」と伝えてくる偵察員の口調も、出発時にくらべると、だいぶしっかりしてきたようである。

　針路前方の海上では、五〜六隻の大型輸送船が、その隊列を乱して、ジグザグ運転をしながら南方に向かって航行している。その後方の海上では、二隻の海防艦が、全速力でグルグル回りをしていて、その円形の中央部分の水面上には、散乱した木片、その他が無数に浮いているのが見えていて、この海上で輸送船が撃沈されたということが、上空から一目でわかる。

　私たちは、潜航中の敵潜水艦を発見できないものかと、付近一帯をくまなく探しつづけたが、海中にそれらしきものは見当たらない。

　輸送船が雷撃されてから、すでに一時間を経過していて、雷撃に気づいた二隻の海防艦が、それぞれ爆雷投下をつづけているその海域に、敵の潜水艦が浮上していたり、浅潜航で退避しているはずはない。おそらく、敵潜水艦は最大限の深々度潜航をしながら、わが船団護衛軍からの攻撃にも〝ジッ〟と耐えているのではなかろうか。

私たちはしばらくの間、周辺の上空を飛びつづけていたが、いつまで飛んでいても仕方がないので、海上の海防艦の行動に支障を来たさない程度の外周に、円形を描くように点々と爆弾を投下した。この爆撃は、潜航をつづけているであろう敵潜水艦に対する威嚇のために行なったものである。

そのころには、上空を飛びつづけている私たちの酒酔いもどうにか覚めていたので、船団上空での見張りや、爆撃時の行動は真面である。爆撃を終えた二機の九四水偵は編隊を組み、夕闇せまる台湾海峡を東港空へと急いだ。

バシー海峡に不時着

台湾海峡を南へ、北へといそがしく往き来する輸送船団の数は、九月下旬に入ったころからは、その度数が急増しているようで、船団を護衛して同行している駆逐艦や海防艦乗組員の苦労は、この時期には、もう極限状態になっているのであろうと思われる。が、上空からこれらの艦艇の護衛状況を見ている限りでは、まったくその気配は感じられず、つねに、船団を中央に囲むようにして、前後左右にと高速を利かせながら、疾駆しているのである。いそがしげに往来する輸送船団の中には、ときおり兵士を満載して南下していく船を見ることがある。

船団護衛でその船の上空を飛行する際には、敵潜水艦の襲撃を警戒しながら、船団の前路と、左右側を遠く離れないように飛びつづけるのだが、船上から上空のわが飛行機に向かって、いっせいに手を振りつづけている兵士の姿を見ていると、私たちは、ただただ彼らに航海の安全を祈るばかりであった。

この付近の海上には、南下して行くわが輸送船団を雷撃しようと待ちかまえている敵潜水艦が、あまりにも多く出没しているのを、私たちは承知しているからだ。

潜水艦が、航行中の船舶を雷撃するためには、その潜水艦は海面に浮上するか、または海面近くまで浮上して、その潜望鏡を海面上に出さねば、標的に照準を合わせることができない。

南シナ海の紺一色の海上で、潜水艦が浅く海中に潜っている姿を上空から眺めると、その潜水艦の全景がその部分だけ薄緑色となって、くっきりとその姿を見せてくれるので、機上からはそれが潜水艦だとすぐに分かる。ただ、この発見には、飛行機と潜水艦の相対関係（その間の水平距離の長短や、上空からの俯瞰角度、および上空の雲量や、太陽の照射角度、潜水艦の潜航深度その他）に大きく影響されることは多い。

派遣隊の九四水偵は、船団護衛でこの直掩飛行をつづける組と、それとは分かれて、バシー海峡全面の対潜哨戒に飛行する組とに分かれて、来る日も、来る日も台湾海峡から、バシー海峡の空を、六十キロ爆弾を抱いて飛びつづけていた。

九月下旬のある日のこと、私と中野飛長が操縦する二機の九四水偵は、対潜哨戒飛行の命令をうけて、東港空を発進した。上空で編隊幅を大きく開いて飛ぶ両機は、ともに飛行高度を六百メートルに保ちながら、眼下に敵潜水艦をもとめて、今日の索敵線上を南下している。

天候快晴、この日は風も出ていないのであろうか、眼下にひろがる海面上は波一つも立たずに、空の紺をその全面に映しているといった光景を見せている。

「竹井兵曹、二番機が見えません！」と告げてくる偵察員の声に、それまで対潜哨戒という重要任務遂行中でありながらも、天気はよし、眼下の海上に敵潜水艦の影も見当たらないということから、操縦桿を片手にしながらも、いくらか漫然となりかけていた私も、〝ハッ！〟となって我に返り、後席員に指示してともに空中に二番機を探し求めたが、その二番機はどこにも見当たらない。

〝そんなはずはない〟と私は、飛行機を右に、左にと旋回しながら、ヒョイと下方の海上に目をやると、そこには、広い海上に不時着して、プロペラは止まり、波間にただよっている機上から、上空の私の飛行機に向かって、盛んに手を振っている三人が小さく見えているではないか。

とっさに飛行機を急降下しながら、海上にただよっている二番機を観察すると、その二番機は、海上に上手に不時着している模様で、機体や脚柱の損傷はみえず、乗り組んでいる三人のペアは、それぞれの座席についているが、飛行機のプロペラは完全に止まっていた。

この飛行機には、操縦中野飛長、偵察香田上飛曹、電信横尾一飛曹の三人がペアとして乗り組んでいる。

「あの野郎、何やってんだい？」と雑言を吐いてはみたものの、上空の私にはやはり二番機の安否が心配でならない。

高度二十メートルの超低空飛行で、海上の二番機の周りをぐるぐると旋回しながら、偵察員に手旗信号を送らせて、二番機の状態を聞かせているが、双方ともに要領を得ない。

飛行機は、その高度を最下限にまでさげているが、その速力を七十ノット以下には落とせないのだ、飛んでいる飛行機から、停止している飛行機に対しての手信号には、どだい、無理があったとしか言いようがない。しかし、上空を飛びつづけている私には、二番機をこのままバシー海峡の洋上に放置しておくことなどできるものでもない。

九四水偵。安定性、操縦性、耐波性とも抜群の複葉三座機。著者は19年９月、ウネリの大きいバシー海峡に不時着を演じた。

幸い、このときの海面は波一つ立っていないというベタなぎの状態にも見えたので、私は自分の飛行機を二番機の横に着水させて、この飛行機に二番機の搭乗員三名を収容しようと考え、飛行機の機首を立てなおして、海上を漂流している二番機の後上方から着水針路に入った。

飛行機のフロートが海面に接水すると、〝ダーン、ダーン〟と、飛行機は水の表面張力に叩かれて、水面上で何回となく大きくバウンドを繰り返す。ここで弱気を出してはなるものかとばかりに、私は飛行機のエンジン出力を手早に上下させたり、また、操縦桿をいそがしく操作していると、飛行機は狙ったとおりに、不時着機の約五十メートルぐらい後方の海上に止まることができた。

さっそく、後席の偵察員に指示して、二番機に手旗信号を出させようとしたが、このとき、私はこの海上に着水する計算の中で、大きな誤算をしていたことに気づいた。それは、海上に〝のたり、のたり〟と波打っている大きなウネリがあるということを完全に見落としていたのである。

私は、着水後に、エンジン微速で漂流中の二番機に近寄ろうとしているが、海上のウネリは大きく、その高低差は四メートルぐらいもあって、とても近寄れない状況である。双方の飛行機は、そのウネリに翻弄されるように、片方がウネリの頂上に上げられたときに、片方ではウネリの最低部に押し下げられているという具合で、同じ高さで二機の飛行機が同時に並ぶことができない。

このような状況下に長くいることは、双方の飛行機が海上で接触したりして、機体の破損にもつながる危険性が多分にある。

二番機で漂流しているペアの三人は、手を伸ばせば届くという真横の海上に私の飛行機が着水して来たことで、三人はかならず救出されるものと心強く感じているだろうが、このまま、いつまでも二番機に寄り添いながら、この海上に漂流しているというわけにもいかない。そこで、〝ここはいったん離水して、近くの海上を航行している船舶をこの海上に誘導し、せめて三人の身柄だけでも収容したい〟と決意した私は、後席員の二名に、二番機に手を振らせながら離水操作に入った。

離水時には飛行機をウネリに直角に立てていたこともあって、何回も何回もウネリに大きく叩かれ、飛行機の脚がいまにも折れるのではないかと思うぐらいであったが、無事、空中に舞い上がることができたので、私たちの三人のペアは一様に〝ホッ！〟としながら、お互いに顔を見合わせてもいた。

上空に飛び上がってからは、付近海上に航行中の船舶はないものかとばかりに、三人が必死になって探していると、ガランビーの西方十二カイリの海上を南下している小型船団が目に映った。〝よし、この船団に二番機の救出を頼もう〟と考え、その上空に機首をまわした。

飛行機が船団の上空に到達するまでの時間は、約十分間ぐらいであったろうが、このときほど私には飛行機の速力を〝遅い！〟と感じたことはないぐらい、飛行機が前に進まない気がする。それでも飛行機は船団の上空に到達した。

海上には輸送船五隻を、駆逐艦一隻と、海防艦二隻がこれを護衛しながら、ルソン島北部を目指して南下しているところであった。

私は偵察員に、〝不時着機の救助を頼む〟という文書を入れた通信筒を用意させて、一隻の海防艦に接近し、低空でその艦の後方から侵入して、通信筒を投下させたが、残念にも、通信筒はその艦の後方遠くの海上に落下した。

海上の海防艦上では、乗組員が上空の飛行機に向かって手を振っているが、いま海上に落下した通信筒を拾おうとはしないのである。

私は上空で飛行機を直角に急旋回させながら上昇して、今度は海面に急降下する。その後、すぐに海上すれすれのところで反転し、ふたたび海防艦の上空にその後方から乗り入れては、また飛行機を左に急旋回させ、空中でバンクを繰り返し、一定距離に達したところで、またも飛行機を海面に急降下させる。

このような動きを五度、六度と繰り返しているうちに、海上の海防艦でも、飛行機が上空で繰り返している異状操作を認め、さらには、飛行機が一定の海上に急降下するさまに何かの異変を察してくれたのか、その海防艦はひとり船団を離れて、海上を東に向けて急旋回し、速力を上げて、上空の飛行機が繰り返している海上に向かって進みはじめた。

〃これでよし〃とばかりに、上空の私は、その後も何回となく海防艦の後方から接近しては、バンクを繰り返しながら、海上に漂流しているわが二番機の上空で急降下したり、その機の上空をぐるぐると回りながら、海防艦を漂流機の方へと誘導した。

ずいぶんと長い時間を経過している中に、海防艦でも海上に漂流しているわが二番機を発見したようで、海防艦はその方に向かっている。そして、間もなく、その海防艦は徐々に速力を落として、飛行機の傍らに艦を止めた。

艦上からはロープを海に流して漂流機に結ぶなどしていたが、やがて曳行準備がととのったのか、海防艦の後方十メートルぐらいの海上を、漂流機がロープで引かれながら陸地に向かいはじめた。〃これで二番機は助かった〃と見届けた私は、上空で二番機を救助してくれた海防艦に感謝のバンクを繰り返して、飛行機を東港空に向けた。

二番機のペア三人は、海上に不時着水後から、海防艦に救助、曳航されて陸岸に到着するまでの間、長いながい時間、海上の大きなウネリに翻弄されている飛行機に乗っていたので、その間、精神的な恐怖と、肉体的な船酔いで参っていることだろう。

東港空では、すでに不時着機が電報を発していたので、山形指揮官をはじめ、派遣隊搭乗員一同が気をもんでいたが、私の帰投報告を聞いて、みなは一安心。さっそく、整備員をまじえた救助隊員が現地へと陸路を急いでいる。

海防艦が不時着の二番機を曳航した先は、ガランビー岬の西方になる南湾だが、そこまでには、東港空から約三十カイリの距離があるので、陸路を急ぐ救急隊員も大変な苦労だろう。

さて、私の帰投報告を聞いて愁眉をひらいた指揮官ではあったが、何となく機嫌が悪いようでもあった。

指揮官と私たちとの間に立つ金原飛曹長が私に近づいてきて、

「竹井兵曹　ご苦労さん」と言ったまではよかったが、

「指揮官は、今日の一番機が、不時着している二番機のペアを救助しようとしてのことではあったろうが、いきなりにバシー海峡に強行着水したことを大変怒っているぞ。あの海上には、人喰い鮫や、鱶《ふか》の大群がウヨウヨと泳いでいるので、もしも着水に失敗でもすれば、その機のペアは完全にそれらの餌食になるところであったんだ。無理したらいかんぞ」と、知らせてくれた。

〃ははぁん、こりゃ、悪いことをしたもんだ〃と感じた私は、すぐに指揮官の前に出て、「すみませんでした」と、謝るばかりであった。

生活と食事と外出と

東港空は、台湾本島の南端に近い北緯二十二度二十五分の、西海岸の入江に設営されていて、ここから海岸線を三十カイリも南下すれば、本島最南端の岬〝ガランビー〟があるというように、亜熱帯に属する地方でもある。

そのため、日中の日差しは強く、戸外に長くいると熱気にあふられて、住み馴れない新参の者には、体調に異変を感じさせられるような状態も出てくる始末であった。しかし、いったん屋内や、木蔭に入ると、気温は高いが微風が流れてくるので、肌に心地よいということもあって、派遣隊員の一同は、ここで生活している間に、この地の気候にもだいぶ馴れてきて、昨今では、みんなが元気で快適な生活を送れるようになっている。

本業の飛行作業は毎日いそがしくつづいていて、それは昼夜の別なく、また晴雨の関係もない状態だが、その多忙のうちにも、非番となる搭乗員もあるので、それらの者は飛行隊指揮所に連絡員のみを残して、その他の搭乗員は宿舎でのんびりと憩《いこ》っているという時間も多い。

私たちの宿舎は、先出しのように、一般の兵舎からは隔離されている武道場があたえられているので、この道場内で畳の上に寝転んでいても、外側からはやたらと人に見られるということがない。

道場内の片隅には、脱衣場に隣接して、シャワーと、広くて大きなコンクリート製の水槽が造られている。私たちは、汗を流すとき、このシャワーを使用していたが、そのうちシャワーでは物足りなくなり、ついには水槽に常時、水を一杯に張って、これを風呂がわりに使用していた。飛行作業が終わって汗を流すときや、夕食後のひとときに、または蒸し暑い夜などには、よくこの水風呂を浴びたものである。

東港空に到着して一ヵ月ぐらいを過ぎたころには、こんな笑い話にもならない事件が起きたことがあった。

下級搭乗員の幾人かが冴えない顔色をしていて、彼らにはいつもの元気が見受けられない。先任搭乗員として、この派遣搭乗員に対する責任者でもある私は、甲板下士官の山内、横尾の両一飛曹に、

「何かしら変に元気のない者があるが、どうしたのか」と、調べさせたところ、二人の調査でわかったことはつぎのとおりであった。

東港空の兵員酒保では、バナナを販売していて、派遣隊の搭乗員にも、このバナナは自由に手にすることができていたものだから、珍しさと食い気に誘われて、よくバナナを食べていた。ところが、搭乗員の中には、この際とばかりにバナナに取りついている者があって、彼らは一気に一房とか、それ以上のバナナを食べるのである。

台湾バナナは、一本の太さが親指と人差指でどうにか取り巻くことができるというほどに、太くて長い物である上、一房にはそのバナナが二十本以上もついている。量的にも見ても大した量であるこのバナナ一房が五十銭で手に入るものだから、ジャン、ジャンと皆は食べている。ところが、この者たちは下痢を起こしはじめ、便所通いが忙しくなってきて、冴えない顔つきになっているというのが真相である。

バナナには、緩下剤になる成分をふくんでいるという科学的知識など少しも持っていない若人の集団のことだから、当初の間は、この下痢発生の原因が分からず、〝馴れない土地での水当たり〟ぐらいに考えていた。が、そのうちに、本隊搭乗員らから〝バナナを食べ過ぎ

ると下痢を起こす〃と聞かされ、以後はバナナの多食を自重するようになった。

隊内の兵員食では、味噌汁の中に、油っ気の多い切り肉が入っていることが多かったが、この切り肉は水牛の肉であるとか。また、三度の食事で欠かせない飯は、細長い米を使っていて、私たちがそれまでに内地部隊で食してきた飯の味にくらべると、大味である。その上、口中で噛み合わせていると、四〜五噛みに一回ぐらいの割合で〃ジャリッ、ジャリッ！〃という音がして、上下の両歯に激痛が走るという代物である。聞くところによると、米は外米で、米の取り入れ作業の過程管理が悪いために、この小石が多く混入しているという。

私たちは、食事のつど、飯の中の小石を拾うという手間をかけていたが、途中からは、給食された丼の飯にお茶を一杯かけて、丼の中で飯をかき回すと、飯の中に混じっている小石が、丼の底に沈下するので、そのときの上澄みの飯だけを食べるという工夫（？）も編み出したりしていた。

派遣隊員には、日曜外出もあった。航空隊から東港の街までは、約三・五キロぐらいの距離がある。外出員は日中の暑い時間帯であっても、この道程を歩くのだが、隊門付近には、この外出員を客にしようとする人力車がたくさん客待ちをしているので、私たちはよくこの人力車を利用したりしていた。

街までの運賃が、いくらであったかは憶えていないが、車夫の現地人は汗を流して走りながらも、お客さんには親切に対応してくれて、私たちにとっては、人力車に乗るということも、東港での土産話の一つであった。

また、せっかくこの台湾の東港まで来ているのだからということで、ある日の外出時に、

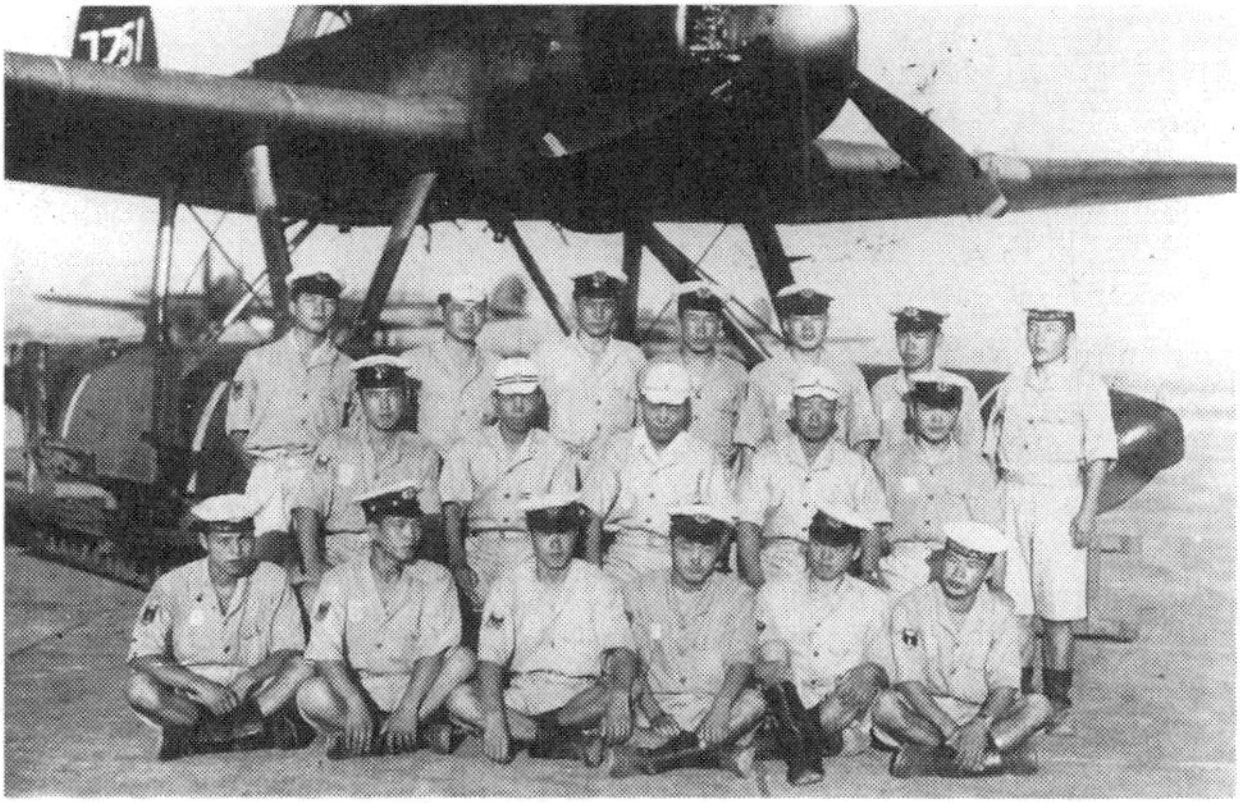

昭和19年９月、小松島空東港派遣隊搭乗員。写真のほかに12名の搭乗員がいた。毎日の飛行作業は忙しかったが、みな亜熱帯の気候にも馴れていった。

私たちは連れ立って、この地の州都でもある高雄の街まで足を伸ばしたことがある。鉄道利用の旅であった。

隊門前の駅から汽車に乗り込んだが、汚れこけた古い三等車内には、現地人が一杯乗り込んでいて、座る場所などありはしない。その日は晴れていたので、車内は熱気と人いきれで、むんむんとした状態になっていて、車内にはニンニクの臭いさえしている。

途中の屛東駅で、汽車は何分間かを停車していた後、発車してまもなく高雄駅に到着した。初めての土地でもあったので、どこに行くというあてもなく、私たちは足の向くままに街中をさまよい歩いた。

高雄には大きな港があって、南へ、北へと行き交う船がこの港を中継地にしているため、街中には船便待ちの軍人が多く、一種の殺気さえただよっている感じがする。腹も減ってきていたので、一軒の支那料理店に入り、食事をした後、その店で教えてもらったデパートに足を向けた。

デパートでは、内地への土産にと皆がそれぞれに小物を買っていたが、後で、東港空に帰隊して土産ものを広げて見ると、製造元「三越」とか、「白木屋」と書いた小札がついていたので、皆はがっくりである。

そのようなことから、〃もう、高雄には行かないぞ〃という者さえ出てくる始末で、以後の外出には近くて寄りつきやすい雰囲気を持った東港の街に出るようになった。

中国風で、小ぢんまりとした家々が立ち並ぶ道端には、屋台で品物を売っている人も多い。通りは大勢の人で混雑している。ここは小さな港街ではあるが、近くには東港空があることから、混雑している人通りの中に、軍人の姿も数多く見えている。中国風の建物が並ぶこの街中には、飲食店も多く、アルコールも適当に飲めるので、楽しい外出ができるというものでもあった。

零式水偵きたる

暦の上では今日から十月に入ったというのに、東港空が設営されているこの台湾本島南端では、南国特有の日差しが強く、地上にいると相も変わらぬ暑苦しい毎日がつづいていて、派遣隊搭乗員のみなは、飛行作業が終わってから使用する宿舎の水風呂を、いまでも重宝がっているという状態である。

ある日の夕暮れ時、飛行機隊指揮所前の水上に、真新しい二機の零式水偵が、空中を滑るようにして静かに着水して来た。指揮所周辺にいた搭乗員や、多くの地上員は、二機の零式水偵の突然の飛来を見て、だれが、何のためにと不審に思い、この水偵の所属を確かめようとして眼鏡を使用している者さえある。

着水後、接岸するために水上滑走で滑り台に向かってくる飛行機の尾翼には、白字で「コマ」と鮮明に画かれているのが見える。すなわち、この二機は小松島空所属の零式水偵であった。

接岸し、プロペラを停止した機上から降りてきた搭乗員を見ると、つい先日、私たち派遣隊員を小松島空で見送ってくれた搭乗員仲間の顔、顔であった。彼らは、新式の零式水偵を飛ばして、十三期予備学生出身の少尉を指揮官に、二機の編隊飛行でこの東港空までやって来たのである。

操縦員は高野三郎上飛曹と、中村清一上飛曹で、二人はともに前線帰りの古参搭乗員であったので、小松島空で留守をあずかる寺田司令としては、このたびの零式水偵の空輸には、指揮官の少尉は飾りで、それよりも、この際には絶対に安心ができるこの二人の操縦員を送ったものであろう。

一行を出迎えている派遣隊員との間には、異郷の地で久し振りに再会した喜びのシーンがつづいている。聞くところによると、小松島空の寺田司令は、今回の東港空派遣の指令を受けたとき、さし当たっての措置として、可動の九四水偵十機をこの派遣機として送り出したが、その後、小松島空本隊を空虚にするというわけにもいかないので、本隊用としての飛行機補充の手配をしていたところ、幸運にも二機の零式水偵を早期に入手することができた。

他方、先の父島空派遣時の実態として、派遣機の九四水偵としては、飛行中の安全性は認められるものの、その速力の点や、航続距離の点から考えると、零式水偵が持つ優位性とは比較にならないものがある。

そこで、比島方面における彼我の情勢が急変しつつある今日の状況下においては、東港空本隊としても、索敵飛行その他の点で、小松島空派遣隊の活躍に期待しているものが大であろうと思われるのに、小松島空派遣隊が、そのつど、鈍速の九四水偵を飛ばしていたのでは、間尺にも合うまい。そう考えた寺田司令は、せっかく入手することができた虎の子ともいうべき二機の零式水偵を、現地最優先措置のもとに、急遽、台湾南部のこの東港空まで、空輸させたということである。

空輸して来た搭乗員は、遠路の空の旅で疲れていたろうにと思われるのに、とくに休養するということもなく、交換する二機の九四水偵に分乗して、翌朝早々には小松島空に向けて発進していった。

東港空に来ている派遣隊搭乗員は三十名であって、その中には十名の操縦員がいるが、零式水偵を完全に乗りこなすことができるという操縦経験者は、金原飛曹長と、高野一飛曹と私（竹井上飛曹）の三名ぐらいで、他の七名の操縦員は、零式水偵の操縦経験が浅いとか、中には未経験の者もいるという始末である。そこで、翌日からは任務飛行で飛び立つ者以外の操縦員にたいする、零式水偵の操縦訓練をはじめることにした。

ちょうど、一年前の横須賀の海上で、九三八空増員で急編成されて集まった搭乗員が、短期間の特訓をうけて、零式水偵の操縦技法を習得したときの私のように、彼ら若輩操縦員は、懸命にその操縦特訓に取り組んだものである。

特訓機に同乗して操縦指導をするのは、私と高野一飛曹であるが、ダブル操縦装置を持たないこの零式水偵の操縦訓練で、後部座席から伝声管のみで指導するのだから、教える側も教わる側も、ともに命がけであった。

一応の訓練飛行を終わり、零式水偵は他の派遣機である九四水偵とともに、交互に、または、その日の飛行目的に沿って、東港空から飛び立てるまでになった。

零式水偵——寺田司令の配慮で新しい２機が東港に空輸され、その速力と航続距離を利して、飛行任務につくようになった。

偵察員の尾本飛曹長が私とペアを組んで、船団護衛に飛び立ったのは、若輩操縦員に対する操縦特訓が終わって三日ぐらいを過ぎた日のことである。今日の零式水偵の胴体下には、二百五十キロ爆弾一個が搭載されていて、聞けば、その弾頭には対潜水艦爆撃用の時限信管を取りつけているという。

今日、これから飛行任務につく海上の輸送船団は、敵潜水艦の迎撃必至というような重大任務を帯びているのかも知れない。そのため、派遣隊としても、飛曹長と先任搭乗員とでペアを組み、しかも、このような爆弾を搭載して飛ばせているのであろう。私はいつもの船団護衛に飛行するときは、六十キロ爆弾二個から四個を搭載していくのに、今日の飛行では二百五十キロ爆弾一個を搭載していて、しかも弾頭には潜航中の対潜水艦用の時限信管が取りつけられているということについて、少々不審に思っていた。

それでも、爆弾を抱えて飛ぶことには、もう馴れ切っていたので、何のためらうこともなく、基地前の水上から発進していく。

それにしても、機長の尾本飛曹長が、今日のこの発進について、一言も私に教えてくれないのが不思議な気もしていた。

東港空を発進し、針路二百三十度で西南進しながら、大型輸送船団の上空へと飛びつづけているうちに、遙かの海上にそれらしきものが見えてきた。この位置から、その船団の上空に到達するまでには、まだ、二十分はかかるだろう。

私は、機長が指示するままに、飛行高度六百メートル、速力百二十ノットで、機上からは肉眼で確認できている前方海上の輸送船団上空を目指して飛んでいるが、同時に眼下の海上に敵潜水艦を見張ることも怠ってはいなかった。

今日は天候快晴で、飛行機上からの視界は良好である。眼下にひろがる台湾海峡の海は、わずかに波立っているようでもあるが、上空から見る限りでは、紺一色の大海原がひろがっているという、雄大な景観を見せている。

飛行機の右手、遠くの海上に細長の黒い物が浮いている。〝はっ！〟となって、私は、

「機長！　右前方遠くの海上に、敵の浮上潜水艦が見えます。これから、飛行機をその上空

に向けます！」と伝えてから、機長の返答も待たずに、私は右変針をした。

私が、大きな声で敵潜水艦発見を報告し、いきなりに飛行機をその方向に旋回したというのに、機長の尾本飛曹長は、〝キョトン〟としていたが、彼は、「どこか？　どこか？」と言いながら、機上で〝キョロ、キョロ〟と周囲を見回しているばかりである。おそらく彼はそれまでの間、航法計算盤でも熱心に回していたのかも知れない。

快晴の飛行日和で、遠望も十分に利くというこのような飛行時には、偵察員は海上に向かって、対潜哨戒でも十分にしておればよいのにと、私は、気分穏やかならざるものがあったが、彼は私にとって上級搭乗員で、しかもこの際は機長でもあるので、私は彼に反抗するようなことまではしない。

飛行機の前方海上に浮上していた潜水艦が、このとき、上空遠くではあるが、飛行機が潜水艦に向かって直進してくるのを察知したのか、海上に一杯の白波を立てながら、急速潜航をはじめた。

私の飛行機は、全速力でその上空に向かっているが、飛行機が思うように進まないので、やきもきしながら飛んでいく。

「機長！　敵潜水艦が急速潜航をはじめました。前方海上に大きく白波が立っているのがそれです」

私はその方向を指さして機長に知らせるけれども、機長は、まだ、敵潜水艦と、それがいま、飛行機の前面で急速潜航をはじめているさまを確認していないのであろうか。「どこか？　どこか？」と言いながら、機上であらぬ方角に眼を向けては、キョロ、キョロとしているばかりである。

そうしているうちにも、飛行機は急速潜航を終えたと見られる海面の上空に到達した。紺色の広々としている海のそこだけに大きくて丸い、幾重にも織り重なったような波紋が残っていて、そのさまは、大きな船が水上で前進から後進にと切り換えた直後に発生するあのスクリュー波の跡によく似ていた。

「機長、眼下の海上にひときわ異なった波状が丸く見えるのが、いま急速潜航した潜水艦が起こした場所です。よく見てください！」

私はちょっと声を荒くして、飛行機を急旋回しながら、大きく傾けて、その海上を指さして見せるけれど、機長にはまったく通じない。このような状態で、その上空を長時間かけて飛びつづけていても仕方がないので、「機長、爆撃しましょうか」と聞いた。

それでも、敵潜水艦の所在をいまだに確認できていない機長だから、まったく気乗りしないようであったが、「確かに敵潜水艦が潜航したのなら、爆撃してもよい」という変てこな指示が出るまでに、二分間ぐらいを要したと思う。

やっとのことで機長の指示が出たので、私は潜航中の敵潜水艦に向かって爆弾を投下した。時限信管をつけた二百五十キロの爆弾は、海中深くに達したと思うころ、まず、〝バシッ！　バシッ！〟という音が出た後、海面に一条の大きな襞ができて、その瞬間、海面一杯に疾風が走ったかと思う状態が生じ、しばらくすると、〝どどーん！〟という大きな音が出て、海面上には大きな水柱が立ち昇ってきた。

私は、その海上の模様を、上空をぐるぐると旋回しながら観察していたが、そこの海中からは潜水艦の油らしいものは浮上して来ない。

私が機長から爆撃指示を取りつけるまでに、時間をかけ過ぎたため、敵潜水艦は深々度まで潜航していたものであろうか。または、爆弾が直撃しなかったことから、被害軽微となったものかは、上空からでは判断ができず、いずれにしても残念であった。

敵機動部隊接近

十月八日の夜半、小松島空の搭乗員宿舎では、ちょっとしたざわめきが起こっていた。指揮官山形中尉から、〝私と、竹井上飛曹、香田上飛曹、高野一飛曹ほか指名された搭乗員は、零式水偵二機の準備でき次第に発進するので、決められた搭乗員は至急飛行隊指揮所に集合せよ〟という指令を持って、指揮所当番兵が宿舎に駆けつけて来てからのざわめきである。

船団護衛のために、その日の午前から午後の時間帯を、私は零式水偵に搭乗して、バシー海峡を南下する船団の上空を飛行してきた後でもあったので、明日の搭乗割に私の名前を出されることもあるまいとばかりに、軽い寝酒をすまして床についていたのであった。

〝何かの重大事が起こったのだろう〟と不審に思いながらも、決められた数名の搭乗員は急いで飛行服を着用して、その他の搭乗員ともども、みなは大急ぎで指揮所に駆け出した。

飛行機格納庫前のエプロン上には、小松島空派遣隊の零式水偵二機が、整備員の手によってすでに試運転をはじめていて、その二機の飛行機の胴体下には、六十キロ爆弾が各機とも四個ずつ搭載されている。

駆け足で到着した指揮所の中では、指揮官の山形中尉がすでに飛行服を着用して、私たちを待っていた。

「大規模な編隊による敵機動部隊が、台湾の東海上に接近しているという情報が入ったので、われわれは零式水偵二機をもって、索敵飛行に出ることとなった。一番機には山形中尉（偵）、竹井上飛曹（操）、香田上飛曹（電）、二番機は高野一飛曹（操）、（偵、電は氏名不詳）とする。発進時刻は〇二三〇、各機とも索敵コースはガランビーを起点に、往路三百五十カイリ、そこで右変針をして八十カイリ、帰路三百五十カイリとする。

一番機はガランビーから針路九十度、二番機は同じく百十度で索敵コースに乗るように。なお、東港空からガランビーまでの距離が片道で約四十カイリあるので、今日の飛行距離は全体では八百六十カイリとなり、そのうえ、飛行の途中で天候不良や、敵機動部隊との接触などが発生したときには、飛行距離はさらに伸びることが予想される。

飛行機には燃料を満タンにしているので、航続時間は九時間ぐらいと考えているが、この重要な索敵飛行であるから、各搭乗員は十二分の注意をもって、任務達成の努力をするように」

というような出発前の指令をうけて、決められた搭乗員は、準備されている二機の零式水偵に分乗し、東港空の水上から発進していった。

午前二時三十分の発進であるから、上空に上がっても見渡すかぎりの真っ暗闇である。海上には、南へ、北へと往き交う船団のいくつかがあると思われるが、灯火管制をしているためか、上空からはその存在さえ確認できない。

すでに月が落ちている漆黒の空には、大きな無数の星が、明るくきらめいている。二機の零式水偵は、基地から同時発進をしていたので、途中の空中衝突を避けるための措置として、一番機は飛行高度を六百メートルに、二番機は同六百五十メートルというように、高低差を五十メートルとっている。

飛行中の私は、後方上空に二番機を探したが、きらめく星の光に眩惑されて、二番機を確認することはできない。

ガランビーの上空を通過し、予定の索敵コース上を針路九十度、いわゆる真東に向けて進む私の飛行機の前路は、依然として黒一色で、空中を流れるように飛行機の後方にと退がっていく断雲と、その雲と雲の間にきらめいて見える無数の星だけが見えている大空である。

操縦桿を片手にして、機長が指示してくる針路上を飛びつづけていると、私には、約一年前にやはりこのようにして来る日も、来る日もひたすらに敵を求めて、南十字星のきらめく夜空を飛びつづけていた、あの日、あの頃のソロモンにおける九三八空水偵隊での飛行体験のもろもろのことが思い出されて来る。

九三八空での夜間索敵行では、すべてが戦闘状態の中でのことでもあったので、私たちは若さと意気とで思いのたけ飛び跳ねていたものであった。が、今日の飛行では、まだ戦闘経験を持たない台湾、沖縄方面のわが軍部隊が、敵機動部隊の接近という情報で大慌てをしていて、私たちの索敵機から発する電報を、今か、今かと心待ちにしている状態であろうから、索敵飛行に従事している私たちとしては無茶ができないのである。

二番機を操縦している高野一飛曹も、私と一緒にラバウルから転出してきて、この小松島空派遣隊員となっているので、彼、高野一飛曹も、いまごろはソロモンの空でのいろいろを回想しながら飛びつづけているだろう。

飛行機の進路前方、東の空がほんのりと白味を出してきた。間もなく夜明けだろう。

「竹井兵曹、この辺で食事をしておこう」

後席の山形機長が、仕切り窓越しに飯包みを差し入れてきた。朝食は巻寿司であった。

通常時の飛行であれば、小松島空派遣隊の次席搭乗員である香田上飛曹が、偵察員となって、飛行機の中間席に乗り込むところであるが、今回の索敵行は、長距離飛行であることと、その索敵線上には敵機動部隊の出現、遭遇の機会が十分に考えられるという、重要性を帯びていることから、指揮官が熟練の搭乗員を選抜してペアを組んだため、彼は電信員を命じられて、この機の最後部座席に乗り組んでいる。いま差し入れた朝食の巻寿司は、彼が出発前のいそがしい中にもよく忘れずに、この飛行機に積み込んでいたのであろう。

〝香田上飛曹、さすがによくできました〟と、後でほめてやらずばなるまいなどと、呑気なことを考えながら、差し入れの巻寿司をつまんでいた。

時計の針は午前五時三十分を指そうとしていて、もう、夜は完全に明け切っている。もし、懸念されているように、敵の機動部隊がこの索敵線上に在るとすれば、まず、その上空には、機動部隊を護衛しているグラマン戦闘機が飛び交っていることが予想される。また、その海上には、先頭グループの駆逐艦が随伴していると考えるべきである。

上空を睨み、海上に目を光らせながら、私たちは少しの油断をすることもなく、予定の索敵線上を、高度六百メートルで飛びつづけて行く。

このまま、あと四十分も飛びつづけると、飛行機は索敵コースの先端に到達し、そこで、右変針をして八十カイリを飛ぶことになっているが、そのころ、飛行機の進む前方の空には、天空高く積乱雲が湧き上がっていて、その下端は一面の雨雲になっているのが遠望される。

グラマンＦ６Ｆ戦闘機。10月８日夜半に発進した長距離索敵行では遭遇せず、事なきを得たが、襲撃されたら一大事だった。

「機長、先端付近は広範囲に雨雲が出ているようすですが、上空は積乱雲が一杯で気流が悪いでしょうから、この飛行機は、飛行高度を下げながら、前方の雨雲の中を突破しようかと思いますが、どうでしょうか」

「そうだな。雨中飛行は大変だろうけど、このまま引き返すというわけにもいくまいから、この際は雨雲を強行突破しよう」と、機長が指示する。

　私は機長の指示に従って、広範囲にわたっている前方の雨雲の中に飛行機を乗り入れた。

　はじめの間は、飛行機の窓にバラバラと当たっていた雨が、分秒を過ぎていくうちにだんだんと激しくなって来ているのが、窓越しにでもわかるようになってきた。もともと、積乱雲の下層にある乱雲から降る雨であるから、おそらく、この海上一帯は土砂降りの雨になっているだろうと、当初からそれを覚悟の上で飛行機を突っ込んでいる私だから、少々のことには驚かないが、飛行機はいま、完全に雲の中を飛んでいて視界は零メートル、外部はまったく見えない。これでは、今後、何時間飛びつづけていても、ペアの三人がただくたびれるだけで、本来の任務であるべき索敵飛行の目的は達せられない。

「機長、こんなに視界が利かないでは、どうしようもないので、これから飛行高度を海上スレスレにまで下げます。そうして飛行しても、視界が利かないことに変わりはありませんが、もし、敵の機動部隊がこの雨の海上に在ったなら、ひょっとすると、この飛行機は海上の敵艦に体当たりすることになりますが、それでよろしいでしょうか」

「よし、やれ」

機長は私の申し出に対して、即座にオーケーの指示を出したが、その声は冷静で、いつもとまったく変わりのない落ち着いたものであった。

私は飛行高度を、それまでの二百メートルから零メートルにまで下げて、海上スレスレのところを飛びつづけた。眼下に海面が出て来ると、身近に対象物が現われたことから、視界は二十メートルぐらいの範囲まで利くようである。

激しく、海面に叩きつけるように降り注いでいる雨と、吹き荒れている風とで、その海上は一面に白波が立っていて、大きく打ち上げる波頭が飛行機のプロペラで破砕されると、〝バサッ！　バサッ！〟という大きな音とともに、操縦席前面の窓ガラス一杯に海水を飛び散らせてくる。

雨のない飛行のときであれば、このように窓ガラスにかかった海水はすぐに乾いて、後に残った海水の中の塩分だけが窓ガラスに付着して、窓ガラスの表面を白一色に塗り上げるので、操縦員には前方がまったく見えなくなる。そこで、操縦員は座席から伸び上がって、この白一色の窓を拭くということになる。

だが、今日の場合は、土砂降りの雨の中でのことだから、その雨水によって飛行機の前面に飛び散って来る海水が洗い流されているので、操縦員が座席から伸び上がって、前面の窓を拭くという手数だけは省けていた。

超低空で飛行機は飛びつづけているが、気流が悪いために、いまにも機体が荒れ狂っている海面に叩きつけられるかのように、大きく上下にゆすぶられることが多い。

操縦桿と、エンジンの出力をいそがしく調整しながら、私は必至の操作で対処しているが、ときとして下部のフロートが波頭を叩く。フロートと、機体をつないでいる脚柱が折れたのではないかと思われるぐらいの〝ドスン！〟という襲撃が伝わって来るので、冷や汗も出ていた。

索敵コース上の先端部分に当たる八十カイリを飛び終えたところで、「右変針！」を指示してくる機長の声に、この難行もいましばらくの間の辛抱だとばかりに、私は元気を出して頑張っている。

これからのコースは、帰路に当たり、その目指す地点はガランビーになるからである。

変針後、復路についてから三十分間ぐらいを飛んでいると、飛行機の進路前方が明るくなってきた。雨雲からの脱出である。私は〝ホッ〟としながら、後席の機長を振り返って見ると、山形機長もやはり〝ホッ！〟としていたのか、私の顔を見て〝ニヤリ〟と笑っている。

私は飛行機の高度を六百メートルに上昇しながら、空中に上下、右左の見張りを怠らなかった。

上空の雲間から、いつ敵のグラマン戦闘機が襲撃して来るかも知れないからである。また、海上に敵艦隊がいるかも知れないからでもあった。

「香田兵曹　後上方の見張りに専念しろ!」

私は最後部の座席に伝声管を使って指示しながら、前方と上下方空間の見張りをよりいっそう厳重にして飛びつづける。

手元の時計に目をやると、飛行時間は東港空を今日の未明に発進してから、すでに七時間を経過している。途中で雨中飛行を二時間ぐらいつづけていたので、その間の荒っぽい飛行機操縦によって、燃料使用量が予定量をオーバーしているが、いま現在の残量でも、どうにか東港空まで帰投することはできそうである。

天高く晴れ上がっていて、視界も良好。先ほどまでの雨雲におおわれていた索敵コース上の先端付近の悪天候のことが、なんだか信じられないぐらいの上天気の中を、飛行機はガランビーを目指して飛んでいる。行く手前方には、台湾中央山脈の高い山々が見えているので、操縦員としては機位を知ることもできていて、安心のできる飛行でもある。

ほどなくガランビー上空を通過して、東港空に帰投した。全行程八時間半という長距離の索敵行であったが、私たちは索敵コース上に、ついに敵機動部隊や、その搭載するグラマン戦闘機に遭遇することもなかったので、飛行隊指揮所での帰投報告では、「索敵コース上に異状を認めず」と報告するのみであった。

今朝未明に、この水上から同時に発進をしていた二番機は、私たちより十五分ほど早く帰投していたが、この二番機も、「異状を認めず」と報告して、一番機の私たちが帰投して来るのを待っていたところであった。

緊急避難せよ!

七百八十カイリ索敵飛行を無事に終えた私たちペアの搭乗員は、宿舎で昼食をすますと、水風呂を浴びたり、横になったりしながら、思い思いに午後の時間を過ごしていたが、今日は未明に叩き起こされていたこともあってか、皆はいつとはなしに眠ってもいた。

夕食当番の搭乗員が、まず、宿舎に引き揚げてきて、その後、舎内が賑やかになったころには、今朝の長距離索敵飛行組も床から起き出していて、いつもの夕食時の風景になっている。ただ、今朝未明に発進させられたということもあったので、飛行機隊指揮所周辺では、〝何とはなしにいつもとは違う空気が流れていた〟とか〝あわただしい雰囲気であった〟とか、皆はそれぞれ、思い思いに話しあってもいる。

本当に敵機動部隊がこの海上に接近しているのであるとすれば、台湾本島に攻撃を仕かけて来るのであろうか、その攻撃目標となる地点は、この本島では東海岸か、西海岸のどちらになるのか、と、気になるところでもあったが、〝そのときは、また、そのときのことさ〟とばかりに、私たちは早い目に就寝した。そして、その夜の半ばを過ぎたころ、

「竹井兵曹、香田兵曹、緒方兵曹、本間飛長の四名は、それぞれ飛行準備をして、大至急飛

行機隊指揮所に集合せよ」という指令を持って、伝令が搭乗員宿舎に駆け込んで来た。

「また、飛ぶのか？」と内心では思いながらも、私は素早く飛行服に身をつつんで、他の搭乗指令をうけている三名を急がせながら、指揮所へと走った。

〃昨日、今日と連日にわたっての不意のお呼びであるので、今度は確実に敵機動部隊を、索敵コース上で発見できるかも知れないぞ〃と思い、なお、〃ここで頑張らなくちゃ、派遣隊の名前に汚点が出る〃と、妙なところで意気がっている私でもあった。

このような実戦のための発進は、かつて在隊したソロモンの空で、九三八空水偵隊の操縦員として、イヤというほど、数多くの体験を重ねているので、二晩連続の夜半出撃の命令をうけても、私には興奮が湧くというようなことはない。私たち四名の指名された搭乗員が指揮所に到着するころには、指名されなかったその他の搭乗員一同も指揮所に駆けつけていて、指揮所内は大勢の人でごった返している。

格納庫前のエプロン上には、昨夜と同じように、小松島空派遣隊の零式水偵二機が、地上員の手によってすでに試運転をはじめていた。よく見ると、零式水偵の両機の胴体下には、いつもは搭載していた六十キロ爆弾が、今夜に限って搭載されていない。

〃兵器員は何をまごまごしているんだい〃とは思ったが、また、それほど緊急の発進であったのかとも思われ、爆弾搭載のためにバタバタさせられているであろう兵器員に同情するという心の余裕すらできていた。

今夜の指名搭乗員は、私を入れて四名となっていたので、〃後の二名は？〃と考えていたところであったが、指揮所に到着して見ると、派遣隊員として私たちと同行している金原飛曹長（操）と、尾本飛曹長（偵）の二人が、飛行服を着用して、あたふたと指揮所に駆けつけて来た。指揮官の山形中尉は、今夜は平服のまま指揮所内にいて、指名された六名の搭乗員がそろったのを確認した後、

「大規模な敵機動部隊が、台湾本島の北東海上に接近していて、石垣島方面の島々は、現在、敵の艦載機から猛攻撃をうけている。なお、この艦載機の攻撃は、台湾本島の各地におよぶことが十分に考えられるので、ここ東港空でも、間もなく戦闘配置につくことになっている。

小松島空からの派遣隊機十機のうち、零式水偵の二機は、この際、緊急避難として、支那大陸方面に向けて発進することになった。避難先は、いちおう福建省の海岸沿いにある厦門《アモイ》を考えているが、厦門自体が現在どうなっているかわからない状況にあるので、そこが不都合のときは、適宜に避難先を検討しながら、本隊からの指示を待つように。搭乗割は、一番機に金原飛曹長、尾本飛曹長、本間飛長。二番機は竹井上飛曹、香田上飛曹、緒方二飛曹とし、飛行機は準備でき次第、至急発進せよ！」という飛行命令を発した。

「香田兵曹、厦門は支那大陸のどの辺にあるのか知っているのか？」と私は聞くけれども、彼も突然に起きた厦門行きであったので、その厦門をチャートの上で探す始末である。指揮官の山形中尉が寄って来て、説明するところによると、

「厦門はこの東港空から三百十度の方向、支那大陸の南東岸にある港で、そこには、わが海軍の陸戦隊が駐屯しているという。しかし、この陸戦隊員のなかに整備兵はいないので、厦門に到着しても、飛行機は搭乗員自らが守らなければならないだろう。また、航空燃料を節減しておくように」ということであった。

指揮所からは、早く！　早く！　と飛行機の早期発進を催促してくるので、私は、この地に残留する予定の先任者高野一飛曹に、

「俺たちは命令だから、今から発進するが、後のことは頼んでおくぞ」と、相互に固く握手をして、機上に上った。

午前三時ごろの発進であったので、地上も空中も、昨夜の夜間索敵飛行で飛び出したときと同様に、闇一色である。私は夜間飛行の操縦には絶対的の自信と経験を持っていたので、このような暗黒の水上から飛び上がることなど、少しも苦にならない。

飛び上がって、いちおう北北西の方向に向けて上昇しながら、眼下の内陸部を眺めるが、地上では、敵機動部隊接近の報をうけて、厳重な灯火管制がしかれているのか、そこには灯りの一つも見出すことができないという真っ暗闇となっている。

「針路三百十五度で進みます。宜候！」

後席から偵察員の香田兵曹が、飛行機の針路を指示してきた。

私は、飛行高度三百メートル、速力百二十ノットで、偵察員が指示する飛行コースに乗ったが、その高度を三百メートルとした理由は、針路前方に稲光りを認めていたので、前方が雨空ならば、その雲の下を飛行しようと考えたからである。

出発して五十分を過ぎたころ、果たして私の飛行機は雨雲の中に突入していた。たいした雨雲でもあるまいとばかりに、私は偵察員が指示する針路三百十五度で飛行をつづけていると、突然、眼下の海上に黒々とした大きな島々が出現した。

「香田兵曹　右下方の海上に島が見えるぞ」

「澎湖群島の島々です。この島の上空を過ぎると、後は厦門までの間には島がありません。竹井兵曹、厦門に進むのもよいでしょうが、この際、香港に行きましょうか？」

「香港はここからでは遠すぎる。帰路の燃料補給ができないときには、東港空に帰れなくなるぞ。予定通り厦門に行くとしよう」

　せっかく進言してきた香田兵曹の名案も、この飛行では燃料補給の可否が理由で実現しない。

　飛行機が厦門を目指して、なおも暗闇の中を飛びつづけていると、いつの間にか雨雲からは脱出していて、天空高くには、一面に無数の星がきらめいてさえいた。

〝ブルッ！　ブルッ！　バーン！　ブルブル！〟このとき、突然に飛行機はエンジンの回転状態が変になり、エンジン後部の排気孔からは火の粉さえ吹き出してきた。

〝しまった！〟と一瞬、唇を噛んだが、このような飛行中のエンジントラブルについては、さきのソロモン戦に従軍中の夜間出撃中に、三回ほど経験していたので、いま、このようにエンジントラブルが起きてもあわてることはない。

　素早く燃料コックを切り替えて、別のタンクから注油すると、先ほどの〝ブル！　ブル！〟は止まった。しかし、この状態の飛行機で、まったく未知の厦門に飛んでも、大いに気になるところだ。

「香田兵曹、エンジン不調だ。台湾のどこかに不時着して、エンジンの調子をしらべたいが、この地点からだと、どこが近いか」

「近くはないけど、淡水基地はどうですか」

「よし、淡水基地に向かう」

「針路四十五度、宜候！」

話は簡単に一決して、私は飛行機を右変針した。台湾本島最北端の淡水基地へ向けての飛行である。東の空がほんのりと白味を見せはじめている。夜明けは間もなくであろう。〝この分だと、淡水基地に到達するころには、夜は完全に明け切っているだろうから、基地前の淡水川に着水しても、さきのように水中の浅瀬に飛行機を乗り上げることはあるまい〟と、私は呑気な想像を浮かべながら飛んでもいた。

飛行機が新竹の上空を通過すると、前方の右下には台北の街が見えて来た。徐々に明るさを増して来ている空間では、夜明けとともに飛行機上からの視界もよく利くようになる。飛行機の高度を三百メートルにして、淡水基地の上空を一周した後、「着水する」と、地上と後席員に告げて、淡水基地前の水上に降りた。

今日の淡水川は、海が満潮のためであろうか、水量が多く、飛行機が着水して、基地の砂浜に向かって水上滑走をしていても、この前のように〝浅瀬に乗り上げる〟といったハプニングは起こらなかった。

飛行機が接岸すると、地上員がバラバラとで駆け寄って来て、

「どうした？　どうした？」と口々にたずねて来る。私は飛行機から降りて、

「これこれの理由で、東港空から厦門に向けて飛行していたが、澎湖島近くの上空で、エンジンが息をつき出し、エンジン後部からは排気ガスに交じって火の粉が噴出するので、一度エンジン調整をたのみたいと思い、この基地に不時着しました。なお、この飛行機はエンジ

ン調整が終わり次第、ここを発進して厦門に向かいます」と、指揮所で経過を申告し、このときにはすでにエンジンを始動して、その不調の状況を点検している地上員に、エンジン不調の詳細と、私が空中で燃料コックの切り替えをしていたことなどの詳細を説明した。

「先任兵曹、この淡水基地はつい先刻、敵の艦載機による第一波の奇襲攻撃をうけて、基地内では対空戦闘の配置についているところである。敵機の第二波空襲が、間もなくかならずやって来る状況だ。そのような基地に、わざわざ飛んで来るとは何たることか。燃料も満タンに補給させるので、飛行機のエンジンが少しぐらい息をついているからといって、いつまでもこの基地に留まらずに、早々に発進せよ」と、この淡水基地の指揮官は情けも容赦もない。〝迷惑だから、早く出て行け！〟とばかりに、私に詰め寄って来た。

平和な郷、台湾北部のこの基地で、のんびりと作業をつづけていたところに、突然、上空から侵入して来た敵の艦載機に〝バリバリバリ！〟とやられたものだから、基地員の彼らは、初めての体験で気持ちが動転してしまっているのかも知れない。

私としては、この基地でどのように扱われようとも、エンジンの調整をしてもらい、燃料を満タンにしてもらえばよいのだから、このような雑言や、地上員の態度にも、その瞬間を耐え抜けばよいとばかりに平気であった。それでも、熱心にエンジンの調整作業をつづけている整備員には、心から感謝していたものである。

「エンジンの回転は順調！　燃料コックの切り替えにも異状なし！」と報告する整備員に厚くお礼を申し上げて、私たちペアの三人は機上に上り、多くの地上員から追われるようにして、淡水基地前から発進して、目的地としている厦門に向けての飛行に入った。

「香田兵曹、緒方兵曹、淡水基地での情報では、この辺の上空には、敵艦載機が飛行している可能性が十分にあるから、二人ともしばらくの間は後上方の見張りに専念せよ。飛行機は空中で敵艦載機に遭遇したときのことを考えて、飛行高度を五十メートルの超低空で飛行する。厦門への針路を知らせよ」

「針路二百五十五度、宜候！」

香田兵曹が元気な声で告げてきた。

淡水基地を発進してから三十分が経ち、一時間を過ぎると、いま飛びつづけている高度五十メートルという超低空飛行もくたびれるので、この辺でもうよかろうと私は上昇飛行に移り、高度六百メートルを保ちながら、厦門を目指して飛行する。

先ほどの往路には、澎湖群島上空を飛行中に雨雲に突入していたが、陽が上がったこの時刻、そのときの雨雲はすでに飛散してしまったのか、いま飛行機が進む前方の空中には、ちぎれ雲の一つさえ浮かんではいない。しばらくの間、島影の一つも見えない紺碧の、丸い地球の上空を飛びつづけていると、行く手前方に支那大陸が現われてきた。

「香田兵曹、前方に陸地が見える！　厦門への方角はこの針路で間違いないか？」とたずねる私に、

「行って見ましょう」と答えてきた。

質問も、応答も、冷静に考えると、まったく無茶苦茶な会話である。それは、この飛行機に搭乗している三人のペアは、今日の未明に東港空の宿舎で、寝ていたところを叩き起こされたうえ、

「今から緊急避難で厦門に飛べ！　厦門の場所はここだ」といって、一枚のチャートを渡され、まったくの予備知識を与えられることもなく、追い立てられるようにして、東港空前の水上から飛び上がって来ているのだから、その目指している厦門の陸戦隊陣地が、いま前方に現われて来ている支那大陸の、どこにあるのかさえ知る由もないのであった。

それでも、偵察員の香田兵曹は、出発前に渡されている一枚のチャートを頼りに、飛行機の針路を模索してきているので、この飛行機は、現在飛んでいる針路で進むと、かならず厦門の上空に到達できると信じているようでもある。

わが海軍航空界における〝推測航法〟とは、このようにまで正確な計算の上に組み立てられていたものであったかということを、このとき、久し振りに私は確認するとともに、その推測航法で飛行機を飛ばせて、まだ見も知らぬこの厦門の上空まで、飛行機を誘導した偵察員の香田上飛曹の力量にも感心した。

飛行機は、間もなく岩肌を剥き出しにしたような小島の幾つかを浮かべた湾の上空に到達した。

「厦門の上空に到達したようです」

偵察員が後席から伝えてくる。〝それでは、どこに着水しようか〟と考え、飛行高度を二百メートルに下げながら、眼下の入り組んだ海岸線を上空から観察していると、湾口に突き出した小さな陸地の上に、鉄筋コンクリート造りの建物が数棟並んでいるのが見えた。そして、その前面辺りの砂浜には、零式水偵一機が接岸していて、その周辺の砂上で数名の者が、上空の私の飛行機に手を振っている。

接岸している飛行機には、その胴体と両翼に〝日の丸〟が鮮明に認められるので、この飛行機こそは、私たちより一足早く発進していった金原飛曹長が操縦する一番機に間違いはない。浜辺で手を振っている飛行服も確認できたので、私は、
「緒方兵曹、東港空から何か電信が入っているか」
「何もありません」と答える緒方兵曹の応答をたしかめ、
「着水する！」と後席員に伝えながら、厦門湾の奥の方から、湾口に向けて着水態勢に入った。

〝アモイニユケ〟

海岸の砂浜で、上空に向けて手を振りつづけているところを目標にして、私は着水した。水上滑走で一番機が接岸している砂浜に向かい、飛行機を一番機が停止している位置から百メートルぐらい左に離して、砂浜に乗り上げるようにして接岸した。見知らぬこの土地で、飛行機二機を接近して接岸しておくと、不測の事態が発生したときの対応にも関係するということを考えてのことでもあった。

私が接岸して、飛行機のエンジンを止めるころには、十数名の人々と、先着していた一番機の電信員である本間飛長が私たちの方へ駆け寄って来た。海水の満干潮の如何では、この飛行機のつぎの行動に重大な影響が及ぶことになるので、私は、さっそく地上の人に、現在の潮の満干の状況を聞くと、間もなく満潮になるが、いまは小潮の時季だから満干の差は小

さいという。

これで砂浜の飛行機と、潮との関係は安心できたので、私たちは先着している一番機の金原飛曹長の傍に行き、到着の遅れたことを報告した。

私たちがこの砂浜に飛行機を接岸した際、地上に現われた人々は、みな、わが海軍の陸戦隊員で、彼らは三種軍装に脚絆を着用し、腰には牛蒡剣を吊るしていて、いつでも出動できるという服装である。

聞くところによると、陸戦隊は湾口の出島に設営されていた厦門大学の施設を接収して、その構内に陸戦隊本部を設置し、この地に駐屯しているということである。私たち搭乗員は、連れ立って、ひとまず陸戦隊の部隊長に、事情の一端を説明して、一夜の宿をお願いしたところ、快く承諾してもらい、

「そういうことであれば、浜辺の飛行機については、わが隊員に警備させるので、搭乗員の諸君はその間、ゆっくり休養してください」とまで言ってくれたりもした。

それでは、と言うことになって、私たちはさっそく飛行服を脱いで、浜辺の飛行機に向かい、応急の措置をした上で、警備についている隊員に飛行機の保守について、手短な説明をして、私たちは割り当てられた宿舎に向

厦門行きや780カイリの索敵飛行を著者とともにした香田芳穂上飛曹。

かった。

本部としているこの大学の構内は広大で、庭も整備され掃除が行き届いている。私たちが案内された部屋は、大学の個室を便宜的に宿舎に使用しているといった関係もあって、室内には粗末な木製の寝台が備えられているだけで、その他の家具や調度品などはまったく置かれていない。

廊下を歩いていると、各室の入口や、各所にそれぞれの表示板が梢付けされているが、そこに書かれている文字は、〝だいたいほんぶ〟〝だいいちちゅうたい〟〝べんじょ〟等々、全部平仮名である。私たちは、この読み辛い平仮名での表示の理由を不思議に思ったので、隊員に聞いてみると、ここは支那大陸であるため、日本式に漢字で表示すると、陸戦隊本部に出入りしている現地人に容易に判読されるので、平仮名で表示しているということであった。

言われてみると、まったく迂闊であったが、私たちが常用している漢字は、もともと、この国から伝来してきているものであって、その漢字はご本家であるこの国の住民には十分に読めるのであった。そこで、防諜の目的上、平仮名を使用するのは当然の措置であったのかも知れない。

厦門での一夜、私たちは大切な飛行機を、素人の陸戦隊員だけに警備させて、自らは宿舎で安眠をむさぼるという気分にもなれないので、各人とも飛行服を着用して、飛行機の下で眠ることにした。

翌朝になると、同行の金原、尾本の両飛曹長が、「朝食をすましたら、すぐに東港空に帰隊する」と言う。

私は、昨日の敵機来襲時の凄まじかった攻撃の話を、偶然にも不時着した淡水の水偵基地で聞いていたので、

「東港空と無線連絡をした上で、どうするかを考えてはどうでしょうか」と、私なりに両氏に進言したが、二人とも冷笑していて、私の進言など聞いてもくれない。上官が至急発進するというのに、私がこれ以上、盾つくこともできない。それではということになって、この二機の零式水偵は、それぞれ厦門の水上から発進して、東港空への帰途にと飛び上がった。

緊急避難していた二機の飛行機が、白昼の洋上を、本隊目指して帰るのだから、本来ならば、堂々の編隊飛行を組むべきであったが、二番機の私には、もともとこの原隊復帰のための飛行自体が、東港空本隊の了承も得ず、なお、そのうえ、台湾方面に接近中の敵機動部隊の状況など、まったく調査をせずに、〝何が何でも本隊に帰る！〟と言い張って、何の合図もせずにサッサと飛び上がり、単機で飛行している両飛曹長の行動に不本意なものがあったので、空中に上がってからも、遠く離れて飛ぶ一番機とあえて編隊を組むこともせず、私なりの独自の行動で東港空に向けて飛行することにした。

「飛行高度三百メートルで行く。飛行機は東に向けて進むと、目をつぶっていても、台湾本島のどこかには到着できるのであるから、後席の二人も航法だ、電信だとばかりに固執しないで、飛行中は上空の見張りに専念せよ。香田兵曹、東港空への針路は何度か？」

「針路百二十度、宜候！」

香田兵曹の応答もてきぱきとしていて、聞く耳にも気持ちがよい。上空には雲一つ流れて

いない。視界も最高によいというのに、その空中を飛んでいるはずの一番機は、影も形もまったく見えない。両飛曹長が搭乗する一番機は、早く、早くとばかりに帰路を急いでいるため、低空飛行をつづけている二番機の私の飛行機との間には、大きな距離が開いているのかも知れない。

まもなく支那大陸と、台湾本島との中間の海上に浮かぶ澎湖群島の上空に達しようとするころ、電信員の緒方兵曹が、偵察員の香田兵曹と何やらやり出している。

「竹井兵曹、航空無線が平文で〝アモイニユケ。アモイニユケ……〟を連送しています。東港空では何かの異変が起こっているようです」と、香田兵曹が伝えてきた。

「東港空とは無線連絡は取れているのか？」

「先刻から、無線連絡は取れていると思うのですが、わが方の送信についての応答はなく、ただ、平文の電送が続いているだけです」という香田兵曹は、最後尾席に設置している受信機に、持参して来たレシーバーを差し込んで、自らもこの緊急電報を確認しているようである。

敵機動部隊が台湾東部海上に接近して、沖縄列島や、台湾北部を急襲したのが、昨日の未明であったことを考えると、今日のいまごろ、台湾南部がその標的とされているのは当然のことかも知れない。

東港空の地上員は、初めての空襲をうけて、さぞや、その気も動転しているのではなかろうか。わが海軍で、無線電報を平文のまま発信したという話は、あのミッドウェー航空戦の中で、〝サラトガ撃沈！〟というのがあったが、それ以外では、耳にすることのない平文電報である。

地上から、それほどまでに切迫した電報を連送しているのだから、この飛行機は何もそれを押し切ってまで、東港空に帰ることはあるまいと判断した私は、

「電報指示のとおり、厦門に引き返す。香田兵曹、針路を知らせよ」

「針路三百三十度　宜候！」

返答をうけて、私は飛行機を反転しながら、ふたたび厦門に向かった。

ここが男の見せどころ

数時間前に飛び立った厦門の海に、台湾帰投飛行の途中から引き返して来て、ふたたび着水した私は、ひとまず砂浜に飛行機を乗り上げて、一番機の到着を待っていると、約三十分ぐらい遅れて、一番機もこの海上に戻って来た。

浜辺に降り立った一番機の搭乗員を迎えて、今日の台湾方面の状況について話し合うけれども、お互いにまったく要領を得ず、ただ、わかったのは、地上から発信をつづけていた〝アモイニユケ……〟と平文で繰り返している電送を受信して、両機がふたたびこの厦門に戻って来たということだけである。

「このような事態では、急に東港空に帰ることもあるまいから、別段の指示が届くまで、この厦門で待機する」ということになり、私たちはこの際、ゆっくりと落ち着くことにした。

緒方兵曹と、本間飛長の二人が、陸戦隊本部主計科に出向いて、食事の手配をしている間

に、私と香田兵曹は、今日からふたたびこの地に滞在するための挨拶に出向いた。

一応の手続きが終わり、〝ホッ〟としたところで、私たちはゆっくりと隊内見学に出向いた。広大な敷地を擁する厦門大学の構内は、整然と管理されていて、とくに外周の庭の手入れもよくできていた。構内の庭には、現地人の数人が入れ替わり、立ち替わるように出入りしていて、彼らは構内の樹木の根元や、その他の空き地の上を竹箒でせっせと掻いては、木の枝や枯れ葉を籠に入れ、天秤棒で担いでいく。一人が立ち去ったかと見ていると、間もなく別人が現われて、前者と同様の作業をする。

彼らは、地上の物をこのようにして持ち去るが、立ち木には決して手を触れない。聞くところによると、時の権力者である蔣介石総統は、支那大陸を緑で埋め尽くそうと考え、全国的に植林を励行し、これを侵す者には厳罰を科すというような強行措置を執っているとかで、言われてみると、なるほどと思われることが数多く感じられた。

野や山には、青々とした樹木の若木が一杯である。また、燃料としての雑木が欲しいのであろう現地人が、目の前では、立木に決して手を触れようとしない。私たちは、初めて見るこの情景に、感心するばかりであった。

構内を回っていると、地上のところどころに、幅三十センチ、長さ五メートル、深さ六十センチぐらいの素掘りの穴がいくつも掘られていて、その周辺ではわずかに悪臭が漂っている所がある。不思議に思ったので、その穴に近寄って見ると、それは大便所代用として掘った縦穴で、隊員はここで用を足した後には、その穴に並行して積まれている土を、いま用足しをした物の上にバラバラとかぶせる仕組みになっているようである。

人々にとって、大事な用足しの場であるこの場所には、目隠しらしい何物も設置されていないが、男ばかりが生活している環境の中には、見栄や外聞などは要らないのかも知れない。私たちは、厦門大学の構内に仮宿している間に、この縦穴を何回となく使用することになったが、朝の寝起きのいそがしいときなど、長さ五メートルのこの縦穴の上には、兵士が何人となく並ぶので、初めてのとき、私たちはびっくりしたものである。

飛行機を乗り上げている浜辺では、陸戦隊員が交替で警備に当たってくれている。私たちは感謝しながら、彼らと話をするのであるが、

「搭乗員の方、対岸のあの岩肌の中に敵のトーチカがあるのですが、気づいていましたか？」と、彼らの中の一人が声をかけて来た。

そんなことなど、想像もしていなかったので、詳しく聞いてみると、〝この厦門大学のある一帯は、支那軍に包囲されたような格好で周囲をかこまれている。対岸のトーチカからは毎日、定時に数発の迫撃砲が、わが軍に向けて発射され、これに応えるようにわが陸戦隊でも毎日、定時に発砲を繰り返している。ただ、現在では彼我の両軍の間にはともに積極的に事をかまえるというような動きまでにはなっていないので、相互の発砲もセレモニー程度の撃ち合いをしているだけである〟と、淡々と語ってくれた。

なるほど、それでここの陸戦隊員は、つねに出動服を身にまとっていたのかとうなずいたところであった。それにしても、私たちの飛行機組は、知らぬが仏の命拾いをしていたのかも知れない。

それは、一昨日、昨日にわたって、この厦門に飛来して、低空で着水地点を求めながら、

何回となく、その上空を飛行していたのである。上空で旋回飛行をつづけているうちには、敵の陣地上をゆっくりと飛行していることがあったのに、よくも地上からの対空砲火を受けなかったものだとひやりとしたが、まったくの幸運とはこのようなことであろうか。

双眼鏡で対岸を覗くと、言われたように、対岸の岩肌の間のトーチカからは、この厦門大学に向けている敵軍の銃口が幾つとなく見えていた。この至近距離で、敵軍と対峙して毎日を過ごしている陸戦隊員の気苦労が、ようやくわかったような気がする。

厦門に避難して三日を過ごしたが、東港空からはわれわれに帰投せよとは言ってこない。私たちは夜となく、昼となく浜辺で飛行機を警備しながら過ごしているが、本隊からの指令を、ただ、待っているというだけの単調な生活をつづけていると、若気のいたりとでもいうか、何となく骨暴《ほねあば》れさえして来ていた。

そこで、金原飛曹長に頼んで、一度でよいから、厦門の街に外出しようということになった。ところが、東港空を夜半に叩き起こされて、追い出されるようにして飛び上がり、やっとこの地に辿りついたともいえる私たちであったので、せっかくの外出にも先立つ物の用意がまったくないのである。

ええい、ままよとばかりに、ずうずうしくも陸戦隊の主計科に借金を申し込んだところ、案外とすぐに承知してもらえたのは有難かった。この厦門での通貨は、いわゆる儲備券で、これが一般的に市場に流通しているとかで、私たちが厦門の陸戦隊主計科から借用した現金も、この儲備券であった。

私たちは、一人当たり三十円の借用を申し出ていたところ、手渡された金額は、儲備券で一人当たり百六十五円であった。

これは、当時の為替レートが、日本銀行券一に対して、儲備券五・五となったいたことによるものであったが、私たちは思わぬところで、ひょんなことから、このような国際通貨の実態を知らされた思いでもあった。

ちなみに、私たちが在隊している東港空内で手にする通貨は、台湾銀行が発行する〝台湾銀行券〟で、これは、日本銀行券と一対一の割合で通用していたので、東港の街に外出した際にも、とくに現金使用時の支障は感じなかった。が、今日は、この厦門で手にした儲備券と、その金額を前にして、その額面だけをみると、大金持ちになったような気分になっていた。しかし、この大金を持って街に外出したとき、果たして何がどのようにして買えるのかという不安感はあった。

厦門は、従来から開けている大きな港街で、その街までの距離は、厦門大学の構内から約三千メートルぐらいの所にある。私たち四名は、いわゆる恐いもの知らずの勢いで、厦門の街に向かっている。この中に支那語の通じる者などいるはずはないが、漢字なら少しは読めるぞという気宇は持っている。

それよりも、初めて手にして、しかも自由に使えるという大金の百六十五円を、途中で落としてはならないとばかりに、しっかりと腹巻の中に納めて、お互いは離れて迷子にならぬよう、肩を寄せ合いながら街への路を急いだ。

繁華街に入ってみると、そこは、日本内地で見る東京浅草の裏山の賑わいを想わせるような、雑然として建ち並ぶ店の前の狭い道路に、人、人、人の波と、人いきれの渾然とした風景である。

私たちは、初めて踏んだ支那人の街で、もの珍しさもあって、はじめのうちは、驚いたり、感心したりしていたが、いつのまにか、この混雑にも馴れていた。なにしろ、懐の大金を一刻も早く使いたいという欲望があるので、店頭で立ち止まっては、異国の地で初めてする買物を楽しんでいる風情でもあった。

そうした中にも、やはり為替レートの五・五倍は気になるところで、手にしている品物の値段が高いのか、安いのかと判ずるときにも、すぐ出て来るのが、この五・五の倍率であった。

あれや、これやと品定めをしているうちに、夕暮れが近づいてきたので、私たちは街中のちょっと小奇麗な飯店に立ち寄って、食事をした。食卓はもちろん支那料理である。ワイン、ラム酒も注文して、賑やかな食事をしているうちに、窓の外が暗くなりはじめたので、早々に食事を切り上げて、宿舎への帰路を急いだ。

一杯機嫌の私たち四名の者は、それぞれが買い込んでいる小物を手にして、ワイワイガヤガヤとやりながら、歩いていたが、約三千メートルの距離を歩いているうちに、先刻、街中で飲んだラム酒の酔いがそろそろと出て来て、なお、喉も渇いていたので、〝一休みしよう〟ということになり、誰からともなく、その道端にヘタヘタと腰を下ろしてしまった。中の一人が、土産に買って来たという葡萄酒の栓を開けたので、それを回し飲みにしながら、今日訪れた厦門の街のあれこれを雑然と、取りとめもなく話し合っていたりしていた。

このようすは、第三者の目からすると、酔っ払いどもが、道端に座り込んで、くだを巻いているぐらいにしか映らなかったのであろう。

周囲はすでに暗くなってもいた。私たちがいま歩いて来た厦門の街の方向から、二〜三人の連れが歩いて来たが、暗闇の路上に座り込んで、ガヤガヤとやっている私たちを見とがめて、彼らは一瞬ヒヤリとしていたようであったが、それでも、連れの中の元気者が、

「誰か！　何をやってるか！」と、日本語で怒鳴り声を上げて、私たちに詰め寄って来た。

私は〝しまった！〟とは思ったが、そのまま動かずにいたら、同行の緒方兵曹がすっくと立ち上がって、彼らに向かい、

「何言うか！　われわれは海軍の下士官だぞ！」と大声を張り上げた。その勢いの荒いこと、私は〝緒方兵曹、元気があるなー〟と思いながら、事の次第やいかにと見ていると、さっき怒鳴って、詰め寄って来ていた彼らも、緒方兵曹の放った一声に度胆を抜かれたのか、彼らは〝ハッ！〟としたようすで、

「失礼しました！」と、それぞれが私たちに挙手の礼をしながら、座っている私たちの横を擦り抜けるようにして、小走りで立ち去って行った。

日頃から元気のよい緒方兵曹だが、この日はアルコールも十分に回っていたところに、このような突然の詰問があったものだから、彼にして見れば、ここが男の見せどころとばかりに、勇み立ったのであろうか。

それにしても、私たちに怒鳴り声を上げた彼らは、おそらく厦門大学に駐屯している陸戦隊員であろうが、この際は、非がまったくわが方にあったことから考えても、気の毒なことをしたものである。ご容赦願いたい。

金原飛曹長帰投せず

厦門に緊急避難して来てから、すでに六日目を迎えているが、その間に東港空の本隊からは、何の連絡も伝えてこない。しかし、先日来の敵機動部隊の台湾接近の話も、あれから数えて四～五日を経過していることでもあったので、もう、そろそろ本隊に帰ってもよかろうということになった。

私たちは、仮宿でいろいろ世話になった陸戦隊にお礼を申し上げて、飛行機に乗り込んだ。六日間、砂浜に乗り上げて、エンジンカバーもかけていない飛行機は、全体に砂をかぶっていたが、試運転してみると、エンジンは順調に回転しているので、一安心。さて、その他の諸点検では、飛行機の両翼に取りつけられているフラップ翼が、ハンドポンプを使うと下降するけれども、定位置に固定せず、ハンドポンプの操作を止めると、両翼のフラップ翼は、その瞬間にひとりでにスーッと上がりはじめて、元どおりの手をかける前の位置まで戻ってしまうのである。

これは、おそらく、油圧弁が何かの理由で作動しなくなったのであろうが、操縦員の私には、どこをどのように扱えばよいのかわからない。地上で私たちの出発を見送りに来ている陸戦隊員の中には、整備兵はいなかったので、油圧弁故障のことを説明しても無理だろうと思う。

両翼に取りつけられているこのフラップ翼は、飛行機の離着水時に、これを下げて、飛行機両翼の迎角を大きくするものである。そうすることによって、飛行機は揚力を加減調節しながら、安定した離着水をすることができるという大切な調整翼でもある。

このフラップ翼を離着水時に使用しないときには、飛行機の水上滑走の距離が大幅に伸びて、そのために予期せぬ事態が起こりかねないという危険性が考えられる。平常のとき、このような調整不備の場合には、その旨を地上の整備員に伝えると、彼らは専門的知識を持っているので、すぐに〝これは油圧弁の作動不良〟と見抜いて、応急手当や、本格的な調整作業もしてくれるのだが、この厦門の浜辺ではそれを頼むべき整備員はいない。

私が、浜辺で見送っている陸戦隊員に〝これこれが故障して困っているが、誰か皆さんの中で、応急修理のできる人はいませんか〟とでも言おうものなら、〝地上にいる人々の中には、機関科出身の人もいたようだから、〝では私が〟といって、ぞろぞろと飛行機に乗り込んで来るかも知れない。ああでもない、こうでもないとばかりに飛行機に取りついて、各装置をいじくり回すかも知れない。

それでも、調節がうまくいけばよいけれども、もしも、方々をいじくり回した挙句の果て、〝部品がなければ駄目だ〟ということになるかも知れない。それでも、飛行機を元の状態に戻してくれればよいが、飛行機の各種装置を分解はして見たものの、復元の組み立てができずに、〝やっぱりこりゃ駄目だわい〟ということにでもなると、私たちはこの飛行機を飛ばすことさえできなくなる危険性が十分に考えられるので、この際は何としても地上員に、油圧弁の故障のことは告げられなかった。

私は、考えていたが、飛行機の操縦でフラップ翼を使用するのは、主に離着水時であって、完全に上空に舞い上がってからは、特別の理由がある場合のほかに、このフラップ翼を使用することはない。また、この飛行機の故障しているフラップ翼は、ハンドポンプを押しつづけている間は下降していて、その動作を止めると元の位置までスーッと上がるという、いわゆる油圧弁の故障であって、この際は、その調節こそ利かないが、作動はするのであるから、飛行機を操縦する私がそれを承知で操縦すれば、飛行機は空中に舞いあがることだってできるだろうから、ここは一、八勝負でやってみようと決心した。

ただ、そのことを何とはなしに心配している偵察員や、電信員に知らせても、彼らの心配を増すだけで、この際の技術的な援助を彼らには望めないので、私は詳細をつげずに、飛行機を発進することにした。

一番機の金原飛曹長には、フラップ翼の故障を報告していなかったので、彼は私の苦悩など知るはずもなく、〝二番機は間もなく発進するだろうから、お先に失礼〟とばかりにして離水していた。そして、お世話になった陸戦隊員に対する挨拶のための、厦門上空を旋回飛行するということもせずに、サッサと東港空を目指して飛び去ったので、いまでは空中にその機影さえ見えていない。一番機の搭乗員ペアは、それほど一刻も早く東港空に帰りたかったのであろうか。このときに一番機の執っている行動は、二番機の私にとっては、まったく不可解なことばかりであった。

さて、何としてでも、この海上からの離水を成功させたいものと、砂浜を離れた私は、フラップ翼の作動が不完全なために、飛行機の離水距離が、通常時の倍ぐらいに伸びるだろうと計算しているので、私は水上滑走で飛行機を厦門湾の奥深くにまで進めて、その水上から湾口に向けて離水操作に入った。

風力は一メートル秒ぐらいの微風で、離水時の風力としては弱いうえ、湾口からは大きなウネリさえ寄せているという悪条件である。水上滑走でスピードが上がってくる飛行機は、そのフロートが海上のウネリの頭部を叩き、その都度、空中に大きなバウンドを起こしている。

通常の離水時であれば、フラップ翼を下ろしているので、飛行機はとっくに水面から離れて、空中に浮かんでいる状態になっているというのに、今日の私の飛行機は、フラップ翼を使っていないがために、飛行機の速力は十分に加わっているというのに、飛行機に揚力がつかず、水面から離れることができない。〝これは、えらいことになったぞ〟と思ったりしていた私は、〝ここで離水させられないでは、男が立たん！〟と必死の操作をつづけた。

飛行機が進んでいる前方の海上を見ていると、そこには何の障害物もなかったので、ここは盲目操縦で離水してみようと決意し、私は離水操作中の上半身を座席の中に折り曲げて、左手でフラップ翼を操作するハンドルを握り、手早にハンドルを搗《つ》いてみた。右手には操縦捍を握っており、その上、左手でハンドルを握るために身体を折り曲げているので、この飛行機を操縦している私には、飛行機の前方を注視することなどまったくできない。

操縦員としての技量と、勘だけが頼りの離水操作である。

私が無理をしながら、このような姿勢でフラップ翼のハンドルをつきつづけているうちに、水上を滑走する飛行機にも浮力が増大してきて、いつとはなしに離水は成功していた。

飛行機の高度がある程度上昇したところで、私はつきつづけていた左手のハンドルから手を離すと、フラップ翼が元に戻って、飛行機は一瞬スーッと沈下したが、もうその時点では飛行機に十分の浮力がつき、速力も十分に出ていたので、ふたたび海上に落下することはなかった。それにしても、危ない芸当をやってのけたものである。

離水成功で空中に舞い上がった私は、飛行機を旋回しながら厦門大学の上空に戻し、大きなバンクを繰り返して地上員に別れの挨拶をし、厦門の空を後にした。「香田兵曹、このまま東港空に直行するのもよいが、先方の状況が把握できていないので、危険を回避する意味から、いちおう台湾の中部あたりを目標にして飛行し、そこらの状況を見ながら、海岸沿いに南下して東港空に帰投する。飛行高度は六百メートル、針路を知らせよ」

「針路百二十度　宜候」

香田兵曹の航法に任せながら、久し振りに台湾を目指しての空の旅へと入っていく。

晴れ上がった空中からの視界は良好で、途中の海上左手に澎湖群島の島々を眺めながら、なおも飛行をつづけていると、進路前方には台湾本島の山の頂が見えてくる。もうこの辺りまで飛んで来ると、地上を見ながらでも十分に飛行できるので、私は後席の二人をとくに後上方の見張りに専念させていた。

ひとまず、飛行機を高雄市の北三カイリぐらいの地点上空に持って行き、地上の状況やいかにと、機上から観察していると、「後上方に敵機！」と、後席の緒方兵曹が大声で報じてきた。

私は、とっさに飛行機を右に急旋回し、機首を海上に向け、急降下しながら後席員の指さす後上方を見ると、その空中にはグラマン戦闘機によく似た小型機の三機が、私の飛行機を目標にして、後上方から猛烈なスピードで突っ込んで来ている。その戦闘機から射ち出しているものであろうか、私の飛行機を掠めるようにして飛んで来る機銃の曳痕弾が、飛行機の後上方から前下方へと流れている。ここで撃墜されてなるものかとばかりに、私は、飛行機を海面スレスレまで下げながら、右に、左にと急旋回をつづけた。

戦闘機は、上方からつぎつぎに私の飛行機に襲いかかって来ているが、私の飛行機が海面に接するぐらいの低空を、右に左にと急旋回をつづけながら銃弾を回避するものだから、彼らは私の飛行機に接近することができず、銃撃を諦めたのか、まもなく彼方の空へと引き揚げていった。

それからの私は、飛行機を東港空の方角に向け、飛行高度を百五十メートルにして海上を飛んでいるが、地上のあちこちでは、火災のあとのものであろうか、まだ、くすぶったり、煙が立っているところが見られる。高雄の街も、空襲で大きな被害が出ているのが、機上からよく見えている。

なおも飛んでいるうちに、飛行機は東港空の上空に到達、味方識別のバンクをした後、着水操作に入ったが、この飛行機はフラップ翼が不調になっているので、着水操作に入っても慎重な操作が必要である。着水後は、水上で滑走距離が大幅に伸びたものだから、その瞬間には冷や汗が出たが、どうにか着水に成功して、飛行機を滑り台に接岸させることができた。

私たちが、数日ぶりに帰投したので、指揮官の山形中尉をはじめ、残留していた小松島空派遣隊の搭乗員が、どっとばかりに私たちの飛行機の周りに駆け寄って来た。聞けば、一番機はいまだここに帰投していないという。

私たちよりも三十分ぐらいも早く離水した金原飛曹長は、尾本飛曹長、本間飛長とともに、今ごろ、どこで何をしているのであろうか。私は先刻、高雄の西海上で、戦闘機からの銃撃をうけ、幸いにも海面上でこの攻撃をかわすことができたので、このように無事帰投して来たが、一番機はのんびり飛んでいて、この戦闘機の接近も知らずに一撃されたのではなかろうかと思うと残念でならない。

それからの数日間、私たちは一番機の帰投を待ちつづけたが、みなの願いも空しく、その一番機は最後まで東港空の空にその姿を見せることはなかったのである。

皆はまず髭を剃れ

東港空に残留していた小松島空派遣隊の搭乗員や整備員の全員が、安否を気遣っていたその零式水偵が、上空に帰投して、いざ着水という段になったとき、その飛行機が不規則な操縦をしているものだから、地上で飛行機の着水する状況を見まもっていた人々は、〟この飛行機は何か変だぞ？〃と思ったのか、私が接岸すると、みなは水際でプロペラの回転を止めたばかりの飛行機の側に駆け寄って来て、

「飛行機に何かの異状が出ているのではないか？」と口々に質問する。整備兵の先任者である川島上整曹は、とくに飛行機のことを心配しているようすで、私が座席から立ち上がったのを見て、機上の私に右手を上げて合図している。

私は飛行機から降りると、すぐに川島兵曹のもとに行き、厦門に向かう際、洋上で飛行機

のエンジンが何回となく息をついていたことや、エンジンから火の粉が飛んでいたこと、厦門では砂浜に飛行機を乗り上げたまま、何日間も覆いをかけていなかったこと、今日の離着水時における両翼のフラップ翼作動用の油圧弁の故障などについて、手短かに説明して、飛行機隊指揮所に向かった。

指揮所内では、山形指揮官がこれも心配そうにして私たちを待ち受けていたので、私はペアの三人で〝無事の帰投報告〟とあわせて、飛行経過の説明をした。

「一番機の金原飛曹長機は、いまだ帰投しないが、何か気づいていたことはなかったか」とたずねるので、私は、

「厦門を同時発進という金原飛曹長の指示で、飛行機のエンジンをかけたが、出発前の飛行機点検中に、フラップ翼の作動が悪いことに気づいて、水上でマゴマゴしていたところ、一番機は私の飛行機不調に気づかずに、離水していった。私の飛行機は発進が約三十分ほど、一番機に遅れていたので、先発した一番機は、もう当然にこの水上に帰投していたものとばかり私は思っていた」というような応答をしていた。

それにしても、金原飛曹長機は、いったいどこで、どうなったのか不思議でもあった。当然に考えられることといえば、

一、厦門の砂浜に飛行機を乗り上げたまま、覆いもかけずに数日間を過ごしたことで、飛行機の操縦系統に何らかの支障が生じたのではないか。（二番機ではフラップ翼の油圧弁が作動しなくなっていることと関連）

二、東港空から厦門に飛び、厦門から東港空に帰投する際、途中の〝アモイニユケ〟の電

信をうけて、洋上で反転してふたたび厦門に向かい、数日後、さらに厦門から東港空へと飛び立ったのであるが、その間には飛行機にまったく燃料補給をしていなかったので、一番機は厦門からの帰途、洋上で燃料切れを起こして、不時着でもしているのか。

三、二番機の私たちは、帰途に高雄の西海上で、戦闘機の銃撃をうけていたが、一番機も空中での銃撃で、撃墜されたのではなかろうか。

という三点があったので、私は山形指揮官にその旨言上した次第である。

〃一番機は何の理由で、帰投が遅れているのかも知れないので、そのうちには帰って来るだろう。それにしても、何らかの連絡がありそうなものだ〃ということになって、指揮所には連絡員だけを残し、全員は宿舎に引き揚げた。

私は、帰投したときには気づかなかったのであったが、宿舎に帰ってくつろいでみると、残留していた搭乗員の顔がなんだか変だなと思われるので、一人一人の顔をよくよく見つめていると、皆はその顔一面に不精髭を生やしたままとなっていたのである。

「高野兵曹、俺がちょっと留守にしていると、若い者はみな、横着をかまえて、この髭面は何ということだ」

「竹井兵曹、留守の間は大変だったんですよ。残留員一同は顔の手入れなどする暇はありませんでした」

留守番をしていた先任者の高野兵曹の説明によると、

——先日の未明、厦門に緊急避難をする二機の零式水偵を送り出した後、残された搭乗員一同は、ひとまず宿舎に引き揚げてきて、もう少し寝ようとしていた折、〃空襲！　空襲！〃という大きながなり声が聞こえ、つぎに〃配置につけ！〃〃配置につけ！〃〃対空戦闘！〃というように、ラッパが鳴り響き、拡声器が命令を伝えて来た。

高野兵曹たちは全員、身仕度をして指揮所に駆けつけたが、山形指揮官から、

「搭乗員はこの空襲で飛び上がるということができないので、一同安全な場所に退避して、怪我のないようにしておけ」と指示された。

それではということになって、高野兵曹は残留している搭乗員を連れて、いちおう宿舎に戻ったが、敵機来襲と急にいわれても、この隊内のどこに防空壕が設置されているのか、いないのかさえ知らない始末であったので、空襲本番の際は、みなで連れ立って逃げよう、それまでは全員身仕度をして、宿舎周辺に待機しておくようにと、高野兵曹なりに指示をしておいた。

先刻来、ラッパが鳴ったり、拡声器で大声の命令を聞いていたわりには、隊内は静かなもので、上空からの爆音は聞こえず、また地上からの対空砲火の音も聞こえて来ないのである。（この日、未明には敵機動部隊が台湾北海上に接近していて、沖縄南部の

著者が高野兵曹から聞いたように台湾各地は米機動部隊の空襲をうけた。写真は当日、母艦上で出撃準備中のSB２C艦爆。

島々や、台湾北部の淡水基地などが敵艦載機による空襲をうけていたが、その空襲もまだ、台湾南部方面にまではおよんでいなかったのであった）

高野兵曹たちは、それぞれいつ空襲がはじまっても、まごまごすることのないようにと、皆で心がけて、宿舎周辺で待機しているうちに、その日が暮れていた。

翌日の未明、またも昨日とまったく同様に対空戦闘命令のラッパが隊内に鳴りひびき、同時に今度は、〝ドドン！　ドドン！〟〝バリバリバリ……〟という地上砲火の音と、機銃音が入り混じって聞こえて来た。

これは本物の空襲である。高野兵曹は、かつてのショートランドやブカ、ラバウルなどで、来襲した敵機から爆撃や銃撃をうけた数多くの経験があるので、ここで、空襲をうけてもあわてることはない。隊内の建物はすべてこの際、攻撃目標にされる公算が高いので、宿舎内に退避するのは危険だと考え、高野兵曹はみなを連れて、宿舎やその他の建物から遠く離れることにした。

そのとき、上空から侵入して来た敵のグラマン戦闘機が、隊内に向けて、無差別に銃撃をかけて来た。

〝危ない！　伏せろ！〟

皆は思い思いに地上に伏せて、最初の一難を逃れた。そのころには、夜はすでに完全に明け切っている。〝空襲している敵機は艦載機のようだぞ〟と直感した高野兵曹は、みなを連れて、近くの砂糖黍畑の中へと急いだ。この中に隠れていると、上空の飛行機からは隠れている者の姿は見えにくいだろうと思われるうえ、隠れている側では、頭上を覆っている砂糖黍で銃撃から身を守れるだろうという安心感もできるものだと考えたからである。
「敵機から地上への銃撃は、第一波、第二波から第三波にと執拗なまでにつづいていて、その都度、黍畑に潜んでいた私たちは、黍畑の中を右へ左へと逃げ回ったり、転がったりもした。

私には、久し振りに受ける銃撃でしたが、他の者は初めてのことだものだから、そのときどきに皆まごまごとしていて、危なかしくて仕方のないときがありました。

空襲が終わったので、私たちは隊に帰りましたが、隊内のいたるところに空襲の跡が残っていて、その後片づけの作業も大変でした。

その日から四～五日間は、落ち着く暇もないような毎日がつづき、そのうえ、先任搭乗員らは厦門に緊急避難ということで、飛び出されているので、残された私たちは精神的にも参っていたところで、毎朝の洗顔はおろか、風呂にも浴していないのが実情です」と言う。

――

平素は物静かな高野兵曹が、私たちの無事な姿を見て、安心しながらゆっくりとした口調で報告するのを、じっと聞いていたが、若年者ばかりを統率して、その対空戦闘に直面した留守番役の高野兵曹に対して、私はいった。
「ご苦労かけてすまん。皆が無事で何よりだった。もう、これからは皆に心配かけないようにするから、安心してくれ。そこで、安心するついでに、今から全員は風呂に入り、汗を流し、せっかくその顔に蓄えている髭を剃って、さっぱりとしてはどうか」

風呂から上がってきたその顔、顔は、さっぱりとしていて、男振りも数段上がっているようにも見えたものである。

愛機を残して原隊復帰

台湾を空襲した敵機動部隊は、その後、台湾方面から遠く離れていった模様で、しばらくの間は、台湾方面の上空に、敵艦載機の機影を見ることはなかった。

東港空内の航空各部隊の業務は旧来の姿に戻り、対潜哨戒や、船団護衛の飛行作業に追われるという毎日の繰り返しである。

その忙しい毎日の中で、飛行艇の離着水する頻度が高くなって来たのも、このころからのことであった。

飛行艇の使用目的には、二種類あるようで、その一は、遠距離飛行による索敵哨戒飛行に出るものと、もう一つは、人員その他の空輸に使用されているものである。

遠距離飛行の索敵哨戒飛行に発進する飛行艇の大部分は、東港空から未明に飛び立っていたが、その飛行艇に搭乗した乗員の表情は堅い感じであった。他方、内地に向かう輸送機となる飛行艇の乗員は、〝俺がお前さんたちを運んでやるんだぞ〟と言わんばかりの横柄な態度を執るような搭乗員が間々見かけられ、同じ飛行艇の搭乗員でありながら、その飛行目的が異なると、乗員の態度までがこんなにも変わって来るのかと、不思議にさえ思われた。

また、そんなに横柄な態度をとる飛行艇の搭乗員を前にしながら、平常時の地上勤務の際ならば、軍人としての階級の上位をかさに威張り散らしていた陸、海軍の上級士官や、高級文官の人々が、ただただ、一刻も早くこの危険度の高い台湾を離れて、内地に帰りたいと思うばかりに、みなはこの際、下級軍人としての搭乗員のその態度にも何らの指摘をすることもなく、おとなしく、搭乗員の言うがまま、なすがままに従っているのを見ていると、あわれと言うしかなかった。

小型水上機の各隊では、対潜哨戒飛行とか、船団護衛飛行に、相も変わらぬいそがしい明け暮れの毎日を過ごしていて、わが小松島空派遣隊の九四水偵も、常時二～三機が入れ替わり、立ち替わりの交替をしながら、飛びつづけている。

過日、台湾本島に敵機動部隊が来襲し、その際、厦門に緊急避難として飛び立った零式水偵のうち、金原飛曹長が操縦していた一番機は、あの空襲の日からすでに十五日を過ぎたという十月の下旬になっても、東港空に帰投しないばかりでなく、陸、海上のどこからも何の連絡も来ない。

指揮官の山形中尉は、事態がこのようでは、一番機のペアから連絡をうけることは難しいだろうと判断して、ついに涙を呑んで、一番機に搭乗していたペアの三人を〝未帰還〟と認定した。私たちは、帰らない三人の遺品整理を行ない、東港空の工作科で白木の遺骨箱を作ってもらい、その箱の中にはそれぞれの階級と氏名を墨書した紙片を入れて、急造した祭壇に飾り、その前で黙禱を捧げた。

柔道場の畳の間を搭乗員宿舎として仮宿している私たちであるが、その室の一隅に白木の箱が並んでみると、残された搭乗員一同の行住、坐臥も、それまでの野放図な生活様式の繰り返しをつづけているというわけにもゆかず、みなは朝夕の霊前礼拝をつづけるとともに、宿舎内での生活態度にも神妙さが見られるようになった。

十一月の初旬、指揮官の山形中尉は、小松島空派遣隊の搭乗員と整備員の全員を集めて、

「われわれの派遣隊は、本日付をもって派遣解除とされた。そこで、全員は明後日にこの地から離れて、小松島空に帰隊することとする。われわれが使用している飛行機の全九機は、この東港空に所管換えすることとなったので、小松島空への帰途は、ここから飛行艇に便乗して、鹿児島県指宿の水上機基地に飛び、指宿からは鉄道利用で小松島に向かうこととする。そのつもりで、さっそく準備にかかれ」という指示をあたえた。

三ヵ月半に及んだ台湾派遣が、いま解かれて、私たちはいよいよ原隊復帰となったのである。


搭乗員も整備員のそれぞれも、いそがしく帰還準備をはじめているが、ここで、ひとつ気になることがあった。それは、〝鹿児島県の南端にある指宿の水上機基地に陸揚げされた後、陸路を徳島県の小松島に向かうには、鉄道利用で行くとしても約一日半を要するだろうが、その間の食事はどうなるのだろうか。日本内地では、食糧が配給制になっていて、国民は食べるのに苦労しているという話も耳にしているので、突然の旅鳥となる私たちが、鉄道利用中に果たして食事にありつくことができるだろうか〟ということであった。

みんなで国内旅行中の食事の確保について、協議を重ねているうちに、誰かが、

「バナナを持って行ってはどうでしょうか」と発言する者があって、みなの意見も〝よしバナナにしよう〟ということになった。

搭乗員の二〜三人を酒保に走らせて事情を説明し、バナナの買い付けを申し出たところ、

酒保員の理解を得て、私たちはバナナを唐丸籠に三杯、それも籠に山盛りにしたものを手にすることができた。これで少なくとも国内旅行中の食事の確保はできたので、後はそれぞれが身仕度をするだけである。

二式飛行艇——著者らは東港派遣を解除されて原隊に復帰となり、水偵全機をのこして二式飛行艇に便乗、内地へ向かった。

不要、不急の品は一切処分するようにと、私は全員に指示したが、それでも、内地への土産にと買い込んでいた砂糖の小袋や、金華糖とか、その他の甘味料は誰も捨て切れなかったらしく、手荷物として持ち歩いている落下傘バッグは一杯に膨れていて、これを持ち歩いている皆の顔は嬉しそうにしている。

いよいよ飛行艇に便乗して、内地に向かうときが来た。私は、少々暑苦しい気持ちはあったが、日本内地は十一月中旬の気候であるので、暑い台湾の生活に馴れた身には寒かろうということを考慮した上で、それに、飛行艇の搭乗員に、私たち便乗者の手荷物を少なく見せる意味も加えて、衣服類の大半を身にまとわせ、さらには、全搭乗員に飛行服を着用させて、手荷物としては、各人に落下傘バッグ一個を持たせるという程度にした。便乗予定の飛行艇は、格納庫前のエプロン上で試運転を行なっている。二式飛行艇である。

この日の一週間くらい前のある夜のこと、やはり日本内地に向かうという九七式飛行艇が、わんさと帰りを急ぐ高級士官らを便乗させて、この東港空から飛び立ったが、その飛行艇が離水して高度七～八十メートルに達したとき、その機は右に上昇旋回をはじめた。地上でこの飛行艇の発進の模様を眺めていた多くの人々の中で、私たちも混じってこれを眺めていたが、その飛行艇は両翼端や、室内灯を点じたままであったので、その飛行艇が離水して、上昇して行くさまが地上からでも鮮明に眺められていた。

私は、その機が右に上昇旋回をはじめたのを見て、その旋回角度が深過ぎるぞと心配し、また、〝この飛行艇の操縦員は荒っぽい操縦をする人だなぁー〟と思いながら見ていると、案じていたとおり、空中の飛行艇は突然にその状態で進行が止まり、左に傾きながら急速に海上に墜落していった。

離水直後の上昇角度が大き過ぎた上、その姿勢で、飛行艇に十分の浮力をつけないまま、大きな角度で上昇旋回に移ったがため、飛行艇が失速状態になって墜落したのである。このさまは、飛行機の操縦員であれば、誰にでもすぐに判断できるぐらいの簡単な操縦ミスである。〝操縦員は何やってんだい。このど素人めが！〟と思ったのは、おそらく操縦員としての私一人では決してなかったと思う。偵察員の何人かも、この荒っぽい操縦を口にしていたほどであった。

飛行機隊指揮所内でも、多くの人々が、いまの墜落事故を目撃していたので、隊内ではすぐさま〝救助隊用意！〟が発動されて、数台の自動車は墜落現場の方向へとあわただしくサイレンを鳴らしながら駆けていった。

それにしても、この飛行艇に便乗した上級士官や、文官の全員は、その飛行艇と運命をともにしたのであったが、考えてみれば、気の毒な限りである。彼らの多くは、陸、海軍の上級士官という名のもとに、何人もの便乗申請者を振り払うようにして、その座席の確保に成功し、内地への旅を急いだ人たちであろうにと思うと、気の毒である。

飛行艇の失速事故を、つい先日、夕暮れ時に目撃していた私たちだから、〝飛行艇に便乗しさえすれば、もう、一安心〟とばかりにはまいらない。それでも指揮官の命令でこの二式飛行艇に便乗して、指宿に向かうというのだから、〝便乗は嫌だ！〟とは言えるものでもない。

手荷物の落下傘バッグと、食糧のバナナ籠を飛行艇に積み込んだ私たち小松島空派遣隊の一同は、東港空司令からのねぎらいの言葉と、餞別の挨拶をうけて、飛行艇に乗り込んだ。

三つの白木の箱は、私と上級搭乗員の三人が、首から下げた白布の中に納めている。

このとき便乗した二式飛行艇は、輸送機ではなく、実戦用のものであったので、機内には便乗者の座る場所などの設備はない。仕方なしに、私たちはそれぞれが随所に空いている場所を選んで、腰を下ろしていた。

心配していた離水も上手にできて、〝飛行艇は現在、高度三千五百メートルで飛んでいる〟と、この機の搭乗員が私たちに説明してくれたが、窓から外を見ることもできないので、私たちはその説明を聞きながら、〝ああ、そうか〟と思うばかりである。それでも、今までに私たちが東港空の地上で見ていた便乗者に対する飛行艇搭乗員の不遜な態度が、今日の場合には私たちに感ぜられないばかりか、親切でさえもあるのであった。

それは、私たちの全員が飛行服をまとっていたので、これを見た飛行艇搭乗員の心の中に仲間意識が湧いていたことと、とくに白木の箱三個を抱いていることに対しての敬意からであったのかも知れない。


〝着水する。便乗者はその位置から動くな！〟と言う機長の指示で、私たちは手当たり次第に側壁などにしがみついて、飛行艇が無事に着水するのを心の中で祈っていた。

やがて、飛行艇は〝ドドッ！　ドドッ！〟と三回ぐらいジャンプしながら、無事に着水した。つづいて水上滑走に移り、陸岸に向かっている模様であったが、そのうちに、艇体の下部で〝ゴトゴト〟という軽い衝撃音と、振動が起こった後、ぴたりと飛行艇の動きが止まった。


無事に接岸したのであろうと思っていると、飛行艇は小舟に曳航されていて、陸岸から三～四十メートルの海上に錨を下ろした。いわゆる洋上係留であろう。すると、この指宿の水上機基地には、飛行艇を揚陸させるための設備がないのかも知れない。まもなくランチが進んで来て、飛行艇の乗降口の横にピタリと横付けされた。私たちは、この迎えのランチに乗り移って、陸岸まで運んでもらったが、地上ではもう夕暮れ時になっている。

飛行艇乗組員に便乗のお礼を言上し、基地司令に挨拶をした私たちは、基地の車で指宿の街に向かい、基地員が手配してくれた街の宿屋で一泊した。あたりは真っ暗な夜になっていて、衣服から出ている顔や手には、十一月の夜風が冷たいぐらいである。

「明日は、早朝に指宿から西鹿児島に向かい、西鹿児島からは列車を利用して東上する」という山形指揮官の指示もあっていたので、私たちは投宿した夜の指宿では、寝酒もやらずに早寝することにして、温泉で身体を洗い流すと早々に床についた。

翌朝は早目の朝食をすまして指宿の駅まで歩いたが、南国の九州とはいっても、頬に流れる十一月の朝風はやはり冷たい。もう、晩秋の季節に入っているということを、自然が私たちに教えてくれているのであろうか。

飛行服一式を手に持って歩くのは、手荷物がその分だけ増えるということにもなるので、そうならないようにと、私は全員に飛行服着用のままで、小松島まで旅行するようにと指示した。

西鹿児島駅で、鹿児島本線の大阪行き列車に乗り込んだが、この駅は始発駅でもあったことから、車内の半分は空席のままであったので、これから長旅をしようとしている一行にとっては幸運でもあった。

三十名以上の若者の集団が、車内の一隅を占拠して、ガヤガヤとやっている。

その服装はとみれば、どれもが飛行服に飛行帽で、その襟からは白いマフラーさえ覗いているというのであるから、つぎつぎと停車する駅駅から、この列車に乗り込んできた乗客は、一様に〝ギョッ！〟としたようすで、車内には何事が起こっているのかというように不審気の面持ちの人もあったが、それでも、彼らはいそがしそうにして、そこ、かしこにと空席を探してはそれぞれに腰を下ろしている。

熊本駅を過ぎ、久留米駅に到着するころには、この車内も乗客で満席になっていた。この久留米駅から分かれている九大線に乗り換えると、五つ目の筑後吉井駅で下車した近くの朝倉村が、私の故郷である。私としては、列車が久留米駅に停まってからは、田舎で一人暮らしの母や、故郷のあの山、この川とつぎつぎに連想するのであったが、それもままならず、いまはこの旅行団の一人となって、黙ってこの駅を通過せざるを得なかったのを、残念に思えて仕方がなかった。

時計に目をやると、昼食時間はとうの昔に過ぎていて、私たちは今朝が早立ちであったことから、みな腹が減っていることに気づいた。指宿の基地を出るとき、〝車中で使えるならば〟といって渡されている外食券で、駅弁が手に入らないものかと、停車する駅ごとに人を走らせてみたが、駅弁はうまく手に入らない。仕方がないので、籠の蓋を開けて、各人に弁当がわりのバナナを食べさせていると、乗り合わせている人々がこれを見て、みな羨望の眼を向けてくる。

子供がバナナを食べたいと言って泣き出すのも出てきた。私は、立ち上がってバナナを二本持って、その子の傍らに行き、「私たちは、これこれで、旅行中の弁当代わりにバナナを食べているところです。なにか弁当代わりに口に入る物でもあれば、こんな真似はせんですむんですが、皆さん、すみません」と、挨拶した。

聞いていた近くの人が、

「兵隊さん、大変ですね。これでもよかったら食べませんか」と言って、手荷物の中から芋饅頭の幾つかを差し出して、私たちに食べろと言う。

それに合わせるようにして、車内の幾人かの人々が持っていた握り飯とか、おはぎとかを持ち寄って来るので有難かった。私たちの方でも、その人々にバナナをお返ししたが、久し振りに立派な台湾バナナを手にした人々は、その場でそれを食べようとはせずに、みな風呂敷などに包み込んでいた。彼らは家に帰ってから、家族に今日の車中での話などを聞かせながら、車中で手にしてきた今どき珍しい台湾バナナの何本かを皆で分け合うのではなかろうか。岡山駅で宇野線に乗り換えるころには、台湾バナナの籠一つは、すでに残り少なくなっていた。

汽車で宇野に着き、連絡船で高松へ、高松からは高徳線で小松島港駅に向かった。宇高連絡船で高松港に上陸した際、私たち一行のこれからの行動予定を、指揮官が小松島空司令に電話していたので、到着したその駅頭には、留守居の山田分隊長が待ち受けていた。

久し振りに帰って来た小松島の風景は、先ごろ台湾に向けて出発したときのそれと少しも変わりは見られないが、帰って来た私たちにとっては、やはり、懐かしい故郷の風景にも思えるのである。

航空隊からの迎えの内火艇に乗り込み、水上を滑るように走る艇内にいると、匂ってくる潮風も、目に映るすべてもが懐かしいばかりであった。わずかに三月半を留守にしただけだというのに。

内火艇で航空隊に着いて見ると、船着場前から、本部庁舎の玄関先に向けて、隊内の全員が二列に並んで私たちを待ち受けている。

指揮官山形中尉を先頭にして、その後に台湾で未帰還となっている金原飛曹長、尾本飛曹長と、本間飛長の白木の箱を抱いた私たち三名の者がつづき、派遣搭乗員の全員がその後につづいて進むのを、二列に並んで出迎えていた航空隊の全員は、白木の箱にうやうやしく挙手注目の礼をしている。

本部庁舎の司令室には、すでに祭壇が設置されていた。山形指揮官から司令に対して帰着の報告をする。

「ご苦労。皆はよくやってくれたので喜んでいる。未帰還となった三名の搭乗員については残念であるが、この上は、その霊よ、安らかなれと祈るばかりである」と訓示する寺田司令の両瞼には、光るものさえ浮かんでいるのが見えていた。

予備中尉の大量生産

寺田司令から心温まる帰隊歓迎の言葉をうけて、私たちは久し振りの搭乗員室に引き揚げてきたが、わずかに三月半の間を留守にしていたというのに、その私たちを喜びながら取り巻いている搭乗員の顔触れは、さきに台湾派遣を見送ってくれたあの日の顔、顔とは大半が入れ変わっている。

先任搭乗員は高野三郎上飛曹から松木上飛曹にと、また私たち派遣隊のためにと、遠路はるばると零式水偵をこの小松島空から、台湾の私たちのもとに空輸してくれた中村上飛曹も、すでにこの小松島空から転出していた。そのほかにも、ラバウルの九三八空から私と高野利雄兵曹と三人で、ともに脱出するようにして、この小松島空に転入してきた高橋邦雄飛長は、彼の本業でもあった観測機の操縦員に戻って、これも転出していたので、今ではあのおとぼけの髭面を見ることもできなかった。

顔見知りの残留員では、特乙一期の石川上飛や、予備練出身の奥田泰司一飛曹などが元気な顔を見せている。

転出する者があれば、その補充要員となって転入してくる者もある。甲飛十二期出身の若々しい飛行兵長が、予科練いらい身につけていた〝七つ釦〟の制服姿から、八重桜の左マークをつけた水兵服に着替えて、一人前の飛行機乗り然として、大勢で小松島空に転入してきたのも、そのころのことであった。特乙二期生の稲田一飛や、上村一飛もそのころの転入組である。

戦局が悪化してきたことから、飛行機搭乗員の短期養成となって、飛行機乗りとしての予科練教育も満足に送ることなく、飛練教程に送られた彼らは、そこでも期間短縮されていたその飛練教程を卒業すると、すぐに実施部隊に配置されて、転入して来ていた。

速成教育をうけて来ている彼らであるから、即、実戦参加というわけにも参らず、当面は主として古参搭乗員が飛行機に同乗しながら、操縦員には操縦訓練を、偵察員には航法訓練や、航空無線の訓練を実施しながら、早く一人前の搭乗員となるための技術訓練をつづける。

飛行機搭乗員としての速成教育を経て、このころ、実施部隊に送り出されてきた搭乗員は、なにも予科練出身者ばかりではなかった。

昭和十八年に学徒動員令が施行され、それまでは徴兵延期という特典の上で、よりよき学生生活を謳歌していたであろう大学、高専の学生たちは、仕方なく徴兵検査を受ける羽目に立たされた。

これと時期を同じくして、海軍では飛行科予備学生の大量採用を実施している。昭和十八年の暮れに海軍に採用された彼らは、いったん各地の海兵団に入隊したが、飛行適性検査に合格した者は、飛行科予備学生となって練習航空隊に回され、そこで操縦員と偵察員に選別された後、各専門別に飛行訓練をうけ、海軍少尉に任官して、実施部隊に配属された。（この話は、第十三期海軍飛行科予備学生出身者の談話を要約した点が多い）

海軍に入隊し、わずか数ヵ月足らずの飛行訓練をうけて、実施部隊に送り出されてきた彼らは、考えようでは気の毒な人たちでもある。

飛行機乗りとしての操縦技術の成否は、その人の学歴や階級の如何でその上手、下手が決まるものではなく、全般的にはその人の運動適性の如何に加えて、各種練度の多少によって決まるものであるとさえ言われていた。（このことを実証する例話としては、今次大戦中の各航空戦でも数多いのであるが、中でもずば抜けて活躍していた搭乗員の大半が、海兵出身や、予備学生出身の海軍士官ではなくて、下士官、兵の熟練搭乗員であったことに着目したいところであって、その彼らは、決して大学卒の学歴などは持っていなかったのである）

大量速成で、このように実施部隊に送り出されてきている少尉さんたちは、海軍士官の軍服を着用して、その意気は軒昂であるが、こと飛行機に関してはまったくの素人同然だから、はたで見ていても危なかしくて仕方ないぐらいである。

これは、彼ら少尉さんたちの経験している飛行時間の数から見ても、彼らにその完全を要望すること自体が無理であったところであろう。

ところが、徴兵検査の特典が取り除かれたがゆえに軍人となり、海軍部内での大量採用で

昭和19年12月、小松島空搭乗員——予備少尉たちと共に。原隊に復帰すると顔ぶれもかわり、技量未熟ながら意気軒昂、予備学生も送りこまれてきた。

予備学生の枠内に入ったことから、入隊してから一年も経ていないというのに、隊内生活では、前線では一兵でも欲しいと言われている兵士までを従兵としている、いわゆる従兵つきの海軍士官として遇されているという有難い境遇の中で生活しているものだから、これらの少尉さんたちの中には、思い上がった態度をとって、周辺の下士官、兵に対して威張り散らすものがあって始末に負えない。

彼らにすれば、下級者に威張り散らすことを得意がっているのかも知れないが、軍隊内では、上官に対する反抗が一切禁止されているばかりに、古参の下士官でも、これらの行為を見ていて腹は立つけれども、手出しをすることはしない。だから、彼らはそれをよいことにして、ますます威張り散らすのであるが、まったく、この時期、海軍も落ちぶれたものであった。

そんな海軍少尉であっても、彼らに早く一

人前の飛行技術を習得させたいとする航空隊の上層部では、彼らに対する操縦、偵察の飛行訓練時には、その指導員に古参の下士官搭乗員を当てて来るのだから、指導員をやらされる下士官搭乗員の側としては、面白くないことばかりである。

彼らの階級はトントン拍子で上がり、いつのまにか海軍中尉に進級した。

小松島空の飛行科分隊長として転任してきた本村純男中尉（乙飛二期・偵察・功六金勲）は、隊内でのさばるこれらの中尉たちに整列をかけたことがあった。

「海軍航空隊では、各地の激戦で古参搭乗員の多くが戦死したがために、指揮系統の確保と、飛行機搭乗員の充足のために、君たちが大量に採用されているのである。技術的には未だしの君たちだが、懸命な技術習得に心がけてこそ、その使命に応えられるのであって、海軍中尉に進んだことにのみ特権意識を高ぶらせていては駄目だ。私の階級も海軍中尉で、君たちは私のことを同級、同列ぐらいに考えているかも知れないが、私が昭和六年に海軍に入ってから、今日を迎えているということを忘れないように。このつぎの昇進月がくれば、私は海軍大尉に進むことになっているということもあわせて憶えておけ！」

平素は、質実剛健ながらも、口数の少ない本村分隊長でさえ、このような注意をあたえたほどだから、彼らが隊内でいかにのさばっていたかということがわかろうというものであろう。

この海軍中尉たちにも、泣きどころが大きく二つあった。

その一は、速成教育で航空隊の第一線に配属されているため、階級は海軍中尉であっても、その技術面では初心者マークをつけたばかりのど素人で、しかも、実戦経験などまったくないのであるから、空中に舞い上がってからの技量の面で、自分自身がその飛行技術に自己満足などできていないということである。

その二は、海兵出身の士官との軋轢である。

ともに中等学校に在学していたころ、その学校では自他ともに認めていた秀才が、昭和十四年ごろ、海軍兵学校に進み、海兵卒業後は士官候補生を経て、練習航空隊で訓練をかさねた後、一人前の飛行機乗りとして実戦部隊に配属されてきてみると、そこには、学徒動員令という名のもとに大量に採用されて、海軍航空隊に配属されている海軍中尉の一団があって、その彼らが集団を組みながら隊内をわがもの顔に往来しているのだから、海兵出身の海軍中尉としては、すこぶる面白くない。そこで、海兵出身の中尉が、予備学生出身の中尉に対して、何かにつけては気合いを入れるということにもなる。

小松島空の隊内では、予備学生出身の中尉が、下士官搭乗員を訳もなく殴るというような目立つ行為は少なかった。が、その他の実施部隊では、これらの中尉が、ただ、その階級が上位であるということのみをカサにきて、わけもなく下士官搭乗員を殴っているのを見聞していた。そして彼らは「予科練の奴らが……」という言葉をことあるごとに憎らしげに口にしていたともいう。

理由は簡単な話で、海軍中尉の肩章をつけた予備学生の数は、隊内に多いので、彼らの中には、その態度が横柄な者もあって、これが海兵出身の中尉としては頭にきていた。結局は海兵出身の中尉が、予備学生出身の中尉に気合いを入れる。気合いを入れられたこれらの中尉どもは、そのやる方なき憤懣の捌け口を、反抗することのできないとされている予科練出身の下士官搭乗員に向けて来るのである。まったく彼らは不法な行動を執るのであったが、最後にまわってきて殴られる下士官搭乗員としては、たまったものでもあるまい。

階級意識だけが強い新参のこれら予備学生上がりの海軍士官が、当時の第一線航空部隊に配属されていたのだから、隊内には士官と下士官、兵の搭乗員が、同じ飛行機に乗って、相互に編隊を組んでも、その際に最も重要なコミュニケーションなど生まれるはずがなかったのである。

まったく情けない話でもある。戦後、これらの予備中尉や予備士官となって、兵役を過ごしたことのある人が、よく口にする戦争談義を耳にしていると、その人たちはそれぞれが飛行機を自由に操縦して、この戦争で大活躍をしていたというような勇ましい話ばかりだが、海軍航空隊で生活を共にしてきて、彼らの活躍ぶりの真実を知っている私たち下士官、兵の搭乗員からすれば、そのように大きな話をされる方々に対しては、ただただ〝本当に?〟〝ご立派?〟〝ご苦労さん?〟とだけ申し上げたい次第である。

水偵隊こぼればなし

〽一度来て見よ　阿波小松島
意気な海軍さんが　散歩する
〽二条通りを　ぶらぶらすれば
白いお手手が　チョイと招く

徳島県勝浦郡小松島町が当時の呼び名である。

この小松島は港町で、阿摂航路といって、大阪の天保山から、二隻の大きな客船が交互にこの小松島港に出入りしていた。大阪を夕方に出港した客船は、途中の淡路島の南の海上に錨を下ろして、深夜を過ごした後、未明にその海上を離れて、小松島港に入るのである。

私たちが黎明時に、船団護衛飛行で小松島空から発進すると、海上に一時停泊していることの客船をよく見かけていたものであった。

鉄道は、この海上交通と直結するため、牟岐線の中田《ちゅうでん》駅から臨港線を一駅間延ばして、小松島駅を設営していたので、徳島市方面への用向きや、遊びに出かける人は、みなこの駅から乗車したものである。

この街は、小さい静かな港町で、ここに生活する人々は、人情が細やかでもあったので、私たちのような旅鳥が暫時の憩いをとるには、有難いところでもある。

海軍の下士官には、当時、二分の一外出といって、二日に一回のわりで外泊が許されていた。みなは、外出先の宿泊所〃いわゆる下宿〃を街中の民家に頼んで、外出した際には、この下宿で寛《くつろ》ぐのを何よりも楽しみにしていたものであった。また、私たちは外出したときに、お互いの下宿を訪問し合いながら、外出中の時間を過ごすことも多かったので、これらの下宿の小母さんたちとは顔見知りになっていて、わが子と親ぐらいの年齢差もあることから、〃酒を飲み過ぎる〃といっては小母さんに叱られ、〃夜遊びが過ぎる〃といっては小母さんに叱られたりしていたものであった。

外出先では、隊内事情などについて、多くを語っていないつもりであったが、私たちのだれそれが父島に派遣されたとか、台湾での空襲で派遣隊の残留員は、敵戦闘機の銃撃から退避する際、砂糖黍畑の中を逃げ回っていたとか、下宿の小母さんたちの情報の早いのに驚かされたりしたものである。

小松島空での生活は、一年一ヵ月間の短い期間ではあったが、そのわずかな期間中にも、いろいろといそがしいことや、楽しいことが数多くあった。思いつくままに、順を追って記してみよう。

○四月下旬の海水浴

さきにも書いたが、この小松島空水偵隊は、それまでの延長教育といわれていた操縦練習生に対する実用機教程の練習航空隊であったものを廃止して、昭和十九年四月からは新たに九四水偵十機を常備する実施部隊とされたものである。

水偵隊編成にともなって、小松島空には全国各地から、水偵搭乗員が、三々五々とこの地に集められたのだが、その新編成の水偵隊の飛行科で、いの一番に到着したのが、山形中尉と、予備練出身の矢内二飛曹ほかの三名と、特乙一期出身の石川清、森友三と、伊藤大助の三君であった。

石川、森および伊藤の三君は、見る限りでは年若い海軍兵として、他の海軍兵と変わりはないが、水兵服の左には飛練卒業の八重桜のマークをつけている。ただ、彼らの階級が海軍一等飛行兵であったものだから、航空隊内の地上員は、彼らがつけている左マークの八重桜を見ながら、不思議な思いをしていたのも事実である。

四月の中旬になると、予定されていた転入組の顔触れも出そろい、古参の搭乗員は、早々と対潜哨戒飛行や、船団護衛のために飛び立っていた。他方では、いわゆる学卒の若年搭乗員に対する飛行訓練も、同時並行して行なわれている。

操縦訓練で使用する九四水偵は、ダブル操縦装置になっているので、中間席に座って教える側の搭乗員は気楽なものである。

約一週間ぐらい操縦訓練で新人教育をしたが、彼らは飛行時間こそは少なかったが、それでも操縦技法の呑み込みが早く、飛行訓練はもうこの辺で切り上げようということになった。

それから間もないある日のこと、伊藤一飛は、山田二飛曹を機長として、電信員の中村二飛曹と三人でペアを組んで、対潜哨戒飛行に出ることになった。

搭乗する飛行機は、すでに試運転も終えて、出船にされているその飛行機の胴体下には、六十キロ爆弾二個が搭載されている。

生まれて初めて爆弾を搭載した飛行機に乗って出撃するのだから、まだ、経験未熟の年若い伊藤一飛は機上に上がった後も緊張と興奮とで、顔色も幾分、青白い感じがしていた。おそらく、そのときの彼は、身体がガチガチに固くなっていて、その喉はカラカラに渇いていたのではなかろうかとも思うが、飛行機搭乗員となったからには、だれもが一度は経験するこの最初の出撃でもあった。

エンジンが始動し、操縦員の合図で、その機は水上に押し出された。

水上滑走で離水地点に到達した伊藤機は、ここでいったん風に立って、いよいよ離水しようとしている。地上では指揮所周辺に居合わせた搭乗員や整備員が、〝伊藤さん、頑張れや〃とばかりに大勢がこれを見守っている。

飛行機のエンジンが唸りを上げ、プロペラの回転が早くなった。飛行機下部のフロートは、海上に大きく白波を立てていて、水上を滑走している飛行機の速度も早くなって来た。離水操作に入ったのである。

ここで、約五百メートルも水上滑走をつづけていると、飛行機はふんわりと空中に浮くのだが、当の伊藤機はそうなる前に、水上で左に回りはじめたかと見ているうちに、飛行機が右に傾いて、その翼端で水面を叩きながら、〃アッ！〃という間もなく、水面上で転覆してしまった。〃救助隊用意！〃が即座に発令されて、岸壁からは内火艇が全速力で走り出した。

それにしても、桜の季節が過ぎたばかりとはいえ、まだ肌寒いこの四月の終わりのころに、大勢が見ているその前で、男気を出して水浴びまでして見せんでもよかろうにと、伊藤君とそのペアに同情したものである。

○若鷲の歌

この戦争が〃トラ、トラ、トラ〃ではじまったように、戦争はその全期間を通じて、飛行機での戦いに明け暮れていたという感じさえしている。

そんな折も折、政府では国民の戦意昂揚をはかるうえから、あらゆる視聴覚に訴える方法を講じていたのであったが、なかで、大ヒットをした軍国歌謡に若鷲の歌があった。

〽若い血潮の　予科練の
七つ釦は　桜に錨……

時流に乗った、しかも、だれにも親しみやすいこの歌が世に出ると、間もなく日本の津々浦々にまでひろがって、この歌を唄う若人は頬を震わせ、子供たちはこの歌を口にすることによって、予科練を英雄視するまでになっていた。

昭和十九年十一月の終わりに近いある日のこと、〝昨日の日曜日に、徳島市内の劇場で催されていた歌謡ショーに、海軍の下士官の一人が突然、飛び入りを申し出て、劇場内に並みいる大観衆を前にしながら、堂々たる態度でこの〝若鷲の歌〟を唄い上げて、大喝采を浴びた〟というニュースが、小松島空の搭乗員室に流れて来た。

徳島市内に日曜外出で出かける海軍の下士官といえば、当時、徳島市に隣接する松茂村内に設営されていた徳島海軍航空隊の飛行練習生が、日曜日にはそろって徳島市内に出ていたので、搭乗員室に流れているこのニュースを聞いていた小松島空の搭乗員たちの間では、〝徳島空には飛練生が大勢いるので、中には元気のある奴もいたんだろう〟程度に聞き流していたぐらいであった。

「先日、徳島市内の劇場で、若鷲の歌を唄ったのは、小松島空の搭乗員らしいという話ですよ」という噂が、隊内に〝パッ！〟とひろがったのは、それから四～五日を経たころである。

噂がこんなにまでもひろがってはと、搭乗員室でこのまま放置しておくわけにもいかなくなったので、若い搭乗員の何人かにたずねているうちに、当初は口をかたくして、顔を見合わせていた彼らの中から、

「あの歌を唄ったのは、田辺兵曹です」と申し出る者があった。

搭乗員室で本人を呼び、事情を聞いたところによると、この田辺敏明二飛曹（乙十七期・

偵）は、同輩の搭乗員数名と連れだって、日曜外出で、徳島市内に出向いた。

昼食時に酒を飲んだ後、くだんの劇場に入り、歌謡を聞いているうちに、酒の酔いが身体に回って来ていたのを知っていたが、彼はまた、場内の雰囲気にも酔わされていた。

舞台が幕間になって場内の聴衆がざわついている合間に、一杯機嫌で元気が出ていた田辺二飛曹は、どこでだれと交渉し、どう話がついたのかはわからないが、幕が開いたとき、舞台中央には海軍二等飛行兵曹の軍服姿も若々しい田辺兵曹が立っていて、司会者は、本物の飛行機搭乗員がいまから〝若鷲の歌〟を唄いますという。

聴衆からは〝待ってました！〟〝頑張れよ！〟〝間違えるな！〟等々の野次が飛び交うなかを、彼は堂々と最後まで唄い上げたということである。

戦争は熾烈な戦いの局面を迎えていたが、巷間では、まだ、このような小さなエポックが人々の荒ぶ心を慰めていたのかも知れない。

○鯨の生け捕り

昭和十九年五月末のある日のこと、搭乗員の夕食の膳には鯨の刺身の大皿が、食卓の中央部にデーンと据えられていて、湯呑みに注いだ酒を飲みながら、卓上の鯨の刺身に箸を進めている一同の談笑は、最高にトーンが上がっていた。今夕の食事は無礼講並みである。

飛行機搭乗員の食事では、平常時でも一般の隊員食にプラス・アルファの栄養食が三度とも添加されていたが、それでも、今夕食のような刺身の大皿が添加されるということは珍しい。鯨の刺身で一杯やるには、ちょっとした理由があった。

午前一時に発進した対潜哨戒機には、横尾一飛曹を機長として、石川上飛がこの機を操縦するというペアの三人が乗り組んでいた。

この日の天候は晴天であったが、北東の風が強く吹いていて、格納庫前のエプロンから滑り台に進む飛行機には強い追い風になっている。

〃さぁ、発進！〃ということで、飛行機を台上に乗せている滑車は、水中へと運ばれていく。飛行機は滑車ごと水中に投げ入れされるので、この瞬間に操縦員は飛行機のエンジン回転を増大しながら、水上滑走にと移行していくのが、操縦の基本となっている。

ところが、操縦員の石川上飛はこのころ、まだ経験が浅く、操縦があまり上手でなかったので、後方から強く吹きつけてくる追い風に対する水上滑走がままならない。

水上に出された飛行機は、滑り台を離れると、間もなく自然に風に立とうとして、水上で左に回りはじめた。このまま左回りをつづけていると、この飛行機は水上を回りながら、陸岸に衝突する恐れが出たので、操縦員は、エンジンの回転を急速に増大しながら、飛行機の左に回るのを止めて、右に戻そうとしているが、吹く風が強いものだから、飛行機は操縦員の思うようにはならない。

それでも、幾分かの方向修正ができたのか、滑り台前の水上を、大きく左回りで一周しながら飛行機を風に立てた後、さらにエンジンを加速しながら、水上滑走をつづけているうちに、どうやら離水地点に到達することができたので、そこから北東の風に向かって離水していった。

指揮所周辺で、石川機のこのような発進の状況を見守っていた搭乗員たちは、〃石の奴、今日は強い追い風にやられて、水上でグルグル回されているが、大丈夫かな？　石さん、頑張れよ〃と、心の中で声援を送っていたほどである。

石川機が、どうやら無事に離水して、予定コースに乗りながら飛んで行ったので、見ていた一同は安心して、それぞれ指揮所周辺で、思い思いの待機という名の休息をしていたが、そのとき、先刻、石川機が発進したあたりの滑り台の水辺付近で、大騒ぎが起こっていた。

整備員の数名の者は、早くも水中に入って、何かを追い回しているが、やがて、その滑り台の水辺には、薄墨色をした体長三メートルぐらいの大きな怪物が、バタバタと全身で跳ね回りながら飛び上がって来た。この怪物を、整備員は棒切れや、素手でなおも滑り台の水辺から地上に押し上げている。

「鯨だ！　鯨だ！」と大声を挙げて、付近の者が足ばやに駆けて行く。

私たちも、突然に起こったこの騒ぎに巻き込まれるようにして、皆は人々が騒いでいる方へと駆けていった。

滑り台上の水際には、人々が鯨と叫んでいる怪物が、大勢の者に取り囲まれて、生命の存続を観念でもしたかのように、長々とのびている。よく見ると、この鯨の頭部には真新しい大きな打ち傷が一本入っていて、その傷口からは鯨の血が流れている。鯨は、石川機のフロートに頭部をぶっつけて傷を負い、脳震盪を起こしていたのかも知れない。

これを取り巻いて見守る野次馬どもは、

「これは鯨の子だ」

「それにしてはちょっと小さいぞ」などとたわいなく、がやがやと話している。

そこに学のある人（漁師出身の地上員）がやって来て、「これはまさしく鯨だ。いまの時季には鯨がこの近海を回遊するので、この鯨は、おそらくそれが湾内に迷い込んだんだろう」という。一同はこの学説を聞いて、左様承知ということになった。そこに主計科から人がやって来て、この鯨を試食するといって四人がかりで担いでいってしまった。

これを見ていた現場の搭乗員が騒ぎ出した。香田、田辺、柳瀬といった中堅の搭乗員が数名で烹炊所に押しかけて、

「その鯨は、石川が水上で飛行機をぐるぐると回しているうちに、迷い込んでいた鯨を陸上に追い上げたんだから、搭乗員一同にも試食する権利があるはずだ。鯨の片身全部をよこせとは言わないが、上等のところをもらいたい」と強い談判をして、手にして来たのがこの食卓上の大皿に山盛りされている鯨の刺身であったのである。

○巡邏衛兵で街に

海軍の下士官、兵にとって、外出先で巡邏衛兵に出会うというのは、じつに煩わしいものであった。

規律一点張りの隊内生活から、外出したという解放感に誘われて、その引き締まっていた気持ちもやすまろうというその外出先で、そうはさせじとばかりに、街中を巡回しながら外出員の規律違反を取り締まるのが、これらの巡邏衛兵である。

彼らは、隊伍を組みながら、または各個に分かれて、下士官、兵が数多く集まる外出先を巡回するので、楽しみにしていた外出先であっても、これに取り締まられているかと思うと、

気持ちがやすまるということがない。

この巡邏衛兵を申し出て、本当に実行したのが小松島空の搭乗員である。小松島空の衛兵司令は、予備学生出身の中尉で、彼も飛行機乗り仲間であったので、条件としては申し分がない。

「衛兵司令、今度の日曜日に天気がよかったら、私たち搭乗員に巡邏衛兵をやらせてくれませんか」と、私は衛兵司令に話をしてみた。海軍中尉の肩書を持った衛兵司令であっても、こと飛行機に関しては初心者マークつきである。

「では、搭乗員でやってみるか」ということに決したので、私は、当日の当直員として隊内に残る予定の搭乗員の中から、巡邏衛兵として外出する者を選抜した。

その日は天候快晴、半数近くの搭乗員は日曜外出ですでに出払っているが、残留者の中で飛行予定がある二組のペアを除いても、まだ十名ぐらいの搭乗員が隊内には残っている。

巡邏衛兵となる搭乗員の数は八名とされていたので、これに従事する者として、先任搭乗員の竹井上飛曹を筆頭に、選抜された香田、横尾、上田、坂本、柳瀬ほかの下士官計八名の者は、一種軍装に白脚絆をつけ、腰には牛蒡《ごぼう》剣を帯び、巡邏衛兵の腕章を巻いて本部前に整列した。

この日の巡邏衛兵隊には、指揮官として衛兵司令が同行するということで、彼もまた、私たちと同様の服装で、長剣を吊るして庁舎前に出てきた。

小松島空の船着き場から、内火艇で小松島港駅前に出た私たち巡邏衛兵の一行は、ひとまず、徳島市内に出ようということになって汽車に乗り込んだ。車内には、私たちと顔見知りの海軍兵の数人が乗り合わせていたが、彼らはその車内にドカドカと乗り込んできた巡邏衛兵の私たちを見て、〃何事が起きたんだろう〃というように不審気な顔をしている。

徳島市内を約一時間ぐらい巡回した私たちは、小松島へと引き返し、隊外酒保で遅い昼食をすました後、小休止、自由行動となって、それぞれは下宿に立ち寄って軍装を解いたりもした。

それにしても、この巡邏衛兵となって市内を巡回するということは、見た目に反して疲れるものだということを、しみじみと思い知らされたものであった。

もともと面白半分の気持ちもあって、巡邏衛兵をやって見ようという気持ちと、天気が良いというこの日曜日に、隊内に一日中くすぶるという手はあるまいと考えての、この巡邏衛兵申し出であったが、とにもかくにも実行したのであり、また、やらせてもらったのでもある。

当時の全海軍航空隊の中で、搭乗員のみで巡邏衛兵隊を組織して、隊外を巡回したのは、このときの小松島空の巡邏衛兵隊くらいのものではなかったかと思われる。

護衛中の商船にドカン

日本国と同盟関係にあるドイツの商船が小松島の近海を航行するので、小松島空からは九四水偵二機を飛ばして、この商船を空中から護衛することになり、その護衛機の操縦に私と高野兵曹が選ばれた。

昭和十九年五月初旬の真夜中のことである。ぐっすりと寝込んでいた私たちは、指揮所当番兵から叩き起こされて、やれやれとばかりに床から起き出したが、搭乗員室の中ではこの急な呼び出し命令を聞きつけて、皆ごそごそと起き出していた。

格納庫の前では、すでにこの夜の出撃機の試運転が整備員の手によって開始されていて、各機とも胴体下には六十キロ爆弾二個が搭載されている。また、その機の周辺では人々があわただしく動いている。

私は飛行服を身につけて、指揮所内に入ったが、そこには、山田分隊長がすでに出張っていて、私たちの顔を見るなり、

「竹井兵曹ほか五名は準備でき次第に発進するので、急げ」という。ペアの偵察員は、チャートの上になにやら盛んに書き込んでいる。

傍らで山田分隊長がこれからのわが水偵隊の行動予定を指示、説明したところによると、

「詳細はよく分からないが、なにかの重要任務を帯びて日本に回航していたドイツの商船が、現在、徳島県蒲生田岬の南五カイリの海上を陸岸沿いに室戸岬の方向に航行している。わが小松島空では、この商船を空中から護衛することとなったので、護衛機はこれから順次に発進するが、上空で直接護衛する時間は、各機とも約二時間半とする。商船を護衛中の飛行機は、護衛すべき予定の時間が終了しても、漫然として上空を離れることなく、後続機がその上空に到達して、海上の商船に対する護衛を続行することにしているので、後続機が商船の上空に到達するのを確認した後、商船護衛を交替して、帰投するように。なお、現場の海上には敵潜水艦の出没が当然に予想されているので、護衛中の見張りは厳重にせよ」というようなことであった。

このときの商船護衛の一番手には私が指名され、午前二時にペアとともに発進していった。天も地もに真っ暗闇の中での飛行であったが、天候がよかったので、夜目にもそれなりの視界が利いていて、眼下の海上と陸地との境界線もよく見えている。このような好条件下に、上空で飛行機を操縦する私にとっては楽々とした夜間飛行であった。

この機の機長である私は、離水して現地に直行する際、飛行高度を通常時には六百メートルとしていたものを、今回に限って高度三百メートルに保ち、なおその上、飛行機の両翼端灯と尾灯を意識的にあかあかと点灯したまま飛びつづけている。

その目的とするところは、点灯した状態で空中を低く飛びつづけることによって、海上の商船にわが機の存在を確認させることと、いま一つは、海中に潜航している潜水艦などは、昼間の場合でも飛行機上からこれを発見することは困難とされているものを、このような暗黒の夜空のもとでは、たとえその潜水艦が眼下の海上に浮上していたとしても、その艦が停止でもしているとするならば、艦尾のウエーキも出ていないので、上空の飛行機からこれを発見するということは困難なことである。

そこで上空の飛行機から海上の潜水艦の発見が難しいのであるなら、いっそのこと、護衛中の商船上空を離れずに、全点灯で低空飛行をしながら、わが機の存在を敵潜水艦にも知らせて、〝いま浮上すると危険だぞ〟と教えながら、敵の行動を事前に牽制した方が、この際には有効であろうと考えていたからである。

また機長としての私は、偵察員、電信員にも、一応それぞれ機上での手続きが終わった後は、この飛行機の今夜の飛行範囲が、そのころの昼間飛行の際に飛び馴れている空域でもあったので、その二名の搭乗員はこの際はとくにそれぞれの本業にとらわれる必要はないから、下方海上の見張りに専念するようにと指示したりもした。

飛んでいるうちに、飛行機は早くも蒲生田岬にさしかかり、なおも二十分ばかり飛行していると、眼下の海上に白いウエーキを長く曳きながら航行している一隻の大型船が見えてきた。偵察員に大型船発見をつげてチャート上でドイツ商船の予定位置との関係を照合させると、眼下の海上を航行しているこの大型船こそが、今夜の飛行目的としているその船であるというので、私は、さっそくこの商船の上空をグルグルと旋回飛行しながら、偵察員に、発光信号による味方識別の合図を送らせた。

午前二時に小松島空を発進した私の飛行機は、目的船の上空を飛びつづけているが、空も海もまだ暗闇の中にあって、私たちの眼に映るものといえば、空一杯にきらめいている無数の星と、陸上に黒々とつらなって見える山々、陸岸を型造っている海岸線の白波と、海上を航行している大型船の後尾に白く、長く、出ているウエーキだけである。

そのような状況のなかでは、上空から海上の潜水艦など見えるものではない。私は、飛行高度をいぜん三百メートルに保ったままで、商船の進路前方を千メートルに、左右の側方をそれぞれ五百メートルの範囲で、半円型にグルグルと旋回しはじめた。午前四時三十分になると東の空がわずかに白くなってきて、その後の夜明けは急速に早まっていった。いわゆる黎明が来たのである。

夜から黎明にうつる時間帯と、昼から夜にうつる夕暮れどきの時間帯は、飛行中の搭乗員にとっては視界がきかなくなるときであり、反面、攻撃をはじめようとする相手方にとっては、またとない絶好の機会でもあるから、攻撃を仕かけてくる側としては、この薄暮と黎明の時間帯を利用することが多いという。

上空から、海上を航行している商船を護衛している私たちのペアは、ここで敵潜水艦にこの商船を攻撃させてなるものかとばかりに、なおも懸命の監視をつづけながら、眼下の商船護衛をつづけている。

海上には、東の空からはじまっている夜明けの明かりのもとで、淡い薄墨色をしているであろう敵の潜水艦が、この商船を待ち受けているかも知れないが、その潜水艦を私たちが上空から容易に透視できるというような状況ではない。

それならば、〝この商船の真上には、対潜警戒のための飛行機が飛んでいるんだぞ〟と、海中の潜水艦にわざと知らせるように、私の飛行機は、航行する商船の前路方向近くの上空を、低空でなおもグルグルと回りつづけていた。

夜が完全に明け切ったようだ。手元の時計を見ると、とうに午前五時を過ぎている。

航行中の商船上には、幾人かの姿が上甲板の各所に見えているが、彼らも一番危ないこの時間帯にそなえて、海上の見張りについているのかもしれない。私が飛行機の高度を極度に下げて、船の後方から、その前方に並行しながら進みつつ、バンクをくり返すと、船上の人々はいっせいに飛行機に向かって手を振りはじめた。私の飛行機が、この夜半から今までの間、絶えず船の上空を飛びつづけていたのを承知している彼らは、上空を飛ぶ私たちに対して、感謝の気持ちをこめて手を振っていたのかもしれない。

やがて交替機が船の上空に飛んできた。この機の機長は金原飛曹長である。私は飛んできた交替機の傍らに飛行機を寄せて、護衛任務交替の合図を送り、現場を離れて小松島空に戻った。

難なく着水して、指揮所横の滑り台に向かって水上滑走をしていると、眼前の指揮所周辺では人々があわただしく動いていて、エプロン上では四機の九四水偵が爆弾を抱いて、試運転をはじめている。〝これは何かの異変が起こっているぞ〟と直感した私は、飛行機を接岸させると、すぐさま後席員を急がせて指揮所に駆けつけた。

「帰投報告、異状なし」と報告する私に、寺田司令は、

「竹井兵曹が二番機と交替してから三十分を経たころ、航行中の商船は敵潜水艦によって撃沈された。小松島空からは飛行機の準備ができ次第に、この潜水艦攻撃に発進する。君はご苦労だが、山田分隊長とペアを組んで、ふたたび商船が撃沈された現場に飛んでくれ」と私に指示した。

私は先刻、護衛していた商船の上空で、交替に飛んできた金原飛曹長と編隊を組んで、護衛交替の合図を交わして別れてきたのであったが、そのときの金原飛曹長機は、飛行高度六百メートルで飛んでいて、私の飛行機と空中で別れてからは、船の進路前方遠くに飛んでいった。

私はこのようすを見ながら、眼下の海面透視が十分にできないというこの時間帯に、上空の護衛機が海上の船から、そんなに遠く離れていては、〝船が危ないぞ〟と心配していたが、上飛曹の私が、上級者の飛曹長に対して指示や注意をあたえるという立場にはないので、心残りのまま帰って来ていた。

だが、私の飛行機が上空を離れてから三十分ぐらいの間に、この船が敵潜水艦に撃沈されたということからすると、このとき、上空を飛んでいたはずの金原機がしていた海上護衛の実態を知りたいとさえ思ったほどである。

九四水偵——独商船を護衛した著者は、護衛をおえて交替30分後に敵潜によりその商船を撃沈されるという苦い経験をもつ。

さっそく準備がととのった九四水偵の二機は、先発隊となって、発進していった。一番機には、山田分隊長を機長として、飛行機を操縦する私と、電信員香田上飛曹が乗り組み、二番機にはこの五月に上等飛行兵に進んだ石川清操縦員が山内一飛曹と他の電信員とでペアを組んで乗り組んでいる。

また、三番機に搭乗したペアの名前を読んだだけですぐ気づくのは、つい先日、張り切りすぎて、飛行機の水上発進時に小松島の海で水浴びをした仲間の伊藤上飛と山田一飛曹が、偶然にも、また、このペアを組んでいるのである。

なお、今日の出撃には、飛行機に搭載している六十キロ爆弾四個を、現場でかならず投下することになっていたので、この機の操縦員である伊藤上飛は、これが生まれて初めてという実弾投下作業でもあるので、まだ、十六歳になったばかりの彼が、また張

ないと心配するペアの山田一飛曹から、
り切りすぎて、先に離水時の五月の海でしたような水浴びでもするなら、たまったものでは

ないと心配するペアの山田一飛曹から、

「伊藤、大丈夫か、落ち着いてやれよ」と注意をされていた。

「今度は大丈夫です。一番機の竹井兵曹について行きます」

そんな、こんなで、ともかく三機の九四水偵は、編隊飛行をしながら、ドイツの商船が撃沈されたという海域へと急いだ。現場上空に到達したので、飛行高度を二百メートル以下に降下して、海上に流れる油や、一面に派生している浮遊物の間に生存者はいないものかと、細心の注意で沈船の上空を旋回してみるが、海面にはそれらしい浮遊物は認められなかった。

そのとき、電信員が、

「海上に浮いている角材の上に、乳白色の小さな動くものが見えます」と伝声管越しに知らせてきた。

私はその動くものを確認しようとしてなおも飛行高度を下げて、上空からその動くものの方に近寄って見たら、その動いていたのは一頭の仔豚であった。乗船中の人々が、みな不慮の死を遂げたというなかで、海上にただよう角材の上にただ一頭残された仔豚であるが、これからの仔豚の生命はどうなるのであろうかと考えたりしていると、上空を飛行している私には仔豚がかわいそうでならない。

この商船上では、先刻、私の飛行機が現場を離れるさいに、船の上空でバンクを繰り返している私の飛行機に向かって、何人もの人が手を振っていたというのに、いま眺める海面上には、それらの人々のうちの一人も認めることができない。残念というほかはない。

「機長、敵の潜水艦はいまごろでは深々度潜航で、遠くへ離脱しているでしょうから、この飛行機は沈船の前方、左右側にそれぞれ二個の爆弾を投下したいが、どうでしょうか」

「それがよかろう。爆撃せよ」ということになって、私は海面上の二ヵ所に狙いをつけて、つぎつぎと爆弾を投下した。

その後、しばらくその上空を旋回しながら海面の状況を見ていたが、海面上には潜水艦からの油は浮上して来なかった。三番機の伊藤上飛も、私にならって海上に爆弾を投下していた。離れて見ていた私は、

「伊藤君、今日は上手にやっているぞ」と、心のなかで彼をほめていたが、先日の水浴び組で、いまこの伊藤機に乗り組んでいる山田一飛曹の心情はいかがなものであったろうか。

白浜沖の誤爆騒動

和歌山県の最南端にある大島と、串本町との間の海を利用して設営されている串本海軍航空隊は、水上偵察機を常備し、紀伊水道を往来する各種船舶に対する対潜哨戒飛行を業務としていて、その規模などについては、わが小松島空のそれと類似していた。

また、この二つの航空隊は、紀伊水道を中にはさんで隣接していたので、両隊の間には、業務連絡その他で相互に飛行機を使用しての往来がつづいているということもあって、両隊の搭乗員の間にはとくに親近感さえ流れていたところである。

その串本空に私が香田上飛曹ほか一名の三名でペアを組み、要務飛行で飛んだのは、昭和

十九年八月上旬の暑い日がつづいているころであった。この日の用件は、簡単な事柄であったので、串本空に到着後は短時間に要務を終了したが、串本空の先任搭乗員である下釜上飛曹（善行章二線、乙九期・偵）が、

「少し休んで行けよ」というので、〝それでは〟と私たちは指揮所内でしばらく休息することにした。

〽ここは串本　向かいは大島

中を取り持つ　巡航船……

この歌は、私が子供のころに大流行していた歌であるが、その歌に出てくる情景が、この串本空の周辺のことであったので、私は指揮所の外に出て、串本空の搭乗員にあれこれと地理の話を教えてもらったりしていた。午後二時を過ぎたので、そろそろ小松島空に向けて出発しようと、私はペアの三人とともに串本空に別れを告げて、その水上から離水して、小松島空へと発進した。

串本空から小松島空へは直線的に飛行すると約一時間半ぐらいあれば十分の距離であるので、私は偵察員の香田兵曹に、

「紀伊半島の西海岸沿いにしばらく北上して、和歌の浦上空辺から小松島空に向かうことにしよう」と話を持ちかけて、その間を遊覧飛行でもしようと考えたりしていた。機長の私が口に出しているこの計画だから、偵察員の香田兵曹に異論があるはずもなく、飛行機は高度五百メートルで、ゆったりとした北上飛行に入っていた。

飛行機が白浜沖を通過するころ、眼下の海面に、ぽつりぽつりと油の浮いているのが見え

る。この辺りは敵潜水艦が、南北に往来しているわが船舶を襲撃しようとして、出没を繰り返しているところであると聞いていたので、私は、

「眼下の海面上に油が浮いている。潜水艦から流れ出している油かもしれないので、確かめてみよう」と後席員に伝え、同時に、飛行機を急旋回しながら、油の出ている海面の上空にまわして、ぐるぐると回ったりした。

　上空から観察していると、その海面には、海底から浮き上がってくる少量の油が流れ出していて、その油の発生源と見られる海中の色は淡緑色をした船の形にさえ見えている。潜航中の潜水艦から油が漏れているということも十分に考えられる状況である。

「これは間違いなく敵潜水艦だ。攻撃するぞ」と、私は後席員の香田兵曹に伝声管越しに声をかけた。

「確かに潜水艦のようですね。やりましょう」と彼が応答してきた。上空で旋回飛行をつづけていた私は、飛行機を爆撃態勢に立て直し、

「爆撃進路に入る」と、後席員に告げると同時に、海底で少量の油を浮上させている潜水艦に対して、緩降下飛行で十分の狙いを定めながら突っ込んでいった。

「高度四百、用意!。三百!」

　後席員が知らせてくれる高度目盛り数を聞きながら、彼が告げる〝三百〟に合わせて、私は飛行機に搭載していた六十キロ爆弾二個を、同時に投下した。海中深くで爆発したこの二個の爆弾は、間もなく大きな水柱を海面上に造り、確実に爆発したことを私たちに教えてくれている。

「モ、モ、モ……」電信員はいそがしくリサ乙の暗号電報を発している。〝潜航する敵潜水艦の発見とこれを爆撃した〟と本隊に知らせるための電報である。

爆撃後も、その上空をぐるぐる回りしながら、いまの爆撃の効果を見守っているが、爆撃前の状況ととくに変わった現象は見られない。そこで私は、先刻発進したばかりの串本空に回航して、串本空の飛行隊長である高鷲大尉（海兵・操）に直接状況報告をした。この高鷲大尉は、私が予科練を卒業し、水上機の操縦練習生となって鹿島空に進んだ昭和十七年一月当時、私たちの分隊長であり、また操縦教官でもあった人である。

その串本空でも、先刻私の飛行機から発信した〝敵潜水艦発見！〟の電報をキャッチしていたので、私たちが到着したとき、隊内には〝攻撃隊用意！〟の命令が発せられていた。決められた搭乗員の数名は、飛行服姿で指揮所内に結集していて、格納庫前のエプロン上には、六十キロ爆弾四個を搭載した零式水偵三機がエンジンを始動している。私が先刻、白浜沖で敵潜水艦を発見し、これを爆撃したという詳細報告を聞いていた飛行隊長の高鷲大尉は、待機中の三組のペアを呼んで現状を説明していたが、まもなく三機の飛行機は先刻発見の敵潜水艦攻撃に向かって飛び立っていった。

爆撃現場となっている白浜沖とは、この串本空からすれば、〝目と鼻の先〟というほどの近距離にあるので、串本空としては、このような緊急事態の発生を放置できないところでもあったろうと思われる。

指揮所内で待機していると、まもなく、出撃中の三機が帰投してきた。その三機の飛行機は全弾を投下していたが、指揮所で報告した後、串本空の飛行隊長以下と状況打ち合わせをしているのを聞いていると、最初に私たちが海上に浮き上がってくる油を見て、潜航中の敵潜水艦発見とした地点は、四〜五日前に、わが輸送船が沈没した地点とほぼ一致するので、〝海面に流れ出ている油は、その沈没船からのものであるかもしれない〟というのが、指揮所内での大方の意見であった。

であるとすれば、私たちは大きな誤認をしたことになるのであったが、串本空では、このことで私たちを非難することもなく、なお大事をとって、海防艦二隻を現地に急派し、先刻の海に爆雷投下をつづけているということである。

沈船爆撃説が信頼の持てる唯一の情報源であったのであれば、私たちの早とちりが及ぼした結果の騒動であり、ただただ申しわけないと思うばかりであった。

磁気機雷の掃討作戦

串本空と白浜沖での沈船騒動では、原因者として小さくなっていた私と香田兵曹であったが、それでも長い間の飛行機乗りをしている間には、思わぬところで従事した飛行作業でその戦果が上がり、私たちは男を上げたということもあったので、そのことに触れてみよう。

昭和二十年に入ると、サイパン島方面からわが本土に飛んでくるB29の爆撃が、だんだんとその激しさを加えていて、とくに昭和十九年の末ごろから本格化しているB29の東京空襲では、あの広大な東京の街を〝焼け野原にする計画で連日の大空襲になっているのだ〟とも噂されているぐらいである。

二月に入ると、台湾沖航空戦につづいて沖縄の攻防戦が、ますます熾烈な闘いに明け暮れていて、わが小松島空水偵隊の搭乗員の中からも、陸上機の搭乗員に転換させられて、つぎつぎに転出していく者がつづくというあわただしい状態にさえなっていた。

「竹井兵曹と香田兵曹の両名は、西山中尉（偵）を機長とする零式水偵で明日、兵庫県の川西航空機製作所に飛行せよ。予定は一泊二日となっている。先方に到着後は、機長、西山中尉の指示によって行動するように」という分隊長からの飛行命令が出たのは、そのように隊内があわただしい二月上旬のことであった。

私と香田兵曹の二人は、明日の要務飛行に予定されている零式水偵の整備、点検を入念にすませた後、偵察員がひろげるチャートを見ながら、明日出かける川西航空のある場所をチャート上に探したが、それらしいものが見当たらない。分隊長がいうには、

「川西航空のある場所は、大阪と神戸の中間ぐらいの位置で、後背地は六甲山があるはずだから、大方の見当で彼の地まで飛んで、後は上空からよく観察していれば、その辺の海岸線上に川西航空の水上機発着場が見えるということだ」とまったく簡単な説明だけである。

小松島空の搭乗員にたずねても、だれもその場所を知っている者がいない。私たちは、それ以上の予備知識を持つことができないので、ここは一番、分隊長が指示するとおりに、彼の地に飛んで上空から探そうということにした。

それにしても、いかに要務飛行とはいいながらも、大切な飛行機を飛ばすというこの計画に、その着水する場所さえ知らずに飛んで行けというのだから、考えようによってはずいぶんと乱暴な飛行命令ではあったが、ここで長々と論議していても、知らないものは知らない

のだから、仕方のないことでもあった。

翌日午前九時、寺田司令が早々と飛行隊指揮所内に現われて、今回の機長である西山中尉や、分隊長らと何やら熱心に打ち合わせをしている。傍らでこれを見ていた私たちは、たかが一っ飛びの地への要務飛行に立つというのに大袈裟すぎるなとは思ったが、事の詳細を知らないので、分隊長からいわれるままに出発準備を急いでいた。

午前九時、発進、天候快晴。私は飛行機を大阪湾に浮かぶ淡路島の南端に向けて飛行し、そこから洲本港の上空を飛んで、進路前方遠くに連なって見える六甲山を目指して飛びつづけた。やがて、山陽路の陸岸が近づいてきたので、ここで飛行高度を三百メートルに降下して、川西航空の水上機発着場を探しにかかった。

〝案ずるよりは生むが易し〟という言葉があるが、私たちが出発前にあれこれと心配していたその水上機の発着場は、眼下の海岸線上に簡単に発見することができたのである。

見れば、海岸沿いの広場に建てられている格納庫前のエプロン上には、この工場での製品であろうかとも思われる零式水偵が一機、台車に乗せられて置いてある。滑り台横の旗竿には、紅白の吹き流しが上げられていて、〝ここが川西航空機工場だ！〟といわんばかりに、上空を飛ぶ私たちに教えてくれているかのような状況であった。

着水して水上機の滑り台に接岸すると、工場の人たちが手早くプロペラを止めた私の飛行機に寄ってきて、台車を水中に入れて、陸上へと引き揚げてしまった。座席から地上に降りた私たちの前には、私たちを出迎えているこの工場の人々の中に混じって、参謀肩章をつけた海軍中佐の人が、二～三人の下級士官とともに近寄ってきて、飛来した西山中尉と挨拶を交わしている。

西山機長と、ここに出向いてきた中佐は、すたすたと歩いて傍らの飛行指揮所の中にと消えていったが、約十五分間ぐらいもすると、二人はふたたび外に出てきた。

「竹井兵曹、私はこれから大阪警備府に行くことになった。この飛行機は、明日の一五〇〇にこの地を飛び立って、小松島空に帰ることにする。それまでの間、君たちはこの方の指示に従ってすべての行動をするように」と私たちを、この工場で待ちうけていた参謀の指揮下において、機長は阪警から差し廻しの車に乗ってさっさと出て行ってしまった。

私と香田兵曹の二人は、機長の命令でもあるので、〃仕方ないさ〃と諦めて、ここで改めて参謀の海軍中佐に挨拶して、その指揮下に入った。

「現在、日本本土に来襲してくる敵のＢ29の爆撃で、国内はいたるところで甚大な被害をうけつづけているが、この数日間には、Ｂ29が大阪湾や瀬戸内海に大量の機雷を投下していて、付近海上を航行している船舶にその被害が出はじめている。投下した機雷は、〃磁気感応機雷〃といって、Ｂ29から海上に投下し、投下後はいったん海底に沈み、その付近の海上を航行する船舶のスクリューから発生する海水の振動波をうけて、機雷が誘発する仕組みになっているものである。そのために、掃海艇を使ってみたが、この敷設機雷の除去は困難であったので、今回、試験的に考案した機雷の誘発弾を飛行機から海上に投下し、海中の磁気感応機雷を誘発させて、これを除去しようと考えている。今日は一四〇〇から飛行機で実際にこの誘発弾を海中に投下し、その結果を見て、明日一〇〇〇からふたたび投下飛行に入る予定である。君たち二人にはご苦労であるが、よろしく願います」

以上が、私たち二人を前にして、同参謀が説明と指示をした最初の言葉である。

この誘発弾の投下飛行には、同中佐が飛行機に乗り組んで、実験の効果をその目で確認したいとも言う。そこで、私たちとこの中佐との三人は、これからの行動についての図上作戦に入った。

超空の要塞B29爆撃機――サイパン方面から飛来のB29が敷設する機雷処理のため、著者は誘発弾投下実験にたずさわった。

まず、機上から投下する誘発弾の性能や、その効果の説明からはじめられた。付き添いの下級士官が卓上にその一個を運んで来たのを見ると、円筒形をしていてその長さは三十センチぐらい、直径は十センチぐらいのものである。この誘発弾は、海中で航行中の船舶が起こしているスクリュー波と類似の作用を起こすものであるとかで、中の構造も繊細にできているそうだ。ということは、その取り扱いは丁寧にということでもある。

物を海面上に投下すると、その物体は海水の表面張力に叩かれて、物凄い衝撃をうけ、その投下する高度が高ければ高いほど、投下した物体のうける衝撃は大きいというのが物理の法則である。その衝撃を少しでも緩和するために、今回の飛行高度はかならず五十メートルを守ってもらいたい。飛行機の速力は九十ノットとする。

誘発弾を投下する海域は、大阪港から神戸港に向かう範囲の海上で、図上に示すコレコレの範囲とするが、詳細については、空中投下の段階で、それぞれ直接に指示したいというような説明があった。

一応の作戦会議も終わり、飛行機の出発準備もととのったところで、飯にしようということになった。

私たち二人が案内された食堂は、いわゆる高級食堂のようにも見えたので、案内する人に聞いてみると、この会社は軍需工場になっていて、この食堂は〝判任官食堂〟である。

「あなたたちは、海軍の上等飛行兵曹であるから、判任官二等の待遇です。遠慮せずに、ゆっくりと食事をしてください」という。

真っ白のテーブルクロスをおいた食卓の最上位の場所に、準備されている食事を前にして座ると、工員服を着用した若い女性が入れ替わり、立ち替わって給仕をしてくれる。何でこんなにまでもと不審に思って、また係の人に聞いてみると、

「彼女たちは、女学校からこの工場に働きに来ている学徒動員の女生徒です。動員先のこの工場では海軍機の仕上げ部分を担当しているが、今日はこの子たちが毎日手がけている海軍機のなかの零式水偵が、この工場に飛んで来て、彼女たちの目の前で離着水飛行をするというものだから、その話を聞いて大喜びした彼女たちは、飛行機乗りの人たちの顔を一目見ようとして、こんなに押しかけているのです。殺伐としたこの工場の中で、規律一点張りの生活と、増産、増産のなかで明け暮れていたおりの零式水偵の飛来でもあったので、動員学徒

である彼女たちの気持ちの慰めにでもなればと思い、今日は特別に時間をさいて、動員学徒の彼女たちが毎日手がけているその飛行機の離着水の模様を見学させているところです。その飛行機乗りのお二人が、想像以上にお若いので、彼女たちは喜んでいるのでしょう」

さて、食事も終わったので、予定どおり発進ということになった。飛行機の中間席には、西山機長の飛行服を借りた参謀の中佐が乗り組んでいる。磁気感応機雷の誘発弾を、中間席と後尾席に山と積み込んでいるので、後席に乗り込んでいるお二人さんは、座席に座っていてもその足を十分に伸ばせないほど窮屈な姿勢になっていて、気の毒でもあった。

上空に飛び上がった私は、ひとまず高度を八百メートルに上昇して、眼下の海上の模様を三人で眺めながら、誘発弾の投下コースを打ち合わせた後、参謀中佐の指示する誘発弾投下コースの先端部に飛行機を移動し、降下しながら飛行高度を海面上三十メートルにし、フラップを降ろし、速度調節などをして時速九十ノットで、大阪湾方面から神戸港方面に向かうコースに進入していった。

この際、飛行高度をできる限り低くするように、とくに注文されていたので、私は三十メートルぐらいの高さで飛んでいる。この高さでは海上の大型船の上甲板よりはわずかに高い程度であるが、海上を航行している大型船の横を飛び抜けるときなど、たいへん飛びづらいので、操縦員の私にはこの際は我慢の一語である。機内からは、後席員の二名がそれぞれ一定間隔に誘発弾を投下している気配が、操縦席にも伝わってくる。

誘発弾の投下をはじめてから三分間ぐらいを過ぎたと思うころから、飛行機の進む前方二〜三百メートルぐらいから五百メートルの海上で、右や左に大きな爆発音が起こり、引きつづいて、その高さが二十メートルもあろうかと見える大きな水柱が盛り上がってくるのが認められる。

「右前方、水柱が上がります！」

誘発弾の投下をつづけている後席の二人には、水柱が盛り上がるごとに大声で知らせた。この日の投下作業は、飛行機で二航過する間に、機上に用意していた誘発弾の全部を投下してしまったので、そこで作業は中止となり、私は飛行機を六百メートルに上昇して、いままでの確認飛行に移った。磁気機雷が誘爆した海面には、大きな紋様が残っているので、上空からもその場所や数が容易に確認できた。その紋様は、航路上に出ていたり、港の出入り口付近に出ていたりというように、一定の法則的に敷設されているのではなく、海面上にバラバラと現われていた。その数も十個を数えるのは早かったほどである。

この磁気機雷が、米軍の計画どおりに、航行している船舶から発するスクリュー波を感知して爆発していたとすれば、わが方にとっては甚大な被害をこうむるところであったろうと冷や汗が出る思いがしていた。

空中実験に成功した参謀の中佐はすこぶるつきのご機嫌である。飛行場の滑り台に接岸し、飛行機から降り立った彼は、

「今日の飛行はご苦労でした。明日も、また、今日の要領で飛ぶので、よろしく願います」

と、私たちを労《ねぎら》いながら引き揚げていく。

その夜は、工場側で準備された寮にいったん落ち着いたが、同行の香田兵曹の実家がここから近いというので、二人は電車を乗り継ぎながら出かけて行った。外出用の服装を用意し

て来なかったので、二人とも飛行服姿のまま同家を訪れたが、立派に成長して、凛々しい飛行服姿の我が子を目の前にした香田兵曹のご両親の瞼には、光るものさえ見えていた。

私たちは、翌日も、前日と同様の成果をあげて、午後三時、得意顔に輝いている参謀の中佐と工場主任に別れをつげ、西山機長を中間席に乗せて、小松島空に帰投したが、私たちは、〝小松島空の零式水偵が阪警の参謀とともに、B29により敷設された磁気感応機雷の掃討作戦に大成果を上げた〟ということで、面目をほどこし、それで上機嫌の寺田司令から労いの言葉をうけたことが嬉しかったことは、今も忘れられない内地勤務中の一コマである。

特攻訓練と八百キロ爆弾

沖縄の攻防戦がいよいよ激しく戦われている昭和二十年三月のころ、海軍も、陸軍も爆装した敵艦船に体当たりさせるという戦術がさかんに駆使されていて、新聞やラジオはこれを〝特攻隊！　特攻隊！〟と大きく報道するようになっていた。

世間では、毎日毎日、大々的にその身に押しつけられるように報道されてくる特攻隊の攻撃の成果を知り、特攻隊の出撃を神風の再来ぐらいに受け止めていたのかもしれない。が、彼らが出撃する特攻隊の飛行機の多くは、その攻撃目標に到達する前に、敵戦闘機に撃墜されたり、たとえ、運よくその目標とする敵艦船の上空近くに侵入したとしても、海上や地上からいっせいに撃ち上げてくる敵軍の機銃弾や高射砲弾の弾幕の中で、その目標艦を目前にしながら、飛行機を体当たりさせることなく、その飛行機が逆に敵弾にやられて撃墜されるという状態のようであった。

このような、敵艦艇攻撃時における上空の飛行機に対して、これを迎え撃つ敵地上軍からの砲火の熾烈なさまについては、前述したソロモン航空戦における私の体験談に詳しいところだが、あの当時の敵軍の戦力配置にくらべて、数段も増強しているであろうこの沖縄戦の下では、わが軍の攻撃機を迎え撃つ敵地上軍の砲火の凄まじさは、ソロモン戦当時とは比較にならないぐらい熾烈なものとなっていたであろうと思われる。

そのころ、飛行機の操縦技術をどうやらこなせる程度に成長したばかりの海軍機の搭乗員たちは、つぎつぎとこの特攻隊の要員にまわされ、出撃しては不帰の人となっていくので、部内では搭乗員不足の声も聞こえるようになっていた。

小松島空水偵隊が、部隊再編成による実施部隊として開隊された昭和十九年四月以来、私たちと隊内生活を共にしていた搭乗員の中からも、〝攻撃〇〇飛行隊付〟とか、〝偵察彩雲隊付〟とかに配置されて、陸上機部隊に転出する者がぼつぼつと出はじめている。転出者があれば、転入者もあるという具合ではあるが、この転入してくる搭乗員の中には、練習航空隊で飛練教程を終えたばかりの新人も多かったので、小松島空では、これらの新人搭乗員に対する各種の飛行訓練も並行して実施しているという有様である。

高野利雄上飛曹と、奥田泰司上飛曹（予備練）に徳島空付の転勤命令が届いたのは、三月に入って間もないころである。

この高野上飛曹は昭和十六年前期の徴募兵として海軍に入隊し、二十四期飛練を終えて以来、水偵操縦員として今日まで活躍していた搭乗員で、私とは鹿島空の飛練では同期生として、また九三八水偵隊のショートランド、ラバウルでの戦陣を共にし、ラバウルからの脱出をともにしながら、この小松島空に転任してきた数少ない仲間でもあった。

彼が転任するという徳島空は、当時、〝白菊〟という名の偵察練習機をつかって、偵察員の二軍養成を担当している飛練の航空隊であったので、このとき、転任を命ぜられた高野、奥田の両兵曹は、転任先の徳島空において、この白菊という機上練習機を操縦しながら、偵察練習生の機上訓練に従事するものと考え、この戦局の行き詰まっている今日では、これを〝役不足〟ぐらいにも考えながら、新任地の徳島空へと転出して行った。

　三月下旬ごろ、小松島空の上空には時折、この白菊練習機の数機が飛来して、しかも、上空で派手な飛行をくり返すようになったので、地上からこれを眺めていた私たち水偵搭乗員の一同は、〝白菊さんは派手な飛行をやっているなあ！〟ぐらいに感心もしていた。

　ある日曜日の昼ごろのこと、徳島空に転出していた昔仲間の奥田上飛曹が予告なしに小松島空を訪れてきた。見ると、思いなしか、彼には小松島空在隊

偵察練習機「白菊」——小松島空から徳島空へと転出した高野兵曹や奥田兵曹は、同機による特攻隊員に編入されたという。

時のような元気がない。彼の話すところによると、

「沖縄戦で出撃をつづけているわが特攻隊の大半は、敵の目標物に近づく前に、敵軍の電探にキャッチされていて、わが特攻隊がその目標物に近寄る前に、その目標物の前面に網を張って待ち構えている敵の戦闘機に、わが特攻機は撃墜されているということである。そこで、動きが鈍く、しかも、電探に反射しにくいこの白菊や、他の羽布張りの飛行機をつかって特攻機とし、超低空で敵陣に侵入して、その機を目標物に体当たりさせようと考えた海軍上層部の作戦計画に巻き込まれて、私たちは、徳島空で特攻隊員に編入された。特攻訓練そのものには、大した技術は要しないが、水偵操縦員が陸上機にまわされた上、このような練習機の白菊で、特攻作戦に出撃させられるのが悔しい」という。

聞いている私たちには、奥田兵曹の話に心打たれるものがあったが、また、この戦局は、すでにそこまで逼迫しているのかと、改めて思い知らされたりしたものである。

ここ数日来、小松島空の上空では、格納庫上をスレスレの低空で飛んで来て、指揮所を目標にしながら急降下飛行をくり返しては飛び去っていく白菊練習機の数機があったが、これらの白菊練習機には、小松島空から転出していった高野兵曹や奥田兵曹が乗り組んでいて、上空の彼らには、思い出多い懐かしの小松島空と、その水偵搭乗員の私たちに、空から無言の別れをしていたのかもしれない。

四月に入ったころ、小松島空の零式水偵の全機には操縦席前面の風防と、エンジンの上端に、〝変なマーク〟や小さな金属棒（約三十センチ長）が取り付けられていた。

飛行隊長が搭乗員を集めて説明するところによると、小松島空ではこの日から零式水偵を

もって、超低空での爆撃訓練飛行をはじめるという。その要領はつぎのとおりであった。

〝零式水偵は二百五十キロの爆弾一個を搭載して飛び立ち、攻撃目標物の手前約二千メートルの地点に飛行高度約六百メートルで侵入し、そこからマイナス五度の降下角度で海上の標的に肉薄し、これを爆撃する。その際、降下飛行に入っても、飛行機のエンジンを絞ることをしてはならない。そのため、飛行機が標的の上空に達するころには、飛行機の速力は時速二百ノット以上ぐらいにまで上がっていることになる。飛行機は標的の真上に、高度五十メートルで接近して、搭載している爆弾を投下するとともに、その高度を利用して現場上空から離脱する〟というものである。

冗談ではない！〝高度五十メートルで標的の上空に接近せよ〟というが、海面上で五十メートルの高さといえば、戦艦や航空母艦のマストの先端の高さより低くなり、このような爆撃をするために突っ込んでいく飛行機は、当然に標的艦にぶつかることになるのである。

また、高度五十メートルで標的に向かって二百五十キロの爆撃を投下せよというが、投下した爆弾の炸裂風をうけて、上空のその飛行機は、その瞬間に木端微塵になることは必然である。このような理論は、海軍士官であればだれでもが先刻承知の物理的法則であって、もしもこの理論を知らないという士官があれば、その士官は〝大馬鹿者〟ででもあろう。

しかも、爆弾を標的に向けて投下した後は、飛行機の高速を利用して、〝即刻、その戦場から離脱せよ〟という言葉を真面目な顔をしながら指示しているが、これを聞いている私たちには噴飯物である。

そんな回りくどい説明をせずに、なぜ〝体当たりせよ！〟といわないのかと腹立たしくさえ思えてならなかった。

〝まあ、当面はそのための訓練飛行である〟というので、私たちは、二百五十キロ爆弾に代わる一キロの演習弾二個を飛行機に搭載して、それからの数日間を、低空爆撃の訓練飛行で過ごした。標的を目がけてエンジンを絞ることなく緩降下飛行に移ると、その飛行機の速力は見る間に上昇してきて、その両主翼がブルブルと震えてくるのが見える。そして、翼の上面後方には、小さな襞さえできて来ていて、この飛行機を操縦している者には、この両翼が異常な荷重をうけて、いつ吹っ飛ぶかという心配さえ生じてくるのであった。

そのような飛行訓練がつづいていたある日のこと、私は指揮所内で分隊長に呼ばれた。そのころの飛行科分隊長は、開隊後一年足らずというのに、すでに四人目の西山中尉（十三期予備学生出身）に代替わりしていた。

「零式水偵に八百キロ爆弾を搭載し、燃料満タンの状態での離着水飛行のテストを行なう。このテスト飛行が成功すると、これからの零式水偵での攻撃戦も大きく変化することになると思われるところである。操縦員は竹井上飛曹とし、後席のペアは次のとおりとする。飛行準備のでき次第発進せよ」というのである。

私のこれまでの飛行経験のなかでは、燃料満タンの零式水偵に、六十キロ爆弾四個を搭載し、乗員三名のペアのほかに一名の便乗者を乗せて、長時間の飛行を経験したことがあるが、その際の飛行機の重量は、飛行機の自重と満タンの重量を除くと、爆弾六十キロ×四で二百四十キロと便乗者一名×六十キロで、これを合計すると、三百キロの重量搭載であった。

八百キロ爆弾を搭載するというこの飛行では、九七式艦攻が七百五十キロの航空魚雷を抱いて、航空母艦から発進すると聞くが、その九七式艦攻には、零式水偵のような双フロートはついていないので、重量計算上も空気抵抗上からも比較できないところであって、今回テスト飛行の零式水偵が、八百キロ爆弾を抱いて、この海上から飛び上がるということが果たして可能であろうかという点では、みなが疑いを持っていたところであった。偵察員の分隊長は簡単にテスト飛行というけれども、その成否が判じ難いから飛んで見よということであって、百パーセント成功の確率は予測できていないのである。

〝並み居る予備中尉の元気な皆さんにでも、テスト飛行をやらせればいいのに〟と思うが、反面では、この重要な飛行だからこそ〝先任搭乗員の私に白羽の矢が立ったのだ〟という自負もあったので、分隊長にいわれるまま、私はこのテスト飛行機に乗り込んだ。八百キロ爆弾の長さは、零式水偵の下部に取りつけられているフロートの長さぐらいあって、ちょっと見た目には、零式水偵がその胴体下に三つのフロートを取りつけているようにも見える。

滑り台から水上に出ると、飛行機下のフロートはぐーんと水中に沈んで離水地点に向かって水上滑走をつづけている操縦員には、手足の操作にいつものときより強い抵抗感が伝わってくる。

離水地点に到着した。飛行機を離水するために風に立てたが、この日、海上の波は穏やかで、風も四メートル／秒ぐらいという絶好の飛行日和である。おそらく指揮所周辺では、搭乗員が総出で、私の離着水の模様を見守っていることだろう。その前で、飛行機を転覆させてはなるものかとばかりに、後席員に気づかれないように注意しながら深呼吸を二～三回くり返した私は、

「離水する！」と後席員に伝えて、飛行機のエンジンをフル回転にした。

プロペラは唸りを上げて回転を増し、飛行機は海面上を滑るようにして前進しているが、その速力は平常の分秒を過ぎても飛行機の浮上初速に達しない。しばらく水上滑走していると、どうやら初速に達したので、もうこの辺でよかろうと考えて、上げ舵を取ると、飛行機はちょっとの間、水面を離れるが、すぐにまた、元の水上に落ち込んでいて、いっこうに水面から離脱することができない。

やはり、飛行機の重量が重すぎるのである。水上滑走する距離も、いつもの飛行時にくらべると、その倍近くにまで伸びていて、飛行機は小松島空が常時使用している離着水場からはみ出していた。

私は、ここで離水のやり直しをとも考えたが、〝ええい、ままよ〟とばかりに、なおも必死で離水操作をつづけているうちに、飛行機の速力が出てきて、わずかにフロート下面の水を切ることができていた。

〝離水したのだ！〟

ここで急激な操作をすると、飛行機は、また水中に落ち込むので、私は逸る心を抑え、じっと我慢しながら、操縦桿を押さえるようにして、水面上での水平飛行に心がけていると、飛行機にもだんだんと必要な速力と浮力がついてきた。離水した飛行機を空中操作をしながら、高度を上げ、上空を大きく一周して、着水コースに入る。

ここでいきなりエンジンをいつものように全閉に絞ると、過荷重状態でフラフラしながら飛んでいるこの飛行機は、いきなり〝ドスーン〟と海中に落ち込むということも考えられるので、エンジンを半分絞った状態で着水したが、この操作はやはり正しかった。

水上に無事着水した私は、滑り台に向かい、接岸して、テストの結果を報告する。地上で始終を観察していた飛行長や分隊長は、私のテスト飛行の結果報告を聞いて、どのように上層部に報告したのかは知らないが、その後、小松島空の飛行で、この八百キロ爆弾を搭載した零式水偵の発進を見ることはなかった。

それにしても、現在戦われている沖縄戦で、一発必中を意気込み、高速を利用して突進しているわが特攻機でさえ、敵艦上空に到達する直前に撃墜されている現状のなかで、このような重たい爆弾一個を抱いたがため、飛行機の速力はガタ落ちとなり、また空中での行動も鈍くなるという結果が顕著に現われているというこの零式水偵をもって、どこをどのようにして攻撃させようとしていたのか、後になって考えるだけでも唖然となるところであった。

九〇三空寺田隊

小松島空という名の航空隊が、この書の中で随所に出てくるが、史実に基づいて記載する。

昭和十六年十月一日付で小松島海軍航空隊は、水上偵察機専修の操縦練習生にたいする延長教育機関として開隊したが、昭和十九年四月十五日付で、延長教育機関を廃止して、三座水偵を常備する実施部隊に改編された。

昭和十九年十二月十五日付で、国内に点在している水偵部隊の再編成があり、大湊、館山、父島、串本および小松島の各航空隊を統合して、九〇三航空隊が編成され、当面の本部を館山におき、統合された各航空隊は、従来の地で九〇三空の各派遣隊としての任務を継続していたが、昭和二十年五月になると、その本部を館山から大湊に移動し、もっぱら北海道方面の海上で対潜哨戒と、船団護衛に従事することになっていた。

さて、九〇三空寺田隊となった小松島空内には、〝本土決戦〟の一環としての態勢の充実からでもあろうか、〝第二補充兵役〟とも見える四十歳前後の召集兵の一団が、ぞくぞくと入隊してきて、庁舎前の広場では、これらの召集兵にたいする徒手訓練が、朝から晩までつづけられている。

二十二〜三歳にも見える若々しい二等兵曹の数名が、彼らの教班長でもあるのか、父親のような召集兵の一団にたいして、〝気を付け！　右向け右！　前え進め！〟という教練の基本を教えていて、その号令で各種の動作をしている彼ら召集兵の人々が、馴れない腰つきをしながら、一心不乱に動きまわっている姿を見ていると、これも戦時下のことと思ってはいても、何とはなしの同情が浮かんできた。

そのうちに、一般隊員にも陸戦訓練が実施されるようになってきた。小松島空は、飛行機隊の実施部隊であるため、兵員配置も飛行兵や、整備兵、通信兵といった兵種の人が多く、海軍部内ではつねに陸戦における尖兵をうけたまわるという砲術科の軍人は少なかったが、それでも彼ら兵科の若手下士官の数名は、海軍砲術学校出身というプライドをもって、隊員訓練に励んでいる。

指揮所の内外で、一般隊員の陸戦訓練を眺めていたその日非番の搭乗員たちは、もともと若さに溢れていて、室内にじっとして時間を過ごすなど考えることもないといった連中ばかりであるので、広場で行なわれているこれらの陸戦訓練に参加したくてウズウズしていた。「みなも健全な五体をもて遊んでいるようだが、陸戦訓練に参加してみてはどうか」と私が水を向けると、

「是非やりましょう。参加させてください」と皆がいう。そこで私は分隊長を通じて、「その日の非番になっている搭乗員のうち、手空きの者には、一般隊員を対象にして行なわれている陸戦訓練に参加させてください」と申し出て、了解を得た。

三種軍装に白い巻脚絆といった訓練服装をととのえて、その訓練に参加するのだが、その搭乗員の右袖には上飛曹や一飛曹の階級章がついている。陸戦指導をしている教員の階級は二等兵曹が多かったので、指導に当たる教員側としては、訓練といっても、下級者が上級者に向かって号令するのだから、何ともやりづらい模様だった。そこで私は、指導員の側に行き、

「搭乗員は、この陸戦訓練に参加することで精神修養をしようと考えているのであるから、階級の上下の点については、この際、特に無視して結構、遠慮せずにビシビシと鍛えてもらいたい」と申し入れしたほどである。

搭乗員の陸戦訓練は、一週間ほどつづいていて、この訓練に参加している搭乗員の彼らは、かつての予科練時代に経験した陸戦訓練を追想しながら、毎日、元気に隊内を駆けまわっていたが、元来、この訓練が隊内の一般兵を対象にしてはじめられていたこともあって、搭乗員の訓練参加は、自然解消となっていった。

飛行機の格納庫周辺で、整備員にまじって、七つボタンの作業服を着用した若人が、飛行

機の手入れの手伝いをしている姿が目につくようになったのも、そのころからである。海軍では、今後の予科練習生採用は打ち切りになった。

格納庫内外で飛行機の整備に当たっているのは、甲飛十四期生で、彼ら予科練習生は、学徒動員ということで海軍に入隊しながら、戦局が緊迫化した今日では、飛行機搭乗員としての訓練をうける時間的な余裕もなくなってしまい、揚句の果てがこのように、飛行機の実施部隊に配置されて、地上員にまじって飛行機の整備を担当させられているということである。

そのような予科練習生にとっては、〝たとえ、この身が飛行機に乗ることができなくとも、先輩の搭乗員たちが六十キロ爆弾を搭載して、毎日、この水上から飛び立っていく姿を目の前にしているということを、せめてもの心の慰めにしていたのかもしれない〟と思い、格納庫周辺でキビキビと動きまわっている予科練習生に同情の気持ちさえ湧いてきた。

小松島空が編成替えで、九〇三空寺田隊となってからは、その本部となっている館山空への連絡のためや、紀伊水道を挟んで隣接する串本空へとか、または阪警との事務連絡のためとかで、寺田司令が飛行機を飛ばして出向く機会がふえていて、その要務飛行に私は操縦員として同行していたが、館山空に飛んで行くと、隊内の空気が異様なほどに緊張しているのを感ぜさせられもしていた。

その館山空は、千葉県房総半島の最南端に設営されているが、その位置が、B29の東京空襲の行き帰りに必ずその上空を通過するという地点であるからでもあろうか。

この館山空には、水上機隊と、陸上機隊が併設されているほか、飛行場周辺には、多種多様の防空部隊も配置されているということもあってか、隊の内外をふくめての世相は、軍事一色の様相をしている感さえしている。

九〇三空寺田隊の隊長となっていた寺田中佐に転任命令が出て、後任の隊長には、古参の大佐が着任するという話が隊内にひろがった。昭和二十年四月の終わりごろのことである。

ちょうど一年前の今ごろ、それまでの練習航空隊から、実施部隊に移行して、新たな小松島空水偵隊が寺田司令の手によって編成されたのであったが、わずか一年間という短い期間中にもかかわらず、小松島空水偵隊としては、寺田司令の下で、父島派遣や、台湾派遣も立派にやり遂げていて、また大阪と神戸の間の航路上に、B29によって敷設された磁気感応機雷の掃討作戦でも多大の成果をあげていた。

寺田司令は、こと軍務に関しては厳格な指揮官であったが、その性格は温厚で、部下の搭乗員や一般隊員に対してもつねに気軽に接するので、部下思いの厚い司令として搭乗員や多くの隊員のみんなからは大変親しまれていた。

その司令が転出するという話を聞いた搭乗員一同の心の中には、寺田司令との別れを惜しむ気持ちが一杯であるが、どうしようもない。

後任の古参大佐が、九〇三空岡田隊の隊長となって着任した。当日の隊内では、新隊長を迎えるため、総員は船着場の桟橋前から本部庁舎の玄関前までの間に二列に整列して、新しい隊長の着任を出迎えた。隊から出迎えの内火艇が桟橋に到着して、新着任の古参の大佐が上陸した。

隊員総出で出迎えをする中で、副長に先導された新しい司令は、新着任時の緊張をするでもなく、淡々とした足取りで、出迎えしている総員には目もくれずに歩いている。途中、指揮所の前で出迎えしている搭乗員一同の前にさしかかっても、岡田大佐は別にその方に顔を向けようともしない。

〝海軍大佐の俺が、いままで中佐が指揮していたこの小さな航空隊の指揮官の後任になるなんて、笑わせるな！〟とでもいいたげな顔振りにもみえるほど、このときの彼の態度は無愛想である。

そして驚いたことには、彼が右手に持って歩いているものは、軍人魂の表現でもある軍刀ではなくて、〝魚釣り竿！〟であった。

戦局が極度に逼迫していて、国の内外では軍民ともに一丸となってこの戦争を戦い抜こうとしている今日に、九〇三空岡田隊では、新しい指揮官を迎えて、さらに新たな闘志をもって、これからの使命を果たそうとしている全隊員の前に、軍刀ではない継ぎ竿の魚釣り竿を片手にしての着任セレモニーである。このさまを見ていた出迎えの隊員は、唖然とするばかりであった。

総員集合で本部庁舎前に整列している将兵を前にして、新しい隊長となった古参の大佐は、「戦局の現状と、この戦争を勝ち抜くために、全隊員一丸となって各々その本分を尽くせ」と訓示している。

「お前たちは命がけで、軍人の本分を尽くせ。俺は海軍大佐で、この水偵隊の隊長だから、その間にはだれにも文句を言わせずに、飛行場周辺の海で魚釣りを楽しむことにする」とでも彼はいいたいのであろうか。〝笑わせるな！〟という言葉は、われわれが彼にお返ししたいと思う言葉でもあった。

各隊、大湊に集結

桜の見ごろも過ぎて、季節は春爛漫というのに、沖縄の攻防戦は、その極に達していて、新聞、ラジオは〝特攻隊！　特攻隊！〟と、日がな一日の報道を繰り返している。

昭和十九年六月にサイパン島に上陸して、その島に空軍の一大拠点を構築した敵軍は、その飛行場からB29の大編隊をわが本土上空に飛来させて、東京空襲を執拗に繰り返していたが、その他にも、大阪、名古屋をはじめとして、わが本土内の各主要都市にたいする爆撃を激化していた。爆撃をうけた市街地や、そこにあった軍需工場が焼け野原にと変わっていくさまを、私たちが飛行中の上空から目にすることが多くなったのもこのころからである。

〝一億火の玉、本土決戦を闘い抜こう！〟のスローガンの下に、民間ではせめてもの思いやりから学童疎開が急がれ、成人は男、女の別なく軍需工場に動員されているとも聞こえていた。

昭和二十年五月上旬、新編成の九〇三空は、その本部をそれまでの館山空から、青森県大湊に移して、以後の行動を〝水偵隊による北海道方面の対戦哨戒と船団護衛飛行〟に専念することになるという。

先にも書いたとおり、昭和十九年十二月に新編成した九〇三空であるが、その開隊時には、実在の各航空隊を、その編成隊のままその地に水上機隊として分散配置していたが、本部を大湊空に移動する機会に、各水上機隊を統合、再配置することになって、〝各水上機基地に配置している全飛行機もろとも、搭乗員の全員は大湊空に集結せよ〃という指令を伝えてきた。

小松島空でも、現存する零式水偵の全十数機と、これに搭乗させるペアを決め、残余の搭乗員や、地上員はみな、陸路で大湊へと急がせた。

〃さようなら！ 小松島空よ！ 小松島の街よ！ この一年の間、心から親しんだ小松島空よ〃と別れを惜しみながら、上空に舞い上がった零式水偵の各機は、暫時、思い思いの飛行で小松島空と、小松島の街に上空から別れを告げた後、この日の飛行機隊一番機の後を追いながら、あらかじめ空中での集合地点に定められていた小松島南部の阿南方面にと向かった。

その上空で集合した全機は、一番機の誘導で整然とした編隊飛行を組み、大きく左回りをしながら北東の進路で飛行していく。飛行高度三百メートル、時速百二十ノット、十数機の大編隊が進む前方の眼下には、九〇三空岡田隊（小松島空）が右下に、小松島の街並みが左下に見えていて、隊内の広場では多くの隊員が、上空を通過しようとしているわが飛行機隊を見上げていっせいに帽振れをやっている。

小松島港駅前の広場には、大勢の市民が集まっていて、こちらは日の丸の小旗を振りながら、わが飛行機隊の出発を見送っている。各搭乗員が下宿していた家であろうか、民家の二階に造られている物干場の上で、また、地上のそこかしこにも小旗を振っている人々が見えている。

〃さようなら！ さようなら！〃飛行機隊の一番機は上空を編隊飛行する全機を代表して、航空隊の上空で、また、小松島の街並みの上で、大きなバンクを繰り返しながら飛び去っていった。

この大編隊で飛行する零式水偵の一番機には、飛行科分隊長の西山中尉（十三期予備学生、偵）が飛行機隊長として搭乗していて、その機の操縦員は、私、竹井慶有上飛曹、電信員は、香田芳穂上飛曹であった。


小松島に別れを惜しんでいた飛行機隊は、徐々にその飛行高度を上昇させながら、淡路島の上空を通過し、さらには大阪、京都、琵琶湖の上空を越えて、富山湾上に出た。一面に晴れ渡っている日本海を眼下に北上している飛行機隊の各機は、編隊幅を大きく開いていて、一番機から後方の各列機を眺めていると、みなは、ゆらり、ゆらりと飛びつづけているようにも見えている。

そのとき、私の飛行機で異変が起こった。エンジンが〝プスッ！。プスッ！〟という音を出して、二〜三回息をついたかと思ったら、突如としてエンジンは停止してしまった。

〝これは大変なことになったぞ！〟と、私はまずエンジンのスイッチをオフにするとともに、使用中の燃料タンクのコックを閉じ、飛行機が失速しないように、機首を幾分下げながら念のため下方に不時着場を捜してもいた。幸いに、前方海上に浮かんでいる佐渡ヶ島の南端に、長い砂浜らしい海岸線を見ることができたので、

「隊長、エンジン不調です。最悪の場合には、佐渡ヶ島海岸近くに不時着するかもしれません」と後席の飛行機隊長に告げるとともに、飛行機を下降させながらその方向に向けた。そうしている間にも、私としてはなんとかしてエンジンを復調させたいという思いで、操縦員

として取るべきあらゆる手を尽くしていた。

飛行高度は三千五百メートルであったから、あわてずにやれば空中でなんとか処理できる余裕があるかも知れないと思ったので、〝落ち着け、落ち着いて〟と、私はわが心に言い聞かせながら、まず、それまで使用していた両翼に装着している燃料タンクの残量を確かめた。両タンクとも燃料計は百五十リットル以上の残量を示している。

〝すると、このエンストの原因は燃料切れによるものではない〟とわかったが、この際はより安全を期する上から、胴体内の主タンクから注油することにして、燃料コックを切り替えるとともに、あわせて、手動ポンプをいそがしく衝いて、燃料をエンジンに送り込む操作をつづけた。飛行機は失速しない程度の速力で徐々に下降していて、プロペラもゆっくりとした空転をつづけている。

頃合を見はからって、私は飛行機のエンジンのスイッチを入れると同時に手動ポンプをさらにいそがしく衝きつづけた。

〝ブルン！　ブルン！　ブル　ブル　ブル！〟とエンジンが動き出して、プロペラが自力で回りはじめた。〝しめた！　これでもう大丈夫だ〟と直感した私は、ここで飛行機を急激に操作することをせずに、佐渡ヶ島の不時着しようと考えている海岸に向けたままの飛行姿勢をとりながら、操縦席内の燃料系統や、電気系統のあれこれを入念に点検してみた。

復調したエンジンの回転は順調につづいているので、もう大丈夫だと確信して、ここで、私は飛行機を上昇させながら念のために高度計に目をやると、針先は五百メートル近くを指している。ずいぶんと下降したものである。

「隊長！　飛行機のエンジンは復調しました。隊列に帰ります！」と後席に声をかけながら、上昇飛行に移った。

こう書いていると、この間には非常に長い時間が経過しているようにも思えるが、実際には三分間から五分間の短い時間内の出来事である。

それにしても、当時使用中のタンク内には、燃料がそれぞれ十分に残っているというのに、エンストを起こし、燃料タンクを主タンクに切り替えたところでエンジンが復調したというのは、空中でのエンジントラブルの原因は何であったろうか。後学のためにもエンジントラブルの原因を知りたいものだと思うばかりであった。

さて、上空に取り残されている列機はと見ると、各機とも先刻から一番機が演じている異状を感じてか、それまで大きく開いていた編隊飛行の幅をちぢめながら上空を一回りしたようであったが、その一番機が上昇飛行に移ったのを見定めた後は、徐々に私の飛行機に接近してきて、いつとはなしに編隊列をととのえて、ふたたび編隊幅を大きく開きながら、一番機について北上に移っていく。

飛行機隊は、ここで針路を北に変えて、秋田県の男鹿半島の上空に達した後、ここからは陸路を横断する直線コースを辿りながら、目的地の大湊空へと直進した。

飛行高度を三千五百メートルで飛行していると、つぎつぎに現われてくる眼下の高い山々の中には、真っ白に輝いている雪が山一杯に残っているのが見えていて、小松島ではすでに春だというその季節と、北国の遅い春の訪れを如実に教えてくれているように思えてならなかった。

大湊空の上空に到達したわが飛行機隊は、ここで編隊を解き、全機はそれぞれ無事に着水して接岸し、飛行機隊長の西山中尉が、指揮所前で大湊本隊の飛行長に到着報告をして、この飛行機隊の大移動は無事に終了したのである。

搭乗員の集合と分散

私たちの一行は、初めての地でもある青森県大湊空に到着して、地上に降り立ったが、ここは下北半島に抱かれるようにして入江を形造っている陸奥湾の奥深い海岸に設営されていて、後背地となっている下北半島の中央部に、高く聳え立っている釜臥山の頂上付近には、一面の残雪が眺められる。

飛行場に降り立ったとき、私は、〃寒いなあ！〃と感じていたが、兵舎に入ってみると、果たして舎内ではまだ暖房が焚かれていた。ひとまず、兵舎内で休息を取ったが、大湊空の兵舎内には、搭乗員が一杯に溢れているといった状態である。九〇三空配下の各基地の搭乗員全員と全飛行機を、新たに本部となったこの大湊空に集合させて、ここで再編成の上、各基地に配分するという計画のようだから、そのために呼び集められた搭乗員は、私たち小松島空からだけではなくて、父島空からも、串本空、館山空からも、この大湊に参集していたのである。

さっそく、夕食と寝る場所をどうするかという話になったが、既存の兵舎内には、従来からの大湊空の搭乗員のみで満杯の状態である。それならば、どこか他に寝る場所はないものかと各隊から参集している先任搭乗員が集まって、いろいろと協議してみるが、いっこうに名案が浮かばない。

そこで私には、小松島空に在隊した当時、父島空や台湾への派遣の際、彼の地では派遣搭乗員は格納庫の中二階や武道場を仮宿舎として使用した経験があったので、ここでも武道場を仮宿舎としてはどうかと提案してみた。

各隊から参集している先任搭乗員の中には、〝武道場に寝泊まりするなんて〟と、この提案に反対する者もあったが、〝それなら、この急場をどう切り抜けるのか、差し当たっての今夜の夕食は、この兵舎内で三交替もすれば全員が食事をとることはできるかもしれないが、寝るためには三交替でというわけにはいかないだろう。それよりも、現に使われていない広々とした武道場を使用すれば、食、住の問題は一挙に解決するではないか〟と力説する私の意見が通って、各基地から参集している搭乗員は、全員がひとまず武道場住まいをすることになった。

二百名近い下士官、兵の搭乗員が、武道場に集まってくると、それまでは人の出入りがなく、兵舎からも遠く離れていて、森閑としていた武道場内が、一変して、急に賑やかになっている。寄せ集めの搭乗員間では、お互いに顔も名前さえも見知らぬものが多い。最近では、搭乗員の進級期間が短縮されている関係もあって、このように大勢集まっている搭乗員の中には、上飛曹のマークをつけている搭乗員が全体の三分の一近くもいて、その他にも、一飛曹、二飛曹の下士官搭乗員が多く、最下級者としては、特乙二期出身の飛行兵長が数名混じっているといった状態である。

髭面の者もあれば、武張った顔の者もいる。また、威勢のよい者もおれば、横着者もいるという具合で、これらの搭乗員は、まずそれぞれの存在意識を表現しようとでもしているかのようにも見える。わが小松島空からきた搭乗員の中にも、この群衆心理に巻き込まれて、ここで他隊から参集している搭乗員に負けてなるものかと、元気を出している者も二～三人あったが、これを見ていた私たち古参組は、彼らの行動を頼もしく眺めていた。

軍隊では、このようなときにも、その人々の階級や、飛練の年次とかで、お互いの座席が簡単に定まるのであって、武道場内でも、気のきいた上飛曹の数人が話し合いながら全搭乗員の名簿作成を急いでいた。この搭乗員名簿に記載された先任序列によって、この日の夕食時から各人の座る場所が確定するのだから、名簿作成も急がれていたのだ。

やがて、夕食の膳に居並んだ全搭乗員の顔ぶれと、その座席を見ていると、その人々の人相、容貌や、威勢の強弱とかは、その人の定位置の上下とは関係がなかったようである。

一週間ぐらいの間に、搭乗員に対する各基地への再配置が発表されて、大湊に参集していた搭乗員の多くは、各基地から参集している各搭乗員とまじって、新たなペアを組みながら、九〇三空の支隊となる稚内、小樽、厚岸、山田などの各基地員とされて、大湊空の水上から飛び立っていったが、小松島空でそれまでの隊内生活を共にしてきた搭乗員も、この機会に集合、分散させられて、香田芳穂上飛曹が稚内基地の先任搭乗員となって転出したほか、柳瀬哲雄一飛曹が厚岸基地に、また、横尾久喜上飛曹は彩雲部隊へ転出したりと言う具合で、残された者はなんとなく空虚な感じであった。

大湊空には、陸上飛行場も設営されていたが、いまではまったく使用されていない。水上機隊には、九四水偵と零式水偵が、それぞれ二十機前後、常備されていて、この水偵の搭乗員は約五十名ぐらいの下士官、兵と、約三十名ぐらいの予備中尉が本隊付として残された。

　飛行科の士官では、飛行長や飛行隊長は海軍兵学校出身者で、その直属の飛行士と飛行隊士も海兵出身の中尉が勤めていた。昭和十五年四月に海軍兵学校に入校したという二人の中尉は、元気がよい。毎日行なわれる指揮所前での搭乗員整列時にも、この飛行隊士の中尉は全員に号令をかけていた。

　予備中尉は、なんといってもその総数が多いので、彼らは仲間意識が強く、また彼らの中には横着者や、階級意識を丸出しにする者があったので、ときとして海兵出身の中尉との確執も起こっていたようである。これらの中尉の鼻持ちならないのは、彼らがこの戦争をわれ一人で戦い抜いて来ているというような言動をもって、下級搭乗員に威張り散らしている横柄な態度である。

　歳こそ彼らより若いかもしれないが、飛行機乗りとしては決して彼らに負けないだけの経験を積んでいる予科練出身の搭乗員にたいして、〝さも虫けらにたいするかのような言動を弄する〟者があったり、なかには、〝予科練の奴ら〟といっては、たいした理由もないのに〝若手搭乗員は気合いが入っていない〟とかで殴りつけている中尉さえあった。情けない話である。

　こうなるとまさに〝世は末〟に至ったも同然の感さえ湧いてくるところであって、かりに彼らのような海軍部内での階級の上下関係と、上官に対する敬礼の仕方だけで、この戦争が戦い抜けるものであれば、〝大日本帝国海軍萬々歳〟であったろうが、彼らが口癖にまでしていた軍律厳しい軍隊が戦っていても、この戦争の完遂に一億国民が頼みにしていた〝神風〟は吹いてくれなかったのである。

さて、新編成の九〇三空大湊本隊では、零式水偵隊を二分して、電探隊と磁探隊を編成し、各隊はそれぞれに配置されている搭乗員の飛行訓練に着手した。

電探隊の飛行機尾翼には、大きく赤線で表示がされていて、電探を搭載した零式水偵をもって、夜間の外洋飛行をしながら哨戒、索敵に当たるというのである。

飛行機に電探を搭載するのは、昭和十八年八月に私たちの九三八空増援隊が、横須賀からソロモンに向かったときに、その乗機となった零式水偵にも搭載していた経験がある。ソロモン群島内のショートランド基地に到達するまでの幾日間かを、その重たい電探セットを飛行機に搭載して、空の旅をつづけたのであったが、当時のソロモン戦場では、電探の必要性は十分に理解されていても、基地内ではその最新兵器である電探を使いこなすための十分な技術力を持たず、また、そのテスト飛行に時間をさくという余裕さえなかったので、〝使用しないものは飛行機から取りはずせ〟ということになって、現地では〝宝の持ち腐れ〟の状態になっていたことを覚えている。

いま大湊空の零式水偵に装備している電探のセットを見ると、外見からは、先のショートランド基地で無用視されていたその電探によく似ていたが、この大湊空では、上層部が考えているような使用効果が果たして出て来るものかどうか、私にははなはだ疑問にも思えるのである。

ただ、ショートランド基地で電探の使用を命ぜられたときと、この大湊空の使用計画とでは、その環境と条件が、比較にならないほど異なっていたのは事実である。大湊空とその周辺地域では、現に銃弾が飛び交うというような戦闘状態ではまったくないということと、隊内にわんさといる予備中尉の中には、弱電の専門知識を持った人もいるだろうから、その彼らが、新兵器の電探を使いこなすかもしれないからである。

電探隊は、飛行隊士を勤めている海兵出身の中尉が隊長格になって、夜間に飛行訓練をはじめた。しかし、訓練で飛び立ったその隊長機がまず最初に、そしてそれから数日後には、上飛曹が操縦する一機が夜間飛行訓練中に、いずれも釜臥山に衝突して、二組のペアが不帰の客となったものだから、電探隊全体の士気はまったく挙がらない状態である。

他方、磁探隊は飛行機の尾翼に黄色の大きな線をつけていた。その飛行機が八機ぐらいで編隊を組み、高度五十メートルぐらいで海上を飛行しながら、潜航中の敵潜水艦を飛行機に搭載している磁気探信機にキャッチさせようとするものであるとか。

飛行士の海兵出身の中尉が隊長格となって、一番機に乗り組み、外洋上空を元気いっぱいに飛んでいるが、その効果は果たしてどうだったのであろうか。

近海にウヨウヨと出没しているという敵潜水艦の一隻さえも、この磁探隊が発見したという話を聞くことはなかった。

六月中旬になると、大湊空の隊内からは、肉眼でも見えていた釜臥山頂上付近の残雪がようやく消えて、この、北国にも短い春が訪れていたが、大湊水偵隊内の士気はなんとなく晴れ晴れとしない日がつづいている。

戦い敗れて

三陸沖に接近した敵の機動部隊から発進した小型艦載機の大編隊が、大湊空とその周辺施設を標的にして空襲して来たのは、六月に入ってからのことであった。

〝対空戦闘！　撃ち方はじめ！〟隊内のスピーカーは、やつぎばやに号令を発し、ラッパは鳴りつづけている。

そのころ、大湊空の上空にはすでに敵の艦載機の大編隊が飛来していて、広い隊内の各所には爆弾が投下されているのか、ヒュー！　ダーン！　ダーン！　という音とともに、大きな地響きがつづけざまに伝わっていた。〝カラ、カラ、カラ〟という軽快な機銃の発射音も上空から聞こえてくる。

宿舎に寝ていた搭乗員の各人は、大急ぎで飛行服を身にまといながら、海岸の飛行機隊指揮所に駆けていったが、空中格闘技の能力を有していない零式水偵では、空中に飛び上がるというわけにもいかず、仕方なしに各人は、ばらばらと分散しながら、空襲からその身を守るために周辺の松林の中に霧散して行った。

空襲の第一波が通りすぎると、空も陸上も静かになった。〝束の間の静寂〟であろう。格納庫内に駆けて行ったが、中の飛行機に被弾しているようすはなかったので一安心。

整備員が総がかりで、飛行機を松林の中につくってある掩体壕へと運んでいるので、搭乗員もその仲間に入って、一機、また一機と飛行機を掩体壕へ運びつづけた。

飛行機の地上退避作業が一段落したところで、遅い朝食となり、全員が搭乗員宿舎の武道場に引きあげてきたが、搭乗員の中には空襲を初めて体験した者が多く、〝どこどこに逃げ込んだ〟とか、〝上空から急降下してくる敵機には米軍のマークが見えていた〟とか、お互いに興奮した口調で賑やかに話し合っている。

〝空襲には、第二波があるので、早々に食事をすましたら、指揮所前に行け！〟と怒鳴っている先任者がいた。私も、食事をすませて、二〜三人の古参搭乗員と連れ立って、指揮所に向かっていると、また、急に周辺があわただしくなって来た。隊内の各所で、〝空襲！　空襲！〟の声がする。

頭上に飛行機の爆音を感じたので、上空を見上げると、そこには小型機の一団が、水偵隊の指揮所を目標に急降下していた。

飛行場周辺に陣を張っているわが防備隊からは、上空に飛来する敵小型機に対して、盛んに対空砲火を発射している。空中には無数に飛び交う曳光弾の赤い線と、空中に〝ゴボッ、ゴボッ〟という大きな音を立てながら、大きく浮き上がる高角砲弾の炸裂弾幕ができている。

〝こりゃ、また来たぞ。今度は陸上飛行場側に逃げようか〟と、私と同行している二〜三人は、上空から急降下してくる飛行機の進行方向や、その機の攻撃姿勢を見ながら、海岸沿いに陸上飛行場の方向めざして走りに走った。

五百メートルぐらいも走っていると、上空の飛行機が私たちを目がけて急降下してきた。

〝危ない！　伏せろ！〟だれいうともなく、皆はいっせいに地面に身を伏せた、上空から急降下してくる敵機は、このときもまた、〝カラカラカラ〟と機銃音も立てていたが、そのうち、〝グウーアン〟という飛行機音を立てながら上昇飛行に移ったかと思ったら、すぐ近くの陸上で〝ドッダーン！〟という物凄く大きな音がして、同時に地上に伏せていた私たちの身体は、二〜三回バウンドして、いやというほど強烈に地上に叩きつけられていた。

一緒にここに退避していた搭乗員の一人が、立ち上がって四方を眺めていたが、

「ここは陸上飛行場の滑走路の端っこのようです。危ないから、場所を変えましょう」といいながら、彼は一人でさっさと走り出してしまった。

残された私たちも、立ち上がって陸上飛行場内を眺めてみると、彼がいうように、ここは、滑走路の最先端で、敵機はこの滑走路を爆撃していたのであろう。私たちは偶然にも、敵機が攻撃目標として突っ込んでいる爆撃針路上の最先端のところに身を伏せていたのであった。

〝危ない！　危ない！〟の極みである。

私たちは他に安全な場所を求めながら駆け出した。

空襲がやんで、隊内が静かになった夕食時、指揮所前の広場には見慣れない一機の水上機が台車で運ばれてきて、大勢の人々はこれを取り巻いて騒いでいる。私も、その知らせを受けて、指揮所に駆けて行った。

飛行機は単フロートの小型水上機で、その胴体と両翼には米軍のマークが大きく描かれている。この水上機は、米艦の搭載機であろうが、大湊空を攻撃中に、わが軍の地上砲火をうけて、飛行機が被弾し、海上に不時着したもののようである。

海上に不時着した飛行機の搭乗員は、間もなく飛来してきた敵の飛行艇がその機の近くに着水し、これを救助して飛び去っていったので、後には飛行機だけが海上に浮いていて、わ

が水上艇がこれを接収してきたものであるとか。

　大湊空が空襲をうけたころと前後して、青森市内も大空襲をうけていた。青森市街は、大湊空からは距離こそ遠いけれども、陸奥湾をはさんだ対岸にひろがる大きな街で、私たちが大湊空から飛び上がると南の海上遠くに見えていた。ある日の夜、空が一面に大きく赤く染まっていて、大湊空の指揮所内外に居合わせた人々は、〝青森の街が燃えている〟と騒いでもいた。

　日本内地の各都市に対するＢ29の空襲は、際限なくつづいていて、あの町、この街の被害が毎日、毎日、口伝えにひろがっている。

　八月に入ったある日、〝大湊空本隊の水偵隊は、零式水偵と九四水偵の全機をもって、滋賀県大津海軍航空隊に大至急、進出せよ〟という命令が発せられた。

　水偵隊の大移動である。

　琵琶湖の西海岸に設営されているその大津空に到達してみると、隊内はつぎつぎと飛来してくる飛行機隊の急増で、ごった返していた。やがて〝搭乗員整列〟が発せられて、飛行機隊長から、

「われわれは、近々に土佐湾に上陸する敵軍に対して、一機一艦の体当たりをすることになった。それまでの間は、命令があるまで、この大津空に待機する」という命令である。

　〝一機一艦、体当たり〟かと、隊長の命令を聞いていた搭乗員の心理は、それぞれに複雑に揺れているかもしれないが、別にその気配は見出せない。

〝この大津から、土佐湾に向かうには何時間かかる〟とか、〝夜間飛行にでもなると、しんどいぞ〟など、搭乗員間の会話の中には、とくに殺気立ったものはなく、みなは淡々とした気持ちで出撃命令の出るのを待っている。

これが世にいう〝特攻待機〟というものであろうか。

今日か、明日かと出撃命令を待っているなかに八月十五日がやってきた。

〝終戦！〟

大空の戦士に憧れ、年若くして予科練の門をたたき、成長しては〝ともに散ろうぞ大君のため〟にと、お互いを励まし合いながら過ごしてきたこの年月は、〝私たち搭乗員にとって、果たしてなんであったのだろうか〟

固い絆で結ばれた今は亡き同期の桜、われこそは醜の御盾とお先に散っていった戦友たちは、これからも靖国の社頭で、桜の小枝に咲きつづけることだろう。〝靖国の社頭で、桜の小枝に咲いて会おう〟の誓いも空しく、生き残った私たちは、〝彼らの死を無にしてはならない〟と、心に誓うばかりである。

あとがき

ある日の慰霊祭に出席した折、その後の記念講演で『大空のサムライ』の著者として有名な坂井三郎氏の、ソロモン航空戦の話を聞いたことがあった。たまたまそのころ、私はブイン基地から飛び上がった零戦隊が、押し寄せて来る敵の戦爆連合の大編隊に対して、果敢に突っ込んでいくその攻撃ぶりを、ショートランド九三八空の基地から毎日見ていたので、講演の中に出てくるもろもろのことが、私の追憶と重なったりしながら、意義深く拝聴していたものである。

私もソロモン航空戦に参加した者の一人として、あの日の過酷な戦いの記録を残したいと考えていたときでもあったので、これをよい機会として、さっそくこの書の執筆に取りかかった。

そのような折、偶然であったが、零式水偵の操縦員で、ともに九三八空で戦った仲間の伏見忠利氏から電話があって、「東京の防衛庁戦史資料室には、『九三八空飛行機隊戦闘行動調書』が保管されていて、われわれのことが日記式に詳しく書かれている。その中から、あなたの記録を抜粋しているので送ります」という。

これは有難いと、私もさっそく東京のそこに連絡して、私が戦っていた頃のところのコピーを手に入れた。

第一部の「南十字星の戦場」はこの調書をもとに説明を加えているもので、この中に私の創作はまったくない。

第二部についてもすべてがノンフィクションであることを申しあげるとともに、この戦闘で戦死された方々のご冥福を心からお祈りし、併せて、ご遺族の方々に衷心より哀悼の意を捧げるものであります。

この書を執筆する上で、慣れない私のためにいろいろとアドバイスして戴いた天野泰之氏(甲十五期)ご夫妻、および『奇蹟の中攻隊』(光人社刊)の著者東秋夫氏(甲一期)、ならびに著作にご協力を戴いた藤江秀逸氏(甲十二期)、社団法人福岡県共栄会常務理事森田敏治氏に対しては、この紙上で厚くお礼を申し上げたい。

平成四年十一月

竹井慶有

文庫版のあとがき

一九九二年（平成四年）十二月、拙著による『南の空に下駄はいて』の単行本が、光人社から刊行された。

いわゆる零式水上偵察機による空戦記であるが、この本が発売されると、それを読んだという人々が、北は北海道から南は沖縄におよぶ、全国の各地からいろいろの激励や、記述の内容についての問い合わせ、または、この本の何頁のあの部分に、これこれのことを追加、記述してくれ等々の手紙や、電話が数多く舞い込んできたりした。こうした連絡は、この本が刊行されてからすでに七年を径過している今日まで時折り続いている。

さきの戦争で、航空戦といえば零戦、零戦といえばすぐに特攻隊というように、世間に短絡されがちになっているところに、これまであまり耳にすることもなかった海軍の零式水上偵察機が、この本に記述されているような空の攻防戦を演じていたことなど、「本当だろうか」というぐらいに受け止められがちなのかも知れない。

昭和十七年八月、R方面部隊の編成にはじまったガ島、ソロモンの航空戦は、筆舌に尽くしがたいぐらいの激戦、苦闘が続き、この間に散華された先輩搭乗員の数は、あまりにも多い。

三人乗りの小型水上偵察機といえば、いわゆる索敵飛行や、船団護衛、対潜水艦哨戒飛行に専従するという脇役的な飛行機であるとの感覚が一般的であったが、あのソロモン、ラバウルの戦場では、作戦の主力ともなるべき陸上の攻撃機が足りないばかりに、空中での格闘能力を持たない零式水偵が、六十キロの爆弾四ケを持ち、夜のトバリが降りるのを待って、つぎつぎと基地を飛び立っていたのである。

私は、この書を執筆するにあたって、俺が、俺がの境地に立つのではなく、ことの真実のみを記述しながら、あの日、あの時、先輩や同僚搭乗員が、その年も二十歳前後の若い情熱を、ひたすらお国のためにとばかりに、勇躍して飛び続けていたその戦闘の実態を、読者の皆さん方にご理解をいただければ望外の幸せと念願しているところである。

平成十一年六月

竹井慶有

単行本　平成四年十二月　原題「南の空に下駄はいて」　光人社刊

NF文庫

零式水偵空戦記 新装版

二〇一五年十二月 十七日 印刷
二〇一五年十二月二十三日 発行

著 者 竹井慶有
発行者 高城直一
発行所 株式会社潮書房光人社
〒102-0073 東京都千代田区九段北一-九-十一
振替／〇〇一七〇-六-五四六九三
電話／〇三-三二六五-一八六四(代)
印刷所 株式会社堀内印刷所
製本所 東京美術紙工
定価はカバーに表示してあります
乱丁・落丁のものはお取りかえ致します。本文は中性紙を使用

ISBN978-4-7698-2924-9 C0195
http://www.kojinsha.co.jp

ＮＦ文庫

刊行のことば

第二次世界大戦の戦火が熄《や》んで五〇年——その間、小社は夥しい数の戦争の記録を渉猟し、発掘し、常に公正なる立場を貫いて書誌とし、大方の絶讃を博して今日に及ぶが、その源は、散華された世代への熱き思い入れであり、同時に、その記録を誌して平和の礎とし、後世に伝えんとするにある。

小社の出版物は、戦記、伝記、文学、エッセイ、写真集、その他、すでに一、〇〇〇点を越え、加えて戦後五〇年になんなんとするを契機として、「光人社ＮＦ（ノンフィクション）文庫」を創刊して、読者諸賢の熱烈要望におこたえする次第である。人生のバイブルとして、心弱きときの活性の糧《かて》として、散華の世代からの感動の肉声に、あなたもぜひ、耳を傾けて下さい。